KB236204

글누림한국소설전집

인간문제

강경애 중·장편소설

책임편집·해설-차혜영

문학평론가, 한양대학교 한국언어문학과 교수.

저서로는 『한국근대 문학제도와 소설양식의 형성』, 『1930년대 한국문학의 모더니즘과 전통 연구』,

『한국현대소설의 주체와 이데올로기』 등이 있음.

일러스트-이지현

청년작가전 '21C 시대와 정신전', 청년작가 초대전 참여.

샤마트전, 세계미술교류협회전 비구상부문 입선. 현재 그림책 작업 다수 진행.

글누림한국소설전집 19

인간문제 강경애 중·장편소설

초판발행   2008년 12월 24일

지 은 이   강경애
펴 낸 이   최종숙
펴 낸 곳   글누림출판사

편집기획   홍동선
진   행   이태곤
디 자 인   이홍주
본문편집   김지향
편   집   권분옥 이소희
마 케 팅   문택주 안현진

주   소   서울시 서초구 반포4동 577-25 문창빌딩 2층(137-807)
전   화   02-3409-2055(대표), 2058(영업), 2060(편집)
팩   스   02-3409-2059
전자메일   nurim3888@hanmail.net
홈페이지   www.geulnurim.com
등록번호   제303-2005-000038호(2005. 10. 5)

값 12,900원
ISBN 978-89-91990-63-0-04810
ISBN 978-89-91990-67-8(세트)

출력·안문화사 스캔·삼평프로세스 용지·화인페이퍼 인쇄·한교인쇄 제책·동신제책

글누림한국소설전집
19

인간문제

강경애 중·장편소설

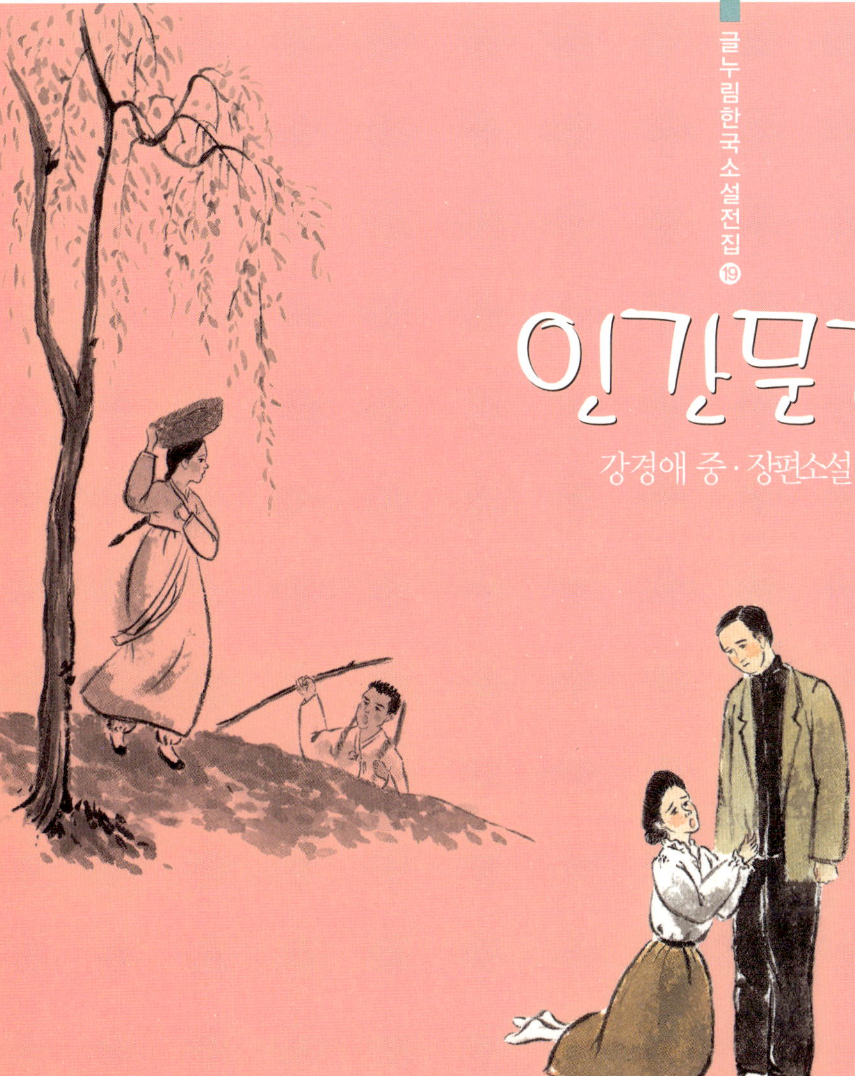

글누림

'글누림한국소설전집'을 새롭게 간행하며

　디지털 환경에 익숙해진 문학 독자들을 위해 '글누림한국소설전집'을 새롭게 간행한다.

　세계의 유수한 고전적 저작들의 목록 절반 이상이 소설이라는 것은 놀라운 일도 이상한 일도 아니다. 잘 짜인 한편의 이야기인 소설은 사회가 지향하는 꿈과 소망을 고스란히 담고 있다. 소설을 언어로 직조한 시대의 세밀한 풍경화라고 하는 말은 그래서 가능하다. 소설이 그 짧은 역사에도 불구하고 인류 문화의 벗으로 자리 잡을 수 있었던 것도 이러한 특성과 무관하지 않다. 시대의 격랑 속에 한치 앞도 전망할 수 없는 오늘날의 개인은 소설 속에 담긴 과거의 시대와 인간과의 조우를 통해 인간의 보편성을 확인하고 자신의 개별성을 확장하는 정서적 체험을 하게 된다. 소설과의 만남은 단지 즐거운 독서 체험에 그치는 것이 아니라, 삶의 저변을 확대하는 문화의 실천인 것이다.

　오늘날의 문학 환경은 과거에 비해 많이 변화되었다. 신세대를 위한 '글누림한국소설전집'은 시대의 디지털적 진화(?)를 고려하여 기획되었다. 무엇보다도 새로운 문화적 감수성으로 무장한 독자들에게 문자로 읽는 텍스트에 그치지 않고, 텍스트가 생산된 시대를 짐작하고 음미하며 즐길 수 있도록 배려한 것이 이 전집의 특징이다. 그 배려는 문학이 우리 삶에 기여하는 정서적·교육적 효과를 깊게 고려한 것이고, 동시에 역사가 주는 교훈과 달리 우리의 삶을 되비추는 거울과도 같은 성찰의 효과를 전제로 한 것이다.

'글누림한국소설전집'이 지향하는 기획 의도는 다음과 같다.

첫째, 이 기획은 문학교육 전문가들과 대학에서 문학을 강의하는 전공 교수들의 조언을 받아 이루어졌으며, 근대 초기로부터 한국전쟁 이전의 소설 중에서 특히 문학적 검증이 끝난, 이른바 정전(canon)에 해당하는 작품들을 중심으로 구성되었다. 정전이란 한 시대의 표준적 규범을 뜻하는 말로, 문학 정전이란 현대문학사에서 누구나 인정하는 성과와 질을 담보한 불후의 명작들을 의미한다. 이 전집을 통해서 근대 초기 이후 지금까지 삶의 이면을 관류하는 문학의 근원적 가치와 이념을 확인할 수 있을 것이다.

둘째, 이 전집은 디지털 환경에 익숙한 젊은 독자들의 취향을 고려한 편의성을 최대한 제고하고자 하였다. 이를 위해서 어려운 낱말에는 상세한 단어풀이를 붙여 이해를 돕고자 했고, 동시에 작품 속에 등장하는 인물들의 갈등과 내면세계를 삽화로 제시하는 한편 작품과 관계되는 당대의 풍속, 생활, 풍물 등의 사진을 본문과 함께 배치하여 다양한 볼거리를 제공하고자 했다. 아울러 작가의 산실이 된 생가와 집필 장소, 유품 등을 사진으로 수록하여 작가의 삶과 작품에 대한 총체적인 이해를 돕고자 했다.

셋째, 이 기획은 교양과목을 수강하는 대학생과 시험을 앞둔 수험생, 풍요로운 삶을 소망하는 일반 독자들에게 작가와 작품, 작품의 배경이 된 당대 현실에 대한 이해를 돕는 교양서로 기능하도록 배려하였다. 수록 작품들은 본래의 의미를 최대한 존중하면서 다양한 이본들을 발표 원문과 일일이 대조하면서 현대식으로 표기하였

고, 박사과정 재학 이상 국문학 전공자의 교정 및 교열 작업을 거쳐 모범적인 판본
을 만들었다.

　현재 우리 소설의 역사는 1백년을 넘어서 새로운 전통을 쌓아가고 있다. 우리 소설
들에는 우리의 선조들이 고심했던 역사와 풍속, 삶의 내밀한 관심과 즐거움이 한데
녹아 있다. 독자들은 소설과의 만남을 통해 우리의 문화가 이룩해온 정체성을 확인
하고 상상하는 즐거움을 만끽할 수 있을 것이다.

　'글누림한국소설전집'이 디지털 시대를 살아가는 21세기의 독자들에게 새로운 독
서 체험을 제공해 주고 동시에 삶의 풍부한 자양분 역할을 하기를 희망한다.

글누림한국소설전집 간행위원회

목차

인간문제

이 산등에 올라서면 용연 동네는 저렇게 빤히 들여다볼 수가 있다. 저기 우뚝 솟은 저 양기와집이 바로 이 앞벌 농장 주인인 정덕호 집이며, 그 다음 이편으로 썩 나와서 양철집이 면역소며, 그 다음으로 같은 양철집이 주재소며, 그 주위를 싸고 컴컴히 돌아앉은 것이 모두 농가들이다.

그리고 그 아래 저 푸른 못이 원소(怨沼)라는 못인데, 이 못은 이 동네의 생명선이다. 이 못이 있길래 저 동네가 생겼으며, 저 앞벌이 개간된 것이다. 그리고 이 동네 개 짐승까지라도 이 물을 먹고 살아가는 것이다.

이 못은 언제 어떻게 생겼는지 물론 아무도 아는 사람이 없을 것이다. 그러나 이 동네 농민들은 이러한 전설을 가지고 있다. 그들은 이 전설을 유일한 자랑거리로 삼으며, 따라서 그들이 믿는 신조로 한다.

그들에게서 들으면 이러하였다—.

옛날 이 원소가 생기기 전에, 이 터에는 장자 첨지가 수없는 종들과 *전지와 살진 가축들을 가지고 살았다는 것이다. 그런데 그 첨지는 하도 인색하여서, 연년이 추수하는 곡식을 미처 먹지 못하고 곡간에서 푹푹 썩어 내도 근처 어려운 사람들을 구제할 생각은 고사하고, 어쩌다 걸인이 밥 한술을 구걸하여도 그것이 아까워서는 대문을 닫아걸고 끼니도 끓여 먹었다는 것이다.

그런데 마침 몇 해를 거치어 흉년이 들어서 이 동네 사람들이 모두 굶어 죽게 되었을 때 그들은 하루에도 몇 번씩 장자 첨지에게 애걸을 하였다. 그러나 첨지는 들은 체도 하지 않고 오히려 그들을 나무라고 문간에도 들이지 않았다는 것이다.

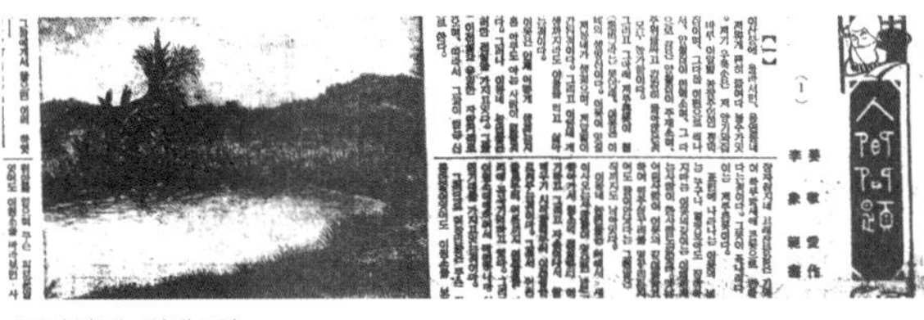

〈동아일보〉 연재 1회

그러므로 그들은 하는 수 없이 몰래 *작당을 하여 가지고 밤중에 장자 첨지네 집을 습격하여 쌀과 살진 짐승들을 끌어냈다는 것이다.

이런 일이 있은 후 며칠 만에 장자 첨지는 관가에 고소장을 들여 이 근처 농민들을 모두 잡아가게 하였다. 그래서 무수한 악형을 하고 혹은 죽이고 그나마는 멀리 쫓아 버렸다는 것이다.

아버지 어머니 혹은 아들 딸을 잃어버린 이 동네 노인이며 어린것들은 목이 터지도록 아버지 어머니를 부르며 혹은 아들과 딸을 찾으며 장자 첨지네 마당가를 떠나지 않고 울었다는 것이다.

그래서 울고 울고 또 울어서 그 눈물이 고이고 고이어서 마침내는 장자 첨지네 고래잔등 같은 기와집이 하룻밤 새에 큰 못으로 변하였다는 것이다. 그 못이 즉 내려다보이는 저 푸른 못이다.

표면에 나타나는 이 못의 넓이는 누구나 얼핏 보아도 짐작하겠지마는, 이 못의 깊이는 이때까지 아는 사람이 한 사람도 없었다. 옛날에 어떤 사람이 이 못의 깊이를 알고자 하여 명주실꾸리를 몇 꾸리든지 넣어도 끝이 안 났다는 그런 말은 아직까지도 남아 있다.

이 동네 농민들은 어디서 새로 이사 오는 사람들이 있으면 반드시 쫓아가서 원소의 전설부터 이야기하고 그리고 자손이 나서 말을 배우기 시작할 때부터 이 전설을 가르쳐 주는 것이다. 그래서 어린애들로부터 어른까지 이 전설을 머리에 꼭꼭 기억하고 있다. 그리고 이 원소에 대하여서 막연하나마 어떤 기대를 가지고 있는 것이다.

그러므로 이 농민들은 무슨 원통한 일이 있어도 이 *원소를 보고 위안을 얻으며 무슨 괴로운 일이 있어도 이 원소를 바라보면 사라진다고 하였다.

메꽃

싱아꽃

*사명일 때면 그들은 떡이나 흰밥을 지어 이 원소 부근에 파묻으며 옷이며 신발까지도 내다 버리는 것이다. 그만큼 그들은 정성을 표하곤 하였다. 더구나 그들이 불치의 병에 걸렸을 때도 이 원소에 와서 빌면 그 병은 곧 물러간다고 그들은 말하였다.

이러한 원소를 가진 그들이건만 웬일인지 해를 거듭할수록 나날이 궁핍과 고민만이 닥쳐왔다. 그래서 근년에는 그들의 먹는 것이란 밀죽과 도토리뿐이므로 흰밥이며 떡을 해다 파묻는 일도 드물었다.

그들의 이러한 아픔과 쓰림은 저 원소라야만 해결해 줄 것 같았다. 그래서 그들은 언제나 원소를 바라보며 위안을 얻었다.

예나 지금이나 저 원소의 물은 푸르고 푸르다. 흰 옷감을 보면 물들이고 싶게 그렇게 푸르다.

×　　×　　×

억새풀이 길길이 자란 그 밑으로 봄을 만난 저 원소 물이 도랑으로 새어 흐르고 또 흐른다. 그 주위로 죽 돌아선 늙은 버드나무는 겉보기에는 다 죽은 듯하건만, 그 속에서 새 움이 파랗게 돋아난다.

어디서 왔는지 모르는 물매미 한 마리가 탐방 뛰어들어, 시원스럽게 원형을 그리며 돌아간다. 그러자 어디서인지 신발 소리가 가볍게 들려온다.

신발 소리가 차츰 가까워지더니 산등으로 계집애 하나가 뛰어 올라온다. 그는 무엇에 쫓기는 모양인지 자주자주 뒤를 돌아보며 숨이 차서 달아 내려온다.

계집애는 이 동네서 흔히 볼 수 있는 메꽃 물을 들인 저고리를 입었
으며 얼굴빛은 좀 푸른 기를 띠었으나 티없이 맑았다. 그리고 손에 든
나물바구니가 몹시 귀찮은 모양인지 좌우 손에 번갈아 쥐다가는 머리
에 였다가 그도 시원치 않아서 이번에는 가슴에다 안으며 낯을 찡그린
다. 그리고 흘금흘금 산등을 돌아본다.

뒤미처 나무꾼애가 작대기를 휘두르며 쫓아온다.

"이놈의 계집애, 깜작 말고 서라!"

소리를 버럭 지르며 다그쳐 오는 속력은 몹시도 빨랐다. 계집애
는 가슴에 안았던 바구니를 머리에 이며 죽을 힘을 다하여 내
려오다가, 그만 푹 거꾸러져 언덕 아래로 굴러 내렸다. 바
구니는 그냥 데굴데굴 굴러 내려간다.

나무꾼 애는 이것이 재미스러워 킥킥 웃으면서 계
집애 곁으로 오더니 막아섰다.

"이 계집애 진작 줄 것이지, 도망질은 왜 하니. 아무
러면 나한테 견딜 것 같니. 좋다! 넘어지니 맛이 어때?"

흑흑 느껴 우는 계집애는 벌떡 일어나며 바구니가 어디
로 갔는가 하여 둘러보다가 저편 보리밭 머리에 있는 것을
보고야 나무꾼애를 힐끔 쳐다본다. 그리고 슬며시 돌아선
다. 나무꾼애는 얼핏 뛰어가서 바구니를 들고 왔다.

"이놈의 계집애! 싱아 다 꺼내 먹는다, 봐라."

계집애가 서 있는 앞에 바구니를 갖다 놓고 그
는 손을 넣어 *싱아를 꺼냈다. 그리고 일변
어석어석 씹어 먹는다. 계집애는 또
다시 힐끔 쳐다보더니,

“이리 다오, 이 새끼!”

앞으로 다가서며 바구니를 뺏는다. 나무꾼애는 계집애의 뾰로통한 모양이 우스워서 킥 웃었다. 그리고 계집애 눈등의 먹사마귀가 그의 눈을 끌었다.

“너 요게 뭐야?”

나무꾼애는 계집애의 눈등을 꾹 찔렀다. 계집애는 흠칫하며 나무꾼애의 손을 홱 뿌리치고,

“아프구나! 새끼두.”

“계집애두 꽤 사납게는 군다…… 나 하나만 더…….”

나무꾼애는 코를 훌떡 들이마시며 손을 내밀었다. 계집애는 그의 부드러운 음성에 무서움이 다소 덜려서 바구니에서 싱아를 꺼내 내쳐주었다.

나무꾼애는 떨어진 싱아를 주워 껍질도 벗기지 않고 시시 하고 침을 삼키며 먹다가 웬일인지 앞이 허전한 듯해서 바라보니, 있거니 한 계집애가 없다. 그래서 두루 찾아보니 계집애는 벌써 원소를 돌아가고 있다.

“고놈의 계집애! 혼자 가네.”

나오는 줄 모르게 이런 말이 굴러 나왔다. 그는 멀리 계집애의 까뭇거리는 모양을 바라보며 그도 동네로 들어가고 싶은 맘이 부쩍 들었다.

“이애 선비야! 나하고 같이 가자.”

소리를 지르며 달려 내려갔다. 그가 원소까지 왔을 때는 계집애는 보이지 않았다. 그는 아무 데나 펄썩 주저앉았다.

“고놈의 계집애…… 혼자 가네. 고런 어디서…….”

이렇게 투덜거렸다.

한참 후에 무심히 내려다보니, 원소 물 위에 그의 초라한 모양이 뚜렷이 보인다. 그는 생각지 않은 웃음이 픽 하고 나왔다. 그리고 물을 들여다보며 다리팔을 놀려 보고 머리를 기웃거릴 때, 아까 뾰로퉁해섰던 계집애의 눈등에 있는 먹사마귀가 얼핏 떠오른다.

"고게 뭐야?"

하며 그는 휙근 돌아보았다. 아무도 없다.

"고놈의 계집애, 정말……."

그는 계집애가 사라진 버드나무숲 저편을 바라보며 이렇게 중얼거렸다. 따라서 물 먹고 싶은 생각이 버쩍 들었다. 그래서 그는 벌떡 일어서며 땀 밴 적삼을 벗어 풀밭에 휙 집어던지고 언덕 아래로 내려갔다.

그는 넙적 엎디며 목을 길게 늘이어 물을 꿀꺽꿀꺽 마신다. 목을 통하여 넘어가는 물은 곧 달큼하였다. 한참이나 물을 마신 그는 얼핏 일어나며 가쁜 숨을 후유 하고 내쉬었다.

원소를 거쳐 불어오는 실바람은 짙은 풀내를 아득히 싣고 와서 땀에 젖은 그의 겨드랑이를 서늘하게 말리어 준다. 그는 횡 *맴돌이를 쳤다.

"내 지게……?"

무의식간에 그는 이렇게 중얼거리자, 그가 계집애를 따라 여기까지 온 것을 생각하고 단숨에 달음질쳐서 산등으로 올라갔다. 그리고 지게 있는 곳으로 와서 낫을 가지고 산 옆으로 돌아가며 나무를 깎기 시작하였다.

나무를 깎아 가지고 지게 곁으로 온 그는 그 지게를 의지하여 벌렁 누워 버렸다. 풀내가 강하게 끼치며 속이 후련해진다. 잠이라도 한잠 푹 자고 싶었다. 그래서 그는 눈을 감았다.

갑자기,

맴돌이
맴을 돎. 제자리에서
서서 뱅뱅 도는 장난.

"첫째야!"

하고 누가 부른다.

잠이 사르르 오던 그는 깜짝 놀라 벌떡 일어났다. 그래서 휘휘 돌아보니 이서방이 나무다리를 짚고 씩씩하며 이편으로 온다.

"이서방!"

그는 이서방을 보니 반가움과 함께 배고픔을 깨달았다.

"너 여기 있는 것을 자꾸 찾아다녔구나."

이서방은 나무다리를 꾹 짚고 서서 귀여운 듯이 첫째를 바라본다. 그들의 그림자가 산 아래까지 길게 달려 내려갔다. 첫째는 나뭇짐을 낑 하고 지며,

"날 찾아다녔수?"

"그래 해가 져가는데두! 어머니께 대답질을 하면 쓰나. 후담에는 그러지 말아라."

첫째는 이서방과 가지런히 걸으며 히이…… 웃었다. 그리고 강한 햇빛을 눈이 부시도록 치느끼며 그는 지금이 아침인지 저녁인지 분명치를 않았다.

"어머니가 밥 지어 놓고 여간 너를 기다리지 않는다."

어머니에 대한 노염을 풀어 주려고 이서방은 말끝마다 어머니를 불렀다.

"밥 했수?"

첫째는 멈칫 서서 이서방을 보다가 무심히 저편 들을 바라보았다. 석양빛에 앞벌은 비단결 같다.

"이서방, 나두 올부터는 김 좀 맸으면……."

이서방은 가슴이 뜨끔하였다. 그리고 저것이 벌써 김을 매고 싶어하

니 어쩐단 말이누 하는 걱정과 함께 지난 날에 일하고 싶어 날뛰던 자기의 과거가 휙 떠오른다. 그는 후— 한숨을 쉬며 불타산을 멍하니 노려보았다.

"이서방, 난 김매구, 이서방은 점심 가지고 나헌테 오구, 그리구, 또……."

그는 말만 해도 좋은지 방긋방긋 웃는다. 이서방은 '너 김맬 밭이 있냐?' 하고 금방 입이 벌어지려는 것을 꿀꺽 삼켜 버렸다. 따라서 가슴속에서 무엇이 울컥 맞받아 나온다.

"그리구 이서방도 동냥하러 다니지 않고 내가 농사한 곡식을 먹구……."

이서방은 그만 우뚝 섰다. 그리고 나무다리를 힘있게 짚었다. 그가 일생을 통하여 이러한 감격에 취하여 보기는 아마 처음일 것이다. 반면에 차디찬 이 세상을 이같이 원망하기도 역시 처음이었다. 그가 어려서부터 남의 집을 살며 별별 모욕을 받다 못해서 이 다리까지 부러졌지만, 아! 여기다 비기랴!

첫째는 흥이 나서 말을 하다가 돌아보니, 이서방이 따르지 않는다. 그는 멈칫 섰다.

"이서방! 왜 울어?"

첫째는 눈이 둥그래서 이편으로 다가온다. 이서방은 눈물을 쥐어 뿌린다. 그리고 나무다리를 다시 놀린다.

"어머니가 또 뭐라고 했구만. 그까짓 어머니 발길로 차 든져."

눈을 실쭉하니 뜬다. 이서방은 놀라 첫째를 바라보며, 아까 싸운 노염이 아직도 남아 있음인가? 그렇지 않으면 이 아이가 무엇 때문에 어머니에 대한 증오심이 이리도 큰가?

밀밭

“이애 너 무슨 말을 그렇게 하니? 못쓴단다.”

이렇게 말하는 이서방은 이애가 벌써 자기 어머니의 비행을 눈치챔인가? 하는 생각이 얼핏 들며, 유서방과 영수, 그리고 요새 같이 다니는 대장장이가 번갈아 떠오른다. 그는 말할 용기를 잃어버렸다.

그들은 밀밭머리 좁은 길로 들어섰다.

“이서방! 오늘 돈 얼마나 벌었수?”

이 말에 이서방은 용기를 얻어,

“이애 돈이 뭐가, 오늘은 저 앞벌 *술막집 *잔채 하는 데 종일 가 있다가, 이제야 왔다.”

“잔챗집에…… 그럼 떡 얻어 왔지, 떡 얻어 왔지?”

작대기를 구르며 이서방을 바라본다.

“그래, 얻어 왔다.”

“얼마나?”

그는 입맛을 다시며 대든다.

“조금 얻어 왔다.”

“또 어머니 주었수?”

“아니 그냥 있다.”

이애가 실망할 것을 생각하고 그는 이렇게 말하면서도 *눈허리에 벌레가 지나는 것 같았다.

“이서방, 나는 떡만 먹고 산다면 좋겠더라.”

그는 침을 꿀꺽 넘기었다.

“내 이 담엔 많이 얻어다 줄 것이니, 이 배가 터지도록 먹으렴.”

첫째는 히이 웃으면서 작대기로 돌부리를 툭툭 갈긴다. 이런 때에 그의 내리뜬 눈은 볼수록 귀여웠다.

그들이 집까지 왔을 때는 어슬어슬한 황혼이었다. 첫째 어머니는 문 밖에 섰다가 그들이 오는 것을 보고,

"저놈의 새끼 범두 안 물어 가."

나오는 줄 모르고 이런 말을 하고도 가슴이 선뜩하였다. 이때까지 기다리던 끝에 악이 받쳐 이런 말을 하고도, 곧 후회가 되었던 것이다.

첫째는 나뭇짐을 벗어 놓고 일어난다.

첫째는 방으로 들어오며,

"나 떡."

뒤따르는 이서방을 돌아보았다. 첫째 어머니는 냉큼 시렁 위에서 떡 담은 바가지를 내려놓았다.

"잡놈의 새끼, 배는 용히 고픈 게다…… 떡떡 하더니 실컨 먹어라."

첫째는 떡바가지를 와락 붙잡더니, 떡을 쥐어 뚝뚝 무질러 먹는다. 그들은 물끄러미 이 모양을 바라보며 저것이 얼마나 배가 고파서 저 모양일까 하고 측은한 생각까지 들었다. 첫째는 순식간에 그 떡을 다 먹고 나서,

"또 없나?"

첫째 어머니는 등에 불을 켜놓으며,

"없다, 그만치 먹었으면 쓰겠다."

"밥이라도 더 먹지."

이서방은 불빛에 빨개 보이는 첫째 어머니의 볼을 바라보며 이렇게 말하였다. 첫째 어머니는 등 곁에서 물러앉으며,

"애는 저 이서방이 버려 놓는다니, 자꾸 응석을 받아 줘서…… 저 새 끼가 배부른 게 어디 있는 줄 아오. 욕심 사납게 있으면 있는 대로 다

먹으려 드는데.”

아까 떡 한 개 더 먹고 싶은 것을, 첫째가 오면 같이 먹으려고 두었던 것이나, 막상 첫째가 배고파 덤비는 양을 보고는, 차마 떡그릇에 손을 넣지 못하였던 것이다. 그러나 마침내 한 개도 남기지 않고 다 먹는 것을 보니 섭섭하였다.

“이서방, 나가자우.”

첫째는 벌써 눈이 감겨 오는 모양이다. 이서방은 첫째 어머니와 이렇게 마주앉고 있는 것이 얼마든지 좋으나, 첫째의 말에 못 견디어서 안 떨어지는 궁둥이를 겨우 떼었다. 그리고 나무다리를 짚고 일어나며,

“나가자.”

첫째도 일어나서 이서방의 손에 끌리어 건넌방으로 나왔다. 그리고 곧 아랫목에 쓰러져서, 몇 번 다리팔을 방바닥에 들놓더니 쿨쿨 잔다. 이서방은 어둠 속으로 첫째를 바라보며, 아까 첫째가 빙긋빙긋 웃으며 아무 거침없이 하던 말을 다시금 되풀이하였다. 그리고 나오는 줄 모르게 한숨을 푹 쉬었다.

안방에는 벌써 누가 왔는지, 수군수군하는 소리가 그의 귀로만 들어오는 듯하였다.

“어느 놈이 또 왔누?”

한숨 끝에 이렇게 중얼거리며, 어느 놈의 음성인지를 분간하려고 귀를 가만히 기울였다.

암만 분간하려나 원체 가늘게 수군거리니 분명치를 않았다. 그저 첫째 어머니의 호호 웃는 소리가 간혹 들릴 뿐이다.

그는 잠을 이루려고 눈을 감고 있으나, 그것들의 수군거리는 소리에 잠이 홀랑 달아나고, 화만 버럭버럭 치받친다. 이놈의 집을 벗어나야

지, 이걸 산담……? 그는 거의 매일 밤 이렇게 성을 내면서도 번번이 이 꼴을 또 보는 것이다.

그는 벌떡 일어나서 담배를 피워 물고 창문 곁으로 다가앉았다. 뚫어진 문 새로는 달빛이 무지개같이 쏘아 들어온다. 그는 담배를 빨아 연기를 후 뿜었다. 달빛에 어림해 보이는 구불구불 올라가는 저 연기! 그것은 흡사히 자기 가슴에 뿜어 오르는 어떤 원한 같았다.

그는 무심히 곁에 놓아 둔 나무다리를 슬슬 어루만졌다. 그는 언제나 속이 답답할 때마다 이 나무다리를 어루만지는 것이다. 아무 반응이 없는 이 나무다리! 사정없이 뻣뻣한 이 나무다리! 그나마 이 나무다리가 그의 둘도 없는 동무인 것이다.

"고놈의 계집애 정말……."

이서방은 놀라 돌아보니, 첫째가 입맛을 쩍쩍 다시며 잠꼬대하는 소리다. 이서방은 첫째가 잠꼬대한 말을 다시금 되풀이하며, 저 애가 벌써 어떤 계집애를 생각함에서 이런 말을 하는가? 하는 의문도 들었다. 그러나 그것은 쓸데없는 자기의 생각 같았다. 따라서 첫째를 장성하게 못 할 수만 있다면 어디까지든지 그를 어린애 그대로 두고 싶었다. 첫째의 장래도 자기가 걸어온 그 길과 조금도 다를 것 같지 않았기 때문이다.

그는 이러한 생각을 하며 첫째 곁으로 바싹 가서 가만히 들여다보았다. 그는 여전히 씩씩 잔다. 지금 이 순간이 첫째에게 있어서는 다시없는 행복스러운 순간 같았다. 그리고 낮에 "나도 김매고 싶어" 하던 말을 다시금 생각하며 그의 볼 위에다 볼을 갖다 대었다.

첫째의 볼로부터 옮아오는 따뜻한 이 감촉! 그리고 기운 있게 내뿜는 그의 숨결, 자기의 살과 피가 섞여 있은들 이에서 더 따구울 수가 있으랴!

그는 무의식간에 첫째의 목을 꼭 쓸어안으며, '내 비록 병신이나마 나머지 여생은 너를 위하여 살리라' 하고 몇 번이나 맹세하였다.

마침 *짜근거리는 소리에 이서방은 머리를 번쩍 들었다.

"이 개갈보 같은 년아!"

목청껏 지르는 소리에 지정이 저렁저렁 울린다. 이서방은 문 곁으로 바싹 다가앉았다.

"아이 이 양반이 미쳤다? 왜 이래."

"요년 아가리 붙여라, 이 더러운 쌍년, 네년이 저놈뿐이 아니라 나무다리 비렁뱅이도 붙인다지, 저런 쌍년, 에이 쌍년!"

침을 탁 뱉는 소리가 난다. 이서방은 '병신거지도 붙인다지' 하던 말이 언제까지나 귓가를 싸고돌았다. 그리고 전신이 짜르르 울리며, 손발 하나 놀릴 수가 없었다.

"아이쿠, 이 년놈들 잘한다."

짝짝 쿵 하는 소리가 자주 들렸다. 영수와 새로 다니는 대장장이와 맞붙은 모양이다.

"흥, 하룻개 범 무서운 줄 모른다더니, 네게 두고 이른 말이구나. 이 경칠 자식, 그래, 온전한 부녀인 줄 알았냐?"

어떻게나 하는지 죽는 소리를 한다.

"이 년놈들 내 칼에 죽어 봐라."

"아이 저 칼! 저 칼!"

첫째 어머니의 이 같은 소리에 이서방은 벌컥 일어나며 나무다리를 짚고 뛰어나갔다. 안방 문짝이 떨어져 *봉당 가운데 넘어졌으며, 등불조차 꺼져서 캄캄하였다.

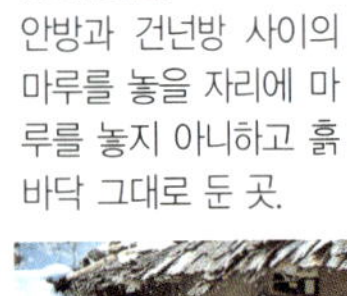

첫째 어머니는 봉당으로 달아나왔다.

"이거 이거."

숨이 차서 헐떡이며 칼을 쑥 내민다. 이서방은 칼을 받아 들고 부엌으로 나가며 얻다가 이 칼을 둬야 좋을지 몰라 한참이나 왔다갔다 하다가 나뭇단 속에 감추어 놓고 안방으로 들어갔다.

"이거 왜들 이러슈. 점잖으신 터에 참으시죠들."

서로 어우러진 것을 뜯어 놓으려니,

"이 자식은 왜 또 이래…… 너 깡뚱발이로구나. 너도 한몫 들어 매 좀 맞으려니?"

누구인지 발길로 탁 찬다. 이서방은 팩 하고 나가자빠졌다. 그 바람에 나무다리는 어디로 달아났는지 암만 찾아봐도 없다. 이서방은 온 봉당을 뻘뻘 기어다니며 나무다리를 찾았다. 그리고 몇 해 싸두었던 원한이 일시에 폭발됨을 깨달았다. 그러나 그는 꾹 참으며 나무다리를 얻어 짚고 밖으로 뛰어나왔다.

전 같으면 밖에 구경꾼들이 얼마든지 모였을 터이나 오늘은 밤이 오랜 까닭인지 아무도 없었다. 그는 나뭇가리 곁으로 와서 우두커니 서 있었다.

컴컴한 저 불타산 위에 뚜렷이 솟은 저 달! 저 달조차도 이서방의 이 나무다리를 비웃느라 조롱하느라 이 밤을 새우는 것 같았다.

"이서방!"

찾는 소리에 이서방은 휙근 돌아보았다. 첫째가 내달아오며 일변 오줌을 솰솰 내뻗친다. 이서방은 첫째의 버릇을 아는지라 가슴이 뜨끔해지며 저놈이 또…… 하고 불안을 느꼈다. 그리고 곧 첫째 곁으로 와서 그의 꽁무니를 꾹 붙들었다.

오줌을 다 누고 난 그는 울컥 내닫는다.

"이놈들! 이놈들!"

목통이 터져라 하고 고함을 치며 내닫다가 이서방이 붙든 것을 알자 주먹으로 몇 번 냅다 쳤다.

"놔, 이거!"

"이애 첫째야! 첫째야! 너 그럭하면 못 쓴다, 응. 이애 매 맞는다, 응, 이애."

"매 맞아도 좋아, 이놈들."

이번에는 사정없이 머리로 이서방의 가슴을 들이받으며 발길로 차 던졌다. 이서방은 또다시 자빠졌다. 첫째는 나는 듯이 지게 곁으로 가서 낫을 뽑아 가지고 안으로 들어간다.

"이애! 이애!"

이서방은 너무 급해서 벌벌 기어 달려 들어가며 그의 발목을 붙들었다. 이 눈치를 챈 첫째 어머니는 내달아 왔다. 그리고 대문 빗장을 뽑아 들었다.

"이놈의 새끼, 왜 자지 않고 지랄이냐."

"흥, 저놈의 새끼들은 왜 지랄이누."

어머니의 머리채를 잡아 *숙친다.

안방에서는 더한층 지끈자끈하는 소리가 벼락치듯 난다. 이서방은 소름이 쭉 끼쳤다. 안방의 놈들이 이리 기울어지면 어린 첫째는 어디든지 부러지고야 말 것 같았다. 따라서 옛날에 자기가 주인과 맞붙어

숙치다
숙어지다. 고개나 머리 따위가 앞으로 기울어 지다.

싸우다가 이 다리가 부러지던 기억이 새삼스럽게 떠오르며 그때 그 비운이 오늘에 또 이 어린것에게 사정없이 닥치는 듯싶었다.

이서방은 첫째의 발길에 채어 이리저리 굴면서도 그의 발목은 놓지 않았다. 그때 코에서는 선혈이 선뜻선뜻 흘러나온다.

"첫째야, 너 자꼬 그러면 다시는 떡 얻어다 안 준다."

이서방은 생각지 않은 이런 말이 불쑥 나왔다.

"정말? 이서방!"

첫째는 숨이 가빠서 훌떡훌떡하면서 돌아선다. 이서방은 벌떡 일어나며 그의 목을 꼭 쓸어안았다. 그러자 이서방의 눈에서는 눈물이 좌르르 쏟아졌다.

×　　×　　×

선비 어머니가 뒤뜰에서 *이엉을 엮어 나가며, 약간씩 붙은 나락을 죽 훑어서 옆에 놓인 바가지에 후르르 담을 때 밖으로부터 선비가 뛰어 들어온다.

"어마이."

숨이 차서 들어오는 선비를 이상스레 바라보며 그의 어머니는,

"왜 무엇을 잘못하다가 꾸지람을 들었니?"

선비는 머리를 설레설레 흔들며 어머니 귀에다 입을 대었다.

"어머니, 저어…… 큰댁 아지머님과 신천댁과 싸움이 나서 큰집 영감이 생야단을 하셨다누."

선비 어머니는 귓가가 간지러워서 조금 머리를 돌리며,

이엉
초가집의 지붕이나 담을 이기 위하여 짚이나 새 따위로 엮은 물건.

“밤낮 싸움이구나. 그래 누가 맞았니?”

“그전에는 큰댁 아지머님을 따리지 않았어? 그런데 오늘은 신천댁을 사정없이 따리데, 아이 불쌍해!”

선비는 무심히 나락 바가지에 손을 넣어 휘저어 보면서 얼굴에 슬픈 빛을 띤다.

“남의 첩질하는 년들이 매를 맞아야 하지, 그래 큰어미만 밤낮 맞아야 옳겠니?”

딸의 새침한 얼굴을 바라보았다. 올봄부터는 선비의 두 뺨에 홍조가 약간 피어오른다.

“그래두 어마이, 신천댁의 말을 들으니 그가 오고 싶어 온 게 아니라 저의 아부지가 돈을 많이 받고 팔아서 할 수 없이 왔다고 그러던데 뭐.”

“하긴 그랬다고 하더라…… 그러기에 돈밖에 무서운 것이 없어.”

선비 어머니는 지금 매를 맞고 울고 앉아 있을 신천댁의 얼굴을 생각하며 꽃봉오리같이 피어오르는 선비의 장래가 새삼스럽게 걱정이 되었다.

“어서 가서 무얼 하려무나, 왜 그러고 앉아 있니. 오늘 빨래에 풀하지 않니?”

“해야지.”

그는 어머니 말에 어려워 부시시 일어나면서 다시 한 번 나락 바가지를 들여다보았다. 그리고 빙긋이 웃었다.

“어마이, 이것도 찧으면 쌀이 한 되나 될 것 같우, 참……."

“이애 얼른 가봐라.”

“응.”

선비는 나락 바가지를 놓고 밖으로 나간다. 그의 어머니는 물끄러미 딸의 뒷모양을 바라보며 세월이란 참말 빠르구나! 하고 탄식하였다. 그리고 선비도 오래 데리고 있지 못할 것을 깨달으며 가슴이 찌르르 울렸다.

그는 무의식간에 한숨을 푹 쉬며 손을 내밀어 이엉초를 꾹 쥐고 물끄러미 바라보았다. 손끝은 짚에 닳아져 빨긋빨긋하게 피가 배었다. 그때에 얼핏 떠오른 것은 자기의 남편이다.

남편의 생전에는 비록 빈한하게는 살았을망정, 이렇게 이엉을 엮는 것이라든지 *울바자를 세우는 것 같은 그런 밖의 일은 손도 대어 보지 않았다. 보다도 봄이 되면 으레 이 모든 것이 새로 다 되는 것이니…… 하고 무심히 지내 보내었던 것이다.

그러나 남편이 없어지매 모두가 그의 손끝 가지 않는 것이 없고 힘은 배곱 쓰건마는 무슨 일이나 마음에 들도록 되는 일이 하나도 없었다.

집안 살림 명색치고 단 두 간살이를 하더라도 *시재 돌멩이 하나 놓일 자리에 놓여야 하고 새끼 한 오라기 헛되이 버릴 것이 없었다.

남편의 생전에는 뜰을 쓸어 치는 비 같은 것이나 벽을 바르는 매흙이나는 그런 줄을 모르고 되는 대로 쓰고 버리고 하였건마는 지금에는 그것조차도 마음놓고 쓸 수도 없거니와 손수 마련치 않으면 쓸 것도 없었다.

그는 이러한 생각을 하며 이엉초는 또 누구의 손을 빌려 저 지붕에다 올려 펼까 하는 걱정이 불쑥 일어난다. 지붕 해 이을 새끼는 그가 며칠 밤 자지 못하고 꼬아서 네 *사리나 만들어 두었고, 이 이엉 엮는 것도 내일까지면 마칠 것이나 지붕 한복판에 덮는 *용구새 트는 것이

이엉을 올리는 모습

울바자
울타리에 쓰는 바자. 바자는 대, 갈대, 수수깡, 싸리 따위로 발처럼 엮거나 결어서 만든 물건.

시재(時在)
당장에 가지고 있는 돈이나 곡식.

사리
국수, 새끼, 실 따위를 동그랗게 포개어 감은 뭉치. (수량을 나타내는 말 뒤에 쓰여) 국수, 새끼, 실 따위의 뭉치를 세는 단위.

용구새
'용마름'의 방언(강원, 충청). 용마름(龍--)은 초가의 지붕마루에 덮는 'ㅅ' 자형으로 엮은 이엉을 말한다.

라든지 이엉초를 지붕 위에 올려 펴고 새끼로 얽어매는 것 같은 것은 남정들의 손을 빌려야 할 것이었다.

그는 속으로 누구의 손을 좀 빌릴까…… 하고 두루두루 생각해 보다가, 에라 되든지 안 되든지 내가 그만 이어 볼까 하고 흘금 지붕을 쳐다보았다.

작년에 한 해를 건넜음인지 우묵우묵 골이 진 그 새에 풀이 이따금씩 파랗게 보인다. 그는 벌컥 일어나며,

"왜 날 두고 혼자 갔누?"

하고 중얼거렸다. 그리고 머리를 돌려 저 앞을 바라보았다. 그의 눈앞에 얌전하게 돌아앉은 작은집과 큰집! 모두가 말쑥하게 새로 이엉을 해 이었다.

그 위로 햇빛이 노랗게 덮이었다.

쨍쨍히 내리쬐는 봄볕을 받아 샛노랗게 빛나는 저 지붕과 지붕! 얼마나 저 지붕들이 부럽고도 탐스러운 것이냐!

그는 눈을 꾹 감았다. 그러나 그 지붕들은 점점 더 또렷또렷이 나타나 보인다. 그리고 그 지붕 새로 굵단 남편의 손끝이 스르르 떠오른다. 그리고 임종시까지 차마 눈을 감지 못하고 끼르륵 하고 숨이 넘어가던 그!

그의 남편 김민수는 위인 된 품이 몹시도 착하고 정직하였다. 그러므로 정덕호 앞으로 몇 십 년의 부림을 받았어도 일동전 한닢 축내지 못하는 것이 그의 특성이었다. 그리고 아무리 몸이 고달프더라도 덕호의 명령이라면 물불을 헤아리지 않고 덤벼들곤 하였다.

그래서 온 동네 사람들까지도 민수를 믿어 왔으며 덕호 역시 믿었다. 그러므로 거액의 돈받이 같은 것은 일부러 민수에게 맡기곤 하였다.

　이렇게 지내기를 근 이십 년이었던, 지금으로부터 팔 년 전 겨울이었다. 바로 선비가 일곱 살 잡히던 때였다.

　그날—아침부터 함박눈이 부슬부슬 떨어진다. 이날도 민수는 일찍 일어나서 덕호네 집으로 왔다. 그래서 안팎 뜰을 쓸고 소 여물까지 끊여 났을 때 덕호는 나왔다.

　"자네 오늘 방축골 좀 다녀오겠나?"

　민수는 머리를 굽실해 보이며,

　"다녀옵지유."

　"좀 이리 오게."

　덕호는 쇠죽간을 거쳐서 사랑으로 들어간다. 그도 뒤를 따랐다. 덕호는 아랫목에 놓아 둔 *문갑을 뒤져 장부를 꺼내 놓고 한참이나 들여다보더니,

　"아니 방축골 그놈이 근 오십 원이나 되네그리…… 자네가 가서 꽤 받을까? 그놈은 몹시 질긴데."

　민수는 머리를 숙인 채 가만히 있다. 덕호는 안타까운 듯이,

　"가보겠나, 어떻게 하겠나? 가서 받지 못할 바에는 꼴찌아비를 보내겠네, 응 말을 해."

　민수는 뭐라고 대답을 해야 좋을지 몰라 얼굴이 뻘개지며 머뭇머뭇한다.

　"에이그 저 사람! 왜 그렇게 사람이 영악지를 못해…… 좌우간 갔다오게. 그러구 말이야, 이번에 안 물면 집행하겠다고 말을 똑똑히 좀 해, 그러구 좀 단단히 채여."

　덕호는 살기가 얽힌 눈을 똑바로 뜨고 민수를 바라본다.

　"가는 김에 명호와 익선이도 찾아보게."

연재 당시의 삽화

문갑(文匣)
문서나 문구 따위를 넣어 두는 방세간. 서랍이 여러 개 달려 있거나 문짝이 달려 있고, 흔히 두 짝을 포개어 놓게 되어 있다.

소나 말 따위의 가축들에게 먹이를 담아 주는 그릇. 흔히 큰 나무토막이나 큰 돌을 길쭉하게 파내어 만든다.

"네."

"그럼 오늘 꼭 가게."

덕호는 다시 한 번 다지고 나서 장부를 문갑 안에 넣고 일어선다. 그리고 잔기침을 두어 번 하고 밖으로 나간다. 민수는 곧 그의 뒤를 따라 나왔다. 가마 부엌에서 여물 끓인 내가 구수하게 났다.

민수는 여물을 푹 떠가지고 외양간으로 가니 벌써 소는 냄새를 맡고 부시시 일어나 *구유 곁으로 나온다. 그리고 더운 김이 뭉클뭉클 오르는 여물을 맛이 있게 먹는다.

여물을 다 퍼 지르고는 민수는 밖으로 나왔다. 여전히 함박눈은 소리 없이 푹푹 쏟아진다. 그는 근심스러운 듯이 하늘을 쳐다보며,

"눈이 오는데……."

이렇게 중얼거렸다.

집까지 온 민수는 신발을 부덕부덕하였다. 선비 어머니는 의아한 눈으로 남편을 바라보았다.

"어디 가시려나요, 뭐?"

"음, 저기 돈 받으러."

"아, 뭐 오늘 같은 날에요."

"왜 오늘이 어떤가? 이렇게 함박눈 오는 날이 오히려 푸근하다네."

옆에서 말똥말똥 바라보던 선비는 얼른 일어나 아버지 품에 안기며,

"아버지 나두 가, 응."

머리를 갸웃하고 들여다본다. 민수는 딸을 꼭 껴안으며 밥상에 마주 앉았다. 그리고 밥을 좀 뜨는 체하고 곧 일어났다.

"내 가면 며칠 될 것이니 그 동안 선비 잘 간수하게. 불도 뜨뜻이 때

고.”

“눈 오는 날 가실 게 뭐야요…… 다른 사람의 몸은 몸이 아니고 쇳덩이인 줄 아나 베.”

선비 어머니는 주인 영감을 눈앞에 그리며 이렇게 중얼거렸다.

“아 그 사람…… 별소리 다 해.”

민수는 눈을 크게 떴다. 선비 어머니는 얼굴이 빨개지며 선비의 손을 어루만진다. 민수는 선비의 머리를 두어 번 쓰다듬어 본 후에 문을 열고 나섰다. 눈빛에 눈허리가 시큰시큰하였다.

“안녕히 다녀오세요.”

아내의 인사를 귓결에 들으며 민수는 성큼성큼 걸었다. 한참이나 수굿하고 걷던 그는 선비의 울음소리에 휙근 돌아보니 선비가 눈 속으로 뛰어온다.

민수는 선비를 바라보고 무의식간에 몇 발걸음 옮겨 놓았을 때 선비 어머니는 선비를 붙들어 안으며 우두커니 섰다. 민수는 두어 번 손짓을 하여 들어가라는 뜻을 보이고 돌아섰다.

아까보다 눈은 점점 더 많이 쏟아진다. 함박꽃 같은 눈송이가 그의 입술 끝에 녹아지고 또 녹아졌다. 그때마다 그는 찬 냉수를 마시는 듯하여 가슴이 선뜻하곤 하였다.

길이란 길은 모두 눈에 묻혀 버리고 길가의 낯익은 나무들도 눈송이에 흐리었다. 그리고 그 높은 불타산도 뿌옇게 보일 뿐이다.

민수는 길을 찾을 수가 없어 한참이나 밭고랑으로 혹은 논둑을 밟다가 동네를 짐작하고야 길을 찾곤 하였다. 그리고 눈에 젖었던 신발은 얼어서 대그럭 소리를 내었다. 이렇게 눈 속에 푹푹 빠지며 민수가 간신히 몇 집을 둘러 방축골까지 왔을 때는 벌써 그가 집에서 떠난 지 이틀째 되는 황혼이었다.

"주인 계시우?"

걸레로 한 주먹씩 틀어막은 문을 열고 나오는 주인은 민수를 보자 한층더 얼굴이 허옇게 질린다.

"이 눈 오는데 어떻게 여기를…… 어서 들어가십시다."

민수는 방 안으로 들어가니 너무 캄캄해서 지척을 분간하는 수가 없었다. 그는 한참이나 눈을 감고 있다가 가만히 떠보니 숨이 답답해지며 차라리 오지 말았더면…… 하는 후회가 곧 일어난다. 그리고 이 저녁거리나마 있을 것 같지 않았다.

"참 이 눈 오는데…… 제가 한목 들어가려고 했지마는 너무 오래 빈말로만 올려서 어디…… 참 오작이나 치우셨습니까."

주인은 어느 것부터 먼저 말해야 좋을지 몰라 쩔쩔매었다.

"여보게 저녁 진지 짓게, 뭐 찬이 어디 있어야지……"

그의 아내는 머리를 내려 쓸며 부시시 일어 나간다. 민수는 정신을 가다듬어 아랫목을 바라보았다. 시커먼 누더기 속에서 조잘조잘하는 소리가 자주 들리며 누더기가 배움하고 열리더니 까만 눈알이 수없이 반들거렸다. 그리고 킥킥 웃는 소리가 난다. 몇 아이나 되는지 모르나 어쨌든 한두 아이가 아님은 즉시 알았다.

이 저녁부터는 바람까지 일었는지 바람소리가 휙 몰려갔다가 몰려온다. 그리고 문풍지가 드르릉드르릉 울리며 눈보라가 방 안으로 스르륵 몰려들었다. 민수는 방 안에 앉았느니보다 차라리 밖에 어떤 토굴 같은 곳이 있으면 그리로 나가서 이 밤을 지내고 싶은 맘이 부쩍 들었다. 그러나 이 밤에 어디가 토굴이 있는지를 모르고 무턱하고 나갈 수도 없어서 맘을 졸이며 앉았노라니 마치 바늘방석에 앉은 것 같고, 더구나 이 밤새에 몇 사람의 죽음을 볼 것만 같았다.

밥상이 들어온다. 민수는 배고프던 차에, 한 술 떠보리라 하고 술을 드니, 밥이 아니라 죽이었다. 조죽에 시래기를 넣어서 끓인 것이다. 민수는 비록 남의 집을 살았을지언정, 일생을 통하여 이러한 음식을 먹어 보기는 처음이었다. 그리고 *조겻내까지 나서 그의 비위에 몹시 거슬리나 꾹 참으며 국물을 후루루 들이마셨다.

그때 아랫목에서 애들이 벌떡벌떡 일어났다.

"엄마 나 밥!"

"엄마 나 밥! 응야."

이 모양을 바라보는 주인은 눈을 부릅뜨며,

"저놈의 새끼들을 모두 쳐 죽여 버리든지 해야지, 정……."

그리고 민수를 돌아보며,

"어서어서 많이 잡수시유, 저놈들은 금시 먹고도 버릇이 그래서 그럽니다그리."

민수는 손끝이 가늘게 떨렸다. 그리고 술을 들 용기가 나지 않았다.

조겻내
조겨. 조에서 좁쌀을 내고 남는 겨. 조겻내는 겨에서 나는 냄새.

그래서 그만 술을 놓고 물러앉았다.

"왜, 왜 안 잡수십니까, 뭐 자실 것이 되어야지유."

주인은 머리를 벅적벅적 긁으며 상을 밀어 놓았다. 사남매는 일시에 욱 쓸어 일어나며 저마다 죽그릇을 잡아당기기에 먹지도 못하고 싸움만 벌어졌다.

주인은 벌떡 일어나더니 장죽을 들고 돌아가며 붙인다. 민수는 너무 민망하였다. 그래서 주인을 붙들며,

"이게 무슨 일이오니까. 애들이 다 그런 게지유. 놔유, 어서 놔유."

상 귀에서 흐른 죽을, 그중 어린 것이 입을 대고 쭉쭉 핥아 먹는다. 이 꼴을 보는 주인 마누라는 나그네 보기가 부끄러운 듯이 어린애를 붙들어다 젖을 물리고 콧물을 씻는 체하면서 *고름 끈을 눈에 갖다 대곤 한다.

애써 말리는 나그네의 생각을 함인지, 주인은 씩씩하며 맷손을 놓고 물러앉는다.

"아 글쎄 글쎄, 새끼는 왜 그리 태었겠수. 이것두 아마 죄지유. 전생에서 무슨 큰 죄를 지고 나서 이 모양인지."

홧김에 때리기는 하고도 그만 억울하고 분하여서 소리쳐 울고 싶은 것을 겨우 참는 모양이다. 못 먹이고 못 입히기도 억울한데 더구나 굶고 앉은 그들을 공연히 때리었구나…… 하는 후회가 일었던 것이다.

이제까지 아우성치고 울던 그들이건만 그런 일은 언제 있었느냐는 듯이 누더기 속에서 소곤소곤하고는 킥킥 웃는다.

민수는 그날 밤잠 한 잠 못 자고 이런 생각 저런 생각을 되풀이하였다. 그리고 남의 일이라도 남의 일 같지를 않고 자기의 앞에도 이런 비운이 닥쳐오지나 않으려나 하는 불안이 문풍지를 울리는 바람과 같이

꼬리에 꼬리를 물었다.

이렇게 밤을 새우고는 민수는 채 밝기도 전에 일어앉았다. 추운 방에서 자서 그런지 몸이 가뿐치를 않고 아무래도 감기에라도 걸린 것 같다.

"몹시 치우시지유?"

주인은 마주 일어앉는다. 민수는 얼결에,

"네…… 뭐."

이렇게 분명치 못한 대답을 하며 담배를 피워 물었다. 그리고 담뱃갑을 주인 앞으로 밀어 놓았다. 주인은 황송한 듯이 머리를 숙이며 담배를 붙여 문다. 민수는 담배를 한 모금 쑥 빨며 무심히 들으니 벌써 아랫목에서 소곤소곤하는 소리가 들린다. 민수는 얼핏 머리를 들어 아랫목을 바라보았다.

아무것도 분간치 못할 컴컴한 속으로 그침없이 조잘거리는 이 소리. 지금쯤은 우리 선비도 깨어서 제 어미와 "아부지 어디 갔나?" 하고 조잘조잘하겠지…… 하는 생각이 들었다. 뒤이어 선비의 얼굴이 저 아랫목 위로 스르르 떠오른다.

"어마이 배고파!"

민수는 이 소리가 꼭 선비의 음성 같아서 깜짝 놀랐다. 그래서 무의식간에 담배를 휙 집어 뿌렸다. 그 다음 순간 그 음성이 선비의 음성이 아니라고 부인하면서도 웬일인지 가슴이 짜르르 울려서 견딜 수가 없었다.

민수는 안타까웠다. 그만 곧 일어나 이 자리를 벗어나고 싶었다. 그가 벌컥 일어났을 때 그는 무의식간에 그의 *거지 안에서 일 원짜리 *지화를 꺼내 가지고 나왔다. 그래서 주인의 손에 쥐어 주었다.

거지
'호주머니'의 방언.

지화
지폐.

“애들 밥 한 끼 해주!”

주인은 어리둥절하였다. 그리고 자기 손에 쥐인 것이 돈이라는 것을 깨닫자 칵 쓰러지며 엉 하고 울고 싶었다. 민수는 두 다리가 가늘게 떨리는 것을 깨달았다. 다음 순간에 덕호의 성난 얼굴을 똑똑히 보았다. 그는 진저리를 쳤다. 그리고 주인의 붙잡는 것을 뿌리치고 그 집을 나왔다.

간밤 동안에 얼마나 바람이 불었는지 눈이 이리 몰리고 저리 몰리어 어떤 곳은 눈산을 이루어 났다. 민수는 신발 소리를 사박사박 내며 분주히 걸었다. 흰 눈 위에는 이따금씩 날짐승들의 발자국이 꽃잎같이 뚜렷이 났다.

민수는 속이 불편하였다. 이제 덕호를 만나 뭐라고 말할 것이 난처하였던 것이다. 그래서 그는 이리저리 궁리해 보며 혹은,

‘이 원만 받았다고 속일까? 그리고 나중에 내 돈으로 슬그머니 갚더라도…… 그래도 속이느니보다는 바로 말을 해야지, 주인님도 사람이지, 그 말을 다 하면 설마한들 잘못했다고 할까? 그렇지는 않겠지.’

이렇게 속으로 다투나, 두 가지가 다 시원치를 않았다. 누가 곁에 있으면 물어라도 보고 싶게 안타까웠다. 그러나 마침내는 속이기로 결정하고 억지로 마음을 가라앉히려 하였다. 그러나 그것은 쓸데없는 일이었다. 사내자식이 돈 일 원이 무엇이기에…… 하며 스스로 꾸짖어도 보았다.

이렇게 망설이며 다투면서 동네까지 온 그는 반가워야 할 이 동네건만 발길이 얼른 들여놓이지를 않았다. 그래서 그는 동구에 멍하니 서서 한참이나 무엇을 생각하다가 들어왔다.

덕호의 집까지 온 민수는 사랑문 앞에서 발을 툭툭 털며 주인님이

사랑에 계시지 않았으면…… 하고 가만히 문을 열었다. 욱 쓸어 나오는 담배 연기 속에서 덕호의 늘 피우는 담뱃내를 후꾼 맡았을 때 그는 머뭇머뭇하였다.

“몹시 칩지, 어서 들어와 불 쬐게.”

덕호는 머리를 기웃하여 내다본다. 둘러앉은 노인들도 한마디씩 말을 던졌다. 민수는 하는 수 없이 방으로 들어갔다. 그리고 화로를 피하여 앉았다.

덕호는 문갑 위에서 산판을 꺼내 들며,

“그래 이번에는 좀 주던가, 방축골 그놈이?”

덕호는 그가 너무 미워서 이름도 부르지 않는 것이다. 민수는 얼굴이 빨개지며 머뭇머뭇하다가,

“아니유.”

“아 그래 그놈을 가만히 두고 왔단 말인가? 사지라도 부러치고 오지.”

“뭐, 물 턱이…….”

민수는 말끝을 마치지 못하고 푹 숙일 때 상가에 흐르는 죽을 젖 빨듯이 빨아 먹던 어린애가 얼핏 떠오른다. 그리고 그 어두운 방 안이 휙 지나친다. 민수의 늘어진 말에 덕호는 화가 버쩍 났다.

“물 턱 없는 놈이 남의 돈을 왜 쓴단 말인가!”

소리를 버럭 지른다. 민수는 꿈칠 놀라 조금 물러앉았다. 덕호의 손길이 그를 후려치는 것으로 알았던 것이다.

“그래 딴 놈들은?”

“바 받았습니다.”

덕호는 찡그렸던 양미간을 조금씩 펴며,

"그래 얼마씩이나 받았는가?"

"아마 삼 원……."

민수는 자기 말에 깜짝 놀랐다. "이 원 받았습니다" 하고 말하려던 것인데, 누가 이렇게 시켜 주는지 몰랐다. 다음 순간 그는 모든 것을 바로 말하리라 하고 결심하였다. 두 귀는 무섭게 운다.

"모두 이자만 받았네 그려…… 그 방축골 놈 때문에 일 났어! 아 그 놈이 잘라먹으려고 든단 말이어. 받아 온 것이나 내놓게."

민수는 지갑 속에서 돈을 내어 덕호 앞으로 밀어 놓았다. 그의 손끝은 확실히 떨렸다. 덕호는 지전을 당기어 헤어 보더니,

"이 원뿐일세……?"

의아한 듯이 바라본다. 민수는 머리를 번쩍 들었다. 그의 눈에는 어린애 같은 천진한 애원이 넘쳐흐른다.

"저 남성네 어린것들이 굶어…… 굶어 있기에 주, 주었습니다."

마침내 그의 눈에는 눈물이 그뜩 괴었다.

"뭐?"

덕호는 순간으로 눈이 뒤집히며 들었던 *산판을 휙 집어 뿌렸다. 산판은 민수의 양미간을 맞히고 절거륵 저르르 하고 떨어진다.

"이 미친놈아, 그렇게 자선심 많은 놈이 남의 집은 왜 살아. 나가! 네 집구석에서 자선을 하겠으면 하고 말겠으면 말아라."

돌아앉은 사람들은,

"그만두슈, 다."

"글쎄 글쎄, 제가 배가 고파서 무엇을 사먹었다든지, 혹은 쓸 일이 있어 썼다면야 당연한 일이 아니겠수. 아 이 미친놈은 터들터들 가서 보행료도 못 받아 처여면서 그런 혼 나간 짓을 하니 분하지 않우? 이

애 이놈 나가라!"

덕호는 벌컥 일어나며 발길로 냅다 찬다. 사람들이 아니면 실컷 두드리고 싶으나 체면을 생각해서 꾹 참고 다시 앉았다.

"그 돈 일 원이 많아서 그런 게 아니어, 그놈이 내 돈을 통째 삼키려는 판에 *피천 한푼이나 왜 준단 말이냐, 이놈아."

덕호는 이를 북북 갈며 사뭇 죽일 듯이 달려들다가 그만 휙 나가버린다. 돌아앉았던 사람들도 뿔뿔이 가버리고 말았다. 한참 후에 민수는 정신을 차려 돌아보니 아무도 없다. 그리고 눈이 텁텁한 듯하여 만져 보니 양미간이 좀 달라진 듯하였다.

민수는 이렇게 주인에게 매를 맞고 욕을 먹었지만 웬일인지 분하지도 노엽지도 않고 오히려 속이 푹 가라앉으며 무슨 무거운 짐을 벗어 놓은 듯하였다.

그는 얼핏 일어나 그의 집으로 왔다.

그가 싸리문을 열 때 선비 모녀는 뛰어나왔다. 칵 매어 달리는 선비를 안은 민수는 뜻하지 않은 눈물이 앞을 가리었다. 그리고 사남매의 모양이 또다시 떠오른다. 오늘은 그들이 무엇을 좀 먹어 보았을까? 하며 방 안으로 들어갔다.

싸리문

물끄러미 부녀의 모양을 바라보던 선비 어머니는,

"미간 새가 왜 그래요?"

"왜 무엇이 어떤가."

그는 손으로 양미간을 비벼치며 드러눕는다. 선비 어머니는 이불을 내려 덮으며 어디서 몹쓸 놈을 만나 곤경을 당하였나? 혹은 *노독 때문인가? 하고 생각하며,

피천
노린동전. 매우 적은 액수의 돈.

노독(路毒)
먼 길에 지치고 시달려서 생긴 피로나 병.

“진지 지을까요?”

“글쎄! 미음이나 좀 먹어 볼까…… 쑤게나.”

미음 쑤라는 말에 선비 어머니는 남편의 몸이 불편하다는 것을 확실히 알았다. 그래서 어디가 아프냐고 물으려니 민수는 눈을 꾹 감고 돌아눕는다.

그날부터 민수는 자리에서 일지 못하고 몹시 앓았다. 선비 어머니는 온갖 애를 다 썼으나 아무 효험이 없었다.

어떤 날 선비 어머니는 밖으로부터 들어오며 눈등이 빨개졌다.

“큰집 영감님한테 산판으로 맞었단 말이 참말입니까?”

“누가 그러던고?”

“아 뭐, 다들 본 사람들이 그러던데요.”

"듣그러워! 그런 말 청신해 가지고 다닐 것이 없느니…… 좀 또 맞었다면, 영감님이 나를 미워서 때렸겠나, 부모 자식 새 같으니……."

"아니, 글쎄 맞기는 분명합니다그려."

"듣그럽다는데…… 이 사람."

그는 앓는 소리를 하며 돌아눕다가, 무슨 생각을 하였는지 눈을 번쩍 뜨고 아내를 바라보았다.

"내가 만일 죽게 된다드라도, 그런 쓸데없는 말을 곧이들어서는 못써……."

민수는 자기 병세가 아무래도 심상치 않음을 알았다. 그러나 덕호에게서 맞은 것이 원인이 되었다고는 꿈에도 생각해 본 적이 없었다. 죽는다는 말이 남편의 입에서 떨어지자, 선비 어머니는 그만 아뜩하여 다시는 두말도 꺼내지 못하였다.

그 후 며칠 만에 민수는 드디어 가고 말았다. 선비가 안타깝게 매어달려 우는 것도 모르고…….

이러한 과거를 되풀이한 선비 어머니는 어느 새에 눈물이 볼을 적시었다. 그는 눈물을 씻고 나서, 다시 한 번 그의 지붕을 쳐다보았다. 주인을 잃어버린 컴컴한 저 지붕! 저 지붕에 남편의 굵다란 손길이 몇천 번이나 돌아갔을까!

싸리문 열리는 소리에, 선비 어머니는 선비가 오는가 하고, 얼른 주저앉았다. 그리고 눈물 흔적을 없이한 후에 이엉을 엮었다. 그러자 방문 소리가 났다. 선비 어머니는 선비가 아니라 딴 마을꾼이 오는가 하여 귀를 기울였다.

"어데들 다 갔수?"

말소리를 듣고야 선비 어머니는 누구임을 알았다.

“아이 어떻게 우리집에를 다 오셔요?”

선비 어머니는 곧 일어나며 뒷문을 열었다. 방문을 시름없이 열고 섰는 신천댁은 푸석푸석 부은 눈에 약간 웃음을 띠며,

“일하시댔소?”

말끝을 이어 한숨을 푹 쉬었다.

“어서 들어와요.”

신천댁은 방 안으로 들어와 앉으며 뒤뜰을 물끄러미 바라보더니,

“우리 어머니두 지금……”

말을 맺지 못한다. 선비 어머니는 무엇을 의미한 말임을 얼핏 깨달으며 측은한 생각이 불쑥 들었다.

“왜 어데가 편치 않으세요?”

“선비 어머니, 난 내일 그만 우리집으로 갈까 봐……”

눈물이 샘처럼 솟는다. 선비 어머니는 뭐라고 말해야 좋을지 몰라 한참이나 멍하니 앉았다가,

“그게 무슨 말을 그렇게 합니까.”

“난 정말 그 집에선 못살겠어. 글쎄 안 나오는 아이를 어떻게 하라고 자꼬 들볶으니 글쎄 살겠수?”

이제 겨우 이십이 될락말락하는 그의 입에서 자식 말이 나올 때마다 선비 어머니는 *잔망하게 보았다. 동시에 측은한 맘도 금치 못하였다.

“왜 또 무어라고 허십데까?”

“글쎄 요전에 월경을 한 달 건는 것은 선비 어머님도 잘 알지, 그런데 오늘 아침에 그게 나왔구려!”

“나왔어요? 월경도 건너 나오는 수도 있지요.”

“글쎄 그 빌어먹을 것이 왜 남의 애를 태우겠소.”

신천댁이 월경을 건너니 덕호는 먹을 것을 구해 들이느라 보약을 쓰느라 온 동네 사람들까지 들볶아 대었던 것이다.

덕호가 하늘같이 떠받칠 때는 웬일인지 밉더니만 오늘 저렇게 시름없이 와서 앉은 것을 보니 측은도 하고 우습기도 하였다.

"아니 이제 날 테지, 벌써…… 글쎄."

"그러기 말이에요. 내 나이 삼십이 됐소, 사십이 됐소. 글쎄, 그 야단을 할 턱이 뭐겠수."

신천댁은 한숨을 쪽 쉬더니,

"난 내일 가겠수, 자꾸 가라니깐 어떡해요."

"그게야 영감님이 일시 허신 말씀이겠지요."

그는 머리를 좌우로 흔들고 말소리를 낮추어,

"요새 영감님이 간난네 집에를 단긴다우."

선비 어머니는 눈을 둥그렇게 떴다.

×　×　×

삼 년이란 세월이 흘렀다.

며칠 동안 어머니가 가슴앓이병으로 앓아누워서, 선비는 큰집에 들어가지 못하고 어머니 곁에 꼭 마주앉아 있었다.

아직도 이 집에는 *남포등을 쓰지 못하고 저렇게 접시에 들깨 기름을 부어 쓰는 것이다. 불꽃은 길게 끄름을 토하며 씩씩히 올라가다는 문바람에 꺼풋꺼풋하였다.

선비는 어머니가 좀 잠이 든 듯하여 등불 곁으로 왔다. 불빛에 보이

남포등
불을 켜는 심지의 둘레에 유리로 만든 등피(燈皮)를 씌운 등잔.

는 그의 타오르는 듯한 볼은 한층더 빛이 났다. 그는 무엇을 생각하느라 물끄러미 등불을 바라보다가 부시시 일어나서 윗방으로 올라간다.

한참 후에 그는 바느질 그릇을 들고 내려와서 등불을 마주앉으며 일감을 들었다.

"아이구!"

하는 신음소리에 선비는 바느질을 멈추고 돌아보았다.

"어머니, 또 아파?"

선비 어머니는 폭 꺼진 눈을 겨우 뜨며,

"물 좀 다우."

"어머니, 물을 자꾸 잡수면 안 된대."

선비는 어머니 곁으로 가며 들여다보았다. 오래 앓은 까닭인지 무슨 냄새가 좀 나는 듯하였다.

"이애 좀 줘!"

조금 더 크게 소리친다. 선비는 거의 울듯이 애원을 하였다. 그러나 어머니는 듣지 않고 소리소리 치다가 일어나려고 머리를 든다. 선비는 할 수 없음을 알고 부엌으로 나와서 물을 끓여 가지고 들어왔다. 김이 펄펄 올라가는 것을 본 그의 어머니는,

"누가 그 물 먹겠다니, 잡년의 계집애, 어서 찬물 다오……."

"아이 어머니……."

그는 어머니를 붙들고 물을 입에 대어 주었다. 선비 어머니는 좌우로 머리를 흔들다가 마침내 뜨거운 물을 몇 모금 마시고 도로 누웠다.

"이애."

한참 후에 어머니는 선비를 보며 이렇게 불렀다. 선비는 또다시 일감을 놓고 곁으로 갔다.

"어제 꿈에 너의 아버지를 만났구나. 그런데 어떻게 반갑지도 않고, 그리 싫지도 않고, 그저 전에 살림하고 살던 때라구 하는데…… 너의 아부지가 너를 업구서 어데로 자꾸 가두나. 그래서 내가 따라가면서 어델 가느냐 물어도 말두 안 하고 가겠지…… 그게 무슨 꿈일까."

선비는 새삼스럽게 아버지의 얼굴이 휙 떠오른다. 그러나 아버지의 그 얼굴은 분명치를 않고 안개 속에 묻힌 것같이 어림해 보일 뿐이다. 그는 어머니를 보았다. 그 찰나에 어머니는 확실히 아버지 환영을 보는 모양이다. 선비는 소름이 쭉 끼치며 무서운 생각이 들었다.

"어머니."

선비는 어머니를 흔들며 다가앉아 어머니의 얼굴을 만져 보았다. 어머니는 눈을 치뜨고 천장을 바라본다. 그 무서운 눈을 굴려 딸을 보았다.

"왜?"

선비 어머니는 딸을 보자 흑흑 느껴 운다. 그리고 입술을 풀풀 떨며,

"너를 어서 임자를 맡겨야…… 헐, 헐 터인……."

어머니 입에서 또렷하게 말이 흘러나올 때, 그는 안심을 하였다. 그리고 사람이 죽어지면 아무리 부모라도 무서워진다지 하는 생각이 들었다.

그때에 싸리문이 열리는 소리가 나므로, 선비는 얼른 문 편으로 바라보았다. 방문이 열리며 덕호가 들어온다. 선비는 놀라 일어났다.

"아직도 아픈가, 그거 안 되었군."

덕호는 문 안에 선 채 선비 어머니를 바라보며 걱정을 한다. 선비 어머니는 덕호임을 알자, 일어나려고 애를 쓴다. 선비는 곁으로 가서 부축을 하였다.

"어서 눕지, 어서 눠…… 무엇 좀 먹었니?"

선비를 바라보았다. 선비는 머리를 조금 드는 체하다가 도로 숙였다.

"아무것도 못 잡수시어요."

"허, 거 정 안 되었구나. 우리집에 꿀이 있느라. 그것을 좀 갖다가 물에 타서 먹게 하여라. 아무것이나 좀 먹어야지, 되겠니."

덕호는 담배를 피워 물며 앉으려는 눈치를 보이더니,

"원 저게 뭐란 말인구, 저 등을 쓰구야 답답해서 어찌 산단 말이냐."

덕호는 지갑을 내어 오 원짜리 *지화를 한 장 꺼내어서 선비 앞으로 던져 주었다. 선비는 꿈칠 놀랐다. 그때 별안간 방문이 바스스 열렸다.

그들은 놀라 바라보았다. 신천댁을 내쫓고 그 후를 이어 들어온 덕호의 작은마누라인 간난이였다. 간난이는 문을 열기는 하고도 차마 들어오지 못하고 머뭇머뭇하고 섰다. 덕호는 간난이를 노려보았다.

"왜 와? 응…… 그 문 여는 법이 어서 배운 법이야. 원 상것 같으니. 사람의 집에 사람 다니는 법이 어디 그렇담."

이 모양을 바라보는 선비네 모녀는 뭐라고 말해야 그들의 불평을 완화시킬지 몰랐다. 그래서 한참이나 바라보다가 선비 어머니는,

"어서 들어와요."

"뭘 하러 들어와, 어서 가! 계집년의 문 여닫는 법이 그런 법이 어디 있담! 어서 당장 못 가겠니!"

주먹을 부르쥔 덕호는 눈을 부릅뜬다. 선비는 얼결에 일어났다.

"앗으셔요, 참으셔요."

간난이는 얼굴이 빨개지며 밖으로 뛰어나간다. 덕호는 문을 쿡 닫고 들어왔다. 그리고 지화를 보며,

"아, 고런 망상시러운 것이 어디 있담…… 어서 넣어 둬라. 그리고 내일은 저 등도 갈고, 의원도 좀 오래서 뵈지, 응 이애 내 말 들었니?"

선비 어머니는 선비를 꾹 찔렀다. 그제야 선비는,

"네."

하고 대답하였다. 그러나 선비는 그 돈 집을 것이 난처하였다. 그렇다고 그 돈을 도로 물리는 수는 없는 터이고…… 하여 망설망설할 때, 선비 어머니는 그 돈을 집어 딸의 손에 쥐어 주었다. 선비는 마지못해서 그 돈을 받아 이불 아래에 쑥 쓸어 넣었다.

덕호는 더 섰기가 무엇하여 돌아서며,

"내일 꿀도 잊지 말고 가져와."

"네."

그의 어머니가 대신 대답을 하였다. 그리고 선비를 꾹 찌르며 문 밖까지 따라 나가라는 뜻을 보였다. 선비는 부시시 일어나서 덕호의 뒤를 따라 싸리문턱까지 나갔다.

"안녕히 가세요."

"오, 내일은 집에 들어왔다가 가거라."

"네."

덕호가 문 밖을 나서자 선비는 곧 싸리문을 지치고 들어왔다. 웬일인지 간난이가 다그쳐 들어오는 것 같아서 공연히 숨이 가빴다. 선비는 어머니 곁으로 앉으며,

“어머니, 간난이가 어째 왔을까?”

그의 어머니도 지금 그것을 생각하는 중이었던 것이다.

“글쎄…… 아이구 가슴이 또 치미누나.”

선비 어머니는 얼굴을 찡그리고 아구구 소리를 연발한다. 선비는 어머니의 허리를 쓸면서 아까 간난이가 돌연히 나타나던 것을 생각하였다. 그리고 평생 가야 오지 않던 그들이 별안간 무슨 생각을 하고 우리 집에를 왔을까? 어머니의 병 때문일까, 혹은 무슨 다른 일이 있음인가? 암만 생각해도 그들이 하나도 아니요 둘씩 왔다가 가는 것은 이상스러웠다.

간난이는 선비의 둘도 없이 친하던 동무였다. 그러나 덕호의 작은집으로 들어가면서부터는 웬일인지 그들의 사이는 벌어졌다. 그래서 피치 못하여 마주치게나 되면 눈웃음으로 인사를 건네고 말 뿐이었다. 무엇보다도 동무였던 그를 하루아침 사이에 상전으로 섬겨야 할 터이니 그것이 싫다는 것보다도 오히려 어려웠던 것이다.

한참이나 신음하던 어머니는 가슴이 좀 내려간 모양인지 가만히 있다. 선비는 이불을 덮어 놓고 나서 등불 앞으로 왔다. 그래서 바느질감을 드니 어쩐지 속이 수선거리고 아까와 같이 일이 되지를 않았다. 그는 그만 일감을 착착 개어 놓으며 멍하니 등불을 바라보았다.

“남포등을 사다가 불을 켜라지…….”

그는 이렇게 중얼거리며 아까 오 원짜리 지화를 던져 주던 덕호의 얼굴을 다시금 그려보았다. 그리고 이때까지 볼 수 없던 그의 후한 마음! 그것은 어떻게 해석해야 좋을지 갈피를 잡을 수가 없었다. 따라서 이때껏 느껴 보지 못한 어떤 불안을 가슴이 답답하도록 느꼈다.

그는 어머니를 돌아보며,

“어머니.”

하고 부르니 아무 대답이 없다. 그리고 약간 코고는 소리가 가늘게 들린다. 가슴이 내려간 틈에 어머니는 저렇게 잠을 자는 것이다. 그는 얼결에 어머니를 불러 놓고도 어째서 그가 어머니를 불렀는지 꼭 집어낼 수는 없엇다. 그는 물끄러미 어머니의 핏기 없는 얼굴을 바라보며 이불 속에 아까 넣어 둔 오 원짜리 지화를 생각하였다. 따라서 뜻하지 않은 한숨이 폭 나왔다.

선비는 어실어실해서 그만 일어나고 말았다. 어젯밤 잠을 못 잔 탓인지 골머리가 띵하니 아팠다. 어머니의 아픔도 아픔이려니와, 어젯밤 돌연히 나타난 덕호와 간난의 행동이 수상스러워서 한 잠 못 잤던 것이다.

“어머니, 물 데워서 손발 좀 씻어 올릴까요?”

“그래.”

간신히 대답한 어머니는 “아이구!” 하며 돌아눕는다. 선비는 어머니 곁으로 가서,

“아직도 아파? 자꾸.”

어머니는 아무 말 없이 “음음” 하고 신음할 뿐이다. 그는 이불을 꼭 덮어 준 후에 밖으로 나왔다.

아직도 날은 채 밝지 않았다. 그는 멍하니 어젯밤 일을 다시금 되풀이하며 가만히 부엌문을 열었다. 김치 시어진 내가 훅 끼친다. 그는,

“김치는 다 시어지눈.”

이렇게 중얼거리며 앞뒷문을 활짝 열어 놨다.

그가 솥에 물을 붓고 불을 살라 넣을 때 누가 싸리문을 흔든다. 순간에 선비는 간난의 얼굴이 휙 지나친다. 그래서 그는 가만히 귀를 기울

이며 누가 이 새벽에 올까?

마침내 싸리문이 찌걱 하고 열리는 소리가 난다.

"거 누구요?"

선비는 부엌 문턱에 서서 내다보았다. 그때 선비는 깜짝 놀라 뒤로 물러섰다. 그리고 질겁을 하여 방으로 뛰어들었다. 어머니도 놀랐는지 돌아보며,

"왜 그러냐, 응?"

선비는 어머니 곁으로 가서 문 편을 바라보며,

"어떤 사나이가 싸리문을 열고 들어와."

어머니는 이 말에 도적이 드는가 하여 벌컥 일어나려다가 도로 쓰러지며,

"그거 누구냐? 응, 누구야?"

목청껏 소리친다. 문 밖에서 머뭇거리던 사나이는,

"아저머니, 내유."

"응, 내가 누구란 말이야, 이 새벽에."

그의 음성을 분간하여 짐작하려나 도무지 들어 보지 못하던 음성이다. 그는 마침내 방문을 부시시 열었다. 그들은 뛰는 가슴을 진정하며 바라보았다. 아직도 컴컴하므로 분명치는 않으나 그 윤곽과 키를 짐작하여 첫째인 것을 알았다.

그들은 뜻하지 않은 첫째임에 더한층 놀랐다. 그리고 속으로는 저 부랑자놈이 누구를 또 어쩌려고 이 새벽에 왔는가 하니 가슴이 후닥닥 뛰었다.

"응, 자네가 어째서 이 새벽에 왔는가?"

"아저머니가 아프시다기 저 *소태나무 뿌리가 약이라기에

가져왔수."

그의 음성은 차츰 입 속으로 숨어들고 있었다. 이 말에 그들 모녀는 적이 안심하였다. 그리고 한편으로는 알 수 없는 의문이 뒤범벅이 되어 돌아가고 있다.

"아심찮으이, 원……."

방 안으로 들여놓는 소태나무 보자기를 보며 선비 어머니는 이렇게 말하였다. 그는 보자기를 들여놓고는 곧 돌아서 나간다. 선비 어머니는,

"잘 다녀가게."

그의 신발 소리가 멀리 사라진 후,

"아 그놈, 또 하는 짓이……."

선비 어머니는 선비를 물끄러미 바라보며 이렇게 혼자 하는 말처럼 중얼거렸다. 그리고 막연하나마 선비로 인하여 이런 일이 생기지 않는가? 하는 의문이 불쑥 들어, 어서 선비를 처치하여야겠다는 생각이 한층더 강하여진다.

방 안은 활짝 밝았다. 무섭게 해어진 보자기 사이로 금방 캐온 듯한 싱싱한 소태나무 뿌리가 삐죽삐죽 나와 있었다. 선비는 무서워서 깜작하지 않았다. 그리고 어렸을 때 싱아 빼앗기던 생각까지 새삼스럽게 떠오른다.

"이애, 저것 어디 감추어 둬라. 누가 보나다나 해두…… 그 부랑한 놈이 그게 웬일이야?"

선비 어머니는 생각할수록 이상하였다. 그리고 일종의 공포까지 느꼈다. 그만큼 첫째네 모자는 이 동네서 사람대우를 받지 못하였던 것이다. 더구나 첫째는 술 잘 먹고 사람 잘 치기로 유명하였던 것이다. 선비는 어머니의 말에 어딘가 모르게 섭섭함을 느꼈다. 동시에 뭐라고

형용할 수 없는 슬픈 생각이 소태나무 보를 싸고 언제까지나 사라지지 않았다. 그는 그의 이러한 맘이 무엇 때문인지 풀 수가 없었다. 그는 어머니가 자리에 눕는 것을 보고야, 소태나무 보자기를 들고 윗방으로 올라왔다. 그리고 문 앞에 다가서며, 이건 밤에 캐온 겐가? 잠두 못 자고…… 이렇게 생각하며, 아까 문 밖에 섰던 첫째의 얼굴을 다시금 그려 보았다.

그가 무엇 때문에, 왜 이것을 가져왔을까? 그때 그의 볼이 화끈 달며 무서움이 온몸에 흠씬 끼친다. 그는 무의식간에 소태나무 보를 홱 던졌다. 그리고 무엇이 다그쳐 오는 것처럼 달아 내려왔다.

×   ×   ×

며칠 후 선비 어머니는 마침내 세상을 떠나고 말았다. 덕호의 주선으로 어머니의 장례를 무사히 치르어 낸 선비는 아주 덕호의 집으로 옮겨 오게 되었다. 그래서 안방 맞은편 방 옥점이(덕호의 딸) 있던 방을 제 방으로 정하고 있었다.

덕호의 부부는 선비 어머니가 살았을 때보다 선비를 한층 더 귀여워하고 측은히 생각하였다. 더구나 선비가 가사에 막히는 것이 없이 능한 까닭에 옥점 어머니는 선비를 수족같이 알아서 집안 살림을 전수이 밀어 맡기었다.

옥점 어머니는 *장죽을 물고 안방에서 나오며 마루 걸레질하는 선비를 보았다. 그리고 담뱃대를 입에서 뽑으며,

"그것은 할멈을 시키고 너는 옥점의 옷을 하여라."

장죽
긴 담뱃대.

부엌 편을 향하여,

"할멈, 마루 걸레질하우."

선비는 걸레를 대야에 넣고 부엌으로 들어가서 손을 씻고 나온다. 옥점 어머니는 안방에서 옷 마른 것을 가지고 나오며,

"이애, 요새 서울서는 모두 옷을 작게 입는다더라. 이것을랑 아주 작게 하여라."

선비는 일감을 받아 가지고 *재봉침에 마주앉았다. 그리고 약간 기계를 수선한 후에 일을 시작하였다. 한참씩 재봉침 바퀴를 굴려 나가다가 뚝 끊으며 눈결에 보면 할멈은 씩씩 하며 마루 걸레를 치다가 어려워서 멍하니 앉아 있다. 그때마다 선비는 미안한 생각이 들었다.

재봉침
'재봉틀'의 방언.

"마루 걸레 치기가 저렇게 힘들까!"

옥점 어머니의 호통에 할멈은 꿈칠 놀라 다시 걸레질을 한다. 옥점 어머니는 할멈의 걸레 치는 것을 쏘아보며 늙은 것들은 저렇게 굴고 젊은 것들은 말 잘 듣지 않고, 어린것을 두어야 좋담, 이렇게 생각하였다.

마침 덕호가 들어온다. 옥점 어머니는 헬금 쳐다보았다. 덕호가 첩네 집에만 묻히어 있는 까닭이다.

"아니 당신도 우리집에 올 줄 아우?"

덕호는 눈살을 찌푸리며 옥점 어머니를 노려보았다.

"저년 때문에 우리집에 무슨 일이 나구야 말 테야. 에이 보기 싫어서!"

재봉침을 굴리는 선비의 뒷모양을 흘금 바라보며 덕호는 마루로 올라왔다.

"옥점이가 아프다고 편지했어…… 집에서 저년이 생긴 *흉조를 다

흉조
불길한 징조.

부리고 있으니 그런 일이 안 날 탁이 되나?"

편지를 거지에서 꺼내어 휙 팽개친다. 옥점 어머니는 비상히 당황하여 편지를 주워 한참이나 들여다보다가,

"어디 좀 똑똑히 보우, 흘려 써서 난 잘 모르겠수. 어데가 아프다고 했수?"

덕호는 아내의 주는 편지를 받아 읽어 들렸다. 옥점 어머니는 금시로 눈물이 방울방울 떨어진다.

"아이고 저를 어쩌면 좋우. 내 글쎄 요새 며칠 꿈자리가 사납더니 저 모양이구려. 내가 갈까요?"

"자네가 가서 뭘 알겠나, 내가 가야지. 어서 펄펄 옷 준비를 해."

어느 사이에 부부의 노염은 풀어지고 말았다. 옥점 어머니는 안방으로 들어가며,

"이애 그것은 그만두고 이걸 해라. 그리고 할멈은 어서 숯불 좀 피우."

선비는 하던 일감을 착착 개어 들고 안방으로 들어갔다.

"이걸 펄쩍 동정을 달아…… 언제 이제 떠날 차가 있수?"

기웃하여 들여다보는 덕호를 쳐다보았다.

"차가, 웬 차가, 자전거로 읍까지 가면 그게서야 떠날 차가 있겠지."

선비는 동정을 시침하며 옥점의 그 둥글둥글한 눈을 생각하였다. 그리고 어디가 아픈지는 모르나 이렇게 집에서 걱정해 줄 아버지 어머니를 가진 옥점이가 끝없이 부러웠다.

그리고 어디가 몹시 아파도 어디가 아프냐고 물어 줄 사람조차 없는 자기의 외로운 신세가 새삼스럽게 더 슬펐다.

"나 서울 떠나면 선비는 아랫집 가서 자게 하여라."

"어딜 누가 가는 게요, 선비를 왜……?"

옥점 어머니는 말을 중도에 끊으며 당장에 뽀로통해진다.

"아, 저년이 길 떠나라는데, 웬 방정을 저다지 떨어. 이애 이 년아……."

턱을 철썩 받친다. 선비는 근심스러운 듯이 쳐다보았다. 덕호는 흘금 선비를 보며 물러앉았다.

"글쎄 저런 맥힌 년이 어디 있겠니."

옥점 어머니는 뭐라고 대답을 하려다가 그만 참았다.

검정이가 쫓기어 들어오며 컹컹 짖었다.

중대문이 열리며 옥점이가 들어온다.

"어머니!"

옥점 어머니는 딸의 음성에 질겁을 하여 뛰어나갔다. 그리고 그의 목을 얼싸안고 목을 놓아 울었다. 옥점의 뒤를 따라 들어오는 낯모를 양복쟁이는 모녀를 바라보며 머뭇머뭇하고 섰다.

덕호는 마루 위에 서서,

"아니 이게 웬일이냐, 언제 떠났느냐. 전보를 치고 올 것이지, 아프다더니……?"

옥점이는 달려와서 덕호의 손을 쥐며,

"아버지, 저이가 우리 학교 선생님의 자제인데, 저 *몽금포에 해수욕 오던 길에 나를 만나서 그래서 우리집에 잠깐 들러 가시라고 해서 오셨다우."

덕호는 처음엔 웬 양복쟁인가 하고 적지 않게 불안을 가졌으나 자기

딸이 배우는 선생님의 아들이라고 하니 퍽으나 안심되었다.

옥점이는 양복쟁이를 바라보며,

"우리 아버지여요."

생긋 웃었다. 양복쟁이는 머리를 번쩍 들며 모자를 벗어 들고 덕호의 앞으로 나왔다. 그리고 인사를 하였다.

"이렇게 다 오셔야 만나 보지유. 어서 들어오시우."

덕호는 앞을 서서 들어간다. 그들은 뒤를 따랐다. 옥점 어머니는 옥점의 앞에 서서 들어가는 양복쟁이를 멍하니 바라보며, 나도 저런 아들이 있다면 얼마나 좋을까 하고 생각되었다.

"아가, 어디 아프댔니? 아버지가 방금 너한테 가시랴댔다."

옥점 어머니는 마루에 올라서며 이렇게 물었다. 옥점이는 얼굴을 좀 붉히는 듯하면서,

"어머니두 밤낮 아기, 아가…… 그게 무슨 말씀이야요."

그들은 일제히 웃었다. 옥점이는 아버지와 양복쟁이를 번갈아 보았다.

"아버지, 나두 몽금포 갈 테야요."

덕호는 옥점의 얼굴빛을 자세히 살피며,

"어디 아프다는 것은 좀 나으냐. 네 몸만 든든하거던 아무 데라도 가렴."

옥점이는 생긋 웃으며 양복쟁이를 쳐다보다가 무슨 생각을 하고,

"어머니, 선비가 내 방에 와서 있다구?"

"그래……."

"애이…… 난 몰라, 난 어데 있으라누."

금시 새침을 뗀다. 덕호는 옥점이를 보며, 이런 때에 옥점이는 제 어

미와 어쩌면 그다지도 꼭 닮았는지…… 하였다.

"이애야, 그럼 선비는 이 방에 있게 하자꾸나."

덕호는 웃으며 양복쟁이를 보았다.

"저것이 아직도 어린애같이 굽니다그리, 하하."

양복쟁이도 빙긋이 웃었다. 그리고 이 집에서 옥점이를 어떻게 귀여워하는 것을 잠시간이라도 알 수가 있다.

"선비야, 점심 해라."

어머니 말에 옥점이는 벌떡 일어나며,

"정말 선비가 우리집에 와 있수, 어디?"

뛰어나가는 옥점이는 건넌방 문 앞에서 선비와 꼭 만났다.

"선비야 잘 있었니?"

선비는 옥점의 손을 쥐려다 물큰 스치는 향내에 멈칫하였다.

그러자 두 볼이 화끈 다는 것을 느꼈다.

"애이, 선비 너 고왔구나, 어쩌면 저렇게……."

옥점이는 무의식간에 흘금 뒤를 돌아보았다. 안방의 세 사람의 눈이 이리로 쏠린 것을 보았을 때 이때껏 느껴 보지 못한 질투 비슷한 감정이 그의 눈가를 사르르 스쳐가는 것을 느꼈다. 따라서 그의 얼굴까지 화끈 달았다.

옥점이는 냉큼 돌아섰다. 선비는 머리를 푹 숙이고 부엌으로 들어갔다. 할멈은 김칫감을 다듬다가 선비를 쳐다보며,

"아니 그 사내 사람은 누군고?"

시집도 안 간 처녀가 남의 사내와 같이 다니는 것이 눈에 거슬렸던 것이다.

"모루지요."

아까 옥점이가 그의 아버지에게 양복쟁이를 소개하던 것을 얼핏 생각하였다.

"점심 하래요."

"뭐 점심을……? 밥이 가뜩한데 웬 밥을 또 하래 응. 그 사내를 해 먹이려는군."

선비는 솥을 행행 가시며 옥점의 분 바른 얼굴과 양장한 몸 맵시를 생각하였다. 그리고 화로에서 피어나는 숯불을 보았다.

옥점 어머니가 내다보며,

"이애, 닭 두 마리 잡고 해라."

"네."

옥점 어머니는 이렇게 이르고 나서 들어갔다. 훌훌 하는 가벼운 소리에 선비는 머리를 번쩍 들었다.

제비 한 마리가 부엌 천장을 돌아, 살대같이 그 푸른 하늘을 향하여 까맣게 높이 뜬다. 선비는 한숨을 가볍게 몰아쉬었다. 그리고 처음으로 저 하늘을 보는 듯하였다.

"이애, 닭을 두 마리나 잡으라지?"

할멈은 아궁에 불을 살라 넣으며 선비를 쳐다본다. 그리고 눈가로 가는 주름을 잡히며 웃는다. 그는 언제나 닭을 잡게 되면 살을 다 바른 닭의 뼈를 먹기 좋아하였다.

꼬꾸댁! 꼬꾸댁! 닭 우는 소리에 선비는 놀라서 물 묻은 손으로 행주치마에 씻으며 뒷문 밖으로 뛰어나왔다. 그가 *허청간까지 달려오니, 닭은 꼬꾸댁 소리를 지르며 둥우리 안에서 돌아가다가, 선비를 보고 푸르릉 날아 내려온다. 뒤이어 닭의 똥 냄새가 그의 얼굴에 칵 덮씌운다. 그리고 닭의 털이 가볍게 일어난다.

선비는 기침을 하며 섰다가, 닭이 없어진 후에 둥우리 안을 들여다
보았다. 이제 금시 닭이 낳아 논 달걀이 선비를 보고 해쭉 웃는 듯하였
다. 그는 상긋 웃으며 달걀을 둥우리 안에서 집어내었다. 아직도 달걀
은 따뜻하다.

"이전 마흔 알이지."

그는 이렇게 중얼거리며 부엌으로 나왔다.

유서방은 풋병아리 두 놈을 잡아 목에 피를 내어 가지고 들어오다가
선비를 보고 빙긋이 웃었다.

"달걀 또 낳았니?"

"네."

선비는 이 따뜻한 달걀을 누구에게든지 보이고 싶어 쑥 내밀었다.

"쟨 달걀을 여간 좋아하지를 않어."

할멈은 유서방이 들고 들어온 닭을 뜨거운 물에 쓸어 넣으며 이렇게
말하였다.

"할머니, 이것까지 하면 지금 마흔 알이야요."

"그래 좋겠다! 그까짓 것 그리 알뜰하게 모아서 소용이 무언가."

할멈은 가만히 말하였다. 선비도 이 말에는 어쩐지 가슴이 찌르르
하였다. 그러나 그것은 순간이고 또다시 달걀을 들여다보니 볼수록 귀
여웠다.

선비는 소리 없이 광문을 열고 들어갔다. 곰팡이 냄새가 훅 끼친다.
그는 독 위에서 달걀 바구니를 내려 들여다보았다. 똑같은 달걀이 바
구니에 전과 같이 그득하였다. 그는 들고 들어간 달걀을 조심히 올려
놓으며 "마흔 알이지" 하고 다시 한번 더 뉠 때, 문틈으로 비쳐 들어오
는 광선은 그의 손가락을 발갛게 하였다. 그는 바구니를 쓸어 보고 부

엌으로 나왔다. 그리고 닭의 털을 뽑는 할멈 곁에 앉았다.

그들이 점심을 다 해서 퍼들이고 부뚜막에서 밥을 먹을 때 덕호가 들어왔다.

"선비야, 안방으로 들어가 먹어라, 응."

선비는 일어나며,

"좃습니다."

"아, 왜 말을 안 들어. 어서 가지고 들어가 옥점이와 같이 먹지."

너무 서두는 바람에 선비는 술을 놓고 말았다. 덕호는 암만 말해야 쓸데없을 것을 알고,

"아 그전에도 부엌에서만 먹었니?"

이렇게 중얼거리며 안으로 들어간다. 그리고 무어라고나 하는지, 옥점 어머니의 쨍쨍 하는 소리가 흘러나온다.

"그애는 밤낮 그 모양이야 말요, 해야 들어야지요. 원체 질기기가 쇠가죽 이상인데."

선비는 얼굴이 화끈 달았다. 그리고 닭의 뼈나마 빨아 먹은 물이 도로 올라오는 것을 느꼈다.

선비가 설거지를 마치고 건넌방으로 건너갈 때 옥점 어머니가 마루에 섰다.

"이전 그 방 임자가 왔으니 넌 이전 할멈과 있든지 나와 있든지 하자."

옥점이가 방에서 툭 튀어나왔다.

"어서 그 방 좀 내다구. 그 방의 그게 모두 뭐냐? 웬 보따리가 그리 많아. 아이, 되놈의 보따리 같데, 호호⋯⋯."

옥점이는 양복쟁이를 돌아보며 이렇게 웃었다. 선비는 귀밑까지 빨개지며 건넌방으로 왔다. 그리고 봇짐을 모두 한데 싸며 옥점의 하던

말을 다시금 되풀이하였다. 그리고 어디로 이 봇짐을 옮길까 하고 생각해 보았다.

안방으로 옮기자니 옥점 어머니와는 같이 있기가 싫고 할멈 방으로 옮기자니 그 방은 몹시 좁고 어떻게 해야 좋을지 몰라 그는 멍하니 앉아 있었다. 그때에 그는 어머니와 그가 살던 아랫마을 집이 문득 생각히었다. 비록 초가이나 어머니와 그가 살던 그 집! 그는 불시에 그 집이 보고 싶었다.

'그 집에 누가 이사해 왔는지 몰라?'

그는 이렇게 생각하며 다시 봇짐을 보았다. 그리고 부시시 일어나며 좌우 손에 봇짐을 들었다.

×　　×　　×

"후덥다. 이거 소리나 한마디 하게나."

키 작기로 유명한 난장보살이라는 별명을 가진 자가 키 큰 자를 돌아보며 이렇게 말하였다. 그리고 호미로 땅을 푹 파올리며 *가라지를 얼핏 뽑아 던졌다.

그들은 이렇게 별명을 불러 가며 잡담을 늘어놓곤 하였던 것이다.

"응 소리……."

"싱앗대야, 어서 해라! 이놈아, 이거 살겠니."

난장보살이 키 큰 자의 등을 후려쳤다. 그 곁에서 씩씩하며 김을 매는 첫째는,

"소리 한마디 해유."

가라지
볏과의 한해살이풀. 줄기와 잎은 조와 비슷하고 이삭은 강아지풀과 비슷하다.

하고 돌아보았다. 난장보살은 흘금 쳐다보며,

"이애, 이 곰도 소리를 들을 줄 아니."

술취하기 전에는 첫째는 누구와 말 한마디 건네기를 싫어하였던 것이다. 그러나 술만 취하면 남이 알아도 듣지 못할 말을 밤새껏 저 혼자 중얼중얼하곤 하였다.

첫째는 난장보살을 보며 픽 웃었다. 그는 대답 대신에 늘 이렇게 웃는 것이 버릇이다.

앞산에서 뻐꾹! 뻐꾹! 하는 소리가 난다. 싱앗대는 앞산을 흘금 바라보더니,

"뻐꾹새만 운다!"

이렇게 말하고 나서 목에 핏줄을 불끈 일으키며 노래를 부른다.

흙이야 돌이야
알알이 골라서
임 주고 나 먹으려
가을 묻었지

길게 목청을 내뽑았다. 땟버리라는 별명을 가진 자가 눈을 스르르 감더니,

눈에나 가시 같은
장재 첨지네
함석 창고 채우려고
가을 묻었나

굽이쳐 올라가는 멜로디는 스러지려는 듯 꺼지려는 듯하였다.

"좋다!"

난장보살은 호미로 땅을 치며 이렇게 소리쳤다. 그리고 무어라고 형용 못 할 슬픔이 그들의 가슴을 찌르르 울려 주었다.

"이거 왜 이리 늦으니, 어서 또 받지."

유서방이 싱앗대를 바라보며 빙긋이 웃었다. 싱앗대는,

"너구리 영감! 나 소리하면 술 사줄 테유."

"암 사주고말구……."

첫째는 술 말을 들으니 목이 더 타는 듯하였다. 그리고 뽀얀 *탁배기가 눈에 보이는 듯하여 침을 넘겼다.

"그만두겠수다. 탁배기 한 잔에 값비싼 소리를……."

"어서 하자."

여럿이 일시에 소리친다. 유서방은 농립을 벗어 부채질한다.

"이거 더워서 견디겠나, 어서 소리라도 이어 하게. 탁배기가 맛없으면 약주라두 사주리."

"이애 이놈아, 소리마디나 하니까 장한 듯하니? 이리 세를 부리고……."

호미

난장보살은 싱앗대의 *농립을 툭 쳐서 벗겨 놓았다.

"이놈아, 좀 그만 까불어라…… 너 내일 누구네 김매러 가니?"

"왜…… 삼치몰래, 삼치몰래 김매러 간다."

"그 밭이 돌짝밭이 돼서 아주 김매기 힘들지."

"그래두 그 밭에 *도지가 닷 섬이다!"

"결전이야 저편에서 물겠지, 도지가 그렇게 많으니까."

"결전이 뭐가…… *자담한다."

"뭐 자담이야? 너무하구나! 그 밭은 굶고 부쳐야 하겠군."

싱앗대는 이렇게 말하며 유서방을 곁눈질해 보았다. 유서방은 덕호네 집을 살므로, 언제나 그들은 유서방을 꺼리었던 것이다. 난장보살은 침을 탁 배앝으며,

"요새 하는 짓이란 놀랄 만하니."

가만히 말하며, 호미 끝에 조가 상할까 하여 얼핏 손으로 조를 싸고 돌며 *미츨하니 북돋아 놓았다. 그때 바람이 가늘게 불어와서 좃대를 살랑살랑 흔들어 준다.

멀리서 송아지가 운다. 싱앗대는 목을 늘어,

내가 바친 조알은

밤알 대추알

임의 입에 둥글둥글

구르는 조알

땃버리는 기침을 캭 하며 호미를 힘있게 쥐었다.

장재 첨지 조알은

죽쩡이 조알

내 가슴에 마디마디

맺히는 조알

그들은 뜻하지 않은 한숨이 후 나왔다.

"이놈들아, 소리를 하는 바에는 좀 속이 시원한 소리를 하지 그게 무슨 소리냐!"

난장보살은 얼굴이 벌개지며 호미를 집어 팽개친다. 그의 머리에는 장리쌀 가져오던 기억이 회오리바람처럼 일어났던 것이다.

그날—덕호네 그 넓은 뜰에는 장리쌀을 가지러 온 소작인들로 빽빽하였다. 한참 후에 덕호가 장죽을 물고 나왔다.

"이게 웬 사람들이 이리 많아?"

언제나 *장리쌀을 내줄 때에 하는 덕호의 말이다.

덕호는 휘 둘러보았다. 돌아선 농민들은 덕호의 시선이 마주칠 때마다 가슴이 두근두근해지며 불행히 자기만이 쌀을 못 얻어 가게나 되지 않으려나 하는 불안에 머리를 푹 숙였다.

덕호는 약간 얼굴을 찡그렸다. 그들 중에는 작년 것도 채 갚지 못한 사람이 있었다.

"허 거정, 그래 농사 지은 쌀들은 다 어떻게 했담. 아, 저 사람네도 쌀이 없는가."

덕호는 싱앗대를 바라보았다. 싱앗대는 머리를 벅벅 긁으며,

"네 그저……."

"그거 웬일이야…… *절용해서 먹지 안 하는 모양일세. 이렇게 가져

장리쌀(長利−)
장리로 빌려 주거나 또는 장리로 갚기로 하고 꾸는 쌀.

절용(節用)
아껴 씀.

만 가니 가을에 가서 자네들이 해놓으랴면 힘들지. 그렇지 않은가?"

농민들은 그저 머리를 숙여 들을 뿐이었다.

덕호는 사랑에서 *장책과 붓을 들고 나와서, 농민들의 성명을 일일이 적어 놓고 그리고 몇 섬 몇 말 가져갈 것까지 꼭꼭 적어 놓았다.

찌꺽 하는 소리에 그들은 바라보니 유서방이 곡간 문을 열었다. 그들 중에 몇 사람은 달려가서 조섬을 끌어내어 마개를 뽑고 이미 펴놓았던 *멍석 자리에 조를 쇄르르 쏟아 놓았다. 낯익은 그 쇄르르 하는 소리! 그리고 뽀얗게 일어나는 먼지 속에 풀풀 날리는 좃겨!

무의식간에 그들은 우르르 밀려가서 좁쌀을 한 줌씩 푹푹 뜨며 들여다보았다. 그리고 입에 넣고 씹어 보았다.

작년 가을에 자기들이 바친 조알은 모두가 한알 같아서 마치 잘 여문 밤알이나 대추알을 굴려 무는 듯한 옹골찬 맛이 있었는데 이 조알은 어디서 난 것인지 쭉정이 절반으로 굴려 무는 맛이 거분거분하여 마치 좃겨를 씹는 듯하였다.

이때까지 비록 장리쌀이나마 가져가게 된다는 기쁨에 잠겼던 그들은 어디 가서 호소할 곳 없는 그런 애석하고도 억울함이 그들의 머리를 찡하니 울려 주었다.

유서방은 멀뚱멀뚱하고 서로 바라다만 보는 농민들을 돌아보았다.

"어서 그릇을 가지고 한 사람씩 이리로 나오시우."

그제야 그들은 정신이 들어 한 명씩 앞으로 나갔다.

말에 옮겨 그들의 쌀자루로 쇄르르 하고 들어오는 좁쌀 흐르는 소리! 그들의 가슴에다 돌을 처넣은들 이에서 더 아플 수가 있으랴!

여기까지 생각한 그는 한숨을 후 쉬며 이마에서 흐른 땀을 쥐어 뿌렸다. 그리고 어린애같이 거두고 귀여워하는 좃대를 물끄러미 바라보

았다. 순간에 그는 호밋자루를 던진 채 발길 나가는 그대로 어디든지
가고 싶었다.

"어서 소리나 또 하자."

유서방이 그들의 침묵을 깨쳤다. 난장보살은 유서방을 흘금 바라볼
때, 그날 쭉정이 좁쌀을 퍼주던 유서방인 것을 새삼스럽게 발견하였다.

"여부슈!"

난장보살은 얼결에 이렇게 유서방을 보고 소리쳤으나, 그 다음 말은
생각나지 않아서 멀뚱멀뚱 바라만 보았다.

그들은 맡은 이랑을 다 매고 딴 이랑을 돌려 잡았다. 이 고
랑에는 조뱅이가 더 많이 우거졌다. 그리고 그 사이에 냉이꽃
이 하얗게 덮였다. 싱앗대는 벌컥 일어나서 해를 짐작해 보
며,

냉이꽃

"해지기 전에 이 밭을 다 맬까?"
하고 혼자 하는 말처럼 중얼거렸다.

"이놈아, 이걸 해지기 전에 못 매어."

난장보살이 싱앗대를 올려다보았다.

"어서 소리나 해유."

첫째가 그들을 바라본다. 싱앗대는 도로 주저앉으며 감내기〔農夫歌〕
를 불렀다.

임 따라가세 임 따라가세
정든 임 따라가세
부러진 다리를 찰찰 끌면서
정든 임 따라가세

"좋다!"

땃버리가 소리치며 흘금 돌아보았다.

"이애 저기 뭐가?"

난장보살은 벌컥 일어났다.

그들은 일시에 바라보았다. 어떤 양복쟁이와 굽 높은 구두를 신은 계집이 이편으로 온다. 그들은 호기심에 켕기어 벌떡벌떡 일어났다. 유서방은,

"여보게들, 그게 우리 주인의 딸 옥점일세."

"뭐야 옥점이! 서울 가서 학당 공부 한다더니 왜 나려왔나?"

"아프다고 왔다네."

"아, 그런데 양복쟁이는 누구여?"

유서방도 이 물음에는 궁하여 한참이나 생각하다가,

"글쎄 나두 잘 몰라!"

"이애 서울 가더니 서방을 얻어 가지고 왔구나."

난장보살이 이렇게 말하며 길 옆 밭머리에 털썩 주저앉는다.

"제길 어떤 놈은 팔자 좋아 예쁜 색시 얻구 돈 얻구, 요놈은 평생 홀아비 되라는 팔자인가."

첫째는 슬며시 돌아본다. 난장보살은 거지 안에서 *익모초를 말린 담배를 꺼내서 신문지 조각에다 놓고 두르르 말아서 침으로 붙인 후에 붙여 물며 차츰 가까워 오는 양복쟁이와 옥점이를 바라보았다.

그들은 곁눈으로 흘금 농부들을 보고 나서 지나친다. 그리고 옥점이는 머리를 갸웃거리며 무슨 이야긴지 재미나게 하는 모양이다.

"이애 사람 죽이누나!"

그들이 멀리 간 후에, 난장보살은 담배 꼬치를 집어던지며 이렇

익모초
꿀풀과의 두해살이풀. 높이는 1미터 정도이며, 잎은 마주나고 잎자루가 길다. 7~9월에 엷은 홍자색 꽃이 윤산꽃차례로 잎겨드랑이에서 피고 열매는 다섯 갈래가 지는 분과이며 약재로 쓴다.

게 말하였다. 그리고 호미를 쥐고 김을 매기 시작하였다.

한참 후에 땃버리는 난장보살을 툭 치며,

"이 사람아, 자네 요새 장가가고 싶은 모양이네그리."

"어 그래, 이놈 나 장가 보내 주겠니?"

땃버리는 생각난다는 듯이,

"아니 유서방, 선비가 지금 덕호네 집에 있지유?"

"응 있어 왜?"

"그 어디 출가시키지 않으려나유?"

"글쎄! 시키겠지."

싱앗대가 눈을 꿈벅하며,

"뭘, 모르지, 알 수 있나, 그러구저러구 다……."

말을 끊으며 유서방을 쳐다본다. 유서방은 못 들은 체하고 말았다. 첫째는 그 큰 눈을 번쩍 뜨고 그들의 말을 듣다가 한숨을 푹 쉰다. 난장보살은 비위가 동하여 땃버리를 바라본다.

"그 좀, 자네 중매할 수 없겠나?"

"날 보고 말해 되겠나, 그게야말로 덕호에게 청대야 할 노릇이지."

"아따 이 사람, 그러기에 자네가 중매를 들라는 말이어."

"난 자격이 없네."

"선비는 얼굴도 예쁘지만 맘도 고우니…… 참 그것 신통해……."

유서방은 선비의 자태를 머리에 그리며, 아까 싱앗대가 하던 말을 다시금 생각하였다. 첫째는 여러 사람들이 아니면, 유서방을 붙들고 얼마든지 선비에 대한 말을 묻고 싶었다.

이렇게 잡담을 하며 김을 매던 그들은 해가 꼭 져서야 동네로 들어왔다.

집으로 온 첫째는 저녁을 먹은 후 곧 밖으로 나왔다. 웬일인지 집안에 들어앉았기가 답답해서 못 견딜 지경이다. 그는 어정어정 걸었다. 그리고 아까 난장보살에게서 빼앗아 둔 익모초 담배를 꺼내 붙여 물었다. 한 모금 쑥 빨고 나니, 담배와 같이 향기로운 맛이 없고 *맥맥하였다. 그는 휙 집어 뿌렸다.

"이걸 담배라고 다 먹나!"

이렇게 중얼거리며 보니 덕호의 집 울 뒤였다. 그는 요새 밤마다 이 집 주위를 한 번씩 둘러 가곤 하였다. 행여나 선비를 볼까 하여 이렇게 오나 한 번도 이 집 주위서 그를 만나 보지 못하였다. 그러나 저녁을 먹고 나면, 오늘이나 하는 기대를 가지고 또다시 오곤 하였다.

캄캄한 하늘에는 별들이 동동 떴다. 그리고 어디서 불어오는 바람결에 모기 쑥내가 약간 코끝을 흔들어 준다. 그는 어디라 없이 멍하니 바라보며 손으로 허리를 꽉 짚었다.

덕호네 집에서 간혹 무슨 말이 흘러나오나 누구의 음성인지 또는 무슨 말을 하는지 분간할 수가 없다. 그저 호호 하하 웃는 웃음소리만은 저 별을 쳐다보는 듯이 또렷하였다.

그는 이렇게 우두커니 서 있으니 아까 집어던지던 익모초 담배나마 생각히었다. 그래서 거지 안을 뒤져 보니 아무것도 잡히지 않았다. 그는 입맛을 쩍쩍 다시며 풀밭에 털썩 주저앉았다. 밑이 선뜻하여 다는 속이 한결 시원한 듯하였다. 그때 이리로 오는 듯한 신발 소리가 나므로 그는 두 눈을 고양이 눈처럼 떴다.

가까워지는 신발 소리는 뚝 끊어지며, 울바자 밑에 붙어 서는 소리가 바삭바삭 난다. 그리고 급한 숨결소리가 여자라는 확신을 그에게 던져 주었다.

그는 일어나는 호기심과 아울러 선비가 아닌가 하는 의문에 역시 가슴이 뛰놀기 시작하였다. 그래서 그는 저편 사람에게 자기가 있는 것을 눈치 채지 못하게 하려고 조금씩 뒷걸음질을 하였다.

또다시 신발 소리는 이편을 향하여 오더니 멈칫 선다. 그리고 숨을 호 하고 쉬었다. 따라서 무엇을 생각하는 듯이 한참이나 우두커니 서 있다. 첫째는 어둠 속으로 어림해 보이는 그의 키와 그리고 몸집을 자세히 훑어보는 순간 선비가 아니냐? 하는 생각이 차츰 농후해졌다. 그는 불과 몇 발걸음 사이를 두고 그립던 선비와 이렇게 마주섰거니 하는 생각이 울컥 내밀칠 때, 무의식간에 그는 몇 발걸음 내디디었다. 신발 소리를 들은 저편은 질겁을 하여 달아난다. 첫째는 이미 내친걸음이라 그의 뒤를 따랐다.

뛰기로 못 당할 것을 안 계집은 어떤 집으로 쑥 들어가 버렸다. 그는 할 수 없이 그 집 나뭇가리 옆에 붙어 서서 계집이 나오기를 고대하였다. 그러나 계집은 한참이나 지나도 나오지 않는다. 그는 의심이 버쩍 들었다. 혹시 선비가 아닌가? 그럼 누구여? 이 밤중에 그 집에 와서 엿볼 사람이 누굴까? 그는 눈을 감고 한참이나 생각하여 보아도 얼핏 짚이는 사람이 없었다. 그리고 억지로라도 그를 선비라고 하고 싶었다. 그래서 오늘 밤은 기어코 선비를 만나 몇 해 쌓아 두었던 말을 다만 한마디라도 건네고 싶었다.

이제 선비를 만나면 뭐라고 할까? 이렇게 자신을 향하여 물어 보았다. 그러나 아무 할 말이 없다. 온 가슴은 선비를 대하여 할 말로 터질 듯한데 막상 하려고 하니 캄캄하였다. 뭐라고 하나…… 너 나하구 살겠니? 하고 물을까? 그것도 말이 안 되었어. 그러면 너 나 알지? '아니, 아니어.' 그는 머리를 좌우로 흔들며 픽 웃어 버렸다. 그리고 여러 가지 말을 생각하며 그 집 문 편만을 주의하였다.

그때 저편에서 지나가는 듯한 신발 소리가 나므로 누가 이 집 앞으로 지나는가 보다 하여 숨을 죽이고 무릎을 쭈그렸다. 마침 신발 소리가 뚝 그치며 술술 하는 소리를 따라 난데없는 물줄기가 그의 얼굴을 향하여 쏟아진다. 그는 주춤 물러서는 순간, 그것이 오줌줄기라는 것을 깨닫자 그는 벌컥 일어나며 이편으로 다가섰다.

"이 자식아, 얻다가 오줌을 누느냐?"

뜻하지 않은 사람의 음성에 저편은 꿈찔 놀라서 오줌을 줄이치고 물러선다.

"거 누구여?"

첫째는 그의 음성에 벌써 누구임을 알았다.

"이 자식아, 얻다가 오줌을 누냐?"

그제야 개똥이는 첫째인 것을 알고,

"아 왜 거게 가 섰느냐? 이 자식아."

첫째는 할 말이 없다. 그래서 우물쭈물하였다. 개똥이는 앞으로 다가서며,

"난 너희 집에 갔댔다."

"왜?"

"내일 우리 김 좀 매달라구."

"나 벌써 명구네 김 매주겠다고 말했다야."

"응 명구네…… 거 안되었네, 품 한 명이 꼭 모자란데……."

그때 문소리가 나며 초롱불이 나온다. 그들은 멍하니 바라보았다.

"어두운데 잘 건너가우."

개똥 어머니의 말이다.

“네.”

첫째는 선비의 음성인가 하였다. 그리고 개똥이가 아니면 쫓아가겠는데, 그럴 수도 없고 해서 머뭇머뭇하고 서 있었다. 초롱불은 첫째를 비웃는 듯이 조롱하는 듯이 까뭇까뭇 숨바꼭질을 한다. 첫째는 가슴이 죄어서 한 발 내디디었을 때,

“어마이, 거 누구여?”

개똥이가 묻는다.

“응…… 너 왜 거게 가 섰니?”

개똥 어머니는 이편으로 오는 모양이다.

“간난이구나, 그애가 이 밤에 왜 왔을까?”

“간난이?”

첫째는 놀란 듯이 버럭 소리를 질렀다. 개똥 어머니는 멈칫 선다.

“거 누구니?”

“나유.”

“……응 첫째인가.”

“간난이가 뭐 하러 우리집에를 왔어?”

“글쎄 말이다, 혹 덕호가 보냈는지?”

첫째는 멍하니 마지막 사라지는 초롱불을 바라보았다. 그리고 이맛가의 오줌을 씻어 내며 터벅터벅 걸었다.

첫째는 무정처하고 걷다가 다시 덕호의 집 주위를 한 바퀴 돌아서 그의 집으로 왔다.

그러나 방으로 들어가고 싶지는 않아서 마당가에서 어정어정 돌아다니다가 나뭇가리 옆에 펄썩 주저앉았다. 혹 하고 끼치는 나무 썩어진 내를 맡으며, 아까 개똥이의 오줌을 받은 기억이 떠올라 무의식간

에 그의 손은 이맛가를 만졌다. 따라서 뭐라고 말할 수 없는 울분이 울컥 치미는 것을 깨달았다.

그는 나뭇가리에 몸을 기대며 고놈의 계집애는 도무지 볼 수가 없으니 웬일이어, 어디 앓지나 않는지? 하고 생각할 때 그의 눈 위에서 빛나던 그중 큰 별 하나가 꼬리를 길게 달고 까뭇 사라진다. 그는 그 별이 사라진 곳을 멍하니 바라보며 선비의 눈등의 검은 사마귀를 생각하였다. 티 없이 밝은 얼굴에 빛나는 그 검은 사마귀! 그것은 흡사히 이제 사라진 그 별과 같았다. 그는 한숨을 길게 쉬며 눈을 꾹 감았다. 감으면 감을수록 더 또렷이 나타나는 그 검은 사마귀! 이놈의 계집애를…… 하며 첫째는 벌떡 일어났다. 그때 저편으로부터 신발 소리가 났다. 그는 공연히 화가 치받친다.

"거 누구유?"

버럭 소리를 질렀다.

"첫째냐? 난 널 자꾸 찾아다녔구나, 여기 있는 것을 모르고…… 왜 거기 가 있냐?"

이서방은 헐떡헐떡하면서 첫째의 곁으로 와서 그의 손을 끌고 방으로 들어왔다. 첫째는 일어나는 화를 참으며 씩씩하였다. 이서방은,

"첫째야!"

부르고 나서 그의 곁으로 바싹 다가앉았다. 첫째는 귀찮다는 듯이 조금 물러앉으며 벌렁 누워 버렸다. 이서방은 그의 이마를 짚으며,

"너 요새 뭐 생각하는 것 있지?"

첫째는 얼른 선비를 머리에 그리며, 이서방의 손이 거북하였다. 그

래서 손을 물리치며 돌아누웠다. 한참 후에 이서방은,

"너 자냐?"

"아니."

"너 요새 왜 잠두 안 자고 다니니?"

"잠이 안 오니께."

"왜, 잠이 안 와?"

"……"

뭐라고 말을 하렸으나 입이 꽉 붙고 만다. 이서방은,

"첫째야, 네가 내게 숨길 것이 뭐냐, 말하면 내 힘 미치는 데까지는 힘써 보자꾸나."

이서방도 첫째가 어떤 계집을 생각해서 이렇게 잠도 못 자고 다니는 것을 짐작은 했으나, 어떤 계집인지를 꼭 알지 못하였다. 그래서 그 계집을 첫째에게서 알아 가지고, 될 수 있는 대로 힘써 보자는 것이다. 만일 저대로 방임해 두면 첫째는 불일간에 무슨 병에 걸려들지 않으면 무슨 변이라도 낼 듯싶었던 것이다.

첫째는 언제까지나 잠잠하고 있다. 이서방은 바싹 다가 누웠다.

"너 어떤 계집을 생각하지, 아마?"

첫째는 계집이란 말에 그의 얼굴이 화끈 달며 선비의 그 고운 자태가 스르르 떠오른다. 그는 그만 돌아누웠다.

"자자우, 이서방."

말하지 않을 것을 안 이서방은 훗날에 천천히 물어 보리라 하고, 그만 잠이 들고 말았다.

첫째는 이런 생각 저런 생각에 그 밤을 새우고, 어실어실하여 일어나 앉았다. 그때 안방문이 가만히 열리는 소리가 들린다. 첫째는 어떤

놈이 또 와 잤군…… 하고 생각하며 장성한 아들을 둔 그의 어머니의
행동이 끝없이 원망스러웠다.

"안녕히 가세요."

"음."

"언제 또 오시겠수?"

"글쎄 봐야 알지."

소곤거리는 유서방의 음성이다. 그는 도리어 반가운 생각이 들어 벌
컥 일어났다. 그리고 방문을 열었을 때,

"너 왜 벌써 일어나니?"

이서방이 일어나며 그의 꽁무니를 꾹 붙들었다. 이서방은 첫째가 달
려나가서 무슨 행패를 할까 하는 불안에서 이렇게 붙들었던 것이다.

그러자 벌써 첫째 어머니는 문을 지치고 들어온다. 첫째는 그의 어
머니를 노려보다가,

"어머니!"

자거니 하였던 첫째의 음성에 그의 어머니는 놀라 멈칫 섰다. 그리
고 첫째가 성이 나서 뛰어나오는 것 같아서 뒤로 비슬비슬 물러섰다.

이서방은 이 경우에 모자의 불평을 어떻게 완화시킬지 몰라 한참이나
생각하였다. 문을 열고 아무 말 없이 그의 어머니를 노려보던 첫째는
방문을 쾅 닫고 그 자리에 주저앉았다. 그제야 이서방도 물러앉는다.

×　　×　　×

신철이를 따라 몽금포에 내려가서 해수욕을 하고 올라온 옥점이는

오늘 아침차로 상경하겠다는 신철이를 만 가지 권유로 겨우 붙들었다. 신철이는 옥점이보다도 덕호의 애써 말리는 데 못 이기는 체하고 떠나지 않았으나 실은 웬일인지 그렇게 쉽게 이 집을 떠나고 싶지 않았던 것이다.

남의 집에 와서 하루 이틀도 아니요 거의 달 지경이 되어 오니까 미안함에서 상경하겠다고 하였던 것이다. 옥점이는 신철의 남성다운 체격을 웃음을 머금고 바라보았다.

"우리 참외막에 가볼까요?"

"글쎄요…… 우리 둘이만이 가는 것이 좀……."

옥점이는 냉큼,

"그럼 누구 또 말씀해 보세요?"

그의 속을 뚫고 보려는 듯한 옥점이의 강한 시선을 그는 약간 피하였다.

"아버지든지 혹은 어머니도 좋구요."

"정말?"

"그러면요, 우리 둘만은 이런 시골에서는 좀 재미없지 않아요?"

"하긴 그래요, 그럼 어머니를 가자구 할까?"

"그것은 옥점 씨 생각에 맡깁니다."

옥점이는 호호 웃으며 냉큼 일어나 안방으로 건너갔다. 신철이는 책상 앞에 조금 다가앉아서, 면경 속에 그의 얼굴을 비추어보며 무심히 밖을 내다보았다. 그때 선비가 빨래함지를 이고 부엌으로부터 나온다. 신철이는 얼른 몸을 똑바로 가지고, 지나치는 그의 왼편 볼을 뚫어지도록 보았다. 그가 중대문을 넘어가는 신발 소리를 들으며, 빨래를 하러 가는 모양인데…… 하고 생각할 때, 이상한 광채가 그의 눈가를 스쳐간다.

그가 이 집에 온 지 거의 두 달이 되어 와도 저렇게 먼빛으로 선비를 대할 뿐이고, 한 번도 한자리에 앉아 말을 건네어 보지 못하였다. 그만큼 그는 선비에게 어떤 호기심을 두었다. 그리고 특히 그의 와이샤쓰나 혹은 내의 같은 것을 빨아 다려 오는 것을 보면, 어떻게 그리 정밀하고 얌전스럽게 해오는지 몰랐다. 그때마다 그는 이런 아내를 얻었으면…… 하는 생각이 옷 갈피갈피를 뒤질 때마다 부쩍 들곤 하였다.

그리고 그의 고운 자태! 눈등의 검은 점…… 그의 머리에 강한 인상을 던져 주었다. 그와 말이나 해보았으면…… 그는 이러한 생각을 하면서, 어떻게 하든지 오늘 냇가에만 가면 그를 만날 수가 있을 터인데 어떻게 뭐라고 핑계를 대고 옥점이를 떨어치나가 문제 되었다.

옥점이가 건너오며,

"어머니가 가시겠다오."

"예 좋습니다."

이렇게 선뜻 대답은 하고도 신철이는 엉덩이가 잘 떨어지지 않는다.

"어서 일어나요, 더웁기 전에 가요."

신철이는 무슨 생각을 잠깐 하다가,

"아버지도 모시고 가는 것이 어때요."

"아이! 아버지는 뭐라구."

헬끔 쳐다보며 웃는다. 그도 빙긋이 웃으며,

"노인네 부부도 산보해야지요, 하하."

옥점이도 호호 웃었다. 그리고 아버지와 어머니 앞에 자기들이 가지런히 서서 가는 것도 그럴듯한 일이었다.

"그럼 모시고 갈까…… 아이 아랫집에서 안 올라오셨을 게요."

옥점이는 통통걸음을 쳐서 사랑으로 나간다. 신철이는 그의 나가는 뒷모양을 바라보면서 선비가 혼자서 빨래를 갔는가? 하였다. 옥점이는 곧 돌아 들어왔다.

"아버지가 안 오셔서……."

그제야 신철이는 벌컥 일어났다. 그리고 벽에서 모자를 벗겨 쓰며,

"내 아버지는 모시고 갈 것이니 어서 먼저들 가시오. 저번 갔던 그 막이지?"

옥점이는 약간 싫은 빛을 띠었으나 얼른 웃어 버렸다.

"그만둬요, 아버질랑."

"글쎄 어서 가요. 내 가서 모시고 올라가리다."

신철이는 밖으로 나왔다. 뜨거운 볕이 그의 전신을 후끈하게 하였다. 그가 큰대문을 나서며 어떻게 할까? 하고 우뚝 섰다.

신철이는 어떻게 하든지 옥점이만을 떨어칠 양으로 이렇게 서두르고 나오기는 했으나 막상 나오고 보니 어떻게 해서 선비를 교묘히 만나 볼까가 큰 걱정이다.

우선 그는 멀리 보이는 원소의 숲을 바라보았다. 그리고 덕호가 첩 살림하고 있는 아랫마을을 돌아보았다. 따라서 옥점이와 같이 갈 참외 막 있는 앞벌도 바라보았다.

그러자 옥점이와 그의 어머니가 나온다.

"왜 안 가셨수?"

옥점이는 물빛 양장에 밀짚모를 꼭 눌러 썼다. 그의 어머니는 딸과 신철이를 바라보며 언제 웃을지 몰라 입을 벌리고 있다. 비록 정식으로 말은 건네이지 않았으나 이 둘이는 장래 부부로 인정하였던 것이다.

"아버지한테도 같이 가려구요?"

"뭘, 나허구?…… 난 안 간다는 게야, 그년의 계집애 보기 싫어서."

옥점이는 휭 돌아간다. 신철이는 옥점의 이러한 대답을 듣기 위하여 부러 물었던 것이다.

"왜 그래요? 그이도 어머니가 되겠지우."

"아라마 이야다와(어머 싫어요)."

이렇게 소리치며 어머니의 손을 끌고 간다. 몇 발걸음 걸어나가던 옥점이는 돌아보았다.

"얼핏 모시고 와요, 그리로…… 기다리고 있을 것이니."

이 순간에 그는 급한 숨결을 겨우 억제하였다. 모든 일이 자기가 상상하였던 것보다 예상 이외에 순조로 진행되었던 것이다. 신철이는 뛰는 가슴을 진정하며 옥점의 뒤를 슬금슬금 따라 섰다.

옥점이가 동구를 벗어나며 이편을 돌아본다. 그리고 무어라고 손질을 두어 번 치고 모밀밭 뒤로 사라진다. 신철이는 한숨을 후유 하고 쉬었다. 만사는 이제부터다 하고 그는 아무 거침 없이 원소를 바라보고 급히 걸었다.

원소의 숲이 가까워질수록 그의 숨결은 몹시도 뛰었다. 그리고 불행히 옥점이가 그의 뒤를 따르지 않는가 하여 자주자주 뒤를 돌아보았다.

물소리가 졸졸졸졸 한다. 그는 우뚝 섰다. 그리고 버드나무 숲을 헤치고 가만히 들어섰다. 길길이 늘어진 버들가지가 그의 어깨를 서늘하게 스치었다. 그는 나무 밑에 꼭 숨어 서서 사람이 있는가 없는가를 훑어보았다.

버드나무숲

뚝 그쳤던 방망이 소리가 청청 울려온다. 그 소리는 이 고요한 숲을 한층더 고요하게 하였다. 그는 방망이 소리를 따라 시선을 옮기니, 버드나무숲에 가리어 잘 보이지는 않으나, 방망이 소리를 타고 오는 음향은 선비의 존재를 확신케 하였다. 그는 차츰차츰 그편으로 갔다. 선비의 바른편 볼이 둥그렇게 나타나 보인다. 신철이는 멈칫 섰다. 그리고 다시 한 번 뒤를 돌아보았다. 따라서 선비를 만나 무슨 말을 할까 하고 생각해 보았다. 그러나 할 말이 있는 듯하고도 또다시 생각하면 아무 할 말이 없었다. 어떻게 하누? 다시 한 번 망설였다. 이제는 발길까지 무거워지고 그리고 숨결이 무섭게 뛰놀았다.

그가 동무를 따라 카페 같은 데도 더러 다녔으나 이렇게 여자를 어렵게 대하여 보기는 처음이었다.

방망이 소리가 뚝 끊어지며 빨래를 헹구는 모양인지 절벅하는 물소리가 들린다. 그는 버드나무에 몸을 기대어 에라 돌아가자! 내가 이게 무슨 짓이냐, 그와 말은 해봐서 뭘 하는 게야 하고, 그는 발길을 돌리렸으나, 꽉 붙고 떨어지지 않는다. 그는 눈을 꾹 감았다. 그리고 지금 막에서 기다릴 옥점이를 생각하였다. 그러나 옥점이의 환영은 차츰 희미하게 사라지고, 선비의 얼굴이 뚜렷이 보인다.

"내가 이게 웬일이야, 며칠지간에."

이렇게 중얼거리며 휙 일어났다. 그리고 흐르는 물 속으로 빛나는 차돌을 물끄러미 들여다보았다. 지금 아버지는 내가 몽금포에서 수양하고

있는 줄 알 터이지 하는 생각이 버쩍 들자 그는 머리를 돌려 버렸다.
그때에 무심히 앞에 늘어진 버들가지 하나를 잡아 뚝 꺾었다. 그리고
손이 아프도록 잎을 죽 훑어서 후르르 물 위에 뿌리며 천천히 내려왔다.

그가 참외막까지 왔을 때 갑자기 우뚝 섰다. 덕호를 데리고 온다고
옥점이를 떨어치던 자기를 새삼스럽게 발견하였던 것이다. 옥점이는
막에서 달려 내려온다.

"왜 혼자 오우?"

그는 잠깐 주저하다가,

"그만 중로에 가기 싫기에 오구 말었수. 그 뭐……."

얼굴이 약간 붉어졌다. 옥점이는 말똥말똥 쳐다보다가,

"어서 저리로 올라갑시다. 내가 참외 맛있는 것으로 골라 두었수."

신철이는 옥점이를 따라 몇 발걸음 옮겨 놓다가 무심히 바라
보니 참외 덩굴 아래로 어린애 머리만큼이나 한 참외들이 수북
하였다. 그는 얼른 그리로 가서 참외를 만져 보았다. 그리고 모
자를 벗어 부채질을 하며,

참외 덩굴과 참외

"이거 보우, 이거 참 시굴이 좋기는 하다니!"

옥점이는 획근 돌아보며 머뭇머뭇하다가 온다.

"아이 더워요. 어서 저리로 가요."

옥점의 코밑에 땀방울이 방울방울 맺혔다. 신철이는 가쁜 숨이나 쉬
어 가지고 막으로 올라가려고 밭머리에 펄썩 주저앉았다. 옥점의 어머
니는 기웃하여 내다본다. 옥점이는 얼굴을 찡그렸다.

"아이, 거게 가 앉아?"

신철이는 모자로 해를 가리며 이마의 땀을 씻었다. 그리고 한숨을
푹 쉬었다. 옥점이는 그의 쩍 벌어진 양 어깨를 바라보며, 자기 같으면

저렇게 외면하고 앉을 것 같지 않았다. 그 동안이라도 서로 얼굴을 보지 못하는 것이 갑갑해서…… 옥점이는 쓸쓸하였다.

산딸기

신철이는 벌떡 일어나더니 저편으로 충충 걸어간다. 그리고 풀 숲에서 무엇을 찾는 모양이더니 딸기 한 송이를 나뭇가지째 꺾어 들고 벙글벙글 웃으며 온다. 옥점이는 달려가며,

"그게 어디 가 있수? 아이, 빛이 곱지."

신철의 손에서 빼앗으며, 옥점이는 갸웃하고 한참이나 들여다보더니,

"고레 안타노 하트(이게 당신의 마음)?"

얼굴을 약간 붉히며 쳐다본다. 신철이는 옥점의 얼굴을 거쳐 딸기를 보았다. 그때 그는 이상한 충동을 느꼈다.

"올라가요, 어서 저리로."

옥점이는 앞섰다. 신철이도 그의 뒤를 따라 막으로 올라갔다. 옥점 어머니는 귀여운 듯이 그들을 번갈아 보며,

"왜? 안 오시겠다고 헙데까?"

옥점이는 참외를 고르며,

"그 계집애 꼴 보려고 거길 가!"

신철이를 흘금 쳐다보며 어머니를 돌아본다. 그의 어머니는 약간 섭섭함을 느끼며,

"그럼 더운데……."

하고 웃음으로 쓸어치고 말았다.

"이게 달 것이라지? 어머니."

옥점이는 참외를 들어 보인다.

"그래, 깎아 보렴."

그는 칼을 들어 반을 갈랐다. 속이 새파란 것인데, 꿀내 같은 내가

물큰 올라온다.

"이것 보우, 참말 달겠수."

옥점이는 참외를 들어 보이며 껍질을 벗겼다. 그리고 신철이를 주었다. 그는 받으며,

"어머니에게 올리시구려!"

"어서 받아요."

눈을 헬끗해 보면서 칼을 내친다. 그리고 곁에 놓았던 딸기 송이를 들며 생긋 웃었다. 이것은 신철이가 자기에게 주는 사랑의 선물인 것 같았던 것이다. 그는 딸기 송이를 들고 이리저리 보다가 모자에 꽂았다.

"이거 봐요, 곱지?"

옥점 어머니는 깜박 졸음이 오다가 옥점의 말에 놀라 바라보았다.

"그게 웬 딸기가?"

"아이, 입때 어머니는 못 보셨수? 호호."

어머니를 바라보는 옥점이는,

"어머니? 졸음이 오나 봐……."

낮이 기울어지면 옥점 어머니는 자는 버릇이 있다. 그의 어머니는 눈을 썩썩 비비쳤다.

"들어가자."

"아이 벌써? 어머니는 먼저 가구려."

그의 어머니는 괴로운 모양인지 그만 부시시 일어난다.

"놀다가 오시우, 난 먼저 가우."

"왜, 같이 들어가시지요."

신철이는 옥점 어머니의 뒤를 따라 막 아래까지 내려가서 공손히 인사를 하였다. 옥점이는 막 위에서 이 모양을 바라보며,

"안타와 바카쇼지키와네(당신은 고지식도 하셔)."

호호 웃었다. 옥점 어머니는 신철이를 다시금 돌아보며 사위가 정말 되었으면 좋으련만 하고 생각하였다.

막으로 올라오니, 옥점이는 모자를 쓰며 딸기 송이를 보았다.

"어때요?"

"좋구면요…… 그만 먹지, 먹고 싶구면."

옥점이는 모자를 벗어 들고 딸기 송이를 따서 신철이 손에 놓아 주며 그도 한 알 물었다. 빨간 물이 옥점의 입술을 물들일 때, 신철이는 아까 옥점이가 하던 말을 다시금 생각하였다. 그리고 그는 아쉬운 생각과 함께 빨래질하던 선비의 자태가 휙 떠오른다. 그리고 그가 뿌리고 온 버들잎 하나가 선비의 손끝을 스치었으련만, 그는 무심히도 버들잎을 치워 버렸으리라! 하였다.

"뭘 생각하시우?"

옥점이가 바싹 다가앉는다. 신철이는 얼른 수숫대 위로 뭉실뭉실 피어오르는 구름을 가리켰다.

수수

"저것 보우, 참 좋아."

옥점이도 그편을 바라보았다.

"제법 시인이 되랴나 부."

"시인?"

무심히 내친 이 말이 그의 가슴폭을 선뜻 찔러 주는 듯하였다. 그는 참말 요새같이 감정이 예민해 가다가는 큰일이라고 생각되었다.

그가 학교에서 휴가를 맡고 이렇게 오게 된 것도 신경이 약하기 때문인데, 수양하러 온다고 와놓고는 돌연히 사귄 이 여자로 말미암아 자기의 수양은 어디로 달아나고 말았다. 더구나 나날이 일어나는 이

번민! 이것은 자기 스스로는 도저히 억제치 못할 것 같았다.

처음에 기찻간에서 이 여자를 만날 때에는 다소의 흥미도 가졌지마는, 불과 며칠이 지나지 못해서 다만 일시일시로 데리고나 놀 여자지, 오래 사귀어 놀 여자가 되지 못할 것을 곧 알았다. 그러나 그는 웬일인지 이 집을 떠나기 싫고, 이 동네가 떠나기 싫었다. 그래서 몽금포에 가서도 오래 있지 못하고 곧 올라왔던 것이다.

옥점이는 피어오르는 구름을 한참이나 보다가 흘금 신철이를 보았다. 구름을 바라보는 그의 눈! 그 새를 타고 내려온 쇠로 만든 듯한 그의 코는 확실히 그의 이지를 대표한 듯하였다.

지금 그의 어머니나 그의 아버지까지도 신철이를 장래 사윗감으로 인정하는 모양인데, 보다도 현재 자기들의 이면에는 내약이 있는 것으로 인정하는 것 같았다. 그런데 실상 자기들 사이는 이때까지 아무러한 내약도 없었으며 그러한 눈치도 서로 보이지 않았다. 옥점이는 초조하였다. 그러나 저편에서 시치미를 떼고 있는데, 먼저 대들기도 무엇하여 눈치만 살살 보는 중이었던 것이다.

"무슨 이야기든지 하세요."

신철이는 돌아보았다. 그리고 무슨 말을 할 듯 할 듯하다가 그만 웃어 버린다.

"아이 하세요. 무슨 이야기를 하시려고 그래서요. 이제…… 꼭 대줘요."

어린애처럼 보챈다. 신철이는 조금 물러앉았다.

"옥점 씨, 이 담에 어떤 곳에서 살고 싶어요? 말하자면 서울 같은 도회지에서 혹은 이러한 농촌에서?"

뜻하지 않은 이 물음에 옥점이는 머리를 갸웃하고 한참이나 생각하

다가,

"그것 왜 물으세요."

"심심하니까 이야기삼아 묻는 게지요."

"신철 씨는 어떤 곳에서?"

"나요? 글쎄 어떤 곳이 좋을까…… 내가 먼저 물었으니 먼저 대답하
세요."

"나는…… 신철 씨가 좋아하는 곳에서."

말끝이 입 속으로 숨어든다. 그리고 귀밑까지 빨개지며 그는 머리를
돌렸다. 이것을 바라보는 신철이는, 이 여자가 자기를 사랑하는 셈인
가? 하는 생각이 불쑥 들었다. 그리고 "고레 안타노 하트?" 하고 그가
하던 말을 다시금 생각하는 신철이는,

"그래요, 참 고마운 말씀이구려. 그럼 우리 한동네서 삽시다. 이렇게
한적한 농촌에서 저런 참외며 조며 콩 팥을 심어 가면서 삽시다, 우리.
오작이나 재미나겠수."

그는 눈치를 채지 못한 체하고 이렇게 말하였다. 옥점이는 생
긋 웃으며,

"그럼 이런 시굴이 좋으세요?"

"네, 저는 이런 곳이 좋아요……
*김도 매고 온갖 가축을 기르면
서 사는 것이 좋지요."

김을 매다
논밭의 풀을 뽑다.

“애이!”

옥점이는 그가 거짓말을 하는 듯하여 멍하니 바라보았다. 그러나 신철이는 웃지도 않고 그를 마주보았다.

“뭐, 김을 매시겠어요?”

“그러면요, 김매는 것 좋지요.”

“참…… 우스워 죽겠네.”

“왜 그러셔요?”

신철이는 눈을 크게 떴다.

“김을 매구 어떻게 살아요! 그렇게 할 바에는…….”

중도에 말을 끊었다. 신철이는 빙긋이 웃었다.

“그러면 옥점 씨는 시굴서 사실 생각이 아니십니다그려.”

“애이! 참.”

옥점이는 원망스럽다는 듯이 그를 노려보았다. 그리고 손톱 끝을 물어뜯으며, 그의 안타까운 그 맘을 어째서 신철이가 몰라주는가 하니, 그는 달려들어 신철이를 쥐어뜯고라도 싶었다. 그래서 그는 머리를 번쩍 들었다.

신철이는 여전히 저 앞을 바라보았다. 씨앗에서 몰려나오는 듯한 솜 같은 구름은 이젠 큰 산맥을 이루어서 그 높은 불타산 위를 눈이 부시게 둘러치고 있다.

옥점이는 신철이를 바라보며 무어라고 말을 하렸으나, 곁에 자기라는 존재를 전연히 잊은듯이 하늘만 쳐다보는 신철의 그 표정은, 끝까지 원망스러운 반면에 또한 극도의 위압에 눌리어 말끝이 쑥 들어가 버리고 말았다.

“들어가요, 그만.”

신철이는 돌아보았다.

"그럼 갑시다."

성큼 일어난다. 옥점이는 말을 하자노라니 이런 말이 쑥 나갔으나 실은 이 자리를 떠나고 싶지 않았다. 그리고 좀더 신철의 맘을 엿보는 동시에 여기서 어떤 해결을 보았으면 하는 생각이 희미하게 들었다. 그러나 신철이는 아무 미련 없이 양복 바지를 툭툭 털며 그 거대한 몸을 사다리 위에 싣는다. 그리고 벌벌 기어 내려간다. 옥점이는 맘대로 하면, 내려가는 그의 엉덩이를 발길로 차서 떨어치고 싶었다. 막 아래로 내려간 신철이는 양복을 툭툭 털며 몸매를 휘돌아본 후에,

"어서 나려오시우."

옥점이는 웬일인지 울음이 쓸어 나오는 것을 입술을 꼭 깨물고 참았다.

"어서 혼자 들어가세요!"

"언제는 가자고 하더니 또 이러시우?"

신철이는 눈가로 약간 웃음을 띠며 이런 말을 하였다. 신철이가 웃는 것을 보니 좀더 성은 나면서도 그는 따라 웃지 않고는 견디지 못하였다. 그래서 픽 웃고 내려왔다.

막 주인은 어디 가 숨었다가 이제야 어실어실 참외밭으로 나온다. 그들은 참외값을 치르고 나서 길로 나왔다.

"이거 봐요, 동네 들어갈 때는 떨어져 들어갑시다."

한참이나 걷던 신철이는 옥점이를 돌아보았다.

"왜요?"

옥점의 눈가는 빨개진다.

"창피하니까."

"무엇이 창피해요?"

"애들이 따르고 개들이 짖고, 허허."

뜻밖의 말에 옥점이는 호호 웃었다. 그러나 가슴은 무어라고 형용할 수 없이 바작바작 죄어들어서 목이라도 놓고 울고 싶었다.

수수밭 옆을 지나며 신철이는,

"어떻게 할 테우?"

"뭘요?"

옥점이는 눈이 둥그래진다.

"옥점 씨가 먼저 가시겠수, 날 먼저 가라우?"

옥점이는 한숨을 푹 쉬며,

"뭘 어때요. 그까짓 것들 무서워서 그러셔요, 아이 참."

옥점이는 무심히 수숫잎을 뜯어 입에 문다. 그리고 그의 양장한 몸에 수숫대 그림자가 길게 걸어나간 것을 신철이는 보았다.

"무섭지요. 세상에 농민들에게서 더 무서운 인간들이 있겠습니까…… 어서 먼저 들어가세요."

옥점이는 말없이 뾰로통하고 섰더니, 들었던 수숫잎을 휙 뿌리며 휑 돌아섰다.

"그럼 곧 들어오세요."

돌아도 보지 않고 이런 말을 한 후에 옥점이는 수수밭을 지나 논둑을 타고 가물가물 멀어진다. 신철이는 그의 뒷모양을 물끄러미 바라보다가 풀밭에 주저앉았다. 따라서 원소의 숲이 떠오르며 이젠 선비가 들어갔을 터이지 하고 생각하였다.

이렇게 석양이 되니 몽금포에서 보던 낙조가 그리워진다. 그 망망한 서해에 한 줄기의 커다란 불기둥을 지르고 넘어가던 그 태양 앞에 가슴을 헤치고 섰던 자기가 어떤 명화를 대하는 듯이 떠오른다. 그리고 끊임없이 쇄쇄 하고 바위에 부딪치는 그 물결소리…… 그 소리를 타고 늠실늠실 넘어오는 고깃배 사공들의 '어이야, 어이야' 하는 노젓는 소리가 금시로 들리는 듯하였다.

그는 빙긋이 웃었다. 멀리 낙조를 바라보며 옥점의 안달나 덤비던 장면이 떠올랐던 것이다. 그러나 그는 모른 체하고 그 고비를 넘겨 버렸다. 그는 옥점이가 그러한 태도를 그에게 보이면 보일수록 그의 가슴은 이상하게도 얼음같이 차지는 반면에 흥미가 진진하였다. 그리고 다시 오늘 막에서 지내던 일을 생각하며 어느덧 원소의 숲에서 청청 하고 울려 나오던 빨랫소리를 들었다. 그는 지금 눈앞에 선비의 청초(淸楚)한 자태를 보았다. 인간은 일하는 곳에서만 진실(眞實)과 우미(優美)를 발견할 수 있는 모양이다! 하고 그는 생각하였다.

낙조

무엇이 그의 볼을 툭 치매 그는 놀라 바라보았다.

메뚜기 한 마리가 그 푸른 날개를 활짝 펴고 푸르릉 하고 저편 풀숲에 사라진다.

그는 무의식간에 볼을 슬슬 어루만지며 벌컥 일어났다. 그리고 내일 몽금포나 또 가서 며칠 있다가 상경할까 하고 생각하였다.

그가 동구까지 왔을 때, 유서방이 어실어실 나온다.

"어서 들어오시랍니다."

신철이는 머리를 굽혀 보이고 집으로 들어왔다. 옥점이는 마루에 섰다가 신철이를 보고 생긋 웃었다.

"꽤두 오래 오십니다."

그새 보지 못하였다가 보니 또 새로운 정이 그의 거대한 몸을 휩싸고 도는 것을 앞이 캄캄하도록 느꼈던 것이다.

"세수하시려우?"

신철이는 부엌 편을 흘금 바라보며 머리를 좌우로 흔들었다. 옥점이는 안방으로 들어가며,

"이리 들어오세요."

분홍빛 수건을 내어 방으로 들어앉는 신철의 무릎에 던진다. 향수내가 물큰 스친다. 신철이는 수건을 머리맡으로 물려 놓으며 뒤뜰을 바라보았다. 울바자 끝에는 흰 빨래가 눈이 와서 덮인 것처럼 새하얗다. 그 중에 그의 와이샤쓰가 얼핏 눈에 띄었다.

"집에서는 누가 빨래하시우?"

옥점이는 냉큼,

"선…… 저 할멈이 해요, 왜?"

말끄러미 쳐다본다.

"옥점 씨는 빨래 안 해보셨습니까?"

옥점이는 잠깐 주저하다가,

"난 안 해봤어요."

뒤뜰에서 그의 어머니가,

"아이 그게 빨래가 다 뭐유, 집안의 일을 손끝으로나 대보는 줄 아시우? 호호."

어쨌든 귀여운 모양이다. 더구나 자기 딸이 일해 보지 못한 것을 자랑거리로 아는 모양이다. 신철이는 빙긋이 웃을 뿐이다. 옥점이는 그 웃음이 웬일인지 불쾌하였다.

뒤뜰 장독 뒤로 백도라지 꽃이 머리를 다소곳하였다. 그 뒤로 수세

미외 덩굴이 울바자를 타고 보기 좋게 뻗쳐 올라가며 노란꽃이
여기저기 피었다.

"저기 무슨 꽃이야요?"

신철이는 백도라지꽃을 가리켰다. 옥점이는 손을 통하여 바라
보더니,

"응 저 꽃? 백도라지여요. 저 백도라지가 약이 된다나요. 그
래서 일부러 유서방이 캐다 심은 게라오."

"네, 저 쑤세미오이도?"

"그것은 선비년이 다 심은 게라오."

그의 어머니가 대답한다. 옥점이는 선비라는 이름만 신철의 앞에서
불러도 불쾌하였다. 신철이는 옥점이가 아니면 뛰어나가서 그 꽃을 꺾
어 볼 위에 대고 싶으리만큼 귀여움을 느꼈다.

마침 *바자 밖으로부터 이런 소리가 들렸다.

백도라지 꽃

수세미와 수세미 꽃

바자
대나무·갈대·수수깡
따위로 발처럼 엮은
것. 울타리를 만드는
데 쓴다.

앉을방 줄방
파리 잡아 줄방

그들은 가만히 귀를 기울였다. 그 노래는 차츰 바자 곁으로 오더니
뚝 그친다. 그리고 울바자에 세운 기둥 끝을 향하여 잠자리채가 올라
온다. 뒤미처 잠자리 한 마리가 채에 얽혀들어 푸득거린다. 바자 밖에
는 갑자기 애들의 환호소리가 "으아" 하고 쏟아져 나왔다.

앉을방 줄방
파리 잡아 줄방

또다시 이런 노래가 멀리 사라진다. 신철이는 그 노래가 끊어진 후에 비로소 자기가 장성하였음을 새삼스럽게 깨달았다. 그는 무의식간에 한숨을 가볍게 내쉬었다.

"우리도 어렸을 때 저런 일을 했어요."

옥점이는 눈에 웃음을 가득히 띠고 신철이를 쳐다보았다.

×　　×　　×

그날 밤, 신철이는 밤 오래 놀다가 자리에 누웠으나 잠 한 잠 들 수가 없었다. 그래서 이리 뒤척 저리 뒤척 하고 누웠으려니 온몸이 쑤시는 것 같고 더구나 전신에서 땀이 부진부진 나서 못 견딜 지경이다. 그래서 그는 부시시 일어앉았다. 그리고 문을 가만히 열고 내다보았다.

처마 그림자가 뜰 위에 뚜렷이 아로새겼다. 그는 무의식간에 달도 밝기도 하다 하고, 머리를 기웃하여 하늘을 쳐다보았다. 그러나 달은 지붕을 넘어간 까닭에 잘 보이지 않았다. 그는 옷을 주워 입고 밖으로 나왔다.

안방을 살펴보니 잠든 모양인지 잠잠하였다. 그리고 오직 마루 아래로 놓인 옥점 어머니의 흰 고무신이 달빛에 윤택하게 보일 뿐이다. 그는 변소간을 향하고 걸었다.

그가 변소까지 왔을 때 우뚝 섰다. 할멈 방문이 불빛에 빨개 있었기 때문이다. 아직도 안 자나? 밤이 오랬는데 하고, 그는 어떤 희망을 가늘게 느끼며 뒤를 휘휘 돌아보고 방문 앞까지 왔다. 그래서 그는 문틈이 어디가 났는가 하고 두루두루 찾아보았으나 바늘구멍만한 구멍도 발견하지 못하였다. 그는 귀를 기울였다. 누가 아직 자지 않나? 혹은 할멈과 선비가 다 깨어 있나? 그렇지 않으면 선비만 자지 않는가, 혹은 할멈만 자지 않는가? 누가 자지 않는 것만 알아도 좋겠는데, 도무지 알 길이 없다.

그는 누가 볼까? 조바심하여 그만 변소 앞으로 왔다. 그리고 무슨 이야기 소리가 나는가 하여 한참이나 귀를 기울였다.

그러나 말소리는 들리지 않고 무슨 옷갈피를 뒤지는 소리가 부시시 들릴 뿐이다. 그는 변소간으로 들어갔다. 그래서 할멈 방에 누가 자지 않는 것을 어떻게 알까 하고 이리저리 궁리하였다. 그리고 웬일인지 선비가 아직까지도 자지 않고 일을 하는 것만 같았다.

선비—그 이름만이라도 왜 그렇게 곱고 부드럽게 불러지는지 몰랐다. 그리고 항상 내리뜨는 겸손한 그 눈가로 안개가 서려 있는 듯한 그 눈매, 그는 맘대로 하면 당장에 저 얄미운 문짝을 집어 젖히고 들어가고 싶었다. 그러나 그것은 도저히 할 수 없는 일이었다. 내가 왜? 밖에를 나왔던고? 차라리 방 안에서 더운 대로 참았더면 하는 후회까지 겸쳐 일어난다.

그는 소리 없이 변소문을 열고 내다보았다. 방문은 여전히 빨갛다. 그때에 방 안의 사람이 일어나는 듯이 문 위에 그림자가 얼씬 비치더니 방문이 바스스 열린다. 찰나에 그는 아찔하였다. 다음 순간 변소 앞으로 일보 일보 다가오는 사람은 선비가 아니냐! 그는 어쩔 줄을 몰랐다. 그는 벌컥 일어났다. 그리고 잠깐 뛰는 가슴을 진정한 후에 변소 밖으로 나왔다. 무심히 이편으로 오던 그는 신발 소리에 멈칫하며 흘금 바라보았다. 신철이는 이 기회를 놓치지 않을 양으로 돌아서 들어가려는 선비를 보고,

“이거 보세요, 네, 이거 보세요.”

선비는 거의 방문 곁까지 가서 머뭇머뭇하고 있다. 신철이는,

“저 냉수 한 그릇 주실 수 없을까요?”

얼결에 나온 말이건만, 하고 보니 그럴듯한 말이었다. 선비는 무엇을 좀 생각하는 듯하더니 그만 방문을 열고 들어간다. 신철이는 그만 지하에 떨어지는 듯한 모욕을 전신에 느꼈다. 그리고 어째서 그가 변소에서 가만히 있다가 들어오는 선비를 꽉 붙들지 못하고 이렇게 나왔는가 하였다.

“할머니, 할머니.”

깨우는 선비의 가는 음성이 들린다. 신철이는 숨을 죽이고 들었다. 할멈은 응, 응 할 뿐이지 용이히 깨지 않는 모양이다.

“할머니 서울…….”

그 다음 말은 들리지 않는다. 할멈은 이제야 깨었는지 굵다란 음성이 흘러나왔다.

“네가 가서 떠다 주려무나. 내가 어두워서 알겠니.”

또다시 선비의 음성이 소곤소곤 들렸다.

“뭐 어떠냐, 어서 그리 해라.”

신철이는 할멈이 깨었으므로 그만 낙망을 하였다. 그러나 선비가 또다시 자기 앞에 물그릇을 들고 나타날 듯하여 가슴이 두근두근하였다. 방문이 또다시 얼씬하더니 문이 열리며 선비가 나온다. 그는 머리를 숙이고 부엌 편으로 돌아간다. 그는 변소 앞에 섰기도 좀 우스운 듯하여 선비의 뒤를 따라섰다.

컴컴한 안방이 그의 앞에 나타나자 그는 누가 깨지나 않았나 하고 다시금 바라보았다. 그리고 아까 윤택하게 보이던 고무신조차도 금시

로 사람으로 변하는 듯, 그리고 안방문이 열리는 소리가 들리는 듯, 옥점이가 나오는 듯하여 한층더 가슴이 뒤설레었다.

부엌문을 소리 없이 열고 들어간 선비는 물그릇을 들고 나온다. 달빛에 새하얗게 묻혀 버린 그 자태! 낮의 선비보다 몇 배 더 고와 보였다. 신철이는 선비가 부엌으로 들어갈 때만 하여도 온갖 계획을 다 세워 보았지만 막상 그의 앞으로 오는 선비를 볼 때는 모든 계획이 홀랑 달아나 버리고 그저 조급할 뿐이었다. 그래서 그는 얼른 물그릇을 받아 입에 대었다. 목은 안타깝게 마르건만 웬일인지 목이 칵 막히며 물이 넘어가지를 않는다. 그는 사래가 들려 기침이 나오려는 것을 억제하면서 물그릇을 도로 돌리려 하고 보니 벌써 선비는 어디로 가고 보이지 않았다. 그는 획근 돌아보았다. 선비의 치맛자락이 변소 가는 모퉁이로 흘금 보이고 없어진다.

그는 한참이나 바라보았다. 그리고 선비가 자기를 그렇게도 싫어하는가? 하는 생각이 불쑥 들었다. 따라서 어리석고 비겁한 자신을 새삼스럽게 발견하였다. 그는 맘대로 하면, 들었던 물그릇을 당장에 내던져 산산이 짓모고 싶었다. 그래서 성이 난 눈으로 물그릇을 들여다보았을 때, 아까 방안에서 보이지 않던 달이 물속에 떨어져 가늘게 흔들리고 있다. 그는 이 순간 노엽던 그 맘이 약간 풀어지는 것을 느꼈다. 그것은 물속에의 어떤 부분을 대표한 듯하였던 것이다. 그러나 그것은 잠시간이고, 이렇게 해석하고 섰는 어리석은 자신을 그는 픽 웃어 버렸다. 그리고 온 가슴이 텅 빈 듯한 쓸쓸함이 그의 전신을 휩싸고 도는 것을 그는 새삼스럽게 깨달았다. 그는 물그릇을 든 채 건넌방으로 건너갔다. 그때 마루 위를 누가 걸어오는 소리가 나더니 바스스 방문이 열렸다. 그리고 어떤 사람이 방 안으로 들어선다. 그는 깜짝 놀라 바라보았다.

"어째 지무시지 않아요?"

크림 내를 섞은 젊은 여자의 강한 살내가 후끈 끼친다. 그는 이태껏 옥점에게서 느껴 보지 못한 이상한 충동을 받았다.

"왜 옥점 씨는 자지 않고 나오시우."

이렇게 천연스레 말하는 신철이는 저 여자가 모든 것을 보지 않았나? 하는 불안이 여러 가지 감정과 교착이 되어 가지고 일어난다. 옥점이는 전 같으면 신철의 곁으로 다가앉으며 무엇이라고 소곤거릴 터이나 오늘은 우뚝 선 채 머뭇머뭇하고 서 있었다.

"앉든지 들어가 지무시든지."

신철이는 이런 말을 하며 이 여자가 모든 것을 보았구나 하고 직각되었다. 그리고 물그릇도 받아 주지 않고 간 선비가 이 여자를 보고 그리 하였는가 하는 생각이 들었다. 동시에 도리어 자신의 우둔함을 그는 나무랐다.

한참이나 무엇을 생각하고 섰던 옥점이는 신철의 곁으로 다가앉는다.

"선비 곱지?"

어두운데 주먹 내미는 것 같은 돌연한 이 물음에 신철이는 잠깐 주

저하다가,

"곱지."

하고 옥점이를 바라보았다. 그는 머리를 푹 숙이더니 다시 번쩍 든다.

"소개해 줄까?"

"것도 좋지."

옥점이는 벌떡 일어났다.

"그럼 내 이제 데려올게."

신철이도 여기에는 당황하였다. 그래서 얼핏 그의 잠옷가를 잡아당겼다. 그리고 진중한 위엄을 그에게 보이려고 음성을 둥글게 내었다.

"이거 무슨 철없는…… 소개를 하려면 내일도 있고 모레도 있는데 왜? 하필 이 밤에만 맛인가?"

옥점이는 그의 잠옷가를 잡은 신철의 손을 칵 잡으며 흑흑 느껴 운다. 이때껏 참았던 정열이 울음으로 화한 모양이다. 신철이는 무의식간에 옥점의 허리를 꼭 껴안았다. 그 순간 신철이는 물속에 잠겨 흔들리던 달이 휙 지나친다. 그리고 달빛에 새하얗게 보이던 선비가 천천히 보인다. 그는 슬그머니 손을 놓고 조금 물러 앉으렸으나 속에서 울컥 내밀치는 어떤 불길은 옥점의 잠옷 한 겹을 격하여 있는 포동포동한 살덩이를 불사르고도 남을 것 같았다. 그는 눈을 꾹 감았다.

"옥점이, 들어가서 자라우."

신철의 음성은 탁 갈리어 잘 나오지 않았다. 옥점이는 좌우로 몸을 흔들며 바싹 다가앉는다. 그의 몸은 불같이 달았다. 신철이는 그만 어쩔 줄을 몰랐다. 그때에 그의 이지가 무참히도 깨어지는 소리가 그의 귓가를 지나치는 듯이

들렸다. 그러나 그는 이 여자의 몸에서 손가락 하나 움직일 수 없는 것
을 그는 발견하였다.

그때 안방에서 콩콩 하는 기침소리가 건넌방 문을 동동 울려 주었
다. 신철이는 벌떡 일어났다.

"이거 봐요, 어서 들어가. 어머니가 깨시었어, 응."

옥점이도 그제야 부시시 일어나 앉는다. 그리고 신철이를 올려다보
더니,

"아이 불 켜지 말아요! 나 들어갈 테야."

벌써 불은 환하게 켜졌다. 신철이는 돌아보며 빙긋이 웃었다. 그때
에 신철이는 범치 못할 *계선을 벗어난 듯한 가벼운 쾌감을 느꼈다. 그
리고 선비의 그 고운 얼굴이 미소를 띠고 지나치는 것을 그는 확실히
보았다.

신철이는 옥점의 곁으로 오며 그의 흩어진 머리카락을 손질해 주었
다. 너무나 상쾌한 맘은 그로 하여금 이렇게 하게 하였던 것이다. 옥점
이는 귀밑까지 빨개져서 차마 신철이를 바라보지 못하고 있다.

"어서 들어가요, 네, 자 어서."

옥점이는 머리를 매만져 주는 신철의 손을 끌어다가 꽉 깨물었다.
그리고 진저리를 치며 그의 혀끝으로 손을 빨았다. 신철이는 얼굴이
빨개지며 손을 빼었다.

"자 어서 들어가요."

"난 안 들어갈 테야!"

또다시 기침소리가 콩콩 울려 나왔다.

이튿날 아침 옥점이가 눈을 번쩍 뜨니 아버지가 곁에 와서 그의 구
실러진 머리카락을 내려 쓸고 있었다.

계선(界線)
한계나 경계를 나타낸 선

“아부지네!”

어젯밤 신철의 손을 얼핏 생각하였다. 그리고 말로 형용할 수 없는 희망이 이 방 안에 빽빽히 들어찬 것을 그는 느꼈다.

“왜 이리 늦게 자냐.”

“어젯밤 오래 있다가 잤에요.”

어젯밤 신철이가 그를 꼭 껴안아 주던 생각을 하며 눈등이 불그레해졌다. 그리고 부끄럽지만 않으면 어젯밤 일을 아버지에게 자랑하고 싶었다.

“아부지…… 저 나 뭐 안 사줄래?”

덕호는 빙긋이 웃으며,

“뭘?”

“저, 피아노 말이어?”

“피아노? 아, 피아노란 게 뭐냐?”

듣느니 처음이었던 것이다. 옥점이는 호호 웃었다.

“참말 아부지는…… 저 왜 학교에 가보면 애들 창가 가르치는 풍금이라는 게 있지요?”

“응, 그래.”

“그렇게 모양이 되었에요.”

“응, 양금이라는 것을 사달라는 말이구나. 그것은 소용이 뭐냐?”

“뭐야 타지, 아부지두.”

“그만둬라야, 공부나 했으면 됐지, 그까짓 것은 사서 뭘 하니.”

“애이! 아부지두, 그게 있어야 되는 게야요. 어서 사줘요.”

“그래 값이 얼마가?”

“꼭 사줄 테요?”

“글쎄, 말해 봐.”

“꼭 사주면 말하구.”

옥점이가 조르기 시작하면 못 견딜 줄을 번연히 아는지라 덕호는,

“그래 사주지.”

“한 천 원 너머 가야 꽤 쓸 만하대요.”

“천 원?”

덕호는 눈을 둥그렇게 떴다. 그리고 다시는 말을 꺼내지 못한다. 옥점이는 아버지의 손을 끌어다 꼭 쥐며,

“아부지, 그게 그렇게 놀라워요? 뭐 아부지 재산은 다 나 가질 것이지요, 누구 딴 사람 주지 않지?”

눈에는 웃음을 가득히 띠었다.

“글쎄, 그게야 그렇지. 해두, 너 가질 것이라구 그따위 소용도 없는 것을 사서 버리면 되느냐?”

“아니야, 버리는 게 아니야. 서울에 가보면 웬만침 집 거느리고 사는 집은 다 있어요. 아부지는 보지 못하셨으니까 그런다니.”

“아 글쎄 그것은 뭐 하느냐 말이다. 그게서 은금보화가 나온다면 혹시 사다 둘는지, 글쎄 글쎄 왜 공연히 사다가 놓아 둔단 말이냐. 넌 일 년에 천 원의 이자가 얼마나 되는지 아니? 응.”

“아부지 정말 안 해주면 난 자꾸 앓을 테야, 그것 가지고 싶어서.”

“허허 그년 참, 그래 그게 가지고 싶어 앓는단 말이냐…… 좌우간 좀 두고 보자.”

그렇게 딱 잡아떼지 않는 것을 보니 사줄 모양이다. 덕호는 무슨 생각을 하고,

“이애 신철인가! 저 건넌방 학생이 무슨 학교를 다닌다?”

"경성제국대학 명년 졸업이라요."

"응, 그리고 집에 가산도 좀 있는 모양인가."

"그저 선생님의 월급 받는 것 가지고 살아가는 모양이야. 모르지 뭐, 또 어데 시굴 토지 같은 것이 있는지 누가 알아요."

옥점이는 얼굴이 빨개지며,

"아부지 저리로 가라우, 나 일어나게."

"야, 그런데 사람인즉은 아주 점잖은 집 자손인가 부더라. 아주 그 인사범절이 각별하두나."

"그럼 뭐……."

그는 신철의 얼굴을 머리에 그리며 어떻게 그를 보나 하는 부끄러움이 그의 가슴을 몹시 뛰게 하였다. 덕호도 만족한 듯이 빙긋이 웃으며 밖으로 나간다. 옥점이는 일어나며 자리옷을 벗고 옷을 갈아입었다. 그리고 자리옷을 다시 들어 꼭 껴안았다. 어젯밤, 이 자리옷이 신철의 품에 안기었던 생각을 하니 그는 진저리를 쳤다. 그리고 자리를 개어 얹으며 방문을 배슷이 열고 보니 건넌방 문이 활짝 열렸으며 신철이는 보이지 않았다. 또 산보를 나간 모양이다. 그는 언제나 컴컴해서 일어나 나가곤 하였던 것이다. 옥점이는 가만히 건넌방으로 건너갔다. 방 안은 깨끗이 쓸렸으며 책상 위에 책들이 정돈되었다. 그리고 신철이가 신다 벗어 논 양말이 둥그렇게 뭉치어 책상 아래에 놓였다. 옥점이는 우두커니 서서 어젯밤 일을 되풀이하며 신철이가 나를 참사랑하는가? 하는 생각이 들었다.

이런 생각을 하고 앉은 그의 머리에는 또다시 선비와 신철이가 물그릇을 새 두고 마주섰던 장면이 휙 떠오른다. 그는 걷잡을 수 없는 질투의 감정이 욱 쓸어 일어난다. 신철이가 선비를 사랑할까? 어떤 것을

경성제국대학

보고 사랑할까. 아니야, 그것은 내 착각이다. 신철이쯤 하여 일개 남의 집 하녀를 사랑할까? 더욱 공부도 못 하고 아무것도 모르는 시골뜨기를…… 얼굴만 고우면 무엇 해? 이렇게 생각하니 속이 후련하였다. 그러나 어딘가 모르게 꺼림칙하고 불쾌함이 따랐다. 그는 얼른 선비를 보고 어젯밤 일을 물어 보고 싶은 생각이 들어 분주히 부엌으로 나왔다.

선비는 설거지를 하느라 왔다갔다 한다.

"이애 선비야, 이리 좀 와."

선비는 옥점의 뒤를 따라서 뒤뜰로 나갔다. 새로 핀 수세미 외꽃이 노랗게 울바자를 덮었다. 선비는 귀여운 듯이 바라보며 옥점의 곁으로 왔다.

"너 어젯밤 뭘 하러 나왔어?"

선비는 얼른 생각나지 않았다.

"내 언제?"

"날 왜 속여. 너 밤에 나와서 서울 손님에게 물 떠주지 않았어."

그제야 그는 어젯밤 일이 생각히었다.

"응! 나 어제 변소에 나오니 서울 손님도 아마 변소에 나오셨던 모양이야. 그런데 날 보고 냉수를 한 그릇 떠달라고 하기에 떠다 올렸지. 왜?"

"음."

옥점이는 선비를 바라보다가 머리를 끄덕해 보이며,

"어서 들어가 일해라."

하고 옥점이는 돌아서 들어간다. 선비는 무슨 일인가? 하고 의아한 생각을 하며 부엌으로 들어왔다. 그리고 서울 손님이 무슨 말을 한 셈인가? 혹은 물그릇에 파리 같은 것이 들어갔던가? 그렇지 않으면 무슨 솔잎 같은 것이 들어가서 서울 손님이 흉본 모양인가? 이러한 생각으로 조반까지 달게 먹지 못하였다.

조반상을 치우고 난 선비는 아침 일찍이 할멈이 잿물 내온 빨래를 바자에 널며 무심히 안방을 보았다. 옥점이가 오늘은 무슨 생각을 하고, 수를 놓으며 선비를 오라고 손짓하였다. 선비는 또 무슨 말을 물어보려는가 하고 가슴이 두근두근하였다. 그리고 서울 손님이 안방에 있는가 하고 두루두루 살펴보니, 으레 있을 그가 어째서 보이지를 않았다. 오늘 아침에 갔는가 하고 선비는 생각하며 빨래를 다 널고 나서 안방으로 들어왔다.

"선비야, 너 이 수 좀 배우라우."

선비는 옥점이가 이 수를 놓을 때마다, 한번 나도 해보았으면 하고 몇 번이나 생각하였던 것이다.

"할 줄 알어야지."

"뭘 이렇게 하면 되는데."

소나무 아래로 백학 한 쌍이 조는 듯한 그림이다. 선비는 물끄러미 들여다보며,

"이것도 학교에서 배우나?"

"그럼 배우고 말구. 이것뿐만이 아니다, 별 그림이 다 있다."

선비는 오색으로 빛나는 수실을 보며, 나도 저런 실로 한 번만 놔보았으면 하고 차츰 얽혀지는 학의 날개를 보았다.

"이 그림 좋지? 이것은 우리 선생님이 고안해 그리신 게야. 참 예술적이 아니냐."

선비는 무슨 말인지 그의 말하는 것을 하나도 알아듣지 못하였다. 다만 이 그림이 훌륭하다는 것을 자랑하는 셈인 모양이다. 그렇게 어

림해 들었다.

“수라는 것은 별것이 아니어. 사람사람마다 제각기 좋아하는 산수나 무슨 짐승 같은 것을 종이에 옮겨 그려 놓고, 실로 이렇게 얽으면 수가 된단 말이어.”

옥점이는 묻지도 않는 말을 이렇게 늘어놓고 있다. 그것은 선비가 수놓는 것을 몹시 부러워하는 줄 아는 때문이고, 더구나 건넌방에 앉아 그의 어머니와 무슨 이야기를 하는 신철에게 자기가 이렇게 수놓고 있다는 것을 알리고자 함이다. 막연하나마 신철이가 이렇게 일을 하는 것을 기뻐하는 줄 알기 때문이다.

선비는 옥점의 말을 귀담아들으며, 그러면 수라는 것은 자기의 좋아하는 바 어떤 것이나 그려서 실로 얽어 놓으면 되나 하고 그의 하던 말을 다시 생각하였다. 옥점이는,

“넌 어떤 것을 그려 이렇게 놓고 싶니? 말하면 내 그려 주마, 그리고 실도 주고.”

선비는 이런 후한 말에 어떻게 가슴이 뛰는지 몰랐다. 그리고 저 고운 실을 가지려니! 하니 앞이 캄캄하도록 좋았다. 선비는 머리를 숙여 생각해 보았다. 불타산? 원소? 무엇무엇을 생각하다가 선뜻 짚이는 것이 있었다. 그래서 그는 머리를 들고 말을 하려니 입술이 떨어지지를 않는다. 옥점이는 그의 뺨을 바라보며 어젯밤 일이 휙 지나친다.

“얼른 말해 봐.”

“난 몰라.”

“애이, 말하면 이 실도 준다니까.”

“난 달걀 낳는 것을……”

“애이! 숭해라! 그게 또 뭐야!”

옥점이는 크게 소리쳤다. 선비는 얼굴이 빨개졌다.

×　　×　　×

어느덧 그 더운 팔월도 하루를 남기고 다 지나 버렸다. 옥점이와 신철이는 내일 아침차로 상경하기 위하여 모든 준비를 하였다.

옥점 어머니는 고리에 옷을 골라 넣으며 곁에서 시중드는 선비를 보고,

"이애 널랑 저 *빠스 라던가? 저것 말이다. 그게다 계란을 담아 놔라."

선비는 가슴이 뭉클하였다. 그 동안 옥점이가 아니면 계란 모은 것이 근 백 개는 되었을 터인데 옥점이가 내려온 후로부터 매일같이 낳는 계란을 하루도 건너지 않고 먹어 버렸다. 그것도 제 손으로 갖다가 먹었으면 좋겠는데 언제나 선비를 보고 갖다 달라고 하여서는 먹곤 하였던 것이다. 그때마다 선비는 웬일인지 말로 형용할 수 없는 아쉬움에 가슴이 울울하여지곤 하였다.

선비는 가만히 일어나서 광으로 나왔다. 그리고 독 위에서 계란 바구니를 내어 들었다. 전 같으면 이 계란 바구니가 얼마나 귀하고 중하게 보였으리요마는, 오늘은 반대로 바구니를 보기도 싫었다. 그리고 바구니 속에 하나하나 모은 그 귀여운 계란을 맘대로 하면 내어던져 모두 깨치고 싶은 감정이 울컥 내밀치는 것을 코허리가 시큰하도록 느꼈다. 글쎄 매일같이 먹어 그만큼 먹었으면 쓰지, 이걸 또 가져가겠대, 참! 광 문턱을 넘어서며 그는 이렇게 생각하였다. 선비가 마루로 올라

서다가 넘어질 뻔하며, 계란 두 알이 굴러나 깨졌다. 옥점이는,

"이애! 계란."

소리를 지르고 내달아온다. 그리고 계란 바구니를 앗아 빼었다.

"왜 그 모양이냐, 이런 것 들 때에는 조심해 다니는 게 아니라, 뭐냐, 네가 아무리 가사에 능하다고 하지만 이런 일은 잘 못 하는구나, 응 글쎄……."

신철이가 듣도록 크게 소리쳤다. 그리고 신철의 앞에서 선비의 결점을 잡은 것이 얼마나 통쾌하였는지 몰랐다. 뒤미처 옥점 어머니가 옷을 든 채 나왔다. 그리고 딸과 선비를 마주보다가,

"이애 이년아, 하마트면 큰일날 뻔했구나, 그게 웬일이냐. 계집년이 천천히 다니는 게 아니라 되는 대로 뛰다가…… 글쎄."

모녀의 공박을 여지없이 받은 선비는 얼굴이 빨개졌다. 그리고 여태 참았던 설움이 일시에 폭발되는 것을 깨달았다. 선비는 쓸어 나오는 울음을 억제하며 섰노라니 옥점 어머니가,

"어디 무슨 일이나 맘 놓고 시킬 수가 있어야지. 내가 안 돌아보면 일이 안 되니까. 나이 이십 살이나 가차와 오는 게 왜 그 모양이냐? 어서 넌 부엌에 나가서 무슨 일이든지 하구 할멈을 들여보내라!"

마루가 울리도록 소리를 지른다. 선비는 부엌으로 나왔다. 할멈은 눈이 둥그래서 마주 나왔다.

"왜, 왜 그려?"

선비는 찬장 곁의 ※시렁을 붙들고 흑흑 느껴 울었다. 모녀한테 욕먹은 것도 분하지마는 봄내 모아 온 계란을 한 개도 남김 없이 빼앗긴 것이 더욱 분하였다. 눈물이 술술 쏟아지면서도 그 눈에는 옹골차고 예쁘장스러운 타원형의 계

시렁
물건을 얹어 놓기 위하여 방이나 마루 벽에 두 개의 긴 나무를 가로질러 선반처럼 만든 것.

란들이 수없이 나타나 보인다.

"할멈, 어서 들어와!"

옥점 어머니의 호통소리에 할멈은 뛰어 들어가며 눈물 흔적을 없이 하였다. 웬일인지 선비가 울면 할멈은 번번이 따라 울곤 하였던 것이다.

할멈이 들어오니 옥점 어머니는,

"아, 글쎄 선비년이 계란을 깨쳤구려."

"뭐유?"

할멈도 놀랐다. 그리고 전일 계란을 들고 귀여워하던 선비의 모양이 획 떠오른다.

"얼마나 깨쳤나유?"

"얼마나? 뭐……."

조금 깨쳤다고는 말하기 싫어서 이렇게 우물쭈물하고 나서,

"옥점이가 아니면 다 깨칠 게지. 그런 것을 옥점이년이 얼른 받았다니. 아 그년, 그년이 이전 제법 살림의 일을 다 안다니."

입에 침기가 없이 옥점이를 칭찬한다. 할멈은 *수긋하고 옷을 고르며 다 제 자식이면 아무 흉도 없고 곱게만 보이는 게다 하였다. 옥점이가 들어왔다.

"어머이, 난 그런 것은 싫어요. 그게 뭐야, 누가 껄껄해서 그것을 입어."

어머니가 *고리에 넣은 광목 바지를 보며 옥점이는 이렇게 말하였다.

"그럼 뭘 입겠니?"

"사 입지, 내의를. 이런 것…… 저 할멈이나 줘요."

옥점이는 광목 바지를 할멈에게 던졌다. 할멈은 꿈칠 놀랐다.

수긋하다
고개를 조금 숙이다.

고리
반짓고리. 바늘, 실, 골무, 헝겊 따위의 바느질 도구를 담는 그릇.

옥점 어머니는 광목 바지를 냉큼 주워서 농 속에 넣으며,

"너 안 입으면 나 입겠다."

할멈은 광목 바지를 하나 얻어 입는 횟수가 돌아오는 줄 알고 주름 잡힌 그의 얼굴이 몇 번이나 경련을 일으키어 벌렁벌렁했는지 몰랐다. 그러나 옥점 어머니의 그 얄미운 행동에 할멈은 생각지 않은 섭섭함이 그의 가슴을 찌르르 울려 주었다. 그리고 나프탈린의 독한 내가 한층 더 그의 숨을 꾹 막아 주는 듯하였다. 그래서 그는 머리를 돌리며 재채기를 두어 번 하고 나니 눈물까지 흘렀다.

"정, 어머이, 계란은 신철 씨가 저 바스켓에다 넣겠다구 하우. 그러면서 짚이든지 무어든지 밑에 받칠 것을 가져오라구 해요."

"응 아이구! 안심찮아라. 내 바쁜 것을 생각해서 그러누나. 사람인즉은 참말 진짜다. 할멈 그렇지? 어쩌면 계집애도 그리 찬찬치 못하겠는데 항 장부로 태어나서 그렇단 말이우. 에그 네 그 본떠야 헌다!"

옥점이는 너무 기뻐서 어쩔 줄을 모른다.

"저 할멈, 벽장 속에서 솜 꺼내 주."

할멈은 갑자기 솜은 무얼 하려누 하고 벽장을 열고 솜보를 꺼내었다. 그리고 솜을 뒤져 보이며,

"어떤 것을……."

"아이그 그것 못써! 서울까지 갈 것을 그런 낡은 솜을 넣으면 되나, 그 밑의 햇솜을 주."

할멈은 그제야 계란 밑에 놀 것임을 알았다. 그리고 솜보 밑에서 말큰말큰한 햇솜을 꺼내어 옥점이를 주었다. 옥점이는 무엇이 그리 급한지 휙 빼앗는 듯이 받아 가지고 쿵쿵 뛰어나간다. 할멈은 물끄러미 그의 뒤꼴을 바라보며 작년 가을에 따들이던 목화

목화

송이를 생각하였다.

말은 엿 마지기라 하나 엿 마지기 좀 넘는 듯한 앞벌 목화밭에서 선비, 할멈, 유서방이 해를 꼭 지우며 목화를 따곤 하였다. 그러나 탐스러운 목화 송이에 취하여 지리한 것을 모르고 그 목화를 따곤 하였던 것이다. 한 송이 또 한 송이를 알알이 골라 가며 치마 앞이 벌어지도록 따서 모은 그 목화 송이! 목화나무에 손이 찔리고 발끝이 상하면서 모은 저 목화 송이! 머리가 떨어지는 듯한 것을 참고 이어 나른 저 목화 송이! 자기들에게는 저고리 솜조차도 주기 아까워 맥빠진 낡은 솜을 주면서, 계란 밑에 놓을 것은 서울 갈 것이니 햇솜을 준다. 여기까지 생각한 할멈은 눈가가 빨갛게 튀어오르며 다시 한 번 재채기를 하였다.

"오뉴월 *고뿔은 개도 안 앓는다는데 할멈은 웬일이유."

우리는 개만두 못하지유! 하고 입술이 벌어지는 것을 도로 삼켜 버렸다. 그리고 옷을 뒤지는 그의 손에는 아직도 햇솜을 만지던 말큰말큰한 감이 떠나지를 않았다. 그리고 이 가을에 그 많은 목화를 또 따서 이어 날라야 하겠군! 하는 생각에 한숨을 푹 쉬었다.

"글쎄 할멈, 저 건넌방 손님이 대학당을 다니는데 우리 조선서는 끝가는 학교라우, 그러구 오는 봄에 졸업하게 되면 아주 월급 많이 받고…… 아이고 무엇이 된다나?"

머리를 돌려 생각하더니,

"잊어서 모르겠군! 그러니 우리 옥점의 신랑감 되기 부끄럽지 않지? 난 이전 내일 죽어도 맘을 놓아……."

저 혼자 흥이 나서 주고받고 한다. 할멈의 귀에는 이런 말이 한 마디도 걸리지 않았다. 그리고 이 집에 오래 있을수록 일만 해주었지, 옷 한 가지 변변하게 얻어 입지 못할 터이니, 그만 이 가을철 들면 어디로

고뿔
'감기(感氣)'를 일상적으로 이르는 말.

나갈까? 하는 생각이 금시로 든다. 그러나 마침 나가더라도, 무손한 자기로서 별 신통수는 없을 터이고 어떻게 한담? 어서 죽기나 해도 좋으련만…….

"할멈, 우리 옥점이 혼례식을 언제 하는 게 좋겠수?"

할멈은 무슨 말인지 잘 개어 듣지 못했다. 그래서 멍하니 옥점 어머니의 얼굴만 바라본다.

"우리 옥점이 혼례식 말이어."

"네."

또 그 말을 꺼내누나 하고 머리를 숙였다.

"언제쯤 하는 게 좋을까?"

"글쎄요……."

"남들은 가을에 잘 하는데, 우리도 이 가을에 했으면 좋으련만 어찌들이나 할라는지 알 수가 있어야지! 호호, 요새들은 저희들끼리 어쩌구 어쩌니까, 우리 늙은 것들은 굿이나 보다가 떡이나 먹을 수밖에 없단 말이어."

요새 옥점 어머니는 생각하느니 이것뿐이었던 것이다. 할멈은 잔치를 하게 되면 올해도 햇솜 구경을 못 하겠구나 하였다.

이튿날 아침, 컴컴해서 일어난 신철이는 타월과 비눗감을 가지고 밖으로 나왔다. 벌써 유서방은 물을 다 긷고 닭 모이를 주고 있다. 그리고 부엌에서는 나무 꺾는 소리가 딱딱 하고 들린다. 신철이는 중문을 나가며 얼른 부엌을 돌아보았으나 아직도 컴컴해서 누구가 누구인지 잘 보이지 않았다. 다만 뿌연 속으로 아궁에서 비쳐 나오는 불빛만이 보일 뿐이다. 그는 곧 울고 싶은 감정을 느꼈다. 그렇게 그리워하던 선비를 한 번 마주앉아 말 한마디 건네어 보지 못하고 떠날 생각을 하니 그러하였던 것이다. 그는 큰대문을 나서면서 한참이나 망설망설하였다. 무엇 때문에? 어째서 이렇게 망설이는지 자신도 모르고 한참이나 빙빙 돌다 마침 울 뒤로 갔다.

여기 와서 울바자 새로나 한 번 더 선비의 얼굴을 볼까 하는 실끝 같은 희망을 가지고 왔으나 그것은 뻔히 안 될 것이었다. 그는 우두커니 서서 차츰 새어 오는 하늘을 바라보았다. 그리고 그가 이제 떠나면 용이해서는 여기 오지 못할 것을 생각하며 그 동안 선비는 어떤 곳으로 시집을 가겠지! 그래서 아들도 낳고 딸도 낳고 농사를 지어 가면서 그 고운 얼굴에도 주름살이 한둘 잡힐 터이지! 하는 센티멘털한 생각이 그의 가슴을 힘껏 울리어 주었다. 따라서 이 순간 자기가 안타깝게 선비를 그리워하던 그 뜻조차도 영원히 스러질 한낱의 비밀이 되어 버리고 말 것을 저 하늘가를 바라보면서 차츰 농후해지는 것을 깨달았다. 그는 한숨을 푹 쉬며 원소를 향하여 걸었다. 그는 매일 아침마다 원소에 가서 세수를 하고 체조를 하고 휘파람을 불면서 행여나 선비를 만나 볼까 하였다. 그러나 그날 버들잎을 뿌리며 먼빛으로 바라본 그 후로는 한 번도 원소에 오는 선비를 발견하지 못하였다.

몇 번 할멈은 보았으나, 선비는 웬일인지 만날 수 없었다. 선비라는 그 처녀도 역시 맞당해서 보면 별 인간은 아니련만……

그는 이러한 생각을 하며 원소까지 왔다. 원소의 푸른 물은 말없이 그를 반겨 맞는 듯, 그리고 석별의 인사를 그 가는 물소리로 전해 주는 듯하였다.

그는 이슬이 방울방울 매어달린 풀숲을 들여다보며, 자연의 조화를 다시 한 번 느꼈다. 그때 거위 한 쌍이 긴 목을 빼고 푸른 물 위에 흰 그림자를 비추며 헤쳐 돌아간다. 그의 눈앞에 보이는 이 거위 한 쌍! 얼마

거위

나 다정하고도 순결한 감을 일으켜 주는지…… 그는 벌떡 일어났다.

아침 연기에 어린 이 용연 동네! 이 역시 오늘 아침으로 마지막이다. 선비를 꼭 한 번만 만나보고 그의 포부를 들었으면…… 그의 움직이던 시선이 옥점의 집에 멈추었을 때, 그는 이렇게 중얼거렸다. 그리고 어제 낮에 옥점의 모녀한테 개 물리듯 하던, 선비의 측은하고도 아리따운 자태가 눈앞에 보이는 듯하였다. 그리고 이리의 굴 같은 저 옥점의 집에서 온갖 모욕을 받으며 그날그날을 지내는 선비! 그 선비를 그 자리에서 구원할 의무도 역시 자기가 져야 할 것 같았다. 그가 국문이나 아는지? 어떻게 하든지 그를 서울로만 끌어올렸으면 좋겠는데…… 하였다.

그는 두루두루 또 생각해 보았다. 선비를 서울로 올리려면, 자기가 옥점이를 잘 꾀었으면 쉽게 될 것 같았다. 그러나 옥점이와 결혼까지 하고 싶은 생각은 꿈에도 없었다. 그 *오활한 성격! 더구나 미국 영화 배우들에서 흔히 볼 수 있는 애교가 넘쳐흐르는 그 눈매! 길 가던 남자라도 단박에 홀릴 만한 그의 독특한 표정, 그것이 신철이로 하여금 더욱 싫증나게 하였다.

도회지에서 어려서부터 자란 그였건만, 보고 듣는 것이 그런 사치한 것뿐이었건만 그는 웬일인지 몰랐다. 그러므로 그는 동무들에서, 변태적 성격을 가졌다고까지 조롱을 받은 때도 있다. 그러나 이번 여름 이 동네 와서 뜻하지 않은 선비를 만난 후로는 차디찬 그의 성격도 어디로 달아났는지 그 스스로도 놀랄 만큼 되었다.

그는 어떻게 해서 선비를 서울로 올려 갈까를 곰곰 생각하며 그가 국문이라도 알면 자기의 이러한 뜻을 몇 자 지어서라도 전달하고 싶은데 역시 국문이나마 배웠을 것 같지 않았다. 그는 포켓에서 시계를 내

오활하다
사리에 어둡고 세상 물정을 잘 모르다.

어 보면서 점점 가슴이 죄어들었다.

그는 시간이 급하므로 세수를 하려고 언덕 아래로 내려와서 물에 손을 담그며 바라보았다. 푸른 물 위에 핑핑 돌아가는 저 거위! 그는 급한 것도 잊고 거위를 향하여 물을 후르르 뿌리고 또 뿌렸다. 한참이나 이렇게 하던 그는 정신이 번쩍 들어 세수를 하고 내려왔다. 그가 덕호의 집 울바자를 돌아오다 우뚝 섰다. 울바자를 타고 넘어오는 저 손을 보았기 때문이다.

신철이는 그 손을 따라 시선을 옮기니 호박잎에 반만쯤 가린 호박한 개가 얼핏 눈에 띄었다. 그리고 그 손은 이슬에 젖은 호박을 뚝 따가지고 천천히 바자를 넘어가고 있었다. 신철이는 무의식간에 한 걸음 다가서며, 저게 누구의 손일까? 하고 생각할 때, 그 손은 없어지고 말았다. 그 손! 마디가 굵고 손톱이 갈리어서 얼핏 누구의 손임을 짐작할수가 없었다.

신철이는 얼른 바자 곁으로 가서 바싹 붙어 서며, 그 손의 임자를 찾았다. 그는 벌써 나뭇가리 옆을 돌아서 부엌으로 들어가는 치맛귀가 얼핏 보이고 사라진다. 누굴까? 할멈의 손이다! 선비의 손이야 설마한들 그럴 수가 있을까? 아무리 일을 한다고 해도 나이 있는데…… 그렇지는 않아! 않아! 그는 머리를 좌우로 흔들었다. 부엌에서 쓸어 나오는 그릇 가시는 소리, 도마 소리, 옥점의 호호 웃는 소리가 뒤범벅이 되어 쓸어 나온다.

그때, 그의 머리에는 끝이 뾰죽뾰죽한 가는 손가락이 떠오른다. 문득 그는 선비의 손! 하고 생각되었다. 그리고 이제 그 손으로 인하여 불쾌하였던 생각이 스르르 풀리는 것을 깨달았다. 그렇지! 선비의 손이야 그럴 리가 있나? 그렇게도 고운 선비에게…… 하며 언젠가 무의식간에 본 선비의 그 손이 오늘 아침 미운 그 손으로 인하여 어림없는 착각이 생겼던 것이라고 그는 생각하였다. 이렇게 해석을 하고 나니 그는 한층더 선비가 그리워지고 그가 떠날 시간을 좀더 연장시키고 싶었다.

“유서방, 저 산에 가서 어서 서울 손님 나려오시라게.”

옥점 어머니의 이러한 말을 들으며 신철이는 집으로 들어왔다.

“아이 어서 들어와서 진지 자시고 떠나요.”

옥점이는 언제나 마찬가지로 아침 화장을 산뜻하게 하고 마루에 섰다가 신철이를 맞는다. 신철이는 분내를 강하게 느끼며 마루로 올라앉았다. 안방에 앉았던 덕호는 나오며,

“오늘 가면 언제들이나 또 오려누.”

신철이가 덕호에게 대하여 말을 낮추어 하라고 한 후부터 덕호는 이렇게 하게를 하였다.

“글쎄요…… 이번 와서 댁에 폐를 많이 끼쳤습니다.”

“아, 원…… 별소리를 다 하눈.”

길게 지어진 신철의 눈을 바라보면서, 옥점이와의 결혼을 이 자리에서 대강 말로라도 물어 보고 결정할까? 하고 얼른 생각한다. 그러나 저희들끼리는 벌써 *내약이 있어 가지고 있는 모양이니 언제나 저희들이 먼저 말하기까지 가만히 있으리라 하여, 잠잠하고 말았다. 더구나 요새 공부한 것들은 혼인까지라도 저희들끼리 뜻이 맞아 가지고 되는 것을 알므로 그냥 내버려두자는 것이다.

밥상이 들어온다. 덕호는 넘성해서 들여다보았다.

“이거 찬이 없어 되었는가, 어쩌나 많이 먹게…… 그러구 이애, 널랑은 저 닭국을 먹지 마라, 그 약 먹으면서는 고기는 일절 먹지 않아야 한다더라.”

옥점이는 헬금 쳐다보았다.

“아버지 난 그 약 안 먹을 테야, 써서 먹을 수가 있어야지.”

“엣, 그년! 애비가 네 몸에 좋겠기에 먹으라는데…… 그 앙탈이냐…… 자네가 좀 착실히 모르는 것은 일러주게. 키만 컸지, 귀히만 자라서 뭘 알아야지…….”

귀여운 듯이 옥점이와 신철이를 번갈아 본다. 신철이는 속으로 놀랐다. 그 말이 심상한 말이 아님을 깨달으며, 웬일인지 얼굴이 좀 다는 것을 느꼈다. 옥점이는 술을 들며 눈을 내리떴다. 그의 눈썹은 너무 짙게 그린 듯하였다.

“어서 많이 먹우.”

부엌에서 옥점 어머니가 들어오며 이렇게 말한다. 신철이는 저를 들다가 흘금 바라보았다.

"네, 많이 먹겠습니다."

"이애, 그 국 한 그릇 더 떠오너라."

뒤미처 선비가 국그릇을 들고 마루로 통한 부엌문에 비껴선다. 펄펄 오르는 국김에 불그레하니 타오르는 그의 얼굴!

그리고 언제 보아도 선명하게 드러나는 그의 눈등의 검은 사마귀는 그의 침착한 성격을 대표한 듯하였다. 그때 신철이는 옥점의 강한 시선을 전신에 느끼며 옥점 어머니가 주는 국그릇을 받아 들었다. 그리고 이 국은 선비가 나에게 마지막 주는 국이거니 생각이 들자, 그의 손은 약간 떨렸다. 동시에 몇 달 동안 누르고 눌렀던 정열이 뜨거운 국그릇을 향하여 쏟아지는 것을 그는 느꼈다.

×　　×　　×

가을철 들면서부터 덕호는 읍의 출입이 잦아졌다. 그리고 안 입던 양복까지도 말쑥하게 입는 것을 가끔 볼 수가 있었다. 읍에 출입이 잦으면서부터 덕호는 간난이를 내어보냈다. 그래서 동네 사람들은 읍에 기생첩을 했다거니 처녀첩을 했다거니…… 하고 수군수군하는 말이 많아졌다. 그 바람에 옥점 어머니는 화가 치받쳐서 집안에 붙어 있지 않고 남편의 뒤를 따라 역시 읍 출입이 잦았다.

요새도 부부가 들어간 지가 벌써 닷새나 되어서도 읍에서 아무 소식이 없었다. 선비와 할멈은 그 크나큰 집에서 쓸쓸하게 지내었다. 밤이면 일하러 갔던 유서방이 와서 사랑에서 자나 그 역시 하루 종일 시달린 몸이라, 잠만 들면 그뿐이었다. 그러므로 할멈과 선비는 밤에도 맘

놓고 자지를 못하고 방에 불을 끄지 못하였다.

오늘 밤도 할멈과 선비는 낮에 따온 목화송이를 고르며, 모녀같이 다정하게 이야기를 하였다. 윗목에 놓은 화로에서 보글보글 끓던 두부찌개가 차츰 소리가 가늘어지다 이젠 끊어지고 말았다. 선비는 화로를 돌아보았다.

"오늘도 어머니가 안 오시려는 게요."

"글쎄 이제야 오기 글렀지, 아마 퍽 오랬을 게다."

벽에 걸린 *괘종시계를 쳐다본다. 선비도 흘금 쳐다보았다. 시계는 열한 시 반을 가리켰다.

"벌써 열한 시 반이어요."

할멈은 멍하니 바라보며,

"난 저것을 암만 봐도 모르겠으니…… 저 큰바늘은 무엇 하고 작은 바늘은 무얼 하는 게냐?"

선비도 이렇게 꼭 집어 물으니, 분명히 알 수가 없었다. 그래서 그는 빙긋이 웃으며,

"다 시간 보는 게지, 뭐유."

할멈은 머리를 끄덕끄덕하였다. 그리고 목화송이 속에 묻힌 고추 꼬투리를 골라 바구니에 넣었다.

"이애, 올해두 고추섬이나 좋이 딸 것 같다. 그 밭에 목화를 갈지 말고 다 고추를 심어 봤으면 좋겠더라."

"목화는 어데 갈구요?"

"목화는 저 감골 밭에 갈구. 그 밭이 목화가 잘될 밭이니라. 목화는 너무 땅이 걸어도 좋지 않구, 가는 모래가 좀 섞인 땅이 좋으니라."

선비는 목화송이를 들어 할멈에게 보였다.

괘종시계
시간마다 종이 울리는 시계. 보통 벽에 걸어 둔다.

“이거 보세요. 참 이런 것은 꽤 큰 송이지요. 이런 것은 몇 송이만 가져도 저고리 솜은 넉넉하겠어! 아이 참 크기도 해.”

휘황한 남포등 아래 빛나는 이 목화송이는 얼마나 선비의 조그만 가슴을 흔들어 주었는지 몰랐다. 그는 문득 이런 것도 잘 그려 가지고 수놓으면 좋을지 몰라? 하였다. 그때에 비단을 찢는 듯한 옥점의 조소가 들리는 듯하여 그는 얼핏 머리를 숙였다. 따라서 그가 싫은 생각이 머리털 끝까지 훌썩 치미는 것을 느꼈다.

할멈은 가만히 말을 내었다.

“올 가을에는 이 솜으로 우리 둘의 저고리 솜이나마 주었으면 좋지 않겠니? 네.”

할멈은 내리덮인 눈가죽을 번쩍 들고 목화송이에서 티끌을 골라낸다. 그리고 한숨을 푹 쉰다. 선비는 할멈의 저고리에 두던, 바람 가리지 못할 시커먼 솜을 생각하였다. 그 솜은 몇 해나 묵었는지 맥이 없고 가는 심사를 발견할 수가 없었다. 그리고 잡아당기어 늘리려면 뚝뚝 끊어졌다. 그는 이러한 생각을 하며 할멈을 다시 한번 쳐다보았다. 그의 눈가는 벌써 뻘겋게 튀어오른다.

“할머니, 올해야 좀 주겠지! 뭘, 작년에는 목화를 전부 팔기 때문에 그랬지만 올해야 안 팔겠지우.”

“이애 그만둬라, 여름에 옥점이가 가져가는 계란 받침까지두 이 솜으로 했단다, 너 아니?”

선비는 계란이란 말에, 계란 바구니를 들고 나오다가 넘어질 뻔하던 생각을 하며 무의식간에 한숨을 호 하고 쉬었다. 그리고 뜻하지 않은 서울 손님이 휙 떠오른다. 그들은 참말 복이 많은 사람들이어! 하였다. 옥점이와 서울 손님이 결혼하여 재미나게 살 생각을 하였던 것이다.

그리고 자기의 앞길은 어떻게 될 것인지 생각수록 캄캄하였다. 그때 첫째의 얼굴이 휙 떠오른다.

전에는 그런 것을 몰랐는데 이 가을철 들면서부터 분주해서 일할 때는 모르겠으나 밤이 되어 자리 속에 누우면 웬일인지 잠이 오지를 않고 이런 생각 저런 생각 끝에 번번이 첫째가 떠오르곤 하였다.

마침 중대문 소리가 찌꺽 하고 나므로 그들은 놀라 서로 바라보았다.

신발 소리가 저벅저벅 나므로 할멈은,

"유서방이우?"

뒤미처 문이 열리며 유서방과 덕호가 들어온다. 그들은 뜻하지 않은 덕호가 들어오매 놀라 일어난다. 할멈은,

"영감님, 어떻게 밤에 오셔유."

유서방은 비칠거리는 덕호의 손을 붙들고 들어와서 아랫목에 앉힌다. 갑자기 술내가 후끈 끼친다. 덕호는 눈을 번쩍 뜨고 선비와 할멈을 본 후에 드러누웠다. 선비는 얼른 베개를 꺼내서 유서방을 주었다.

"선비야, 나 다리 좀 주물러 다우."

혀 곱은 소리로 덕호는 이렇게 말하였다. 선비는 가슴이 서늘해지며, 덕호의 곁으로 갈 생각이 난처하였다. 할멈은 속히 주무르라는 듯이 선비에게 눈짓을 하여 보였다.

"큰댁은 안 오시는가요."

"음, 옥점 어미? 온정, 온정, 아이구 취한다, 푸푸."

침을 뱉으며 덕호는 발짓 손짓을 하였다. 그들은 멍하니 덕호를 바라보며, 뭐라고 꾸지람이나 내리지 않으려나 하는 불안에, 덕호가 기침을 할 때마다 눈을 크게 뜨며 그의 눈치를 살폈다.

"진지 지을까유?"

한참 후에 할멈이 이렇게 물었다. 덕호는 눈을 번쩍 뜨고 할멈과 선비를 보았다.

"아 아니, 선비야 나 다리나 좀 쳐다우."

선비는 얼굴이 빨개지며 할멈을 쳐다보았다. 유서방과 할멈은 선비를 바라보며 어서 다리를 치라는 뜻을 보이었다.

"다리 쳐라. 이년 같으니, 응 아이구, 다리야, 다리야."

다리를 방바닥에 쿵쿵 들놓았다. 할멈은 선비의 옆구리를 꾹 찌르며 덕호의 다리를 보았다. 선비는 하는 수 없이 덕호의 곁으로 갔다. 그리고 다리를 붙잡으며 툭툭 쳤다. 양복 바지에도 술을 쏟았는지 술내가 후끈후끈 끼쳤다. 선비는 약간 눈살을 찌푸렸다.

"어, 내 딸 용하다."

덕호는 머리를 넘성하여 선비를 보다가 도로 누우며,

"에, 취한다. 참 취한다. 어서 자네는 나가 자지."

덕호는 유서방을 바라보았다. 유서방은 졸음이 꼬박꼬박 오나 덕호의 앞인지라 혀를 깨물고 앉아서 참다가 말이 떨어지자마자 곧 일어났다.

"할멈, 내일 밥을 일찍 하게."

할멈은 황망히,

"예!"

하고 대답하였다. 그리고 머리를 숙이며 덕호의 시선을 피하였다.

"어서 나가 자게. 그래야 밥을 일찍 하지."

"예."

할멈은 일어났다. 선비는 일어나는 할멈을 보며 따라 일어났다.

"허…… 거 정 내일부터는 면사무소에를 간단 말이지. 하기 싫어도 하는 수밖에…… 면장인지 동네장인지, 허허 허허."

덕호는 혼자 하는 말처럼 이렇게 중얼거리며 웃었다. 할멈과 선비의 시선은 마주쳤다. 그리고 영감님이 면장이 되었는가 하는 생각이 들자 그들도 좋았다. 그리고 어딘가 모르게 미덥지 못하던 덕호가 차츰 미더운 것을 깨달았다.

"선비야 자리 펴다우, 그러구 너도 할멈과 같이 나가거라."

선비는 가벼운 숨을 몰아쉬었다. 그리고 어떤 무거운 짐을 벗어난 듯이 몸이 가뿐하였다. 그는 냉큼 자리를 펴놓고 나오다가 다시 돌아서서 등불을 가늘게 하고 할멈과 함께 밖으로 나왔다.

"영감님이 면장을 하신 게지?"

건넌방으로 건너온 할멈은 말하였다. 선비는 빙긋이 웃으며 자리를 깔았다.

"이애 영감님이 잘나기는 하셨니라. 글쎄 면장까지 했으니 이전 이용연서는 누가 그를 당하겠니."

선비는 할멈의 말을 귀담아들으며 베개 밑에 손을 넣고 다리를 쭉 폈다. 해종일 피로해진 몸이 순간으로 풀리는 듯하였다. 그는 가볍게 한숨을 몰아쉬며, 덕호와 같은 아버지를 둔 옥점이가 끝없이 부러웠다. 나도 우리 아버지 어머니가 살아 계신다면…… 할 때 앞집 서분 할멈에게 들은 말이 얼핏 생각히었다. "너의 아버지는 동네 사람들의 말이 덕호에게서 맞은 것이 원인이 되어 돌아가셨다더라." 선비는 그 후부터 틈만 있으면 이 말이 문득 생각히었다. 그러나 그 말이 참말 같지는 않았다. 지금 덕호가 선비에게 구는 것을 보아서…… 그는 지금도 굳게 그 말을 부인하면서 이런 생각을 하지 않으려고 돌아누웠다. 그리고 무심히 머리맡에 놓인 목화송이를 집어다 볼에 꼭 대었다.

“선비야!”

하는 덕호의 음성이 흘러나왔다.

선비는 냉큼 머리를 들었다.

“선비야.”

부르는 소리가 재차 들린다. 선비는 할멈을 흔들었다.

“할머니, 할머니.”

할멈은 응 소리를 지르며 돌아눕는다.

“왜 그러니?”

“영감님이 부르시어.”

“나를?”

“아니 나를 부르시어.”

“이애 그럼 들어가 보려무나.”

“할머니두 일어나라우, 같이 들어가자우.”

“이애, 무슨 일이 있냐? 무슨 *심바람 시키려고 그러시는데.”

졸음이 오므로 일어나기 싫어서 할멈은 이렇게 말하였다. 그러나 선비는 기어코 할멈을 일으키어 가지고 마루까지 나왔다.

“부르셨습니까?”

“오냐 선비냐.”

“네.”

“물 떠오너라.”

할멈은 냉큼 건넌방으로 들어가고 선비는 부엌으로 가서 물을 떠가지고 마루로 오나 할멈이 없다. 그래서 머뭇머뭇하다가 방문을 열었다. 그리고 조심히 들어갔다.

술내가 가득한데 가는 불빛에 덕호의 머리만이 희미하게 보일 뿐이

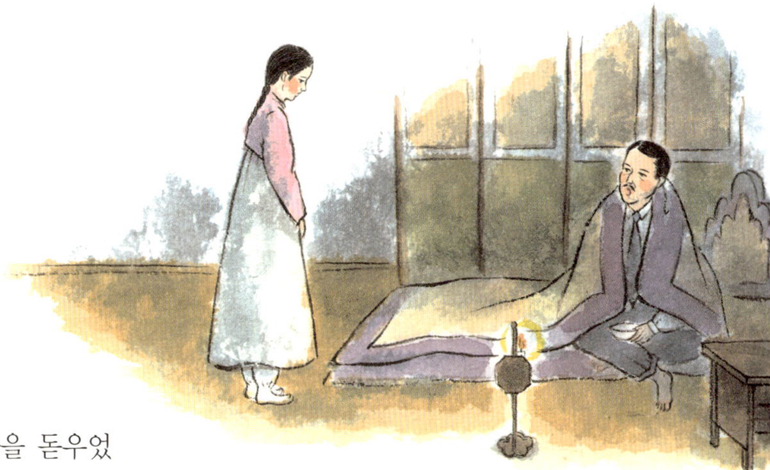

다. 선비는 얼른 등불을 돋우었
다. 그리고 덕호의 앞으로 갔다. 덕호는 아까
보다 술이 좀 깬 모양인지 눈 뜨는 것이 똑똑하였다.

"술 먹은 사람 자는 데는 으레 물을 떠다 두어야 하느니라."

덕호는 이불로 몸을 가리고 일어앉아 물그릇을 받으며 이렇게 말하
였다. 선비는 가슴이 뭉클해지며 되게 꾸지람이 내리려는가 하여 머리
를 숙인 채 발끝만 굽어보았다.

"참 내가 잊었구나! 그제 옥점이년의 편지에 너를 서울로 올려 보내
라고 하였두나! 공부를 시키겠다구."

선비는 생각지 않은 이 말에 앞이 아뜩해지며 방 안이 핑핑 돌았다.

"그래 너 서울 가고 싶으냐? 내 말년에 아무 자식도 없어 너희들이
나 공부시켜 재미 붙이지, 붙일 곳이 있느냐."

덕호는 언제나 술이 취하면 자식 없는 푸념을 하곤 하였다. 덕호는
한참이나 선비를 물끄러미 바라보더니 한숨을 푹 쉰다.

"잘 생각해서 말해라. 내가 너는 옥점이년과 조금도 달리 생각지 않
는다. 너는 나를 어떻게 생각하는지는 모르겠다마는……."

그때 선비는 돌아가신 어머니나 아버지가 살아온 듯한, 그러한 감격

에 눈물이 핑 돌았다. 그리고 뭐라고 말하여 자기의 맘을 만분의 하나라도 표현시킬까, 두루두루 생각해 보나 그저 가슴만 뛸 뿐이지 아무 말도 생각나지 않았다.

덕호는 물 한 그릇을 다 먹고 빈 그릇을 내준다.

"오늘은 밤두 오랬으니 나가서 자구, 잘 생각해서 내일이나 모레지간에 대답을 하여…… 너 하고 싶다는 대로 해줄 터이니…… 응."

덕호는 감격에 취하여 더욱 발개진 그의 볼을 바라보면서 이렇게 말하였다. 지금 덕호의 맘은 선비가 어떠한 요구를 하든지 다 들어 줄 것 같았다. 선비는 물그릇을 들고 불을 가늘게 낮춘 후에 건넌방으로 나왔다. 그리고 목화보 위에 칵 엎디었다. "옥점아!" 그는 처음으로 옥점이를 이렇게 불러보았다. 캄캄한 방 안에 오직 할멈의 코고는 소리가 들릴 뿐이고 잠잠하였다. 그는 옥점의 그 얼굴을 생각하였다. 쌀쌀해 보이던 그 눈과 그 입모습! 사정없이 나가는 대로 말하던 그의 말! 그것도 지금 생각하면 그리워졌다. 동시에 그것이 참일까, 그가 나를 공부시키겠다고 서울로 보내라고 했다지? 그 말이 참일까? 영감님이 술 취한 김에 되는 대로 하신 말씀이 아닐까? 온 가지 의문과 의문이 꼬리에 꼬리를 물었다. 그는 자리에서 일어나서 불을 켜고 목화송이를 고르기 시작하였다.

한 송이 또 한 송이, 흰 목화송이가 치마 앞에 모일수록 그의 생각도 이 목화송이와 같이 덮이고 또 덮여, 어느 것부터 생각해야 좋을지 몰랐다. 어떡허누? 참말이라면 나는 서울을 가볼까. 그래서 옥점이와 같이 학교에도 다니고, 그러면 그 수놓는 것도 배우게 될 터이지! 하였다. 그때의 그가 부럽게 바라보던 가지가지의 색실 타래가 눈앞에 보이는 듯이 나타났다. 그는 목화송이를 꼭 쥐고 멍하니 등불을 바라보았다. 서울을 가? 내가 그러면 이 목화는 누가 트나? 그리고 *물레질은 누가 하고? 하며 혼곤히 자는 할멈을 돌아보았다. 그때 뜻하지 않은 첫째의 얼굴이 또다시 휙 떠오른다. 그는 머리를 돌리며, 그는 종내 여기서 살려나…….

물레
솜이나 털 따위의 섬유를 자아서 실을 만드는 간단한 재래식 기구.

× × ×

해가 지고 아득아득해서야 개똥이네 마당질은 끝이 났다. 어둠 속으로 뿌옇게 솟아오른 나락더미! 나락더미를 중심으로 둘러선 농민들은 술에 취한 듯이 흥분이 되어 있었다.

유서방과 덕호가 나왔다. 유서방은 들어가서 등불을 켜가지고 나왔다. 땃버리는 *대두를 들고 나락더미 앞으로 가서 나락을 손으로 헤쳐 가면서 말을 되었다.

대두
열 되들이 큰 말.

“한 말이요는 가서요우.”

땃버리는 그 둥글둥글한 음성을 길게 빼어 가지고 소리 곡조로 마디마디를 꺾어 돌렸다. 뒤미처 쏴르륵 하고 섬 속으로 흘러들어가는 벼알 소리! 그들의 가슴은 어떤 충동으로 스르르 뜨거워지는 것을 깨달았다. 그리고 무의식간에 그들은 눈을 썩썩 비비치고 동무의 어깨를 누르며 바짝바짝 다가들었다. 그때마다 옆의 동무는,

“이 사람아, 넘어지겠구먼!”

허허 웃으며 그들은 이런 말을 주고받았다. 한 섬, 두 섬, 석 섬, 볏섬은 차례로 묶여 놓인다. 그들은 제각기 몇 섬이 날까? 하는 호기심에 묶어 놓은 볏섬과 나락더미를 번갈아 비교해 보았다.

땃버리가 마지막 말수를 되어 볏섬에 부으며,

"열닷 섬 말이요는 가서요우."

수심가라도 한 곡조 부르려는 듯이 그렇게 흥이 나서 음성을 내뽑았다.

"열닷 섬 닷 말! 잘은 났다!"

가슴을 졸이고 섰던 그들은 똑같이 이렇게 중얼거렸다. 땃버리는 툭툭 털고 일어났다. 그리고 개똥이 어깨를 탁 쳤다.

"이 사람아 한턱 내야 되리. 올 농사는 자네네만큼 된 사람이 없으리!"

"암, 허허."

개똥이는 이렇게 대답하며 흘금 덕호를 쳐다보았다. 덕호의 얼굴은 잘 보이지 않으나 그가 가만히 섰는 것을 보아 만족해하는 것을 알 수가 있었다. 곡식이 잘 나지 못한 때면 덕호는 잔걱정을 하며 가만히 서 있지를 못하고 왔다 갔다 하면서 밭을 잘 거두지를 못하였느니 미리 베어다가 먹었느니 하고 야단을 치곤하였던 것이다.

유서방은 구루마를 갖다 대고 볏섬을 쾅쾅 실었다. 그들도 볏섬을 받들어 올려놓으며,

"무겁다! 참 벼 한 섬이 이다지도 무거운가!"

덕호가 들으라고 일부러 이렇게 말하였다. 덕호는 어둠 속으로 궐련만 뻑뻑 빨면서 섰더니,

"개똥이! 자네 여기서 다 회계 끝내고 말지! 후일에 다시 쓰더라도…… 응? 자네 빚내 온 돈이 얼마인지?"

개똥이 말을 들어 보려고 덕호는 이렇게 물었다. 개똥이는 덕호가 말하기 전부터 빚 말을 내지 않으려나 하는 불안에 가슴이 조마조마하

였다가 마침 이 말을 듣고 보니 전신의 맥이 탁 풀렸다. 아무 대답이 없는 개똥이를 안타까운 듯이 바라보던 덕호는 저놈이 빚을 물지 않으려는 속이구나! 하고 어떻게 하든지 이 자리에서 볏섬으로 차지하지 않으면 못 받을 것 같았다.

"자네 십오 원 내온 것이 간 정월달이 아닌가. 그러니 이달까지 꼭 열 달일세. 그래 이자까지 하면 이십 원이 넘네그리. 우선 벼 넉 섬은 날 줘야 하네. 그래도 내가 삼사 원은 못 받는 속일세. 그러구 비료값과 장리쌀은 으레 여기서 회계할 것이지……."

유서방을 돌아보았다.

"어서 저기서 일곱 섬만 가져오게. 그래도 나는 십여 원을 받지 못하는 셈일세. 그러나 할 수 있는가, 자네들도 농사를 해먹고 살아가야겠으니 우리에게로 오는 반 섬과 자네게로 가는 반 섬 합해서 한 섬은 내가 주는 것이니 그리 알게. 그것은 이번 농사를 잘 지었다는 것 때문이어, 허허."

유서방은 말 떨어지기가 무섭게 볏섬을 낑 하고 져다가 구루마에 실어 놓는다. 그들은 이제까지 깜박 잊었던 하루 종일의 피로가 조수와 같이 밀려드는 것을 깨달았다. 그들은 볏짚단 위에 펄썩펄썩 주저앉았다. 그때 첫째의 머리에는 풍헌 영감의 모양이 휙 떠오른다.

*입도차압(立稻差押)을 당하고 정신없이 아래윗동네를 미친 듯이 달아다니며 만나는 사람마다 붙잡고,

"여보게 이런 법이 있는가, 벼를 베기도 전에……."

그 다음 말은 막히어 하지 못하였다. 첫째는 무슨 말인가 하여 풍헌의 뒤를 따라 논까지 가보았다. 논귀에 세운 조그만 나무판자에는 무슨 글인지 써 있었다.

입도차압
입도는 베기 전, 논에 그냥 선 채의 벼. 차압은 압류.

풍헌은 그 나무쪽을 가리키며,

"글쎄 *집달리라던가? 하는 양복쟁이가 이것을 꽂아 놓으면서, 벼를 베지 못한다구 허두면……."

풍헌은 이렇게 말하며 누릇누릇한 벼이삭을 바라본다. 첫째는 다가서며,

"누구의 빚을 얼마나 졌습니까?"

"아 덕호의 빚이지, 그것 좀 참아 달라구 하는데, 이렇게까지 할 게야 뭐 있겠나! 전날 편지 배달부가 이런 것을 갖다가 주고 가두면. 그래 나는 그게 무엇인가? 하고 두었더니, 글쎄 글쎄 이런 일이 날 줄이야 누가 꿈밖에나 생각하였겠나."

풍헌은 거지 안에서 다 해진 편지봉투를 꺼내어 보인다. 첫째 역시 그것을 한 자 알아볼 리가 없었다. 그래서 편지봉투만 이리저리 만지다가 풍헌을 주었다.

"거게 뭐라고 했나?"

풍헌은 허리를 굽혀 들여다본다. 첫째는 머리를 벅벅 긁으며,

"내니 알겠쉬까."

"저 노릇을 어찌해야 좋겠나."

"덕호한테 가봤습니까?"

"가보기를 이를까. 어젯밤에도 밤새껏 가서 졸랐네. 그래두 소용없네, 이를 어쩌면 좋겠나. 자네 좀 가서 말해 볼 수 없겠나?"

쳐다보는 풍헌의 그 눈! 첫째는 그만 머리를 돌리고 말았다. 그리고 그 달음으로 덕호한테 와서, 하다못해 주먹 담판이라도 하고 싶었다. 그러나 아무 소용이 없을 것을 짐작하는 첫째는 애꿎은 한숨만 푹 쉬고 저 앞을 바라보았다.

불과 십여 일 이내에 베게 될 이 벼이삭! 벼알이 여물 대로 여물어서 머리를 푹 숙이고 있었다.

"잘 됐지! 저것 좀 보게나."

풍헌은 벼이삭을 가리키고 달려가더니 벼이삭을 어루만지며 불타산을 멍하니 노려보았다. 그의 희뜩희뜩 센 수염 끝은 무섭게 흔들리고 있다. 첫째는 뭐라고 위로할 말조차 생각나지 않았다. 그리고 그들의 주위를 싸고 있는 공기조차도 무거운 납덩이 같음을 느꼈다.

벼이삭

풍헌은 논귀에 펄썩 주저앉으며, 무심히 물에 채어 무너진 논둑을 다시 고쳐 놓는다. 첫째는 물끄러미 그것을 바라보았다.

"이 논이 읍의 사람의 논이라지유."

"그래 읍의 한치수라는 어룬의 논인데……."

그는 후 하고 숨을 쉬었다.

"그런 법두 있는가. 전에는 그런 일이 없었는데…… 난 암만 생각해두 모르겠어! 내일 읍에 들어가서 한치수 어른에게 물어 보겠네."

"그렇게 합슈."

첫째도 그런 법이 있을 것 같지 않았다. 풍헌은 벌떡 일어났다.

"난 지금 들어가 보구 오겠네."

이렇게 말을 하고 읍 가는 길로 나선다. 그리고 뒤도 안 돌아보고 황황히 걸었다. 첫째는 물끄러미 그의 뒷모양을 바라보다가 그가 산모퉁이를 지나간 후에 들어왔다.

며칠 후에 풍헌이 보이지 않으므로 누구에게 물으니 그는 벌써 어디론지 가버리고 말았다는 것이다. 그때에 그는 아무것도 가진 것 없이 아내와 어린것들을 데리고 바가지 몇 짝을 달고 떠났다고 하였다.

여기까지 생각한 첫째는 구루마 구르는 소리에 정신이 버쩍 들었다. 그리고 아버지 겸 동무이던 풍헌을 내쫓은 덕호가 또다시 개똥이를 내쫓고 자기를 내쫓으려는 것임을 절실히 느꼈다. 그때,

"여부슈, 내가 빚을 안 물겠답니까?"

개똥이 음성이 무거운 공간을 헤쳤다. 무엇보다도 일 년 농사 지은 것이라고…… 그의 초가집 문전에나마 놓았다가 이렇게 빼앗기었으면 한결 맘이 나을 것 같았다. 그리고 벼 시세도 지금은 한 섬에 오 원이라 하나 좀더 있으면 육 원을 할지 팔 원을 할지 모르는데 이렇게 빼앗기기에는 너무나 억울하였던 것이다.

첫째는 개똥이 말을 듣자 무의식간에 욱 하고 달아갔다. 그리고 유서방을 단번에 밀쳐 넘어쳤다.

"뭐야 이게? 야들아! 다 오나라."

남의 일이나 자기 일 못지않게 분하였던 그들도 욱 쓸어 나갔다. 그리고 구루마에 실은 볏섬을 끌어내렸다. 그리고 덕호를 찾았으나 그는

벌써 어디로 빠져 달아났는지 찾을 수가 없었다.

"이 벼만 가져 봐라!"

개똥이가 호통을 하였다. 그때 저편에서 *회중전등이 번쩍 하고 이리로 왔다. 그들은 순사가 오는구나! 직각되자 사방으로 흩어지기 시작하였다.

개 짖는 소리가 여기저기서 들리었다. 그리고 신발 소리 또 신발 소리……

이튿날 새벽에 개똥 어머니는 덕호네 집으로 갔다. 아직 대문은 걸린 채 그대로 있었다. 벌써 그가 어젯밤부터 이 문전에 몇 번이나 왔는지 몰랐다. 그는 하는 수 없이 집으로 오다가, 또다시 무슨 생각을 하고 대문 옆으로 와서 우두커니 서 있었다. 그리고 안에서 누가 나오는가 하여 자주자주 문틈으로 들여다보았다. 그러나 검정개 한 마리 얼씬하지 않았다. 그는 왔다갔다하면서, 이제 덕호를 만나 뭐라고 말할 것을 입 속으로 다시금 외어 보았다. 어제 밤새도록 생각해 온 이 말이건만, 이렇게 덕호네 문 앞까지 와서는 캄캄해지곤 하였다.

안에서 신발 소리가 나므로, 그는 조금 물러서서 동정을 살폈다. 덜그렁 하는 소리가 나더니, 문이 찌꺽 열린다. 그리고 유서방이 다리를 절면서 나오다가 개똥 어머니를 보고 멈칫 섰다.

"왜 왔소?"

유서방은 어젯밤 일을 생각하며 분이 왈칵 치밀었다. 개똥 어머니는 머리를 숙여 보이며,

"그저 잘못했습니다, 용서해 주시우. 다 철이 없어 그 모양이지유. 한때 살려 줍시우."

"철없는 게 뭐야유, 그 새끼들이 철이 없어? 흥! 이거 보우 내 다리

가 병신 되었수."

코웃음을 치고 나서 도로 들어간다. 개똥 어머니는 뒤를 따랐다.

"면장님 일어나셨수?"

"면장님은 왜 찾우?"

유서방은 흘금 돌아보았다.

"그저 한때 살려 주, 예? 살려 주, 예."

개똥 어머니는 훌쩍훌쩍 울었다.

"난 몰라유. 그까짓 놈의 새끼들…… 사람의 은혜도 모르고 의리도 없는 그놈들…… 김생 같은…… 에이."

유서방은 이렇게 소리치며 들어간다. 개똥 어머니는 한참이나 머뭇머뭇하였다. 그때 안에서 덕호의 음성이 흘러나왔다.

"거 누구니?"

"개똥 어미야유."

유서방이 대답한다.

"개똥 어미가 왜?"

"모루지유."

개똥 어머니는 방문 밖에 서서 머뭇머뭇하다가,

"그저 면장님, 한때 살려 주, 그놈들이 철이 없어서……."

덕호는 아직도 자리에서 일어나지 않은 모양이다.

"개똥 어민가, 이리 들어오게, 늙은이가 치운데, 왜 밖에 섰는가."

뜻하지 않은 덕호의 후한 말에, 개똥 어머니는 앞이 캄캄해 왔다. 그제야 유서방은,

"어서 들어가우."

개똥 어머니가 방문을 여니, 덕호는 자리에 누워 있다. 그는 멈칫 섰다.

"어서 들어와."

개똥 어머니는 들어가서 머리를 숙이며,

"그저 한때 살려 줍시유, 네? 한때만 사정 봐줍슈."

덕호는 기침을 하며 일어나서 자리로 몸을 가리고 앉았다.

"글쎄 그놈들의 행세를 보아서는 분나는 대로 용서 없이 고생을 시
키겠지만 그러나 소위 면의 어룬이라는 나로서 더구나 저런 늙은이들
이 불쌍해서 그럴 수야 있는가."

개똥 어머니는 너무 감격하여 소리쳐 울고 싶었다. 그리고 저런 후
한 어른의 뜻을 몰라주는 개똥이와 그의 동무들이 끝없이 원망스러웠다.

"그저 살려 줍슈, 저를 봐서……."

"응, 그런데 마침 오늘이 공일이니까 면에 출근도 안 하니 내 직접
주재소에 가보리…… 저희놈들이 암만 그래도 몇십 년을 내 덕에 산
것이 아니겠나. 배은망덕이란 말이 이런 것을 두고 이름일세그려. 허
*거정 나두 *손두 없는 사람이라 저희들을 내 친자식들과 같이 사랑한
단 말이어. 어제만 하더라도 내가 생각해서 벼 한 섬을 거저 주지 않았
나. 그런데 그놈이 그 은공을 몰라본단 말이어. 하필 올뿐인가, 작년
재작년에도 그래 왔지."

"그까짓 죽일놈들을 생각하실 게 있습니까. 그저 후하신 맘으로 이
늙은 것을 한때 보아주셔야지우."

"응, 그럼 돌아가게, 내 이따가 가보리."

개똥 어머니는 코가 땅에 닿도록 절을 하고 밖으로 나왔다. 덕호는
도로 자리에 누우며 이놈들을 더 고생시켜 세상의 법이 어떻다는 것을
알리어 정신을 들려 주렸더니 날은 점점 추워 오고 어서 눈 오기 전에
마당질은 끝내야겠으니 부득이 놓아 주랄 수밖에 별수가 있나! 하고

거정
'거참'의 북한어.

손(孫)
후손(後孫).

생각하였다. 더구나 이 가을부터 *미곡 통제안(米穀統制案)이 실시된다는 말이 있으니 그렇게 되면 *곡가도 오를 것이다. 어서 바삐 그놈들의 빚도 현 곡가로 청산하여야겠다는 생각이 들자, 곧 그는 자리에서 일어났다.

어젯밤 주재소에서 자고 난 그들은 오늘 아침 덕호가 가서야 순사부장의 단단한 훈사를 듣고 다시는 그런 일을 하지 않기로 약속을 하고 놓여나오게 되었다. 그들은 나오는 길로 아침밥도 잘 먹지 못하고 곧 타작마당으로 왔다. 그래서 어젯밤 널어놓은 짚단이며 나락 헤적인 것을 쓸어 모아 놓고 한편으로는 *도급기를 횡횡 돌렸다. 그들은 일을 하니 안 아픈 곳이 없었다. 팔을 놀리면 팔이 아프고 다리를 놀리면 다리가 아팠다. 그리고 허리를 굽힐 수도 없고 목을 임의대로 돌리는 수도 없었다. 하루쯤은 쉬어서 했으면 좋겠는데…… 하는 생각을 그들은 약속이나 한 것처럼 똑같이 하였다.

그때 덕호가 나왔다. 그는 궐련을 피워 물고 단장을 짚었다. 그리고 명주 저고리 바지에 *세루 조끼를 말큰말큰하게 입었다. 그들은 덕호를 보자 가슴이 울울해지며 저절로 머리가 숙여진다. 그리고 뭐라고 나무라지나 않으려나 하는 불안에 쩔쩔매었다.

"어 자네들 어서 일들이나 잘 하여…… 밥 많이 먹고 일 많이 하는 사람이야말로 튼튼한 면민일세그리. 허허 자네들은 나를 오해하지? 아마 어제 일을 미루어 보더라도 말이어. 그러나 그것은 잘못 안 것일세. 나는 더구나 면의 어룬이란 지위에 앉아 가지고 자네들의 이로움을 위하야 애쓰는 것이 나의 의무가 아닌가."

덕호는 큰기침을 하고 나서 다시 말을 계속하였다. 그들은 고개를 숙이고 합수를 하고 섰다.

"어제만 하더라도 내가 곡식으로 차지한 것이 전혀 자네들을 위함에
서 그렇게 한 게야…… 자네들의 형편에 그 곡식을 갖다가 팔아서 돈
으로 빚을 갚는다고 하세. 돈을 제때에 갚지도 못하게 될 뿐 아니라 그
곡식을 제값을 못 받고 더구나 꼭 적당한 시기에 팔지를 못해. 그러니
내가 곡식으로 차지하는 게여. 나야 손해가 되지마는…… 왜 손해가
되느냐 하면 말이어, 이제 좀더 있으면 자네들이 지내보는 바와 같이
곡가가 내리는 것만은 뻔한 사실이 아닌가 응, 왜 그런 줄을 몰라주느
냐 말이어. 나는 자네들을 친자식같이 아는데 자네들은 그것을 몰라준
단 말이어. 어제 일만 하더라도 내가 아니고 딴사람이라면 자네들을
그냥 두겠나. 그러나 나는 자네들도 생각할 뿐만 아니라 자네들의 가
족들을 생각하야 친히 순사부장에게 사정을 하다시피 한 것을 자네들
은 아는가 모르는가. 한 번 실수는 누구나 있는 것이니 이 다음부터는
주의들 해."

덕호는 그들을 둘러보며 빙긋이 웃었다. 그들의 모양을 보아 자기의
말에 얼마나 감격하였는지를 그는 짐작하였던 것이다. 따라서 이렇게
까지 저들이 서리 맞은 풀대같이 후줄근한 것이 전혀 주재소의 힘임을
깨달으며 무식한 놈들에게는 매가 제일이다 하고 생각되었던 것이다.

덕호가 그들의 앞을 떠난 후에 그들은 가볍게 숨을 몰아쉬었다. 그
리고 이제 덕호가 한 말이 다 옳다고는 생각되지 않았다. 그들은 여전
히 일을 계속하였다. 도급기 다섯 채를 좌우로 갈라놓
고 한 채에 세 사람씩 맡았다. 한 사람은 가운데 서서
돌리고 그 나머지 두 사람은 도급기 곁에서 날라 오는
볏단을 풀어 놓고 도급기 돌리는 그들에게 번갈아 집
어 주며 혹은 벼 낟가리에 올라서서 볏단을 내리고 또

벼 낟가리

는 다 훑은 짚단을 묶어서 저편으로 날렸다.

"이애 이놈아, 빨리 다우."

난장보살이 첫째를 돌아보며 소리쳤다. 그리고 *볏모개를 빼앗았다.

"흥! 어제는 이놈 때문에 우리들이 매를 죽도록 맞았다니."

어젯밤 매 맞던 생각을 하며 싱앗대를 돌아보았다. 싱앗대는 볏모개를 빨리 돌려 대었다.

"쥐뿔도 없는 놈이 맘만 살아서 그 꼴이지, 그저 없는 놈이야 무슨 성명이 있나, 죽으라면 죽는 모양이라도 내어야지."

곁에서 그들의 말을 듣는 첫째는 버럭 화가 치받치는 것을 억제하였다. 그러나 뱃속이 꾸물꾸물하며 얼굴이 빨개졌다.

어제는 이 타작마당에서 그들이 일심이 되었는데 겨우 하룻밤을 지나서 그들은 첫째를 원망하였다. 첫째는 덕호에게서 욕먹은 것보다도, 순사에게 밤새워 매맞은 것보다도, 그들이 자기 하나를 둘러싸고 원망하는 데는 그만 울고 싶었다. 그리고 캄캄한 밤길을 혼자 걷는 듯한 적적함이 그를 싸고도는 것을 새삼스럽게 깨달았다. 그는 무심히 벼 낟가리를 쳐다보았다. 전 같으면 저 벼 낟가리들이 얼마나 귀여웠으리요마는…… 그때 저리로부터 순사가 왔다.

첫째는 놀랐다. 가까이 오는 순사는 지금 자기가 생각하고 있는 것을 다 알고, 자기만 잡으려고 오는 듯싶었다. 그래서 그는 머리를 푹 숙이며 볏단만 헤치고 있다가, 칼 소리가 멀어지매 그는 겨우 안심하고 흘금 바라보았다. 그때 순사의 구둣발에 툭툭 채는 칼은 햇빛에 번쩍번쩍하였다. 순사는 덕호를 만나서 다시 이리로 온다. 그는 또다시 아까와 같은 생각으로 겁을 먹었으나, 그들은 가벼운 궐련 내를 던지고 저편으로 지나간다. 그리고 무슨 이야기를 재미나게 하고는, 하하 웃었다.

"여보게, 자네 좀 돌리게."

난장보살이 첫째를 보며 이렇게 말하고 나서, 도급기에서 물러간다. 첫째는 얼른 이편으로 왔다. 그리고 한 발로 도급기 발판을 짚어 가며, 난장보살이 집어 주는 볏모개를 훑는다. 그때 무심히 저편을 보니, 덕호와 순사가 면사무소에 앉아서 유리문을 통하여 이편을 내다본다. 그때에 그는 난장보살이 저것들을 마주보기 싫어서 도급기에서 물러났구나! 하고 직각되었다. 따라서 지금 저들이 자기를 잡아갈 의논을 하면서 자기만을 주목해 보는 듯하여 머리를 숙였다.

쏴르르 탁탁 튀어나는 벼알은 그의 볼을 가볍게 후려치고 떨어진다. 그리고 돌아가는 도급기 바퀴에서 일어나는 바람은, 그를 오한이라도 나게 하려는 듯이 싫었다. 전 같으면 이 바람에 얼마나 속시원할 것이건만…… 그때 난장보살이,

"담배 먹고 싶다!"

그때 첫째도 새삼스럽게 담배 먹고 싶은 것을 느끼며 난장보살을 바라보았다. 일하던 농민들은 약조나 한 듯이 일시에 시선이 마주쳤다. 그들은 누구나 상대의 눈동자에서 담배 먹고 싶다는 것을 발견하였다. 그러나 면사무소에 앉아 이야기하는 그들의 눈에 걸리는 것이 싫어서 누구 한 사람 쉬려고 하지 않았다. 그들은 한숨을 후 쉬고 머리를 숙였다. 그리고 쉴 새 없이 떨어져 쌓이는 벼알을 바라보았다. 담배 한 모금 맘 놓고 먹지 못하고서 저렇게 애써 지은 쌀알을 덕호네 함석창고에 들여보낼 생각을 하니, 어제 구루마를 부서트리던 그 순간의 감정이 또다시 폭발되는 것을 느꼈다.

마당이 보이지 않도록 쌓이는 저 벼알! 병아리의 털같이 그렇게 노

들리어 주시니 우리 면민은 군수 영감의 말씀대로 이행하기를 서약한다는 증거로 일어나서 경례를 합시다. 자 일어나시우들.”

농민들은 일시에 일어나서 머리가 땅에 닿도록 절을 몇 번이나 거듭하고 헤어졌다.

첫째도 그들 틈에 섞여서 면사무소를 나왔다. 그는 어정어정 걸으며 내년부터 나는 누구네 땅을 부치나! 하고 우뚝 섰다. 그의 동무들은 그를 비웃는 듯이 흘금 돌아보고 저편으로 몰려간다.

첫째는 드디어 밭을 떼이고 말았던 것이다. 오늘 군수 영감의 말을 들으면 이 면사무소는 농민들이 잘살기 위하여 힘쓰는 곳이라는데…… 여기까지 생각한 그는 자기만은 이 동네의 농민이 아닌가 하는 의심이 부쩍 든다. 덕호로 말하면 이 면의 어른인 면장이라는 지위를 가지고 있는데도 불구하고 부치던 밭을 그에게 떼이지 않았는가? 응! 나는 그때 그 *구루마를 깨친 것이 법에 걸리었기 때문이라지. 법법…… 오늘 군수 영감의 말씀한 것도 역시 내가 행하지 않으면 법에 걸리게 될 터이지. 그러나 오늘에 부칠 밭이 없는데 거름은 만들어 두면 뭘 하나? 그 법…… 그는 날이 갈수록 이 법에 대하여 점점 더 의문의 실 뭉치가 되어 그의 가슴을 안타깝게 보챈다. 그는 생각지 말자 하다가도 가슴속에서 뭉치어 일어나는 이 뭉텅이! 그 스스로도 제어하는 수가 없었다. 첫째 자신은 이 신성불가침의 법을 지키려고 애를 쓰나 웬일인지 날이 갈수록 자신은 이 법에 걸려 들어가고 있는 것을 안타깝게 발견하였던 것이다.

집까지 온 첫째는 나뭇가리 옆에 우두커니 서 있었다.

“어떻게 한담?”

그는 이렇게 중얼거리며 그의 앞길은 암흑으로 변하여지는 것을, 볼

구루마
수레.

을 후려치는 쌀쌀한 겨울날의 감촉과 같이 확실히 느껴진다.

그때 짚 부벼치는 소리가 바삭바삭 나므로 획근 머리를 돌리니 그가 새끼 꼬다가 놓고서 면사무소에 갔던 기억이 얼핏 생각히며 이서방이 동냥하러 가지 않고 오늘은 집에 있는가 하여 얼른 들어왔다. 방문을 여니 갑자기 누가 방 안에 앉았는지 알 수가 없었다. 그저 캄캄한 속으로 짚 부벼치는 소리만 들릴 뿐이다.

"벌써 오니? 왜 오라던?"

방 안에 들어앉은 그는 어머니가 새끼 꼬는 것을 비로소 발견하였다. 첫째는 머리를 벅벅 긁으며,

"군수 연설 들으러 오라지."

첫째 어머니는 실망을 하고 꼬던 짚을 밀어 놓는다. 아까 면서기가 면사무소로 첫째를 오라고 할 때는 아마 도로 밭을 부치라고 하려나? 하는 다소의 희망과 의문을 가졌는데, 아들의 이러한 말을 들으니 아주 낙망이 되었던 것이다.

첫째 역시 어머니의 이러한 낙망을 손에 든 것처럼 꿰뚫었다. 그리고 말할 수 없는 비애가 이 방 안으로 가득히 들어차는 것을 그는 깨달았다. 첫째는 어머니의 이러한 모양이 보기 싫어서 획 돌아앉아 새끼를 꼬기 시작하였다. 전 같으면 이 새끼를 꼬아서 할 것이 많건만, 이 새끼를 꼬기는 꼬나, 무엇에다 어떻게 쓰려는 예정도 나지 않았다. 그저 심심하니 앉아 있으면 가슴이 터지게 일어나는 이 의문과 비애! 이것이 안타깝고 귀찮아서 이것을 붙여잡고 있는 것이다.

"이놈아, 글쎄 가만히 있지 왜? 그 지랄을 벌여서 그 모양을 한단 말이냐. 암만 그래두, 우리는 없는 사람이니까 있는 사람에게 붙어살아야 하지 않니…… 오늘부터라도 굶고 앉았겠으니 좋겠다! 이놈! 날 잡

아먹지 못해 그래…… 그래도 밭을 부치면 장리쌀이라도 얻어 올 수가 있었지만, 누가 쌀 한 줌 줄 듯하냐.”

“이거 왜 귀찮게 구는지 모르겠다!”

첫째는 소리를 버럭 질렀다.

“오냐 이놈아, 어려서부터 네놈이 어미의 머리끄덩이를 함부로 뜯어 내더니, 그 버릇이 이때껏 남아서 밥 굶게 되었으니 좋겠다! 이놈!”

“흥 잘하는 것 내가 그랬겠군!”

“그랴, 그래서 너 누구 덕에 밥 먹고 큰 줄 아느냐. 이놈, 너도 지내 봐라! 누가 잘못하고 싶어 잘못하는 줄 아느냐? 나도 배고파서 *헐수할수없으니 그랬다! 너두 지내 봐라! 어디 이놈!”

첫째는 이 말에 귀가 번쩍 틔며 이상하게도 가슴이 찌르르 울렸다. 그리고 나도 배가 고파서 헐수할수없으니 그랬다, 너두 지내 봐라! 하던 어머니의 말이, 살대와 같이 그의 가슴폭을 선뜻 찌르는 듯하였다. 헐수할수없으니 그랬다! 이건 또 무슨 말인가? 또다시 그 실마리가 *두루뭉텅이가 져서 올라오려고 하였다. 그는 새끼 꼬던 짚을 밀어 내고 벌컥 일어났다. 그리고 벼락치듯 문을 열어 젖히고 나와 버렸다.

어느 새에 싸락눈이 바슬바슬 떨어진다. 뜰 한 모퉁이에 쌓아 둔 나뭇가리에 싸락눈 쌓이는 소리가 한층 더 뚜렷하다. 그는 저 싸락눈을 보니 한층 더 가슴이 죄어들었다. 원 나무나 해다 팔아서 쌀말이나 마련해 올까…… 그러니 그놈의 산림감시놈들이 나무를 베게 해야지…… 법? 그는 발길을 쿵 하고 들놓았다.

한참이나 우두커니 섰던 첫째는 어느 동무네 집에나 가볼까? 하고 생각해 보았다. 그러나 아까 면사무소 앞에서 자기를 비웃는 듯이 돌아보던 동무들을 얼핏 생각하며, 그만 지게를 걸머지고 어정어정 나왔다.

헐수할수없다
어떻게 해 볼 도리가 없다, 매우 가난하여 살아갈 길이 막막하다.

두루뭉텅이
골고루 한데 뭉친 큰 덩이.

싸락눈이 그의 다는 얼굴을 선뜻선뜻하게 하여 준다. 그는 뿌옇게 보이는 앞벌을 바라보며 한숨을 푹 쉬었다. 아직까지 그의 온갖 희망과 포부가 이 벌 전부이었던 것을 그는 다시금 생각해 보았던 것이다. 그러나 이 벌을 잃어버린 지금에 와서는 그에게 무슨 희망과 포부가 있으랴! 단지 그의 앞에 가로질린 것은 캄캄한 암흑뿐이었다.

그는 일하러 나올 때마다, 괭이를 높이 둘러메고 끝없는 공상에 잠기곤 하였다.

농사를 잘 지어서 먹고, 남는 것을 팔아서 저축해 두었다가 그 돈으로 밭 사고, 그리고 선비를 아내로 맞이해서, 아들딸 낳아 가면서 재미나게 살아 보겠다고 그는 몇 번이나 생각해 보았던가! 그는 자기의 이러한 어리석었던 공상을 회상하며 픽 웃어 버렸다. 따라서 희망에 불타던 그의 씩씩한 눈망울은 비웃음과 저주로 변하는 것을 확실히 볼 수가 있었다.

어느덧 그는 원소까지 왔다. 앙상한 버드나무숲은 어찌 보면 자기의 신세와도 흡사하였다. 그러나 다시 한 번 그 숲을 쳐다보았을 때, 오는 봄에 싹 돋으려는 씩씩한 기운을 발견할 수가 있었다. 그는 버드나무를 의지하여 원소를 내려다보았다. 그때에 생각힌 것은 원소의 전설이다.

'그들도 법에 걸려 혹은 죽고 혹은 매를 직사하게 맞았다지.' 몇 천 년이나 몇 백 년이 되었는지 분명하지 못한 그 옛날의 농민들도 자기와 같은 그런 궁경에 빠졌던 것을 새삼스럽게 느끼며 다시금 원소의 푸른 물을 들여다보았다.

그때 뒤에서 신발 소리가 난다. 그는 누가 물 길러 오는구나…… 하고 생각되었으나 머리를 돌려 바라보고 싶지 않았다. 누구나 자기를 보면 밭 떼인 것을 조소하는 듯하여 그만 얼굴이 뜨뜻해지곤 하였던 것이다.

신발 소리는 차츰 가까워진다. 그 신발 소리를 듣고 한 사람이 아니고 여러 사람이라는 것을 직각하였다. 그래서 그는 여기 섰기가 좀 열적은 듯하여 버드나무 옆을 떠났다. 그래서 그가 저편 길로 옮아 섰을 때, 원소로 가는 두 여인을 발견하였다. 그 순간 그는 전신의 피가 갑자기 활기를 띠고 숨이 가쁘도록 심장이 뛰었다. 그는 멈칫 서서 바라보았다.

함지
나무로 네모지게 짜서 만든 그릇. 운두가 조금 깊으며 밑은 좁고 위는 넓다.

빨래 *함지를 무겁게 인 여인 중, 그 하나가 선비가 아니었느냐! 귀밑까지 푹 눌러 쓴 흰수건 밑으로, 껍질 벗긴 밤알처럼 윤택해 보이는 그의 얼굴! 내리는 눈에 가리어 아리송아리송하게 보였다. 그러나 전날 선비와 같이 다정한 감을 주지 않고 웬일인지 차디찬 조소를 그의 윤택한 살갗을 통하여 차츰 농후하게 던져 주었다.

빨래 함지를 내려놓은 그들은 빨래를 돌 위에 놓고 빵빵 두드린다. 그 소리는, "이 자식 너 밭 떼였지, 너 밭 떼였지" 하는 소리같이 들렸다. 그는 한참이나 어쩔 줄을 몰랐다. 그때 선비가 방망이를 놓고 빨래를 헹구며 흘금 바라본다. 그는 얼핏 돌아서고 말았다. 갑자기 현기증이 일어나며 앞이 아뜩하였다. 그는 작대기를 꾹 짚으며, 계집은 해서 뭘 하는 게냐! 그는 이렇게 중얼거렸다. 그리고 천천히 걸었다.

방망이 소리는 그가 걸을수록 점점 희미하게 들렸다. 그리고 선비의 그 모양까지도 차디찬 얼음덩이 같아지는 것을 그는 우뚝 서며 보았다. 그것은 자기 머리에 언제부터 들어앉았던 그 고운 선비의 환영이 이렇게 변하여지는 것이, 그가 눈을 크게 뜰 때마다 확실히 인식되었다.

그는 산등에 올라 되는 대로 주저앉았다. 그리고 지게를 진 채 멍하니 산 아래를 굽어보았다. 그때에 떠오른 것은, 어려서 이 산등에 나무

하러 왔다가 선비를 만나 싱
아를 빼앗아 먹던 기억이다. 따라서
그때부터 자기가 선비를 맘 한구석에 생각
하였다는 것이 옛날을 회상할수록 뚜렷하였다. 그러나 그렇게 사모하
던 선비를 한 번 만나 이야기도 못 해보고 그만 영원히 만나지 못할 생
각을 하여, 무의식간에 그는 작대기를 들어 그의 발부리를 힘껏 후려
쳤다. 그리고 벌떡 일어났다.

싸락눈은 아까보다 더 내리는 듯하다. 그 속으로 멀리 보이는 동네!
벌써 집집에서 흐르는 저녁 연기가 구불구불 선을 긋고 올라간다. 그
때 그는 무심히 이서방이 이젠 들어왔을까? 하고 생각하였다.

첫째는 산 옆으로 돌아가며 마른 풀을 베어 가지고 돌아왔다. 그가

동구까지 왔을 때 집집에서 흘러나오는 밥 잦히는 솥뚜껑 소리며 청어
굽는 내가 그의 구미를 버쩍 당기게 하였다. 그 순간 그는 어젯저녁에
밥이라고 좀 먹어 보고는 오늘 아침은 국물만 되는 소죽 먹은 기억이
그의 가슴을 더 쌀쌀하게 하였다. 그러나 집에 가면 이서방이 그 시커
먼 밥자루에 밥을 가득히 얻어 가지고 왔을 생각을 하니 발길이 얼른
얼른 내디뎌졌다.

그가 집까지 와서 나뭇짐을 되는 대로 벗어 놓고 분주히 방으로 들
어가며 이서방의 신발부터 있는가 하고 보았다. 그러나 찬바람이 실실
도는 봉당에 어머니의 짚신만이 놓여 있다. 그는 멈칫 섰다. 이서방이
안 왔나? 하는 생각을 하며 방문을 열었다. 어머니는 아랫목에 누웠다
가 벌컥 일어나며,

"이서방이우?"

그때 첫째는 앞이 아뜩해지며 이때까지 이서방이 오지 않았음을 알
았다. 그의 어머니는 첫째임을 알자 곧 도로 누워 버렸다. 그리고 으흠
하고 신음하는 소리가 방 안을 그윽이 울려 주었다.

그는 방문을 쿡 닫고 돌아섰다. 이서방이 왜 안 와 하고, 차츰 어두
워 가는 저 밖을 바라보았다. 이서방이 밥자루를 무겁게 들고 돌아올
길에는 눈만이 푹푹 쌓일 뿐이고, 검정개 한 마리 얼씬하지 않았다. 그
는 무슨 생각을 하고 밖으로 튀어나왔다. 그리고 읍으로 통한 신작로
를 바라고 성큼성큼 걸었다.

*수굿하고 걷다가는 한참씩 서서 바라보았다. 그러나 이서방은 보
이지 않았다. 저 산모퉁이를 돌아가면 이서방이 오는 것이 보이려나?
하고 그 산모퉁이를 돌아와도 역시 눈송이만이 벌떼같이 날 뿐이고,
이서방 비슷한 사람조차도 볼 수 없었다. 그리고 이젠 사방이 캄캄해

서, 어디가 어딘지도 분간할 수 없었다. 어찌 된 일일까, 혹 길가에서 얼어 죽었나? 그렇지 않으면 몸이 아파서 어디 물방앗간 같은 곳에 누 웠는가 하는 여러 가지 생각이 밤이 되어 갈수록 꼬리에 꼬리를 물었다.

이 밤부터는 바람까지 일어서 휙휙 하는 소리가 그치지 않았다. 그 리고 싸락눈은 이젠 솜눈으로 변하여 무섭게 뺨을 후려친다. 첫째는 우뚝 서서 한참이나 생각하다가 아무래도 오늘 밤으로는 이서방이 돌 아오지 않을 것을 알고 그만 집으로 오고 말았다.

그 밤을 고스란히 새우고 난 첫째네 모자는 아침이면 이서방이 오겠 지 하고 기다렸다. 그러나 이서방은 아무 소식 없다. 첫째 어머니는 아 무래도 이서방이 무슨 일을 만난 것 같았다. 그래서 첫째를 보고,

"이애! 이서방이 무슨 일을 만난 것 같으니 네 읍에 가봐라."

어젯저녁만 해도 배고픈 것이 이렇게 견디기 어렵지는 않은 것 같았 다. 그래서 어제는 걷기에도 별한 지장은 없었다. 그러나 이 아침부터 는 너무 배가 고파서 운신을 할 수가 없다. 그는 어머니를 쳐다보며,

"배고파서 갈 수 있어야지? 어데서 밥 좀 얻어다 주슈."

첫째 어머니는 맥없이 누워 이렇게 말하는 첫째를 바라보며, 가슴이 찢어지는 듯하였다. 그는 어디서 밥술이나 얻어 보려고 바가지를 들고 밖으로 나왔다. 첫째는 어머니가 나가는 것을 보고 눈을 감았다. 수없 는 그릇에 밥 담은 것이 얼씬얼씬 보여서 못 견딜 지경이다. 그는 다시 눈을 번쩍 떴다. 첫눈에 띤 것은 며칠 전까지 쌀 담아 두던 항아리였 다. 그는 무의식간에 벌컥 일어나서 항아리 곁으로 왔다. 그리고 항아 리를 기울여 보았다. 휑하니 비었다. 간 가을만 해도 쌀이 이 항아리로 가득 찼는데 벌써 그 쌀이 다 없어졌나? 하고 그는 다시 생각을 되풀 이해 보았다.

가을에 밭 떼일 때 덕호가 특별히 생각하여 주노라고 하면서 빚과 장리쌀만 제하고 그 외에 비료값이니 이따금 꾸어다 먹은 쌀은 제하지 않고 그냥 첫째를 주었던 것이다. 그것이 이 항아리로 가득 찼던 것이다. 그때에는 이 쌀이 몇 달은 가리라고 생각했더니 막상 하루 이틀 먹어 보니 불과 두 달이 못 가서 그 가득하던 쌀이 흔적도 없어졌다. 그는 이러한 생각을 하며 쌀 항아리를 다시금 들여다보았다. 그리고 행여나 어디가 쌀알이 붙었는가 하여 항아리를 들고 문 편으로 와서 뱅뱅 돌려가며 들여다보았다. 그러나 쌀 한 알 발견하지 못하였을 때, 그는 한숨을 푹 쉬며 항아리 전에 머리를 기대고 문을 바라보았다. 그때 그의 눈에서는 눈물이 술술 흘러내렸다. 마침 밖에서 신발소리가 나므로 그는 벌떡 일어났다.

방문이 열리며 어머니가 들어온다.

"난 이서방이라구."

"잡놈, 배는 용히 고픈 게다."

첫째 어머니는 이렇게 말하며 손에 든 바가지를 그의 앞으로 밀어놓는다. 첫째는 얼른 들여다보니 도토리며 밥이 들어 있었다. 그때 첫째는 식욕이 욱 하고 치밀어 그의 어머니까지 밥으로 보였다. 그래서 바가지를 빼앗듯이 받아 가지고 손으로 움켜쥐어 먹었다. 언제 술을 들고 저를 놀리고가 다 배부른 사람들의 장난이지, 이때 첫째에게 있어서는 필요하지 않았다.

"이애 작작 덤벼라!"

첫째 어머니는 자기도 몇 술 얻어먹을까 하였다가, 아들이 저렇게 집어 먹었으니 도토리 한 알 입에 대어 보지 못하였다. 따라서 첫째 어머니는 야속한 생각과 같이 못 견디게 가슴이 쓰리었다.

"또 없수?"

눈이 뻘겋게 뒤집힌 첫째는, 어머니가 밥을 더 얻어 오고도 내어 놓지 않는 것만 같아서 이렇게 대든다. 첫째 어머니는 아들을 한참이나 노려보았다.

"이애 무섭다. 흥! 혼자 다 처먹구두, 뭐가 나빠서 그러냐."

이 말을 하지 않고는 곧 가슴이 바늘로 찌르는 것 같아서 참을 수 없었던 것이다. 그리고 아까 길에서 왜 내가 한술이라도 먹지 않았나! 하는 후회가 일어난다. 첫째는 먹은 것도 없이 먹었다는 말만 들으니 기가 막혔다.

"날 뭘 주었기 그래!"

첫째는 바싹 대든다. 그의 눈에서는 불이 펄펄 날아 나오는 것 같았다. 첫째 어머니는 너무나 어이가 없어서 돌아앉으며 그만 벽을 향하여 누워 버렸다. 어머니의 모양을 물끄러미 바라보는 첫째는 어머니가 밥이라면 그저 이 배가 터지도록 먹으련만…… 하였다.

"그 밥은 어서 난 게유?"

아무래도 그 밥의 출처를 알아 가지고 좀더 먹어야지, 뱃속이 요동을 해서 못 견딜 지경이다. 그의 어머니는 그린 듯이 누워 있을 뿐이고 아무 대답도 하지 않았다. 첫째는 어머니의 궁둥이를 냅다 차고 싶은 것을 꾹 참으며 천장을 멍하니 쳐다보았다. 누구네 집에 가서 밥을 좀 얻어먹나? 개똥이네 집에나 가볼까? 하고 벌컥 일어날 때, 생각지 않은 트림이 꺽 하고 올라온다. 그의 어머니는 갑자기 방바닥을 치며,

"이놈아, 너만 트림까지 하도록 처먹을 것이 뭐냐!"

자기도 몇 술 주어서 같이 먹었다면 이렇게 가슴은 아프지 않았으리라는 생각이 들었던 것이다. 첫째는 달려들어 어머니의 궁둥이를 내려

밟았다.

"날 뭘 주었어? 한 *바리를 주었어, 한 대접을 주었어, 뭘 얼마나 주었어?"

그의 어머니는 악이 치받쳐서 벌떡 일어나며 첫째에게로 달려들었다.

"이애 이놈의 새끼야, 넌 트림까지 하지 않니. 처먹었기에 트림을 하지. 이놈아, 그래 너만 처먹고 살려느냐, 다른 사람은 다 죽고…… 그것을 같이 먹겠다고 가지고 오니께 저만 다 처먹어. 어데 보자 이놈아, 에미를 그렇게 하는 데가 어데 있냐, 하늘이 있니라! 응…… 응……."

목을 놓고 운다. 첫째는 우는 꼴이 보기 싫어서 밖으로 뛰어나왔다.

뜰 위에 소복이 쌓인 눈 위에는 신발 자국이 뚜렷이 났다. 그는 멍하니 그 발자국을 바라보다가 이서방이 오늘은 오려나 하고 저 앞을 바라보았다.

어머니는 여전히 뭐라고 몹시 떠들면서 운다. 첫째는 이서방이 오는가? 오는가 하여 가슴을 졸이다 못해서 그만 누구네 집에든지 가서 한 술 얻어먹으리라 하고 문밖을 나섰다. 그가 개똥이네 싸리문 안에 들어서니, 개똥 어머니가 문을 열고 내다본다. 전 같으면 어서 들어오라고 할 터인데 그런 말은 없고 거칠게 눈을 뜨고,

"왜 왔는가?"

"개똥이 있수?"

"이제 면장 댁에 일하러 갔네…… 왜?"

그는 할 말이 없다. 그래서,

"그저 놀러 왔댔수."

얼른 이렇게 말하고 돌아서 나왔다. 이젠 누구네 집에를 좀 가볼까

하며 어정어정 걷다가 멈칫 섰다.

저리로부터 덕호와 어떤 양복쟁이가 궐련을 피워 물고 이리로 온다. 그는 머리를 푹 숙이고 이편 골목으로 들어섰다. 그들은 무슨 이야기를 하며 지나간다. 그때 덕호는 손에 든 단장을 휙휙 돌린다. 덕호의 얼굴을 대하는 순간 첫째는 전신의 피가 머리고 치밀고 온몸이 푸르르 떨리었다.

그날 밤 밤이 퍽 깊은 후에 첫째는 밖으로부터 들어왔다.

"어머이!"

방 안으로 들어선 첫째는 목멘 소리로 어머니를 불렀다. 첫째 어머니는 이서방인 줄 알고 일어났으나 첫째 음성임에 대답도 하지 않고 도로 누워 버렸다. 첫째는 어머니 손에 무엇을 들려 준다. 그때 그의 어머니는 쌀내를 후끈 느끼며 손에 든 것이 쌀자루라는 것을 깨닫자 단숨에 일어났다. 그리고 부엌으로 나가며,

"이애, 어서 널랑 나와서 불때라!"

첫째는 어머니를 따라 부엌으로 나왔다. 그리고 아궁에 불을 살라 넣었다. 그의 어머니는 쌀을 졸졸 일어 내리며 아궁에서 흘러나오는 불빛에 비추이는 아들의 하반신을 흘금 바라보았다. 그때 그는 놀랐다. 그러나 다음 순간 그는 무슨 못 볼 것을 본 것처럼 곧 머리를 돌리고 말았다. 그의 옷은 갈가리 찢기었던 것이다. 첫째는 오래간만에 쌀 일어 내리는 소리를 들으니 얼마나 좋은지 몰랐다. 그래서 불빛에 어림해 보이는 물속으로 하얗게 보이는 쌀을 바라보며 몇 번이나 침을 모아 넘기다가 종내 못 견디어서 물독 곁으로 가서 물 한 바가지를 떠서 들이마셨다.

그들이 밥을 퍼가지고 방으로 들어왔을 때 대문 소리가 쿵쿵 났다.

첫째는 눈이 둥그레지며 뒷문을 열고 나가 버렸다. 첫째 어머니는 얼른 밥그릇을 감추어 놓고 귀를 기울였다.

"자우?…… 첫째야, 자니?"

그 음성에 첫째 어머니는 왈칵 내달았다.

"어서 문 열어 주……."

숨이 차서 헐떡헐떡하는 소리가 들린다.

첫째 어머니는 봉당까지 나오기는 하고도 손이 떨리어 문을 열 수가 없었다. 그리고 누가 딴사람이 이서방이라고 거짓말을 하지 않는가 하는 불안이 든다.

"문 열어 주, 아이구! 에…… 으흠."

"아니 정말 이서방이유?"

첫째 어머니는 문 새에다 입을 대고 이렇게 물었다. 이서방은 기가 막히는 모양인지 머리로 대문을 쿵 받는다.

"아이 참 이서방이구려! 이서방 어서어서."

그제야 첫째 어머니는 안심을 하고 문을 열었다. 이서방은 벌벌 기어들어 온다.

"아니 나무다리는 어찌 했수?"

"아이구!"

소리를 내며 그는 아무 말 없이 방 안으로 들어와서는 맥없이 누워 버렸다. 그리고 앓는 소리를 무섭게 하였다. 첫째 어머니는 감추어 두었던 밥그릇을 꺼내 놓고 밥 한 그릇을 다 먹은 후에야 정신이 조금 들었다. 그리고 이서방의 몸이 불편하다는 것을 깨달았다.

"그런데 어데가 아프시유?"

이서방은 역시 아무 말이 없다. 그때에 첫째 어머니는 겁이 나서 바싹 다가앉아서 그의 머리를 짚어 볼 때 방 안이 캄캄하다는 것을 비로소 알았다.

"불이나 좀 켰으면 좋겠는데…… 기름이 있어야지."

이렇게 중얼거렸다. 이서방은 으흠 하고 돌아누웠다.

"첫째는…… 첫째는."

이서방이 말하는 것을 들으니 겁나던 것이 조금 덜리는 듯하였다.

"어디 아푸, 왜 그러우?"

"고뿔에 걸렸수."

"고뿔이요…… 그래 못 왔구려."

그때 뒷문이 부시시 열리며,

"이서방 왔수?"

첫째가 묻는다.

"그래 너……."

그 다음 말은 하지 못하고 우는 모양이다. 첫째는 적이 안심하고 들어왔다.

"어머이, 밥!"

첫째 어머니는 밥그릇을 그의 손에 들려 주었다. 이서방은,

"내 자루에 밥 있다!"

눈물을 씻으며 이렇게 말하였다. 첫째 어머니는 부엌으로 나가서 나무 한 뭇을 더 넣고 들어왔다.

그 밤을 무사히 지낸 그들은 다음날 정오쯤이나 되어 눈을 떴다. 방문에는 햇빛이 발갛게 비치었다. 첫째는 머리를 넘성하여 이서방을 보았다. 본래부터 뼈만 남았던 그가 한층 더하여 마치 해골을 대하는 듯하였다.

"이서방!"

"왜."

감았던 눈을 번쩍 뜬다. 어젯밤 덥게 자서 그런지 오늘은 덜 아파하는 것 같았다.

"어데 가서 그렇게 안 왔수."

첫째는 원망스러운 듯이 바라보았다.

"난 아파서 죽을 뻔하였다…… 네가 기다리는 것을 뻔히 알지만, 몸을 운신하는 수가 있드냐. 그러구 그 나쁜 놈의 애새끼들이 내 나무다리를 얻다가 감추고 주어야지…… 흠!"

한숨을 푹 쉬며, 첫째를 바라보는 그 눈에는 세상을 원망하는 빛이 가득하였다. 첫째는 가슴이 찌르르 울렸다. 그리고 이서방이 없는 동안에 자기가 당한 일을 얼핏 생각하였다. 불과 사오 일 동안이건만, 몇 십 년 동안이나 지난 것처럼 지리하고 아득해 보였다.

첫째 어머니는 불을 한 화로 담아 가지고 들어온다. 방 안이 훈훈해지는 것을 그들은 느꼈다. 이서방은 그의 동냥자루를 보았다.

"첫째 떡 구워 주."

떡이란 말에 첫째는 구미가 버쩍 당기어서 벌떡 일어나 앉았다. 그리고 어머니가 시커먼 자루 안에서 한 개씩 꺼내 놓는 떡을 얼른 집어 뚝뚝 무질러 먹었다.

"이애 궈 먹어라."

첫째 어머니는 불 속에 떡을 집어넣는다.

이서방은 물끄러미 이것을 바라보며 가슴이 후련해졌다. 어젯밤 그가 떡 자루를 목에 매달고 눈 위를 기어올 때는, 그만 머리가 떨어지는 듯하고 숨이 차서 떡 자루를 몇 번이나 내버리려다가도, 집에서 첫째와 첫째 어머니가 배를 곯아 가며 이 떡 덩어리를 눈이 감기도록 기다리고 앉았을 생각을 하고는, 가다가 죽더라도 이 자루는 가지고 가야 한다 하고 필사의 힘을 다하여 가져온 저 떡! 그들 모자가 그 떡을 저 화롯불에 넣고, 어서 익으면 먹겠다고 머리를 기웃하여 화로만 들여다보는 저 모양! 이서방은 이젠 이 자리에서 숨이 끊어져도 원통할 것이 하나도 없을 것 같았다. 차라리 지금 먹을 것을 앞에 논 저들을 보고 그만 죽었으면 좋을 것 같았다. 이젠 더 밥을 얻으러 다니기도 괴로워서 못 견딜 지경이다. 이러한 생각을 하며 그는 무의식간에 다리를 만져 보다가,

"그놈의 새끼들! 글쎄, 남의 다리는 왜 가져가."

그때 다리를 빼앗기던 장면이 휙 떠오른다.

"누가 다리를 앗아 갔수?"

"애새끼들이 나 *연자방앗간에 누웠는데 달려들어 오

연자방앗간
연자방아, 연자매, 둥글고 넓적한 돌판 위에 그보다 작고 둥근 돌을 세로로 세워서 이를 말이나 소 따위로 하여금 끌어 돌리게 하여 곡식을 찧는다.

더니 글쎄 그것을 빼앗아 갔지! 흥 그놈의 새끼들.”

“그놈의 새끼들을 그대로 둬요? 모두 목을 꺾어 주지!”

첫째는 눈을 부릅뜨며 이렇게 말하였다. 첫째 어머니는 첫째를 노려보았다.

“이애! 너두 그 버릇 좀 고쳐라! 툭하면 목을 부러친다는 말은 그 웬수작 따위냐?”

“아 그래, 그따위 새끼들을 그만두어야 옳겠수?”

“세상에 옳은 일은 다 맘대루 하는 줄 아니? 흥 저놈의…….”

그때 모자의 머리에는 어젯밤 일이 휙 지나친다. 첫째는 머리를 푹 숙였다. 그리고 한참이나 화로를 들여다보던 그는 머리를 들며,

“이서방, 법이 뭐나?”

뜻하지 않은 이 말에 이서방은 무슨 말인지 알 수가 없었다.

“법?”

첫째는 이서방이 알아듣지 못한 것을 알고, 무엇이라고 설명하여 깨치어 주렸으나, 뭐라고 말을 할지 몰라 멍하니 바라보았다.

“법이 무슨 말이야, 법?”

이서방은 안타까워서 또다시 채쳐 묻는다.

“아니 왜 법이라구 있지, 왜.”

“아? 이애 똑똑히 말해, 법이 뭐나?”

그의 어머니도 첫째를 바라본다. 첫째는 눈살을 찌푸렸다.

“모르겠으면 그만두!”

소리를 가만히 치고 나서 화롯불을 헤치고 떡을 꺼내 먹는다. 첫째 어머니는 그중 말큰말큰하게 익은 찰떡을 골라 이서방을 주었다. 이서방은 받아서 한 입 씹을 때 눈물이 주르르 흘러내렸다. 첫째 어머니도

이 모양을 바라보며 목이 메어 울었다. 첫째는 휙 돌아앉았다.

"울기는 왜들 울어, 정 보기 싫어서."

이렇게 중얼거리며 빨간 문을 시름없이 바라보았다. 그때 원소에서 빨래하던 선비가 보인다. 그리고 그날 군수가 연설하던 말이며 개똥네 집에 밥 얻어먹으러 갔던 것, 길에서 덕호를 만나던 일이 휙휙 지나친다.

"법이 무슨 말이냐?"

이서방이 다시 묻는다. 첫째는 얼른 돌아보았다.

"참 답답해 죽겠수, 왜 법에 걸리면 주재소에 잡혀가지 않우."

첫째는 전신에 소름이 쭉 끼쳐진다.

첫째는 법을 설명하느라 이렇게 말하는 새, 어젯밤 자기의 행동이 역시 법에 걸린 노릇임을 가슴이 뜨끔하도록 느꼈던 것이다. 그의 가슴에는 또다시 그 실뭉치가 욱 쓸어 올라온다. 그리고 어머니가 하던 말이 얼핏 생각한다. "배가 고파서 헐수할수없이 그랬다!" 역시 자기도 배가 고프니 헐수할수없이 그랬다. 그러나 법에는 걸려들 일이다. 그때는 배고픈 차라 아무것도 생각나는 것 없이 그저 답답히 먹을 것만 찾기에 몰랐으나 이렇게 떡이며 밥을 먹고 나니 자신은 법에 걸릴 노릇을 또 한 가지 하였던 것이다.

이서방은 그제야 알아는 들었으나 뭐라고 설명할 아무것도 없다.

"법이 법이지 뭐냐, 본래 법이란 것이 있느니라."

"그저 본래부터 있는 게냐?"

"암! 그렇지! 그저 법이니라."

이서방은 이 법이란 것이 어떤 사람이 만든 것이 아니라 사람이 나기 전부터 이 세상에는 벌써 이 법이란 있었던 것같이 생각되었던 것이다. 이 말을 들은 첫째는 한층 더 말로 형용할 수 없는 비애를 느꼈다. 동시에 벗어나지 못할 철칙인 이 법! 어째서 자기만이, 아니 그의 앞에서 신음하고 있는 이서방, 그의 어머니만이 여기에 걸려들지 않고는 못 견딜까……?

그는 이러한 생각에 그의 온 가슴은 뒤끓기 시작하였다. 그리고 쌀 잃어버린 집에서는 지금쯤 떠들 것이다. 물론 주재소에 가서 도적맞았다는 말을 하였을 터이지…… 순사는 조사하러 떠났는지도 모른다. 보다도 우리집 문밖에 서 있는지도 모르지? 이렇게 생각을 하며 문 편을 흘금 바라보았다.

바람이 불어도 순사가 오는 것 같고, 이서방이 뒤쳐만 누워도 누가 문을 열고 들어오는 듯하여 첫째는 그 큰 눈을 둥그렇게 뜨고 흘금흘금 문 편을 바라보곤 하였다.

이렇게 가슴을 졸이면서도 첫째는 또다시 이 노릇을 하지 않고는 견디지 못하였다. 그래서 밤마다 그는 나가곤 하였다. 이서방과 그의 어머니는 첫째를 대하여 아무 말도 못 하면서도 날이 갈수록 가슴만은 바짝바짝 타들어 왔다.

어떤 날 밤에 첫째가 들어왔을 때 이서방은 그의 곁으로 바싹 앉았다.

"첫째야! 너 그만 이 동네를 떠나라!"

첫째는 씩씩하며,

"왜?"

"왜는 왜! 떠나야 하지, 여기만 사람 사는 데냐…… 말 들으니, 서울이나 평양에는 공장이라는 것이 있어 가지고, 우리같이 없는 사람들이 그곳에 들어가 돈 받고 일하며 살기 좋다더라. 너두 그런 곳에나 가보렴."

오늘 낮에 순사가 왔다 간 후로 이서방은 번쩍 더 겁이 났다. 그리고 첫째가 이 밤으로라도 잡힐 것만 같았던 것이다.

"나는 이웨…… 이렇게 병신이니까, 어데를 못 가나 너같이 다리만 성하다면 이 구석에만 박혀 있겠니."

말을 듣고 보니 그 말이 옳은 듯하였다.

"이서방 꼭 알우? 뭐…… 응…… 공장이라는 것이 있는 것을 꼭 알어?"

"내니 똑똑히야 알겠니……마는 서울이나 평양에서 온 동무들이 그렇하두나! 그들도 젊었을 때는 모두 공장에 다니다가 늙으니까 그만두고 나와서 얻어먹누라고 허더라."

"그럼 나가 보겠수!"

공장에서 돈 받고 일한다는 말을 들으니 그의 캄캄하던 앞길에는 다시 서광이 환하게 비쳐지는 것을 깨달았다. 그리고 한시라도 이런 곳에 있고 싶지 않았다. 그래서 그는 벌떡 일어났다.

"이서방, 난 그럼 이번 나가서는 평양이나 서울까지 가보겠수."

이서방은 그가 불시에 잡힐 것 같아서 이런 말을 하였으나 금방 떠나겠다는 말을 들으니 앞이 아뜩해졌다.

"뭐 그렇게 가?"

"가지! 그럼…… 몰라서 이런 곳에 있지."

그는 밖으로 나가며,

"이서방 잘 있수. 내 돈 많이 벌어 가지고 올게…… 어머이 보군 잠 자꾸 있수……."

이서방은 요새 첫째가 만들어 준 나무다리를 짚고 그의 뒤를 따랐다.

"이애 나두 잘 몰라, 공장이라는 것이 있는지 없는지. 그러니 내가 읍에 들어가서 잘 알아보고 떠나라. 그저 가기만 하면 어떻게 한단 말 이냐."

첫째는 아무 말 없이 달아난다. 이서방은 기가 나서 쫓아간다. 이제 떠나면 다시 볼지 말지 한 첫째! 그는 마지막으로 손이라도 잡아 보고 싶은 맘에 허둥지둥 동구 밖을 벗어났다. 그러나 첫째는 보이지 않았 다. 그때 저 산등 위로 *그믐달이 삐죽이 내밀었다.

그믐달
음력으로 매월 마지막 날에 뜨는 달.

× × ×

함박눈이 소리 없이 푹푹 내리는 십이월 이십오일 아침, 용연 동네 는 높은 집 낮은 집 할 것 없이 함박꽃 같은 눈송이로 덮였다.

이윽고 종소리는 뎅그렁뎅그렁 울려 온다. 그 종소리는 흰눈을 뚫고 멀리멀리 사라진다.

"이애, 벌써 종을 치누나."

옥점 어머니는 말큰말큰한 명주옷을 갈아입으며 곁에서 그에게 옷 을 입혀 주는 선비를 보고 속히 입히라는 뜻을 보였다. 그는 치마를 입 히고 나서 저고리를 들었다. 옥점 어머니는 입었던 저고리를 얼른 벗 었다. 그의 토실토실한 어깨 위는 둥그렇게 드러났다.

"내 딸 용키는 해! 벌써 내 뜻을 알고 따땃이 해두었구나."

아랫목에 미리 놓아두었던 것이므로 잔등이 따뜻하였다. 그때 문이 열리며 덕호가 들어왔다.

"당신은 안 가려우?"

덕호는 아랫목에 와서 앉아 담배를 피워 문다.

"사무는 안 보고 갈까?"

"이렇게 기쁜 날 사무 좀 보지 않으면 못 쓰우, 뭐."

웃음을 머금고 옥점 어머니는 덕호를 쳐다보았다. 간난이를 내쫓은 후부터는 별로이 싸우지를 않았다.

"오늘 *연보를 해야겠는데…… 좀 주려우."

옥점 어머니는 저고리 고름을 매고 버선을 신는다.

"무슨 연보를 또 하나?"

"오늘은 특히 없는 사람…… 저, 걸인들 말이요, 그런 불쌍한 사람들을 구제하기 위하야 연보를 한다우. 좀 주오. 그런데 많이 하는 사람은 특히 이름을 써서 벽에 붙인다우. 하필 믿는 사람만 연보를 하는 게 아니라 구경 왔던 사람들 중에서도 연보하고 싶은 사람은 연보를 한다우. 당신도 좀 가서 한 오 원 내구려……."

덕호는 픽 웃으며,

"웬 돈이 있나?"

"글쎄 내 낯을 보아 하는 게지, 뭘 그러시우. 그러지 않아도 면장댁, 면장댁 하는데……."

"아, 저 사람은 뻔히 보면서도 저래. 웬 돈이 있는가."

"글쎄 오늘만 줘요. 내 몫으로 한 이 원 하고 당신 몫으로 한 오 원 해서, 합해서 칠 원만 합시다."

남편의 이름과 그의 이름이 교회당 벽에 가지런히 씌어질 생각을 하

며 이렇게 말하였다. 덕호는 담배 꼬투리를 재떨이에 팽개치며,

"그 정, 어데 살겠기, 자꼬 쓰는 데는 많고 벌지는 못하고 어쩐단 말이……."

덕호는 혼자 하는 말처럼 중얼거리며 조끼 주머니에서 지갑을 꺼낸다. 옥점 어머니는 손을 벌리고 대들었다.

"이 사람, 글쎄 돈은 어디서 나는가."

십 원짜리 지화를 내쳐 준다. 그는 입을 실룩실룩하였다. 그가 좋아할 때마다 이런 버릇이 있었다.

"할멈, 어서 가우."

옥점 어머니는 지화를 주머니에 넣으며 소리쳤다. 뒤미처 할멈이 들어왔다.

"그럭허고 갈 테야? 남부끄럽게."

그의 시커먼 저고리를 보며 소리쳤다. 할멈은 머뭇머뭇하였다.

"어서 다른 저고리 갈아입어! 그게 뭐야. 무명저고리 있지, 왜?"

선비는 냉큼 일어나서 할멈 방에서 무명저고리를 가지고 들어왔다. 할멈은 올 가을에 새로 한 이 무명저고리를 아까워서 입지 못하고 두었던 것이다. 할멈은 선비가 주는 무명저고리를 받아 입고 나서, 옥점 어머니가 깔고 앉을 방석과 책보며 신 넣을 주머니까지 들고 나섰다. 옥점 어머니는 덕호를 돌아보며,

"그럼 저녁엘랑 꼭 가우?"

대답을 듣고야 가겠다는 듯이 말똥말똥 쳐다본다. 덕호는 빙긋이 웃어 보이며,

"글쎄 형편 봐서 가지. 나 거…… 예배당에 가면 기도하는 꼴 보기 싫어서 못 가겠두먼, 그것 뭐야…… 눈을 감고…… 허허."

옥점 어머니는 또 저 소리가 나오누나 하고 돌아서 나간다. 선비는 나도 가보았으면 하며 늘어놓은 옥점 어머니의 옷을 거두어 착착 개고 있었다. 옆에서 물끄러미 바라보던 덕호는,

"너 전날 내가 말한 것은 생각해 두었느냐?"

선비는 놀라 덕호를 바라보다 머리를 숙인다. 선비는 말한 지가 오래도록 덕호가 묻지 않으므로 아마 술심에 한 말인 세다 하고 스스로 풀어 버리고 말았던 것이다.

선비는 언제까지나 잠잠하였다.

"선비야, 내가 곧 묻고자 했으나 사무에 분주해서 그만 잊었구나, 허허. 아무래도 이 겨울이야 되겠니? 오는 봄에 가도 갈 터이니까, 그렇지? 선비야."

그의 말은 몹시도 부드러웠다. 선비는 치미는 감격에 귀밑까지 빨개졌다.

"요새 사람치고 글 몰라서는 시집도 변변한 곳에 못 간다. 내가 너를 기위 내 집안사람으로 인정하는 이상 너 하나의 소원이야 못 들어주겠니…… 자식도 없는 놈이, 허허허허……."

덕호는 언제나 말끝마다 손 없는 것을 넣었다. 그가 넣고 싶어 넣는 것보다도 무의식간에 이렇게 넣게 되는 것이다.

"이애, 어서 말을 해."

덕호는 앉은걸음으로 선비 곁으로 와서 그의 머리를 내려 쓸었다. 선비는 조금 물러앉았다.

"그럼 공부 가고 싶지 않으냐?"

머리를 기웃하여 들여다본다. 그는 너무 어려워서 부시시 일어났다.

"왜 대답이 없어? 허허…… 나는 너를 친딸같이 아는데…… 왜 너는

그렇게 어려워하니? 응 선비야! 거게 앉아서 말을 좀 해."

선비는 얼결에 일어는 났으나 도로 주저앉기도 싫고 그렇다고 나가기도 어려웠다. 그래서 선 채 우두머니 서 있었다.

덕호는 시계를 쳐다보더니 벌컥 일어났다.

"그럼 후일 또 물을 터이니…… 이번에는 똑똑히 대답해…… 어려울 것이 뭐냐, 부모 자식 새 같은 우리 새에…… 글쎄 어려울 게 뭐야, 이 애!"

덕호는 선비의 다는 볼을 손으로 가볍게 후려쳤다. 선비는 주춤 물러섰다.

"허허…… 그년, 이전 제법 내우를 하랴고 든다 말이어."

덕호는 이렇게 말하며 문을 열고 나간다. 그의 신발 소리가 중대문 밖을 나갔을 때, 그는 호! 한숨을 쉬고 두 손으로 얼굴을 비비쳤다. 그 때 이제 덕호의 손길이 부딪치던 것을 얼핏 느끼며, 참말 나를 공부시켜 주려는 셈인가? 하며 주저앉았다. 후일 또다시 물으면 뭐라고 할까, 나 서울 가겠소! 그럴까? 아니! 나 공부시켜 주! 그러지…… 아버지 나 공부시켜 주, 그래야지! 이렇게 입 속으로 중얼거리고 나니, 참말 그가 서울로 공부를 가는 듯싶었다. 그리고 그가 철 알면서부터, 입에 올려 보지 못한 아버지를 부르고 나니, 웬일인지 어색한 맛이 있으나, 그러나 아버지를 오랫동안 보지 못하다가 만난 듯한, 그러한 감격에 그의 가슴은 두근거렸다.

아버지가 왜 옥점 어머니 있을 때는 그런 말을 하지 않을까? 무의식 간에 이렇게 생각하고 나니, 옥점 어머니 역시 어머니라고 불러야 될 것 같았다. 그러나 옥점 어머니만은 그의 진심으로 '어머니!' 하고 선뜻 불러지지를 않았다. 어머니 하면 벌써 돌아가신 그의 어머니가 얼른 생각히며 말할 수 없는 슬픔과 그리움에 잠기곤 하였다.

덕호가 옥점 어머니 없는 곳에서만 선비에게 이런 말을 해주는 것은 옥점 어머니가 이 말을 들으면 으레 반대할 것이므로 이렇게 몰래 말하는 것이라고…… 그는 깨달았을 때 덕호에 대한 감격이 한층 더해지는 것을 느꼈다. 그러나 결국은 옥점 어머니 몰래만은 할 수 없는 일이다. 아마 나중에 나 서울 보내 놓고 말을 하려나? 그렇지 않으면 내일처럼 서울을 가게 되면 오늘 밤쯤 이야기하려나? 하고 생각하니 옥점 어머니의 놀라는 표정과 까칠하게 거슬린 눈썹이 시재 보이는 듯하였다. 제 그러면 소용이 있나? 벌써 언제부터 아버지가 나를 공부시키려고 했는데…… 하며 문 편을 흘금 바라보았다.

그가 이때까지 이 집에서 있게 된 것도 덕호가 자기를 끝까지 옹호하여 준 것이라고 생각하였다. 그리고 앞으로 자기의 장래까지도 덕호가 돌아보아 주지 않으면 안 될 것이라…… 하였다. 보다도 주리라고 그는 믿고 있었다. 그러므로 어떤 때 밤 오래도록 이 생각 저 생각을 하다가는 큰집 영감님이 다 알아서 해줄 터인데…… 하고, 끝막음을 이렇게 막고는 그만 돌아누워서 잠이 들곤 하였던 것이다.

어려서부터 그의 어머니가 덕호를 가리켜 큰집 영감님, 큰집 영감님 하고 불렀으므로 그도 항상 큰집 영감님 하고 불러졌다. 그러나 오늘 아침 처음으로 불러 본 아버지! 그는 앞으로 맘먹고 아버지라고 부르리라 굳게 결심하였다.

"아버지! 나 공부시켜 주."

그는 다시 한번 되풀이하였다. 그때 그는 극도의 감격에 눈물이 글썽글썽해졌다.

중대문 소리가 찌꺽하고 났다.

선비는 얼른 눈을 부비치고 유리창으로 내다보았다. 유서방이 짚신을 삼아 가지고 들어온다. 선비는 문을 열고 나왔다.

유서방은 빙글빙글 웃으며 마루까지 와서,

"이거 신어 봐라."

선비는 가는 웃음을 눈썹 끝에 띠며 짚신을 받아 들었다. 어제 유서방이 그의 발을 재어 달라고 하므로 실을 끊어 재어 주었던 것이다.

"어서 신어 봐. 신어 봐서 안 맞으면 또 삼지."

"유서방두……."

선비는 유서방을 흘금 쳐다보며 이렇게 말하고는 신어 보려고도 하지 않았다.

"이애 신어 보라구……."

유서방은 자기가 정성을 다하여 삼은 것이 선비의 발에 꼭 들어맞는 것을 보고야 안심될 것 같았다. 선비는 신어 보려는 눈치를 보이고 허리를 굽혀 그의 발을 들여다보는 순간 그는 갑자기 얼굴이 빨개지며,

"후일 신어 봐요."

하고 얼른 방으로 뛰어 들어왔다. 그리고 다시 버선을 굽어보며 이게 무슨 필까? 어서 떨어진 게야…… 아이 참 망신을 하려니까…… 별일 다 있어! 하며 버선코 밑에 빨갛게 물들어진 동그란 흔적을 만져 보며 들여다보았다. 그것은 김칫물이 떨어져 말라진 자리였다. 그제야 그는 가볍게 한숨을 몰아쉬며 유서방이 이것을 피로 보았으면 어쩌나? 하며 유리알로 흘금 내다보았다. 유서방은 눈 위에서 이리 뛰고 저리 뛰는 검정이를 바라보며 빙글빙글 웃고 있다. 검정이는 유서방의 웃는 눈치를 짐작함인지 혹은 눈이 오니까 좋아서 그러는지 주둥이로 눈을 헤치며 혹은 발로 긁어당기며 이리 뛰고 저리 뛰다는 딩굴딩굴 굴렀

다. 그때마다 유서방은,

"잘 논다! 하하…… 잘 논다! 하하."

입 속으로 이렇게 중얼거리며 웃었다.

유서방에게 있어서는 저 검정이가 유일한 동무였다. 역시 선비도 그러하였다. 웬일인지 검정이는 유서방과 선비와 할멈을 따랐다. 그것은 막연하나마 검정이에게 밥을 주는 까닭이리고 생각되었다.

한참이나 웃던 유서방은 유리창으로 흘금 들여다보았다.

"신 맞니?"

선비는 얼른 곁에 놓인 신을 보며,

"네."

하였다. 유서방은 만족한 듯이 중대문을 향하여 나간다. 검정이는 눈을 하얗게 뒤집어쓴 채 그의 뒤를 따라나간다. 선비는 짚신으로 눈을 옮겼다. 그리고 신어 보니 꼭 맞는다.

"아이, 곱게두 삼았어."

그는 발을 들여다보았다. 그때 그는 유서방이 자기를 생각하여 이렇게 신까지 삼아 주는 것이 끝없이 고마웠다. 반면에 그의 장래까지 누가 이렇게 신을 삼아 줄 것인가 하며 첫째를 생각하였다. 그는 나갔다지, 나쁜 일을 하다가 나갔다지…… 참 그가 웬일이어, 어미가 그러니 그 속에서 나온 자식인들 온전할 수가 있나. 그는 이렇게 생각하면서도 어쩐지 섭섭하였다. 그리고 나가기 전에 한번 그의 얼굴이나마 보았더면 하는 아쉬움이 새로 삼은 짚신을 싸고 언제까지나 돌았다. 나는 공부할 터인데 별것을 다 생각해…….

그날 밤 덕호네 집에서는 온 집안이 다 예배당으로 갔다. 오늘 밤은 특히 애들의 재미난 유희가 있다고 해서 유서방이며 덕호까지도 모두

갔던 것이다.

크나큰 방 안에 선비 혼자 앉아서 낮에 틀던 목화를 틀며 여러 가지 생각을 되풀이하였다. 씨앗에서는 흰 구름 같은 솜이 뭉실뭉실 피어오른다. 마치 선비가 지금 생각하는 여러 가지 생각과 같이 그렇게 꼬리에 꼬리를 물고 피어오른다.

아까 낮에만 하여도 오늘 저녁에는 나도 예배당에나 좀 가보았으면 하였더니, 뜻하지 않는 덕호의 말을 들은 담부터는 혼자 이렇게 앉아서울 공부 갈 생각을 하는 것이 재미나고 좋았다. 그러므로 옥점 어머니가 할멈은 집이나 보고 자기를 데리고 가려는 것을 일부러 할멈을 보내었던 것이다.

학교 공부할 생각을 할 때마다 언제나 앞서 생각히는 것은, 수놓는 것을 배우는 것이다. 그가 직접 본 것이란 그것뿐이니까 그러하였던 것이다. 그리고 공부를 하는 학생은 옥점이와 같이 분과 크림과 배니 칠을 하고, 또 양복을 입어야 하는 것 같았다. 따라서 남자들과도 부끄럼 없이 같이 다니고, 같이 밥 먹고, 같이 공부하는 것이라…… 하였다. 그는 이렇게 생각하니, 한편으로는 부끄럽고 괴롭고 그러고도 기쁜 감정이 서로 교착이 되어 가지고, 삐꺽삐꺽하는 *씨아 소리를 따라 돌아가고 있었다. 그때 방문이 바스스 열린다.

뒤미처 찬바람이 선비의 등허리에 훌씬 끼친다. 그는 놀라 뛰어 일어났다.

"누구요?"

얼결에 소리를 지르며 돌아보니 뜻하지 않은 덕호였다. 선비는 너무 놀란 것이 무안하여 얼굴이 빨개졌다.

"놀랐니?"

씨아
목화씨를 빼는 기구.

덕호는 눈을 툭툭 털며 아랫목에 앉았다. 그리고 수염을 쓰다듬었다.

"뭐 볼 것 없더라. 웬 잡것들이 그리 많이 왔는지, 구경이 아니라 큰 고생이두구나."

묻지도 않는 말을 덕호는 늘어놓는다. 선비는 씨아 틀을 가지고 일어났다.

"왜…… 왜…… 일어나니?"

"건넌방에 가서 틀래요."

"왜 여기서 틀지…… 이애 이애, 나가지 말아, 나 좀 할 말이 있다."

선비는 씨아 틀을 놓고 앉으며 아마 서울 공부 갈 말을 물으려는 것이구나…… 생각되었다.

"그 씨아 틀은 놓고 이리 와 앉아, 응 이애."

선비는 씨아 틀도 만지지 않으면 앞이 허전한 것 같아서 그냥 붙들고 있었다. 덕호는 조금 올라와 앉는다.

"너 정말 공부 가고 싶으냐?"

웬일인지 선비는 가슴이 답답해지며 얼른 대답이 나가지 않았다.

"왜 말을 안 해 이년아, 어룬이 물으면 냉큼 대답하는 것이 아니라, 허허 그년."

선비는 약간 웃음을 띠며 머리를 푹 숙인다. 그의 가슴은 부끄러움과 감격에 교착이 되어 무섭게 뛰기 시작하였다.

"그럼 안 갈 터이냐?"

덕호는 아는 듯 모르는 듯 선비의 앞으로 조금씩 다가왔다. 선비는 씨아 틀을 보며,

"공부하겠어요……."

겨우 이렇게 말하고 보니, 낮에부터 생각해 두었던 '아부지'가 빠졌

다. 그래서 다시 말할까 하고 덕호를 흘금 쳐다보았다. 덕호는 빙긋이 웃었다.

"공부하겠어……."

씨아 틀에 가리워 반만큼 보이는 선비의 타는 듯한 볼! 덕호는 참을 수 없는 정욕의 불길이 울컥 내밀치는 것을 깨달았다. 그는 무의식간에 바싹 다가앉았다.

"가만히 앉었어! 누가 어쩌냐."

꿈칠 놀라 일어나려는 선비의 손을 덥석 쥐었다. 덕호의 손은 불같이 뜨거웠다. 그리고 약간 술내를 섞은 강한 장년 사나이의 냄새가 선비의 얼굴에 컥 덮씌운다. 선비는 어쩔 줄을 몰라 부들부들 떨었다.

"노셔요!"

점점 다가쥐는 덕호의 손을 뿌리치며 선비는 으악 쓸어 나오는 울음을 억제하였다. 그리고 벌컥 일어나렸을 때, 누런 살이 투덕투덕 찐, 늙은 호박통 같은 덕호의 볼이 선비의 볼 위에 힘껏 부비쳤다.

“선비야! 너 내 말 들으면 공부 아니라 그 우엣것도 네가 하고 싶다는 것은 다 시켜 줄게! 응! 이년.”

선비는 얼굴을 휙 돌렸다.

“아부지! 이것 노세요.”

“허허허 허…… 아부지! 아부지! 이 귀여운 년아, 아부지라면 왜 그렇게 무서워하누, 응 이년 같으니…….”

덕호는 이렇게 중얼거리며 진저리가 나도록 선비를 꽉 껴안았다. 선비는 덕호가 취했어도 너무 취한 듯하였다.

“아부지 취하셨에요.”

“응 그래 이년, 나 취했다.”

덕호는 씩씩하며 그의 입에 닥치는 대로 모조리 빨아 넘긴다. 선비는 덕호가 왜 이러는지? 아뜩하고 얼핏 생각나지 않았다. 그리고 그의 품을 벗어나려고 다리팔을 함부로 놀렸다. 덕호는 생선과 같이 그렇게 매끄럽게 뛰노는 선비를 통째 훌떡 들이마셔도 비린내도 나지 않을 것 같았다. 그래서 그는 씨아 틀을 발길로 차서 밀어 놓고 선비를 안고 넘어졌다. 그리고 치마폭을 잡아당겼다.

“아부지, 아부지, 나 잘못했수! 잘못했수.”

무의식간에 선비는 이렇게 중얼거리며 흑흑 느껴 울었다. 그리고 덕호를 힘껏 밀었다.

“이년 가만히 안 있겠니? 나 하라는 대로 안 하면 이년 나가라! 당장 나가!”

덕호는 시뻘건 눈을 부릅뜨고 방금 죽일 듯이 위협을 한다. 전날에 믿고 또 의지했던 덕호! 그리고 돌아가신 그의 아버지와 어머니같이 그의 장래를 돌보아 주리라고 생각했던 이 덕호가…… 불과 한 시간이

지나지 못해서 이렇게 무서운 덕호로 변할 줄이야 꿈밖에나 상상했으
랴! 선비는 그 무서운 덕호를 보지 않으려고 머리를 돌리며 눈을 감아
버렸다.

✕　　✕　　✕

밤늦게 돌아온 신철이는 대문을 가만히 열고 들어왔다. 그리고 그의
방문 앞까지 왔을 때 소곤소곤하는 소리에 그는 멈칫 서서 들었다.
"……저야 뭐…… 신철 씨가 요새 애인이 있는 모양이어요."
옥점의 음성이다.
"아이 그애가 애인이 뭐유."
그의 *의모의 변명하는 소리다. 그는 으흠 하는 아버지의 기침소리
에 안방을 흘금 바라보고 나서 구두를 벗고 방문을 열었다. 그들은 놀
라 눈을 둥그렇게 떴다. 그 순간 신철이는 옥점이가 그의 의모와 흡사
하다는 것을 새삼스럽게 발견하였다.
"아니, 왜 그리 신발 소리가 없이 다니냐?"
신철이는 빙긋이 웃으며 옥점이를 보았다. 그리고 외투를 벽 위에
걸었다.
"오셨수……."
"어데를 그렇게 다니세요? 아마……."
중도에 말을 끊으며 옥점이는 생긋 웃었다. 그의 의모도 따라 웃었다.
"옥점이는 초저녁에 와서 입때 너를 기다렸다."
"아 그랬수. 실례했소이다."

의모
의붓어머니.

신철이는 선뜻한 방에 주저앉았다.

"방두 어지간히 차다."

그의 의모가 밀어 놓는 방석을 그는 깔고 앉았다. 그의 의모는 해말 쑥한 얼굴에 동그란 눈을 대굴대굴 굴리며 신철이와 옥점이를 번갈아 본다. 그리고 그의 독특한 덧니가 입술 새로 뾰죽 내밀었다. 옥점이는 신철의 빨개진 코끝을 보았다.

"저 집에서 편지 왔는데요."

"편지……."

신철이는 얼핏 선비를 생각하였다. 그리고 선비를 올려보내겠다고 편지를 하였나? 하는 호기심이 당기었다.

"아버지 안녕하시다고 하셨수?"

"네…… 그런데 저 선비는 말이우, 오는 봄에 보내겠다구 했구려."

신철이는 다소 섭섭함을 느끼면서,

"좋지요. 더구나 그때 가야 입학하기도 좋지요."

그의 의모는 일어난다.

"난 이전 돌아가우. 놀다가 가시우에."

옥점이는 냉큼 일어났다.

"안녕히 들어가세요."

그의 의모가 뜰 밖을 나갔을 때 옥점이는 한숨을 호 쉬었다. 그리고 멍하니 전등불을 바라보았다. 멀리 택시 소리가 우르르 난다. 그리고 뿡뿡 하는 경적 소리가 가는 철사의 울림과 같이 귓가를 스친다.

"요새 어델 그리 다니세요? 아마 애인이 있지요."

신철이를 똑바로 쳐다보았다. 신철이는 양복바지 갈래를 툭툭 털며 입으로 후 불었다.

"글쎄요…… 제게 말입니까?"

"아이, 남의 말은 듣지 않고 딴생각만 하신다니…… 누굴 생각허세요?"

"내가요? 누굴 생각할까?"

머리를 돌려 생각해 보는 모양을 보였다.

"참 죽겠네…… 어째서 내 말은 말 같지 않아요? 왜 그러세요, 밤낮……."

유리알같이 빛나는 그의 눈에 눈물이 핑 돌았다. 그는 신철이를 보려고 밤마다 이 집 주위를 돌아서 가던 생각이 얼핏 떠오르며, 저렇게 성의 없는 말을 들으려고 자기가 그랬나 하는 후회가 일어난다. 그는 벌떡 일어났다.

"난 가겠어요!"

"가겠어요?"

신철이는 일어나는 옥점이를 바라보았다. 그리고 빙긋 웃으며,

"혼자 가시겠수?"

"가지, 못 갈 게 뭐야요!"

장갑을 끼며 목도리를 하였다. 그리고 목도리에 입김이 닿아 후끈하고 그의 볼을 적실 때 그는 울음이 북받치는 것을 깨달았다.

"자, 좀더 앉아 계시다가 가시유. 그러면 내가 집까지 바래다 올리지유."

그는 옥점이가 일어나니 방 안이 쓸쓸해지는 것 같았다.

"정말?"

바래다 주겠다는 말에 그의 가슴에 엉기었던 어떤 뭉치가 절반나마 풀리는 것 같았다.

"참말이지유."

옥점이는 잠깐 무슨 생각을 하더니,

"선생님이 날 보고 나무라시겠어요."

하며 흘금 문 편을 바라보다가 다시 신철이를 보았다.

"우리집 가요. 그러면 내 뭘 사다 줄게."

머리를 갸웃하고 어린애같이 조른다.

신철이는 벌떡 일어났다. 그리고 외투를 입으며 밖으로 나왔다.

문밖을 나선 그들은 가지런히 걸었다. 거리에는 버스도 택시도 보이지 않고 오직 골목을 지키고 섰는 가로등만이 희미하게 빛날 뿐이다. 그들은 긴 그림자를 땅 위에 던지며 천천히 걸었다. 그리고 겨울날 산뜻한 바람이 그들의 옷가를 싸늘하게 스친다. 한참이나 말없이 걷던 옥점이는 가로등을 흘금 쳐다보았다.

"내 이 길로 몇 번이나 다녔는지 몰라요…… 나 혼자……."

이렇게 중얼거리며 희미하게 올려다 보이는 박석고개를 바라보았다. 그리고 한숨을 호 쉬었다. 신철이는,

"저…… 선비가 몇 살이오?"

"열여덟 살인지? 그것 왜 물으세요?"

"글쎄 알 일이 있어서……."

"알 일이 무슨 알 일이어요?"

옥점이는 신철이를 쳐다보았다. 그리고 신철이가 선비를 잊지 못함에서 저런 말을 하지 않는가? 하는 의문이 불시에 든다.

"아니 글쎄 그것 왜 물으세요?"

"그거요, 이제 봄에 온다면…… 학교에 입학시키려면 나이를 알아야 하지요."

신철이는 이렇게 돌라대었다.

"아이…… 참…… 나는…… 왜 호호……."

옥점이는 웃었다. 신철이도 따라 웃었다.

"나이가 많아서 소학교에도 다니지 못하겠구, 학원 같은 곳에다 입학시켜야겠구먼요."

"그렇게 되겠지요…… 웬걸 공부야 제대로 하게 되겠수. 그저 신철 씨 말씀대로 올라와서 내 시중이나 좀 들어 주다가 서울 구경이나 하고 그러고는 여기서 참한 곳이 있으면 시집이나 주지…… 그나마 촌구석에서는 그 인물이 아까우니."

옥점이는 눈앞에 선비를 그려 보았다. 그리고 그런 시골구석에 묻어 두기가 아까운 외모만은 가진 것이라…… 다시금 생각되었다.

"저 그때 말씀한 사촌동생이라는 이가 참말 시굴 처녀를 얻겠다나요?"

"네! 그애는 저 역시 공부한 것이 변변치 못하니까…… 배우자도 아주 시굴뜨기를 얻겠답니다."

"그렇지요, 뭐. 상대가 짝이 기울면 길래 살게 되나요. 어찌나 그애를 올려다가 학원에나 몇 달 보내어 국문이나 배운 후에 그이를 주게 하지요."

"네 글쎄…… 그것은 추후 문제구…… 하여간 서루 만나 봐야 알 것이 아닙니까. 그래서 맘에 서루 들면 되는 것이니까요, 허허."

"암! 그게야 그렇지요, 호호. 당자끼리 맘에 들어야 허지우."

옥점이는 이렇게 말하며 신철의 곁으로 바싹 다가서서 걸었다. 그리고 자기들의 결혼도 빨리 성립이 되었으면…… 그만 오늘 밤에 내가 물어 볼까? 하고 생각하였다.

어느새 그들은 박석고개를 넘어섰다. 대학병원을 싸고 돈 컴컴한 수림 속으로 불어오는 약간 약내를 섞은 바람이 그들의 코끝을 흔들었다. 그리고 별 밑에 희미하게 보이는 창경원의 앙상한 나뭇가지며 그 주위를 싸고 구불구불 달아 내려온 담은 그나마 이조 오백년의 역사를 회상케 하였다.

"이거 보세요, 난 여기 혼자 다니기가 제일 싫어요."

"싫어요?…… 싫으면 다니지 마시죠."

"아이 참 죽겠네."

옥점이는 신철의 외투 자락을 잡아당겼다. 그리고 이런 으슥한 곳에서는 손이라도 따뜻이 쥐어 주었으면 좋을 것 같았다. 신철이는 어찌 보면 감정을 가진 사람 같지 않아 보였다. 그리고 대체 이 사나이가 불구자가 아닌가? 하는 의문도 들었다. 이러한 생각을 하는 새 벌써 옥점의 하숙까지 왔다. 신철이는 우뚝 섰다.

"자 들어가십시오, 여기가 댁이지요."

"같이 들어가요."

옥점이는 길을 막아 섰다. 신철이는 이 계집애가 단단히 몸이 단 모양인데…… 하며,

"밤이 오랬는데…… 가서 자야 하겠습니다. 그래야 학교에도 가지요……."

"글쎄 잠깐만……."

옥점이는 신철에게 거의 매달리다시피 하였다. 신철이는 계집이 달려드는 것이 그리 싫지는 않았다. 그러나 그리 좋을 것은 되지 못하였다. 더구나 오늘 독서회에서 여자 교제에 관한 것을 토의하던 것이 얼핏 떠올랐다.

"자 내일 또 오지우."

"오기는 뭘 와요. 그짓말만 하시면서…… 들어가세요."

옥점이는 신철의 손을 잡아끌었다. 신철이는 들어갈까? 말까…… 주저하였다.

망설이던 신철이는 자기도 모르게 대문 안에 들어섰다. 그때 신철이는 과오만 범하지 않았으면…… 된다! 하는 결심을 하며 방으로 들어왔다. 책상 위에는 책들이 되는 대로 쌓여 있으며 방바닥에는 사과껍질이 벌여 있었다. 그리고 이불도 둥글둥글 말아 구석에 밀어 둔 것을 보아 누웠다가 그의 집에 왔던 것 같았다. 옥점이는 돌아가며 사과껍질을 모아 놓으며 방석을 찾아 밀어 놓았다.

"뒤숭숭허지요…… 호호."

이렇게 신철이가 올 줄 알았더라면 깨끗이 *소제를 해둘 것을…… 하는 후회가 일며 동시에 신철이가 자기를 게으른 여자라고 볼 것이 곧 두려웠다. 그러나 할 수 없는 일이다. 그는 이런 생각에 얼굴이 화끈 달았다.

신철이는 방석을 깔고 앉으며 돌아가며 치우는 옥점이를 물끄러미 보았다. 그리고 전등갓에 뿌옇게 들어앉은 먼지며 되는 대로 벌여 있는 화장품들이며 구석구석에 밀어 놓은 양말을 보았다.

"편지 보시겠어요."

옥점이는 이 모든 것을 물끄러미 바라보는 신철의 눈을 돌리기 위하여 책상 위 편지함에서 푸른 봉투를 꺼내 그를 주었다. 신철이는 봉투 속에서 편지를 꺼내 거듭 읽은 후에 도로 돌렸다. 옥점이는 벌써 그의 앞에 마주앉아서 배를 깎는다. 첫눈에 그 배 한 개에 사오 전은 주었으리라고 직각되었다. 옥점의 뾰족한 손끝이 깎인 배에 발가우리하게 보

소제(掃除)
청소(淸掃).

었다. 그때 그는 문득 바자 밖으로 넘어오던 그 미운 손! 그리고 호박을 든 그 손이 얼핏 떠오른다. 그게 누구의 손일까? 다시 한 번 그는 생각하였다. 옥점이는 배를 쪼개 그 중 한쪽을 칼끝에 찍어 주었다. 신철이는 받아 들었다. 옥점이는 책상 서랍에서 초콜릿 곽을 내놓았다.

"이것도 벗기서요…… 뭐? 잡수시고 싶어요…… 주인 깨워서 사오게 할 테니?"

갸웃하여 들여다보는 옥점의 눈은 정이 뚝뚝 듣는 듯하였다.

"아 이게면 좋지유, 여기서 더 좋을 것이 어데 있어요."

"그래두…… 뜨뜻한 것으로 뭘 좀…….."

"그만두셔요. 저는 이것이면 만족합니다."

"숯불이라도 피워 오랄까요, 방이 춥지?"

"괜찮아유, 좋습니다."

신철이는 배를 먹고 나서, 이번에는 초콜릿을 벗기었다. 옥점이는 어석어석 배를 씹으며 말똥말똥 쳐다보았다.

"집의 어머님 퍽두 좋은 어룬야요."

"예…… 그렇습니다."

옥점이는 무슨 생각을 하고 생끗 웃는다.

"신철 씨 어데 애인 있지요?"

"글쎄요."

"어머니가 있다고 그러시던데요."

"어머니가? 글쎄 모르겠습니다."

옥점이는 호호 웃으며,

"신철 씨는 왜 늘 저를 싫어하는 것 같아요, 그렇지요?"

"옥점 씨를 싫어한다…… 그 못 알아들을 말씀인데요…… 허허."

신철이는 웃음이 나왔다. 옥점이가 자기의 맘을 알아보려는 것이 우스웠던 것이다. 그리고 공연히 쓸데없는 시간을 허비하지 말고 어서 가서 푹 잠을 자야겠다…… 하였다. 신철이는 수건을 내어 입을 씻으며 일어났다.

"잘 먹고 가겠습니다."

"아이 왜 일어나세요."

옥점이는 놀라 쳐다보았다. 그리고 외투 자락을 힘껏 잡고 늘어진다. 오늘은 좌우간 끝을 내리라고 결심하는 빛을 신철이도 짐작하였다.

"내일 또 와요. 가서 자야 내일 학교에 가겠습니다."

"조금만 더…… 삼십 분…… 아니 이십 분만."

"글쎄, 내일 또 온다니까요."

"싫어요, 내일은 내일이구요."

신철이는 난처하여 조금 망설였다. 옥점이는 외투 자락을 잡고 일어나며 신철이를 아랫목으로 밀었다.

"오늘 못 가요!"

옥점의 숨결은 색색하였다. 그리고 얼굴이 빨개졌다. 신철이는 이것이 우스워서 픽 웃었다. 그리고 속으로는 이제는 대담하게 달려붙기 시작하누나……하고 생각하였다.

"왜 웃어요? 흥! 내가 우습지요. 다 알아요! 왜 나를 놀립니까?"

시골집에서 그의 허리를 힘껏 껴안아 주던 때를 회상하며 옥점이는 이렇게 말하였다. 신철이는 멍하니 옥점

이를 바라보았다.

　며칠 후에 신철이가 학교로부터 집에 돌아왔을 때 저녁상을 받은 그의 아버지는 얼굴에 희색을 띠며,

　"요새도 도서실에서 그렇게 늦게 돌아오냐?"

　전부터 신철에게 고문 시험 준비를 하라고 말하였으므로 신철이가 시험 준비를 열심으로 하거니…… 생각하였던 것이다. 신철이는 그의 동생인 영철이를 안으며,

　"네."

　"나 *미루꾸 주."

　영철이가 그의 턱밑에서 말끄러미 쳐다본다. 신철이는 포켓을 뒤져 보았다.

　"오늘은 잊고 못 사왔구나. 내일 사다 줄게…… 응."

　"또 형두 거짓말하나? 아까아까 사온다구 했지."

　"아이 저애는 하루 종일 그것만 외구 앉았어…… 내 원……."

　그의 어머니는 귀여운 듯이 영철이를 바라본다. 신철이는 영철이를 들여다보았다.

　"내일은 꼭 사다 주마 응……."

　영철이는 그의 까만 눈을 똑바로 떴다. 그때 어멈이 들고 들어오는 화로를 신철의 의모는 받아서 신철의 앞으로 밀어 놓았다. 신철이는 양볼 위에 솜털이 까칠하게 일어났다.

　"이애 밥 마자 먹어……."

　영철이는 그의 어머니 곁으로 와서 안긴다. 그의 아버지는 손을 내밀었다.

　"영철아, 이리 와."

"그만두…… 어서 이 국에 밥 멕이게…….”

그의 어머니는 영철이를 굽어보았다. 그리고 새물새물 웃어 보인다, 그의 뾰족한 덧니를 내놓고. 신철이는 아버지가 술을 들지 않고 자기를 기다리고 있으므로 그만 밥상 곁으로 다가앉았다. 강한 양념 내가 훅 끼친다.

"어서 미루꾸 사다 줘야지…….”

영철이가 볼이 퉁퉁 부어서 신철이를 바라보았다.

"그래 오늘은 잊었지만 내일은 꼭 사와, 응. 어서 밥 머…….”

"아이 넌 밤낮 미루꾸냐? 어서 밥 먹어. 호호 참 내…….”

그들은 영철의 부은 볼을 바라보며 웃었다. 신철이가 밥을 다 먹고 일어섰다.

"이애 거기 좀 앉았거라.”

아버지는 숭늉을 마시며 이렇게 말하였다. 신철이는 무슨 말을 하려누? 하는 생각을 하며 그의 의모의 얼굴부터 살펴보았다. 의모도 신철이를 바라보며 웃음을 띠었다. 그의 아버지는 밥상을 물리며,

"너 이전 장가도 가야지…….”

신철이를 똑바로 쳐다본다. 신철이는 가슴이 선뜻하며 가벼운 부끄러움이 눈가를 사르르 스쳐가는 것을 느꼈다. 그는 머리를 푹 숙였다.

"이전 네 나이 스물다섯…… 또 며칠이 안 가서 학업도 마칠 터이니…… 그만하면 장가도 가야 허지…… 혹시 네 맘에 드는 여자가 있느냐?”

신철이는 어디서 혼인 자처가 있어났는가? 하였다.

"아직 결혼에 대해서는 생각해 본 일이 없습니다.”

그 순간 신철의 머리에는 국사발을 든 선비의 모양이 휙 떠오른다.

따라서 용연 동네가 시재 눈앞에 보이는 듯하였다.

그의 아버지는 얼굴에 만족한 빛을 띠었다. 그리고 전날 아내에게서 들었던 말이 얼핏 생각한다. "옥점이가 우리 신철에게 짝사랑을 하나 봐! 호호." 그때 그는 자기 아들이 공부에만 열중한다는 것을 가슴이 뜨거워지도록 느꼈던 것이다.

"그럼……."

그의 아버지는 무엇을 생각하는 듯하더니,

"여기 늘 오는 옥점이를 어떻게 생각하느냐?"

그 순간 신철이는 전날 밤에 악을 쓰고 매어달리는 옥점이를 사정없이 물리치고 나오던 때를 다시금 되풀이하며 양미간을 약간 찡그렸다. 그의 아버지는 궐련을 피워 물었다.

"뭐, 그애가 외딸로 자라서 좀 와가마마 갓데(제멋대로 굴다)한 곳이 있니라……마는 내 보기에는 그애의 인간됨인즉은 괜찮다고 보았다, 어떠냐?"

화로

신철이는 아버지가 이렇게 옥점이를 변호하는 이면을, 곁에 놓인 화로의 불을 바라보면서 생각하였다. 그리고 이때까지 결백하게 믿었던 아버지에 대한 신념이 화롯가에 수북이 쌓인 시커먼 숯덩이와 같이 변해 감을, 그는 슬픈 듯이 바라보았다. 따라서 그는 이 자리에 더 앉아 있고 싶지 않았다. 그래서 그는 머리를 번쩍 들었다.

"아버지…… 아직 저는 장가가고 싶지 않습니다."

신철이는 벌컥 일어났다. 그의 아버지는 얼굴에 위엄을 띠었다.

"가만히 앉았어…… 옥점의 아버지가 올라오신 것 아느냐?"

신철이는 발길을 멈추고,

"모릅니다. 언제 올라왔나요."

“그래 오늘 낮차에 왔다구 하면서 아까 집에 오셨다가 가셨다. 좀 가보아라. 온 여름내 폐를 끼치고도 서울 올라오셨는데 가도 안 보면 되겠니…… 가봐.”

신철이는 비로소 덕호와 아버지 새에 밀의가 있었음을 깨닫고 더욱 놀랐다. 동시에 덕호가 올라오면서 혹시 선비를 데리고 오지 않았나? 하며 가슴이 설레기 시작하였다.

“네, 가보겠습니다.”

신철이는 이렇게 대답을 얼른 하고 밖으로 나왔다.

“형 나 미루꾸 사다 주 응.”

영철이가 문을 열고 머리를 내밀었다. 마루에 불빛이 가로질리며 영철의 머리 그림자가 동그랗게 떨어진다. 신철이는 구두를 신으며,

“오냐.”

“응 꼭 사우.”

“뭘 좀 사가지고 가게 허지.”

그의 아버지가 이렇게 말하였다. 신철이는 선비가 꼭 온 것을 알면 아무것이라도 사가지고 갈 맘이 들었다. 그러나 왔는지 안 왔는지 모르는 지금에 꼭 사가지고 가고 싶은 맘이 없어서 포켓에 손을 넣어 지갑을 만지면서 밖으로 나왔다.

저편으로부터 버스가 뻘건 눈 퍼런 눈을 번쩍이면서 우르르 달려온다. 그리고 늘 보는 버스걸의 낯익은 얼굴이 차츰 가까워진다. 그는 저

1930년대 버스

버스나 타고 갈까 하고 몇 발걸음 옮기다가 에라 천천히 걸어가지……
하며 버스를 등지고 돌아서 걸었다.

이번에는 택시와 버스가 앞서거니 뒤서거니 하며 이리로 달아온다.
신철이는 휘발유내를 강하게 느끼며 길 옆에 비껴섰다. 그리고 행여나
저 속에 옥점이, 선비, 덕호가 있지 않은가? 나를 찾아오지 않는가? 하
는 생각이 그 속에 앉은 젊은 여자를 볼 때마다 들곤 하였다. 그는 천
천히 걸으며 선비, 옥점이 두 여자를 놓고 바라보았다. 그리고 아까 그
의 아버지가 하던 말을 다시 곰곰이 생각하였다. 따라서 자기가 지금
결혼을 해야 좋을 것이냐? 안 해야 될 것이냐를 이론으로 따져 보았다.
그는 이때까지 결혼 문제 같은 것은 아직 생각해 보지 않았던 것이다.

옥점의 하숙이 가까워질수록 이 여러 문제는 뒤범벅이 되어 횡횡 돌
아가고 있다. 더구나 선비가 이번에 올라왔다면 어쩔까? 하고 그는 우
뚝 섰다. 그가 선비를 서울로 올라오게 하려고 별별 수단을 다하여 옥
점이를 꾀었으나 기실 선비가 지금 올라왔다고 가정하고 나니 뒷문제
해결할 것이 난처하였다.

"신철 군 아닌가?"

어깨를 툭 치는 바람에 신철이는 놀라 돌아보았다. 그는 그와 한 학
급에 있는 인호였다. 그는 사각모를 팽팽히 눌러 쓰고 대모테 안경을
썼다. 그리고 언제나처럼 궐련을 피워 물었다.

"어데 가나?"

"나? 누가 좀 오라구 해서."

"누가? 아마 러브한테 가는 모양이지……."

그의 안경이 뻔쩍 빛난다.

"글쎄……."

신철이는 빙긋이 웃으며 걸었다. 인호도 따랐다.

"요새 카페 따리아에는 예쁜 계집애가 하나 시굴서 왔는데…… 가보지 않으려나?"

"예쁜 계집애가 시굴서……."

신철이는 이렇게 중얼거리며 선비의 얼굴을 그려 보았다. 그때 강하게 궐련 내가 끼치므로 신철이는 머리를 돌렸다. 그리고 이 자가 늘 피우는 시키시마인 것을 신철이는 느꼈다.

"자네 어델 가? 똑바로 말해."

"나 우리 아버지 심부름 갔댔네."

인호를 떨어치려고 이렇게 꾸며 대고 보니 기실은 아버지의 심부름에서 지나지 않는 것 같았다. 선비가 왔을까? 그는 다시 한번 생각하였다.

"심부름?…… 에이 이 사람아! 젊은 사람이 그 뭐란 말인가. 자네는 너무 고린내가 나서 틀렸데…… 허허허허."

"고린내가 나, 허허."

신철이는 코 안이 싸하게 찔리도록 시키시마 내를 맡으며, 저편으로 지나가는 야키구리(군밤) 장수를 바라보았다.

"자 후일 다시 만나세."

인호는 악수를 건네고 나서 절반도 타지 않은 시키시마를 휙 집어뿌렸다. 길바닥에서 불티가 발갛게 일어난다.

용산행 전차를 타려고 뛰어가는 인호를 바라보며 신철이는 저 자가 또 카페로 가는구나…… 하였다. 그리고 무의식간에 예쁜 계집애, 시굴서…… 하고 중얼거렸다.

당시의 전차

그가 옥점의 하숙까지 와서는 곧 들어가지 못하고 한참이나 동정을 살폈다. 그리고 뛰노는 가슴을 진정하며 기침을 하였다. 기침소리에 옥점의 방에서는 누가 나오는 모양이다.

"누구요?"

방문을 빠끔하고 내다보는 것은 옥점이었다. 신철이는 방문 앞으로 다가섰다.

"나외다."

"아니 신철 씨! 우리 아버지 올라오신 것 보셨에요? 이제 댁에 가셨는데요."

"아버지가 오셨에요? 난 못 뵈었습니다."

"아니 그럼 길이 어긋났구먼요…… 어서 들어오세요."

신철이는 방 안에 선비가 앉았는가 하여 얼굴이 화끈 다는 것을 느꼈다. 그는 구두를 벗고 방 안을 얼른 살펴보았다. 그 순간 그는 이 방 안에 아무도 없는 것을 보았다.

"어서 들어오세요."

머뭇머뭇하고 섰던 신철이는 비로소 방 안에서 옥점을 발견한 듯하였다. 그는 그만 돌아서 가고 싶었다. 그리고 신철이를 바라보며 생글생글 웃는 옥점이조차 원망스럽게 보였다.

신철이는 안 들어가는 발을 억지로 몰아넣었다. 그때 가벼운 약내가 방 안에 떠도는 것을 느꼈다. 그리고 옥점이가 누웠다 일어난 듯한 아랫목에 깔아 놓은 자리를 보았다. 옥점이는 면경 앞으로 가서 얼굴을 비추어 보며,

"난 세수도 안 했어요. 아이 숭해라."

머리를 매만지며 얼굴을 약간 찡그렸다. 그때 신철이는 옥점 어머니가 선비를 나무랄 때 찡그리던 얼굴임을 얼핏 발견하였다. 그리고 선

비는 안 데리고 온 모양이지…… 하고, 방 안을 휘둘러보았다.

"난 입때 않았어요."

"어데를?"

옥점이는 얼굴이 붉어지며,

"그날 밤부터……."

그들의 머리에는 전날 밤 일이 휙 떠오른다. 신철이는 빙긋이 웃었다. 그리고 지금 덕호가 그의 아버지와 결혼 문제를 걸어 놓고 이야기할 것을 얼핏 깨달았다.

"아버지 혼자 오셨나요? 왜 옥점 씨 어머니도 같이 오실 것이지요."

신철이는 선비가 안 왔음을 뻔히 보면서도, 그래도 이렇게까지 묻지 않고는 견디지 못하였다.

"글쎄요…… 난 어머니를 오시라고 했더니만, 아버지 혼자 오셨구먼요."

신철이는 어떤 실망이 저 빛나는 전등을 싸고 도는 것을 느꼈다.

"난 도무지 안 오실 줄 알았어요. 이전 다시는 신철 씨를 뵙지 못하고 죽는 줄…… 알았지요."

옥점이는 머리를 숙이며 울먹울먹한다. 신철이는 그의 발그레한 볼 위로 흐르는 눈물을 보니 그도 따라서 속이 언짢아졌다.

그리고 자기도 시원하게 울어 봤으면…… 하였다. 동시에 자기가 선비를 사랑하는 셈인가? 하며…… 아까 아버지가 맘에 드는 여자가 있느냐고 묻던 것이, 또다시 들리는 듯하였다. 옥점이는 깜박 잊었던 것이 생각난 듯이 일어나더니, 고리를 열고 사과, 배, 감, 밤, 떡…… 이런 것들을 차례로 꺼내놓았다.

"잡수세요…… 아버지가 지금 집에도 가져갔어요. 이게 다 아버지가 가져온 게야요…… 호호.”

눈물 괸 눈에 웃음을 띠었다. 신철이는 멍하니 바라보며,

“자그마한 잔채 차림만이나 합니다그려.”

“아이 잔채에 이까짓 것이 뭐겠어요.”

옥점이는 신철이를 바라보며 이렇게 말할 때 어서 우리도 결정하고 결혼식을 굉장히 합시다 하는 말이 거의 입 밖에까지 나오는 것을 참아 버렸다.

“어느 것이나…… 잡수시고 싶은 것으로 택하세요. 요거? 요거? 요거요?”

옥점은 손가락을 내밀어 꼭꼭 짚어 가며 물었다. 그러나 웬일인지 신철이는 먹고 싶지 않았다. 그리고 속이 뒤숭숭한 것이 마치 자기가 항상 가지고 있던 어떤 물건을 잃어버린 것도 같고 누구한테 몹시 속았을 때의 기분 같기도 하였다.

“그럼 이것을 잡수시겠어요?”

책상에서 전날 밤 먹던 초콜릿 곽을 내려놓았다. 그리고 그 중 한 개를 정성스레 벗겨서,

“자 입 벌리고 받으세요. 내 여기서 팡개칠 터이니.”

옥점이는 얼굴이 빨개지며 신철이를 보았다. 신철이는 약간 얼굴을 찡그리다가 웃어 보였다.

“자 이리 주세요.”

신철이는 손을 쑥 내밀었다. 옥점이는 원망스러운 듯이 힐끗 쳐다보고 나서 초콜릿을 들여다보았다. 그리고 귀밑까지 빨개진다. 신철이는 초콜릿 곽을 당기어 한 개 꺼내 벗기는 체하다가 밖에서 신발 소리가 나므로 그만 놓고 말았다.

"아버진가 몰라……."

이렇게 중얼거릴 때 문이 열리며 덕호가 들어온다. 신철이는 성큼 일어났다. 그리고 머리를 숙여 보였다.

"아, 이 사람 여기 왔구먼…… 난 이제 댁에 갔댔지…… 그새 공부나 잘 했는가?"

덕호는 외투를 벗어 놓았다. 그리고 딸을 흘금 돌아보고 나서 다시 신철이를 보며 눈가로 가는 주름을 잡히고 웃는다.

"글쎄, 저 애가 아프다고 허기에 만사를 전폐하고 올라왔구먼…… 이애 어서 눠."

아까 같아서는 방금 죽는 줄 알았더니 지금 보니 아무렇지도 않은 듯이 앉아 있다. 덕호는 한편으로 딸의 병이 중하지 않은 것이 맘이 놓이나 반면에 신철이와의 결혼을 어떻게 하든지 하루라도 속히 결정하여야겠다는 것이 염려가 되었다.

"그래 자네 이번 졸업이라지?"

"네."

"자…… 이거 변변치는 않지마는 좀 자셔 보지…… 졸업하구는 또 무슨 시험을 친다구……?"

신철이는 자기 아버지에게서 무슨 말을 들었구나…… 직각하자 불쾌하였다.

"글쎄요…… 아직 분명치 않습니다."

"음…… 어쨌든 성공만 바라네…… 난 급하니 내일 차로 그만 내려 가겠네. 사무 보던 것을 그냥 버리고 와서 맘이 놓여야지……."

그때 신철이는 전날 옥점에게서 들은 말이 얼핏 생각났다. 그리고 이 자가 면장이 되었다더니 저렇게 값비싼 양복까지 입었구나…… 하였다.

"그런데 넌 어떻게 하겠느냐? 보아하니 병은 그리 되지 않은 모양인데…… 나하고 내려가련? 여기서 그렁저렁 치료하겠느냐? 바로 말해라."

옥점이는 눈을 굴려 생각해 보더니,

"우리 시굴 가시지 않겠어요?"

신철이를 바라본다. 신철이는 선비를 생각하며, 내려가 볼까 하는 생각이 부쩍 든다. 그러나 그 순간 자기가 맡은 사명을 깨달으며, 동시에 이번에 내려가면 결혼하지 않고는 견디어 배기지 못할 것을 알았다.

"저야 뭘 가겠습니까, 그때도 우연히 몽금포 가는 길에 옥점 씨를 만났으니, 가서 폐를 끼쳤습니다마는……."

덕호는 신철의 말을 일언일구 새겨들으니, 다소 불안도 없지 않아 들게 되었다. 그때 자기들은 신철이와 옥점이 새에 의심 없이 내약이 있는 것으로 알고 한 방에서 뒹구는 것을 묵과하였는데 지금 자기 앞에서 저렇게 말하는 것을 들으니 발을 빼기 위한 변명 같기도 하였던 것이다. 그러나 오늘 신철의 아버지를 만나 본 결과 혼인은 다 된 혼인 같았다. 그는 스스로 안심하고,

"지금이야 갈 형편도 되지 않겠지만…… 봄에 졸업이나 하고 날이나 따뜻해지면…… 그때는 우리 저년의 몸도 쾌차해질 터이니…… 함께 다녀가게나…… 우리 집사람은 저년보다도 자네를 더 보고 싶다고 야단일세……."

"천만에……."

신철이는 머리를 숙여 보였다. 그리고 눈을 내리뜨며 무릎 위에 그의 큰 손을 올려놓았다. 옥점이는 그의 남자답고도 의젓한 얼굴과 그

손! 아버지만 아니면 덥석 쥐어 보고 싶게 가슴이 울렁거렸다. 덕호는
물끄러미 신철이를 바라보며 어딘지 모르게 신철이가 옥점이에게 짝
이 좀 지나치는 것 같았다. 사윗감인즉은 훌륭한데…… 하며 신철이를
다시금 바라보았다.

아까 옥점의 말을 들어 보건대 신철이가
옥점이를 사랑은 하면서도 너무 점잖고
수줍어서 이때까지 노골로 드러내지를
않는다는 뜻이었던 것이다. 그러나 이
렇게 마주앉고 보니 그럴 사나이 같
지도 않았다. 보다도 신철이가 옥
점이를 눌러 보는 데서 이때까지
침묵을 지키고 있지 않은가? 그렇지
않으면 둘 새에 벌써 육적 관계까지 되어 가지고 지
금은 싫증이 나니깐 그러는 것이 아닐까? 어쨌든 이 두 문제 중에 어
느 것 하나가 꼭 맞으리라…… 하니 더욱 불안이 일어나며 따라서 이
번에 결혼 문제도 정식으로 *낙착하지 않으면 안 될 것 같았다.

"서울 올러오신 바에는 좀 노시다가 가시지요."

"글쎄 맘인즉은 자네 부친님과 함께 며칠이든지 놀고 싶네마는……
어디 사정이 그런가…… 내가 없으면 면의 일이 다 틀리네그리."

신철이는 아까 인호에게서 들은 말이 얼핏 생각난다. "자네는 고린
내가 나서 틀렸데." 신철이는 속으로 웃으며 일어났다.

"또다시 와서 뵈겠습니다……."

×　　×　　×

식당에서 *가케 우동 한 그릇을 먹은 신철이는 여전히 도서실로 들어왔다. 도서실 안을 휘 둘러보니, 식당으로 가기 전보다 인수가 좀 줄어진 듯하였다. 나도 어디로나 가볼까 하며, 포켓에서 시계를 꺼내 보니 여섯시 십 분…… 그는 의자에 걸어앉으며 엉덩이가 아픈 것을 새삼스럽게 깨달았다. 그는 하루 종일 이 도서실에 앉아서 강의 시간에도 강당에 들어가지 않았던 것이다. 그는 다시 일어나서 자세를 바르게 해가지고 도로 앉았다. 그리고 가방 속에 집어넣어 두었던 책을 꺼내어 펴들었다.

책을 펴드니 아까와 같이 또다시 여러 가지 생각에 머리가 띵하였다. 아침 학교에 올 때 그의 아버지가, 오늘은 좀 일찍 오너라…… 하던 말이 또다시 가슴에 쿡 맞찔린다. 필연 오늘은 결정적으로 그의 대답을 들으려고 하는 모양이다. 어젯밤 덕호와 아버지는 단단한 의논이 있었던 모양이다. 그러니 오늘은 그 하나를 두고, 여럿이 강박하다시피 대답을 요구할 것 같았다.

어쩐담……? 그는 이렇게 중얼거리며, 팔로 머리를 괴었다. 그의 아버지는 말할 것도 없이 옥점이가 재산가 집 외동딸임에 이렇게 서두르는 것이 뻔한 일이다. 돈…… 돈! 그 돈 때문에 자기 아버지는 환장이 되어 아들의 일생을 망치려고 덤벼드는 것 같았다.

신철이는 눈을 꾹 감았다. 그의 머리에는 옥점이가 보인다. 그리고 선비가 떠오른다. 내가 선비를 사랑한다 하고 선뜻 대답이 나오지는 않았다. 따라서 선비와 결혼까지 하기도 그의 마음이 허락지를 않았다. 그것은 왜 그런지는 몰라도, 어쩐지 그렇게 생각이 된다. 그러면 왜 내가 선비를 잊지 못하는가? 그것도 역시 꼭 집어 댈 수 없었다. 그러나 최대 원인은, 선비가 자기가 좋아하는 타입의 미를 구비한 것이며 그리고 그의 근실성! 그것뿐이다. 그 위에 두 달 동안이나 한 집에 있으면서도 말 한마디 건네 보지 못한 것이, 자신으로 하여금 이렇게 생각나게 하는 것 같았다.

만일에 선비도 옥점이와 같이 그렇게 여지없이 놀았다면, 역시 지금 자기가 옥점이를 대하는 것과 같은 그러한 감정으로 선비를 대할는지도 모른다.

여기까지 생각하고 나니 그가 이때까지 맞당해 본 여성이 그리 적은 수가 아니나 그렇게 꼭 맘에 드는 여성이 하나도 없음을 깨달았다. 그나마 억지로 골라내라면 역시 선비일 것이다.

처음부터 옥점에 대하여는 그렇게 생각하였지마는 옥점이야말로 여행 중에나 잠시 사귀어 심심풀이나 할 여성에서 지나지 않는다. 그러한 여자와 결혼을 하라…… 그는 픽 웃어 버렸다. 그리고 자기 아버지에 대한 이때까지의 신념이 산산이 부서지는 것을 느꼈다. 동시에 자기 아버지 역시 박봉을 받아 가지고 너무 생활에 쪼들려 이젠 돈이라면 물불을 헤아리지 않고 덤벼들게 된 것 같았다.

오늘 저녁에 집에 가면 아버지는 늦게 왔다고 불호령이 내릴 것이다. 그리고 또다시 결혼 문제를 꺼내 놓을 터이지…… 흥 나 싫은 것이야 어떻게 한담…… 이렇게 생각하며 덕호가 오늘 내려갔는가? 아직 있는가? 그는 다시 덕호와 마주앉기도 싫었다. 그러나 내려가기 전에 덕호를 만나 선비를 꼭 오는 봄엘랑 올려 보내도록 꾀었으면……도 하였다. 그런데 이것은 옥점이와의 결혼을 승낙하기 전에는 도저히 불가능한 일이다…… 안 되면 말지…… 내…… 일개 여자로 인하여 머리를 결정하랴나 부더라…… 어떠냐 아주 재산이 많다지?”

신철이는 멍하니 그의 의모의 나불거리는 입술만 바라보기에 무슨 말을 했는지 몰랐다.

“이애 어서 오늘 저녁 결정하게 하여라…… 좀 좋으냐! 사람이 결점 없는 사람이 몇이나 있는 줄 아니? 아버지는 꼭 마음에 있어서 그러시는데…… 넌 그러니?”

신철이는,

“내가 뭐라우?”

“아 글쎄 말이야…… 그럼 됐지, 어서 안방으로 건너가자. 이제 좀 있으면 옥점 아버지가 오실지 모르니…….”

“뭐 오늘 안 갔수?”

“아이 그 일 때문에 못 갔지…… 이 밤차로 나려가랴다가 어데 네가 오더냐? 하루 종일 와서 기다렸다.”

신철이는 픽 웃었다. 그때,

“신철아!”

하고 아버지가 부른다. 신철이는 무슨 생각을 잠깐 하고 나서 벌컥 일어났다. 그의 의모는 또다시,

“이애, 아버지 속 태우지 말구 얼른 대답해…… 응.”

신철이가 방으로 들어오니 아버지는 안경을 벗어 놓으며,

“어서 저녁 먹게 하지.”

아내를 바라보며 밥상 차리라는 뜻을 보였다.

“먹구 왔다우…… 어느 동무가 한턱을 내서.”

“응…….”

그의 아버지는 신철의 숙인 머리를 바라보면서 한참이나 무슨 생각

을 하더니,

"너 옥점이와의 결혼에 대해서 별 이의가 없을 터이지……?"

신철이는 머리를 들며,

"싫습니다!"

의외로 명확한 대답에 아버지의 얼굴은 순간으로 변하여진다.

"어째서?"

"별 깊은 이유는 없습니다."

그는 이렇게 뚝 잘라 말하며 다시 머리를 숙였다. 신철의 아버지는
조금 다가앉았다.

"이유 없이 싫다?…… 그럼 네 맘으로 정해 둔 여자가 있느냐?"

그 순간 신철이는 선비를 멀리 바라보았다. 그러나 그 환영은 순간
으로 희미하게 사라졌다.

"없습니다."

"그러면 이번에 정하고 말아! 무슨 잔말이냐."

그의 아버지는 이렇게 말하였다.

그의 아버지는 평상시의 신철의 성격을 미루어서 자기의 말이라면
아무리 그의 비위에 다소 틀리는 점이 있다고 하더라도 묵과할 것만
같아서 이렇게 명령하듯이 말하였다. 신철이는 아버지의 이러한 말을
듣고 적지 않게 놀랐다. 자기의 일생에 관한 중대사를 당자의 의사는
무시하고 저렇게까지 덤벼들게 상식이 없는 아버지라고는 생각지 않
았기 때문이다. 그저 다소 권해 보다가 싫다면 말겠거니…… 하였던
것이다.

"이제 옥점의 아버지가 올 터이니, 너는 잔말 말고 쾌히 승낙해
라…… 글쎄 그런 자리가 쉽겠느냐…… 생각해 봐라. 너는 지금 쓸데

하어 왔던 희망이 졸지에 전부가 부서지는 것을 느꼈다. 동시에 참을 수 없는 분이 머리털 끝까지 치미는 것을 깨달았다.

"고문 시험 칠 게나 보지…… 이놈! 별 책 다 사다 보더니……."

"그 책들이 나의 교과서외다…… 아버지는 고문 시험을 치라지요? 내 이때껏 노골로 말을 안 했지만 고문 시험은 쳐서 뭘 하는 겝니까!"

"이애, 잘한다…… 허허 이놈아! 무슨 개소리를 치고 앉았냐! 썩 나가지 못하겠냐?"

그의 아버지는 달려들어 신철의 따귀를 후려쳤다. 그리고 그의 앞가슴을 움켜쥐고 문밖으로 내몰았다.

"너와 나와 아무 상관없다. 남이다. 우리 집에 있을 턱이 없어! 나가!"

신철의 의모는 남편을 붙들며,

"아이 망령이시네, 이거 왜 이러세요."

"나가! 난 네 아비 될 것 없고, 넌 또 내 아들 될 것이 없어."

신철이는 허둥허둥 건넌방으로 건너와서 몇 권의 책과 몇 벌의 양복 가지를 가방 속에 넣어 가지고 뛰어나왔다. 그의 의모는 안방에서 달려나왔다.

"이애, 너 미쳤구나. 오늘 네가 웬일이냐. 아버지가 다소 꾸지람을 하시기어던 너 이게 웬일이냐."

신철의 외투 자락을 잡고 늘어졌다. 신철의 아버지는 벼락치듯 문을 열고 나와서 아내를 끌고 들어간다.

"어서 나가! 나가지 못하는 것도 아주 비겁한 놈이야, 응 어서, 어서."

자던 영철이가 문소리에 놀라 으아 하고 울며 나온다. 그의 아버지

는 신철이가 이렇게 극단으로 나갈
줄까지는 꿈에도 생각지 못하였다.
더구나 나가란다고 신철이가 가방을
들고 나오는 것을 보니 앞이 아뜩하여
지며 전신이 사시나무 떨리듯 하였다.

신철이는 영철의 우는 소리를 들으며 문
밖을 나섰다. 눈은 아까보다 더 퍼붓는다. 삽시
간에 그의 옷은 눈에 허옇게 되었다. 그가 박석고개
까지 왔을 때 뒤따르는 신발 소리가 흡사히 그의 의모
의 신발 소리 같아 휙근 돌아보았다. 그는 어떤 낯선 부
인이었다. 순간에 신철이는 말할 수 없는 쓸쓸함을 느
끼는 동시에 새삼스럽게 돌아가신 어머님이 눈물겹게 떠올랐다.

그는 천천히 걸으며 어디로 가나? 하며 생각해 보았다. 암만 생각해
보아도 갈 곳이 없다. 그는 이런 생각 저런 생각을 하며 종로까지 왔
다. 종로도 이젠 적적한 감을 주었다. 간혹 사람들이 다니기는 하나 자
기와 같이 갈 곳이 없어 헤매는 사람들 같지 않았다. 모두 활개를 치며
분주히 걸었다. 그리고 카페에서 흘러나오는 재즈 레코드 소리만이 요
란스럽게 들린다.

그는 파고다 공원 앞까지 와서 우뚝 섰다. 그리고,
"그 동무의 집에라도 가볼까?"

이렇게 중얼거렸다. 전날 밤에 이 파고다 공원에서 만났던 동무의
생각이 얼핏 났던 것이다. 그는 *조선극장 앞을 지나 안국동 네거리로
들어섰다. 그때 비창한 어떤 결심이 그의 전신을 뜨겁게 하였다. 그리
고 다시는 집에 발길을 들여놓지 않으리라…… 하였다. 그나마 자기

조선극장
1922년 인사동에 있던
극장. 3층 규모의 벽돌
건물로 공연과 영화 상
영과 연극공연을 겸한
공연장으로 사용되었
고 근처의 단성사와 함
께 당시 최고의 시설로
꼽혔다. 1936년 6월
화재로 소실.

뒤를 따라 의모가 나오거니, 나오거니…… 생각했다가 이 안국동 네거리에 들어서면서부터 아주 단념이 되고 말았던 것이다.

의모가 그의 뒤를 따라와서 집으로 끈다 하더라도 이미 나온 신철이라 다시 집으로 들어가지는 않겠으나 그러나 웬일인지 자꾸 의모가 그의 뒤를 따르는 것만 같았던 것이다.

보성전문학교 앞을 지나칠 때,

"이게 누구요?"

손을 내민다. 그는 놀라 자세히 보니 그가 찾아가던 동무였다.

"아 동무! 난 지금 동무를 찾아가던 길이오."

"나를?"

그는 의심스럽다는 듯이 말끄러미 쳐다본다. 그는 얼굴빛이 희며 눈까풀이 엷다. 그리고 몸이 호리호리하면서도 키가 작다. 그러나 툭 솟은 그의 앞가슴과 올백으로 넘긴 그의 머리카락이 밤송이같이 까칠하게 일어선 것을 보아, 누구나 그의 담력을 엿볼 수가 있다. 그래서 그런지 그를 대하면 다정해 보이기도 하고 또 쌀쌀해 보이기도 하였다.

한참이나 훑어보던 동무는,

"웬일이오? 이 트렁크는 왜 밤중에 가지고 다니우?"

신철이는 주저주저하다가,

"동무, 난 우리 집에서 아주 나왔소이다."

"아주 나왔다?"

동무는 무슨 말인지 잘 알아듣지 못하고 이렇게 되풀이하며 신철이를 똑바로 쳐다보았다. 신철이는 묵묵히 동무를 바라보다가,

"왜, 아주 나온 것이 안 되었소?"

"아니, 어떻게 하는 말인지…… 동무가 집에서 아주 나왔어요?"

“예…….”

신철이는 쓸쓸한 웃음을 웃었다. 동무는 무슨 일인가?…… 생각하며 눈이 둥그래서 쳐다보았다.

“그런데 동무는 어델 가댔수?”

한참 후에 신철이는 물었다.

“나요? 지금 저녁 얻어먹으러 떠났소, 허허.”

동무는 어깨의 눈을 툭툭 털었다.

“그럼 나와 가오.”

우동 한 그릇씩 먹은 그들은 빵 몇 개를 사가지고 동무의 집까지 왔다.

“자, 빵이오. 손님이오.”

신철의 앞을 서서 문을 열고 들어가는 동무는 웃으며 이렇게 말하였다. 육촉밖에 안 돼 보이는 컴컴한 전등을 가운데 두고 마주앉아 샤쓰를 벗어 들고 이 사냥을 하던 그들은 놀라 샤쓰를 입으며 눈이 둥그래 바라보았다. 그리고 동무의 내처 주는 빵을 들고 뚝뚝 무질러 먹는다.

신철이는 무슨 고리타분한 냄새를 후끈 맡으며 방으로 들어앉았다. 불은 언제 때봤는지? 안 때봤는지? 마치 얼음덩이 위에 앉는 것 같았다.

“이 동무는 유신철이라는 동무요.”

동무는 그들에게 소개하였다. 그들은 빵을 씹으며 서로 인사를 하고 픽 웃었다. 그들의 입모습에는 일종의 비웃음이 떠돌았다.

“우리 셋이서 자취생활을 하였소. 이제부터 동무도 우리와 같이 고생을 하여야 하오, 하하.”

동무는 그 밤송이 머리카락을 흔들며 웃었다. 그리고 새카만 내의를 입고 추워서 웅크리고 있는 그들을 바라보며,

“오늘 굶지 않을 수가 나려니…… 별일이 다 있거든! 이 동무가 나를

찾아온단 말이어, 하하.”

“그러니 내일 아침 먹을 것이 걱정이지…….”

얼굴 둥근 기호라는 사람이 말하였다.

“무슨 내일 일까지 걱정하고 있어…… 그래도 사람은 살아나가는 수가 있는지라…….”

동무는 신철이를 돌아보았다. 신철이는 멍하니 그들을 바라보며 이 밤을 여기서 지낼 것이 난처하였다. 무엇보다 이 토굴 같은 방에서 자리도 없이, 더구나 살을 에어 내는 듯한 찬 방에서 지낼 것이 기가 막혔다. 그리고 내일 아침부터라도 신철의 가방이며 외투까지…… 그가 몸뚱이 하나를 내놓고는 다 전당포로 들어가야 할 것을 절실히 느꼈다. 그는 앞이 아뜩하였다. 그가 집에서…… 아니! 책상머리에서 생각하던 바와는 너무나 현실이 무서움을 깨달았다. 동시에 이제 앞으로 닥쳐올 현실! 그것을 상상하여 볼 때, 그의 앞은 아무것도 보이지 않고 캄캄하였다.

그 밤을 고스란히 새운 신철이는 지갑을 톡톡 털어 동무를 주었다. 그는 쌀과 나무를 사왔다. 그래서 한 사람은 쌀 일고 한 사람은 불 때고 이렇게 서둘러서 밥을 지어 났다.

“이애, 이거 오늘은 상당하구나!”

밤송이 머리에 재티가 뿌옇게 앉았다. 신철이는 빙긋이 웃었다. 그리고 동무의 만족해하는 모양을 바라보며 오냐 나도 견디자! 이렇게 굳게 결심하였다.

밥을 다 먹고 난 그들은 저마다 설거지를 하라고 내밀다가 나중에는 각기 한 그릇씩 들어다 부엌 구석에 몰아 두었다.

“여보게, 오늘은 안 간 모양이지?”

일포가 눈을 끔쩍하며 앞문을 바라보았다.

“어제 야근 아니어?…… 그러니 오늘은 한 시부터야 출근하실 터이지…… 오늘은 좀 가서 만나 보기나 하자.”

기호가 맞장구를 친다. 동무는 신철이를 바라보고 소리를 낮추며,

“무슨 말인지 알아듣겠나? 저 건넌방에 말이지…… 방직공장에 다니는 미인이 있단 말이어…… 그러니 저놈들이 저마큼 연애를 걸어 보려누먼…….”

“이애 이놈아, 누가 연애를 걸랴냐? 실은 네놈이 몸이 백 퍼센트로 달지 않았냐?”

그들은 일시에 웃었다.

이튿날 신철의 동무는 신철이와 함께 있는 것이 재미 적다고 생각해서 둘이서 의논한 끝에 동무는 다른 곳으로 옮기게 되었다. 그리고 부득이 만날 일이 있어야 혹간 오곤 하였다.

그 후로부터 신철이는 자취생활에 익숙해져서 밥도 짓고 내의도 빨아 입곤 하였다. 그리고 밥 해먹고 나서는 돌아앉아 이 사냥으로, 양말 뚫어진 것을 깁기에 분주하였다. 더구나 신철이는 차근차근하게 무엇이든지 잘하므로 그는 주부역을 맡았다.

일포나 기호는 이미 감옥생활을 거친 사람들로서, 지금은 그저 픽픽 웃기만 하고 여기도 저기도 가담하지 않았다. 그리고 하루 종일 누구는 어떻고…… 어떻고 하면서 비웃기로 소일을 하고 있었다. 더구나 여자 말이라 하면 기를 쓰고 덤벼들었다.

“여보게 신철 군! 어젯밤 이 앞 다리에서 그 미인과 마주쳤구먼……그런데…….”

앞방 여직공을 가리켜 그 미인이라 하였다.

× × ×

피아노를 뚱뚱 치고 있던 옥점이는 창문으로 쏘아 들어오는 달빛을 쳐다보며 한참이나 무슨 생각을 하더니 머리를 돌려 선비를 바라보았다.

"선비야, 너 그날 밤에 신철이가 뭐라고 하지 않던?"

문 앞에서 낮에 따온 외를 다듬던 선비는 외를 든 채 멍하니 옥점이를 바라보며 그게 무슨 말인가? 하였다. 옥점이는 성을 발칵 내었다.

"넌 이따금 혼이 나가는 모양이두나. 그게 뭐야, 어따 좋다!"

선비가 돌려 생각할 새도 없이 옥점이는 이렇게 비웃었다. 선비는, '그날 밤 신철이가 뭐라고 하지 않던? 그게 무슨 말이야?……' 하고 입 속으로 외어 보나 도무지 그의 기억에서 찾아낼 수가 없었다. 그가 하필 이 말귀만을 못 알아들은 게 아니라 종종 그러하였다. 웬일인지 몰랐다. 언제부터인지 모르나 그의 머리에는 뭐라고 형용하기 어려운 안타깝고 초조함이 저 바구니에 외가 들어 있는 것보다도 더 가득히 들어찬 것을 그는 새삼스럽게 깨달았다. 동시에 그가 언제부터 옥점의 말과 같이 정신이 나갔는지 몰랐다. 어쨌든 그의 맑고 선명하던, 그 무엇인지는 모르나 그것이 확실히 자신에게서 떠나간 듯하였다. 그는 칼로 외꼭지를 자르며 한숨을 가볍게 쉬었다.

"그래 아직도 생각 안 나?"

한참 후에 선비는 머리를 들며,

"안 나."

"아이 저런! 바보가 어디 있나? 참 죽겠네! 아 작년 여름에 서울서 왔던 손님 말이어……."

"손님이 뭐?"

"아이구 저걸 어째? 쟤가 저러다 정말 바보가 되랴나 봐. 에이 모르겠다, 어서 외나 다듬어서 김치나 담거! 네게 말하느니, 쇠귀에 경을 읽어야 낫겠다. 그게 뭐야…… 참."

옥점이는 횡 돌아앉는다. 그리고 다시 피아노를 치며, 그 소리에 맞춰 무슨 노래인지 슬프게 부른다. 선비는 물끄러미 그의 모양을 바라보았다. 그리고 그 노래를 들었다. 그 노래는 선비의 모든 것을 비웃는 듯, 조롱하는 듯하였다. 그리고 창문으로 쏘아 들어오는 무지개 같은 달빛에 비치어 그의 백어 같은 손길은 가볍게 뛰놀았다.

"이애 선비야! 그 방에 불 켜놓으려무나."

옥점 어머니가 밖으로부터 들어오며 이렇게 소리쳤다. 선비는 깜짝 놀라 일어났다. 언제나 그는 옥점 어머니의 음성만 들으면 가슴이 후닥닥 뛰며, 그 담 말에는 자기를 나무라지 않으려나? 혹은 이년 더운 년! 나가라! 하지 않으려나? 하는 불안에 도무지 마음을 진정할 수가 없었던 것이다.

"그만둬라…… 어머이, 난 이대로가 좋아. 저 달빛이면 그만이지…… 불은 켜서 뭘 해…… 아이, 난 죽으면 좋겠어, 어머이."

방 안을 들여다보는 그의 어머니를 쳐다보았다. 옥점 어머니는 딸이 죽고 싶다는 말에 앞이 아뜩해서,

"그게 무슨 말이냐? 소위 배웠다는 년의 입에서 그런 말이 나오냐? 다시는 그런 말 내 앞에서 내지 말아!"

옥점 어머니는 목이 메어, 할 말이 아직 많은데 그만 그치고 말았다.

"넌 무슨 오이를 아직도 다듬냐? 어서 그걸랑 들여다 두고 안방에 불도 켜고, 자리도 펴고, 이 방에도 그렇게 해! 원? 어쩐 일로 계집년이

점점 느릿느릿하냐, 그나마 그 할멈을 그냥 두었으면 좋을 것을……."

옥점이가 졸업하고 내려오니 선비가 할멈 방으로 쫓겨나게 되었다. 그 바람에 덕호가 할멈을 내보냈던 것이다.

"어머이! 나…… 참…… 저…… 온정서 말이야…… 할멈을 만났지! 그런데 자꾸 울겠지! 불쌍해!"

"아 글쎄, 네 아비라는 물건짝이 기어코 할멈을 내보냈구나! 내야 할멈이 불쌍해서…… 그냥 두려고 했지……."

그 순간 옥점 어머니는 외 바구니를 들고 부엌으로 들어가는 선비를 흘금 보며, 전부터 마음속에 깊이 자라 오던 질투의 불길이 그의 젖가슴을 따갑게 스치는 것을 느꼈다.

"그것도 다 저년 까닭이지…… 글쎄……."

할멈과 함께 있으면 어드래서 할멈을 내보냈겠니? 아무래도 네 아비가 수상하니라…… 하고 말이 나오는 것을 그만 꾹 눌러 버렸다.

옥점이는 피아노에 엎디며,

"참, 이상해……."

하며 젖가슴을 꾹 쥐었다. 옥점 어머니는 신이 나서 들어온다. 그리고 옥점이를 들여다보았다.

"너두 이상하게 생각했니?"

옥점이는 어머니를 말뚱말뚱 쳐다보았다.

"글쎄 늙은 첨지가 뭐겠니? 아무래도 수상하지?"

옥점이는,

"아이 참 죽겠네…… 어머니는 뭘 그래? 뭘 수상하단 말이어? 호호호."

옥점 어머니는 그제야 딸이 딴말을 한 것을 잘못 알아들은 것으로 눈치채었다. 동시에 말할 수 없는 노염이 치받쳤다.

"넌 그게 무슨 웃음소리냐?"

"어마이는 그게 무슨 말이오?"

옥점 어머니는 부끄러운 생각이 들어 그만 홱 돌아섰다. 안방에서는 성냥 긋는 소리가 막 났다. 뒤미처 불이 빨갛게 켜진다. 옥점 어머니는 안방으로 들어왔다. 그리고 자리를 펴는 선비를 노려보았다.

"좀 똑바루 펴라!"

선비는 벌써 가슴이 진정할 수 없이 뛰었다. 그리고 손끝이 가늘게 떨렸다. 동시에 그는 눈 한번 맘 놓고 뜨지 못하고 자리를 펴놓은 후에 마루로 나왔다. 옥점이는 여전히 의자에 앉아 머리를 숙이고 있다. 자는지 혹은 무슨 생각을 하는지 몰랐다. 선비는 아까 옥점이가 불 켜는 것이 싫다고 한 것만은 기억하고 건넌방 문 편에 비켜 앉아 그의 동정만 살피고 있었다. 불 켜리? 하고 묻고 싶으나 옥점이가 또 뭐라고 알아듣지 못할 말을 하고 비웃을 것만 같아서, 그는 우두커니 앉아 있었다.

"내일 그만 경성에나 갈까?"

자는 듯이 엎디어 있던 옥점이는 벌컥 일어나며 이렇게 중얼거렸다. 그리고 의자에서 물러나며,

"이애 불 켜! 왜 그러고 앉았니? 이 바보야! 에크! 뭐이 쏟아졌나 봐!"

옥점이는 물바리를 쏟아치고, 이렇게 소리쳤다. 선비는 얼른 뛰어 들어가며 불을 켜놨다. 물바리의 물이 전부 쏟아졌다.

"아니, 넌 불을 켤 것이지, 그럭하고 앉아서, 이런 일이 나게 헐 탁이 뭐냐? 아이구! 참 죽겠네! 저런 꼴 보기 싫어서 난 더 속이 상한다니…… 얼른 펄펄 치워 놔라."

옥점이는 냉큼 안방으로 건너간다. 그리고 모녀가 주거니 받거니, 무슨 말인지 하고 있다. 선비는 걸레로 방을 훔쳐 낸 후에 빈 바리를 들고 할멈 방으로 나왔다. 그가 방 안에 들어서면서야, 아이 내 이 빈 바리는 부엌에 들여다 두자고 한 것을 가지고 왔네…… 이렇게 생각을 하며 도로 문밖으로 나오다가, 에라 내일 아침에 들어가지…… 하고 주저앉았다.

그는 불도 켜지 않은 채 우두커니 앉아 있었다. 너무도 하루 종일 들 볶여서 어리뻥뻥할 뿐이고 아무런 생각도 나지 않았다. 그저 창문으로 새어드는 달빛을 보며 저 달빛을 따라 이 집을 벗어나고 싶은 생각만 이 시간이 지날수록 농후해짐을 느꼈다.

"어떻게 하누?"

그는 한숨 섞어 이렇게 중얼거렸다.

그는 밤마다 저 창문을 바라보며 그 몇 번이나 이 집을 벗어나겠다

고 결심하였다가도 막상 나가려고 봇짐을 들고 나서면 갈 곳이 없다. 그래서 그는 할 수 없이 주저앉곤 하였다. 그는 무심히 이제 들고 들어 온 빈 바리를 어루만지며 오늘 밤엘랑 아주 단단한 맘을 먹고 나가 볼 까? 나갈 때는 이 바리도 가지고 가지…… 할 때 옥점 어머니의 성난 얼굴이 휙 지나친다. 그는 진저리를 치고 바리를 저편으로 밀어놨다. 그러나 그 바리만은 웬일인지 놓고 나가기가 아까웠다. 보다도 섭섭하 였다. 동시에 부엌 찬장에 가득히 들어 있는 바리 사발이며 *탕기, 대 접, 접시, 온갖 그릇들이 그의 눈에 뚜렷이 나타나 보인다. 그가 하루 같이 알뜰히도 만지는 그 그릇들! 꽃무늬에 짐승 무늬를 돋쳐 동그랗 게 혹은 네모나게, 크고 또는 작게 만든 그 그릇들! 그가 그나마 이 집 에 정붙인 곳이 있다면 이 그릇들일 것이다.

그는 다시 바리를 끌어당기어 가슴에 꼭 붙안았다. 그리고 창문을 멍하니 바라보았다. 그때에 불시, 이 방 안을 떠나고 싶은 맘이 들어 가만히 일어났다. 그리고 그의 봇짐을 쥐어 보며…… 가면 어디로 가 나? 만일 밖에 나갔다가 덕호보다도 더 무서운 인간을 만나면 어쩌나? 하는 불안에 봇짐을 슬며시 놓고 물러났다. 그러나 아무리 돌려 생각 해도 이 집에서는 오래 있지 못할 것 같았다.

덕호가 들어오기 전에 어디로든지 가야 할 터인데…… 하고 선비는 우선 사랑에 덕호가 있는지? 없는지? 알고자 하여 밖으로 나왔다. 사 랑에는 불도 켜지 않고 문 위에 달빛만이 환하게 드리웠다. 그는 가볍 게 한숨을 몰아쉬며 그의 방으로 도로 들어왔다.

방으로 들어온 선비는 몇 번이나 봇짐을 들어 보다가 아무래도 대문 밖에 덕호가 섰는 것 같고, 그가 나가다가 길거리에서라도 만날 것 같 아서 그만 봇짐을 놓고 한참이나 망설거리다가 우선 밖에 누가 있지

탕기
국이나 찌개 따위를 떠 놓는 자그마한 그릇. 모 양이 주발과 비슷하다.

않나 보려고 문밖을 나섰다. 중문밖을 나서니 유서방의 방에 불이 밝 갔다. 그는 멈칫 섰다가 대문 밖으로 쫓겨 나오는 듯이 나와 버렸다.

대문 밖을 나선 그는 휘휘 돌아보았다.

그러나 아무도 보이지 아니하였다. 그는 누가 볼세라 하여 바자 곁에 착 붙어 서서 조금씩 조금씩 앞으로 나왔다. 그가 나간대야 너 이년 어디 가니…… 하고 붙들 사람조차 없는 것 같은데 그는 이렇게도 나가기가 무서웠다. 그래서 그는 이렇게 숨어 걷지 않고는 견디지 못 하였다.

한참이나 나오던 그는 멈칫 섰다. 읍으로 들어가는 새로 닦은 신작로가 달빛에 뚜렷이 바라다보였다. 그는 언제나 이 길을 바라볼 때마다, 그가 이 길로 외롭게…… 쓸쓸하게 나가게 될 날이 멀지 않으리라…… 하였다. 그렇게 막연하게 생각은 들면서도 마침 나가려고 단단히 맘을 먹고 이 길 위에 올라서면 멀리 바라보이는 컴컴한 솔밭과 솔밭 새로 뿌옇게 사라져 간 이 길 저편에는 덕호보다도 몇 배 더 무서운 사나이가 눈을 부릅뜨고 자기를 기다리는 것 같았다. 그는 전신에 소름이 오싹 끼쳐지며 무의식간에 휙 돌아섰다. 그의 앞에 나타나 보이는 이 용연 동네! 보다도 함석창고를 보아란 듯이 앞세우고 즐비하게 들어앉은 덕호의 집! 다시 그 집으로 들어갈 생각을 하니, 뭐라고 형용할 수 없이 온 가슴이 쓰리고 아팠다. 그는 다시 돌아서며 솔밭길을 바라보고 몇 발걸음을 옮기다가는…… "어찌나? 난! 난 어째!" 이렇게 중얼거리며 저 달을 쳐다보았다. 달은 언제나처럼 저편 하늘가를 향하여 슬슬 달음질쳤다.

그때 그는 얼핏 생각나는 것이 있었다. 그것은 간난이였다. 그가 덕호에게 유린을 받기 전만 하여도 간난이를 아주 몹쓸 여자로 알았지마

는, 그가 한번 그리 된 후에는 웬일인지 꿈에도 간난이를 종종 만나보
고 서로 붙들고 울기까지 하곤 하였다. 그리고 이렇게 나갈까말까 하
고 망설일 때마다 문득 그의 머리에는 간난이가 떠오르는 것이다. 그
가 어디라던가? 가서 돈벌이를 잘한다지…… 편지나 좀 할 줄 알면 해
보았으면…… 하고 생각할 때, 그의 발길은 어느덧 간난네 집을 향하
여 옮겨졌다. 그는 몇 번이나 간난의 소식을 알고자 달밤이면 이렇게
찾아오곤 하였다. 그러면서도 차마 들어가지는 못하고, 바자 밖으로
어실어실 돌아가다가는 에라 후일 알지, 간난 어머니라도 나를 수상히
보면 어쩌나 하는 불안에 돌아서 오곤 하였다. 그때마다 그는 ‘간난
아!’ 이렇게 목이 메어 입 속으로 부르면서, 그와 자기가 어려서 놀던
생각을 하였다. 그리고 간난이가 여기 있을 때 어째서 자기는 그의 맘
을 이해해 주지 못하였던가? 따라서 다만 한마디라도 그를 붙들고 위
로나마 해주지 못하였던가…… 하니, 기가 막혔다.

그는 이러한 생각을 되풀이하는 새 벌써 간난네 집까지 왔다. 그는
멈칫 서서 이번에는 꼭 들어가서 그의 소식을 알아 가지고 가리라……
굳게 결심하였다.

그는 안에 누구들이 마을이나 오지 않았는가를 살폈다. 그 담엔 간
난이 아버지가 집에 있는가 하고 동정을 보았다. 그러나 안은 괴괴하
였다. 그리고 어슴푸레한 불빛만이 문 위에 비치어 있을 뿐이고, 그리
고 누구의 기침소리인지 쿨룩쿨룩…… 하는 소리가 들렸다. 벌써들 다
자는 모양인가. 그만 갔다가 내일 낮에 올까…… 하고 돌아서다가, 에
라 들어가 보자 하고 안 들어가는 발길을 힘껏 들이몰았다. 신발 소리
에 안에서는,

“누구요?”

붙어 서서 덕호의 집까지 왔다. 이 봉투는 어떻게 할까? 한참이나 주저하던 그는 버선 속에다 쓸어 넣고 나서 대문을 가만히 열었다. 이젠 유서방의 방문까지도 컴컴하였다. 그리고 처마 끝 그림자가 뚜렷이 드리웠다. 그리고 사랑은 여전하다. 그는 가슴을 설레며 덕호가 나 없는 새 방에 들어와 있지나 않나? 하는 불안으로 중대문까지 와서는 한참이나 주저하였다. 그러나 사방이 죽은 듯이 고요하므로 그는 소리 없이 대문을 닫고 들어와서 그의 방문을 열었다. 맞받아 나오는 듯한 이 어두움! 그는 잠깐 주저하며 덕호가 술이 취하여 저 안에 누웠는 것만 같았다. 그는 휙 돌아서 어디로든지 달아나고 싶은 충동이 강하게 일어나는 것을 느꼈다. 동시에 버선 갈피에 들어 있는 그의 유일한 비밀을 다시 한번 생각하였다.

마침내 방 안에 아무도 없는 것을 알자 선비는 들어갔다. 그리고 오늘은 이 문을 열어 주지 않으리라 결심을 하며 문을 힘껏 잡아당겨 걸고 자리도 펴지 않은 채 누워 버렸다. 누우니 일만 가지 생각이 뒤끓어 마치 *환등을 보는 것 같았다. 그리고 저 문 밖에서 덕호가 문을 잡아당기는 것만 같았다.

한참 후에 참말 문이 바짝하였다. 에그 또 왔구나…… 하고 눈을 꼭 감아 버렸다. 그러나 가슴만은 못 견디게 벌렁거렸다. 또다시 바짝바짝하였다. 덕호가 전날을 미루어서 자기가 자지 않을 것을 뻔히 알 것이다. 그런데 이렇게 문을 안 열어 주면 덕호가 자기를 미워할 것만은 사실이나 상에 쫓겨나기밖에는 더 하겠니? 하고 가만히 있었다. 문은 점점 더 바짝거렸다. 그러다 어떻게나 하는지 짝짝 하는 문창지 찢는 소리가 들리더니 문고리가 절걱 벗겨진다. 선비는 그냥 누워 자는 체하였다. 덕호는 씩씩하며 문을 걸고 선비의 곁으로 오더니 발길로 그

환등(幻燈)
그림, 사진, 실물 따위에 강한 불빛을 비추어 그 반사광을 렌즈에 의하여 확대하여서 영사(映射)하는 조명 기구. 또는 그 불빛.

의 엉덩이를 내려밟았다.

"이년의 계집애, 왜 문을 안 열어. 건방진 놈의 계집애, 저를 예뻐하니까…… 아주 버틴단 말이어…… 어디 보자!"

선비는 이제야 깨어나는 듯이 부시시 일어앉았다.

"이제 문 열라는 것 들었지?"

"못 들었에요."

"이놈의 계집애."

선비를 끌어안는 덕호에게서, 항상 그에게서 많이 맡을 수 있는 독특한 냄새가 후끈 끼친다. 선비는 덕호의 품에 오래 안겨 있으면 모르나, 이렇게 처음 안기게 될 때마다 이러한 강한 냄새를 느끼곤 하였다. 그는 머리를 돌렸다. 그리고 그의 품을 벗어나려고 몸을 꼬며 내려앉으려 하였다. 덕호는 더욱 쓸어안았다.

"이년, 너 내가 싫은 모양이지…… 딴 계집 얻으리? 응, 이애, 말을 좀 들어 보자."

덕호는 씩씩하며 선비의 귀에다 입을 대고 이렇게 수군거렸다. 선비는 소리치게 간지러움을 느끼며 물러앉았다.

"너 이년, 딴 사내가 있는 게로구나…… 그렇지 않으면 그럴 수야 있나? 계집이란 것이 사내가 들어오도록 잠을 자지 않다가 사내가 들어오는 것을 맞받아 들여야 허는 게고, 또는 아양도 떨어서 사내의 환심을 사도록 하여야 허는 게지…… 그게 뭐냐. 잔뜩 자빠져서 자고 있어? 에이 고약한 년 같으니, 내 저를 예뻐하니까 버릇이 사나워졌단 말이어…… 너 이달 월경은 어찌 되었냐?"

선비는 옥점 어머니가 밖에 섰는 것만 같아서 그의 조그만 가슴이 달랑달랑하였다. 그리고 덕호의 지껄이는 말이 하나도 귀에 거치지 않았다. 언제나 선비는 덕호가 들어올 때마다 이러하였다.

"이애 대답을 해."

덕호는 선비의 배를 어루만진다. 선비는 대답을 안 하려니 자꾸 여러 말을 늘어놓는 것이 싫어서,

"아직 안 나……."

"음 이번에는 무슨 수가 있나 부다. 뭐 먹고 싶은 게 있으면 꼭꼭 말해. 감추어 놓고 우물쭈물 말도 하지 않고 있지 말구…… 뭐 먹고 싶으냐?"

선비 볼에다 입술을 들이대고 슬슬 핥으면서 이렇게 말하였다. 선비는 구역이 금방 나오는 것을 참으며 내려앉았다.

"갈비나 한 짝 떠오랴?"

"아이 참, 듣기 싫어요."

"어…… 그년 듣기 싫다고만 하면 되나. 이 속의 내 아들의 생각을 해야지."

덕호는 선비를 껴안으며 진저리가 나도록 선비의 귓가를 빨았다. 그리고 지갑에서 돈을 꺼내 선비에게 들려주었다.

"이것 가지고 너 쓰고 싶은 데 써라. 그리고 뭐 먹고 싶은 게 있으면 날 보고 말해, 응."

선비는 돈을 쥐며 버선 갈피의 봉투를 생각하였다. 그리고 이것이 얼마인지는 모르나, 이것을 여비로 간난이한테 가야지…… 하는 맘을 단단히 먹었다.

"어서 들어가세요, 어머이가 나와요."

"나오면 어떠냐? 네가 이전 제일이야. 이 속에 내 아들이 있는데…… 그까짓 년이 뭐기 그러냐. 걱정 없다. 너 이제 두 달만 지나면 완전히 알 것 아니냐. 그러면 저년은 내보내구…… 너를 아주 내 정실

로 삼겠다. 알았니?"

"가만가만히 하세요. 누가 듣겠어요."

"들어도 일이 없어. 네가 이전 이 집안에서는 제일이야. 그런데 이애! 애가 배면 신 것이 먹구 싶다는데…… 넌 그렇지 않으냐?"

선비는 아이에 미쳐 덤비는 덕호가 한층 더 밉살스러웠다. 반면에 이때까지 월경이 나오지 않는 것이 덕호의 추측과 같이 참말 임신이 아닌가? 하였다. 따라서 차라리 이렇게 몸을 더럽힌 바에는 아들이라도 하나 낳아서 이 집안의 세력을 모두 쥐었으면…… 하는 생각도, 이렇게 덕호와 마주앉을 때마다 어느 구석엔가 모르게 자라 오는 것을 그는 깨달았다. 그는 마침내 구역질을 욱 하고 하였다.

덕호는 놀라면서 선비의 입술 밑에 손을 대었다. 선비는 머리가 지끈 아프고, 그 손끝에서 한층 더 그 내가 나는 것을 느끼자 머리를 돌렸다.

"이애 너 정말 임신이구나. 구역질이 언제부터 나느냐?"

선비는 그의 무릎에서 물러앉으며,

"어서 들어가세요. 난 몸이 아주 괴로우니…… 제발 오늘만은 어서 들어가세요."

"음, 몸이 괴로워…… 필시 잉태 중이다. 애 배었다! 밥맛이 없지? 과실이나 좀 사다 주랴?"

"싫어요. 어서 들어만 가주세요."

밖에서 옥점 어머니가 이 말을 다 엿듣는 것만 같았던 것이다.

"오냐, 그러면 내 들어갈 것이니 이 배를 잘 간수해라. 그러구 내일은 갈비를 떠올 터이니…… 배껏 먹어! 응? 이 귀여운 년아! 넌 내 아들 배었지?"

지화
지폐.

덕호는 선비를 힘껏 껴안아 보고 나서 밖으로 나갔다. 선비는 가볍게 한숨을 몰아쉬며, 손에 쥔 *지화가 얼마짜리인지 몰라 애가 쓰였다. 밖으로 나간 덕호는 이제야 큰대문 소리를 찌꺽 내며 쿵쿵 하고 중대문을 들어선다. 언제나 그가 이렇게 선비의 방에 들어왔던 날은 소리없이 밖으로 나가서 저 모양을 하는 것이다. 으흠 하는 덕호의 기침소리와 함께 중대문 거는 소리가 떨그렁 하고 난다. 그러고는 안방을 향하여 충충 들어가는 신발 소리가 뚜렷이 들렸다. 그때 선비는 웬일인지 가벼운 한숨과 함께 질투 비슷한 감정을 확실히 느꼈다. 선비는 안방 문이 열렸다 닫히는 소리를 들으면서야, 다시 그의 손에 지화가 들어 있는 것을 깨달았다. 그리고 얼마짜리인지 알고 싶은 궁금증에 등 아래를 어루만져 성냥을 가만히 그어 보았다. 성냥불에 비치는 지화, 그것은 똑똑히는 몰라도 옥점의 지갑에서 늘 볼 수 있는 십 원짜리 같았다. 선비는 불꽃만 남기고 꺼지는 불을 바라보며, 이것과 어머님 살아 계실 때 준 것과 합하면, 십 원하고 오 원이나? 그럼 얼마가 되는 셈일까, 백 냥하고 또 쉰 냥하고…… 하니까…… 일백쉰 냥이나? 그러면 항용 부르기는 십오 원이라지? 그는 난생에 처음으로 십오 원을 불러 보았다. 이걸 가지면 서울을 갈지 몰라? 그는 지화를 꼭 쥐었다. 그리고 아는 듯 모르는 듯이 그는 안방으로 귀를 기울였다. 어떤 불쾌한 생각과 아울러 자기도 모를 감정에 떠돌고 있는 것을 깨달았다.

×　　×　　×

　여름철이 잡힌 그 어느 날 저녁이었다.

　하루 종일 흐려 있는 하늘을 쳐다보면서 선비는 부엌으로 나왔다. 옥점 어머니는 요새 확실하게 눈치를 챈 모양인지 어젯밤에도 자지 않고 덕호와 밤새도록 싸웠다. 그리고 아침도 안 먹고 점심도 면 소사를 시켜서 국수를 사다 먹고서는 사뭇 앓는 사람 모양으로 머리를 동이고 누워 있었다. 선비는 그들과 같이 어젯밤도 고스란히 새웠으며 지금까지도 부엌문으로 바라보이는 저 하늘과 같이 그의 맘은 캄캄하게 흐리고 걷잡을 수 없는 불안에 가만히 앉아 있을 수가 없었다. 그는 쌀을 일어서 솥에 해 안치고 나서는 무엇을 해야 좋을지 몰라 한참이나 왔다갔다 하다가 *광에 가서 쌀을 퍼내 오고 생각을 하니 금방 솥에 쌀 일어 해 안친 것을 깨달으며 그는 우뚝 섰다. 내가 왜 이래…… 그는 시렁을 붙잡고 좀 마음을 진정하려 하였다.

　그러나 그것은 쓸데없었다. 옥점 어머니가 그 일을 알았어! 글쎄 모를 리가 있나…… 아니야 아직도 몰랐어! 알았으면야 내가 견디어 낼 수가 있나? 어젯밤으로 당장 쫓겨났지…… 무엇이 *자끈하므로 그는 깜짝 놀라 굽어보았다. 그의 손에 든 쌀 담은 바가지가 내려지면서, 그 아래 놓아 둔 *개숫물 *자배기가 깨어졌다. 물이 와르르 흘러지며, 바가지 역시 깨어져서 쌀이 물과 같이 흘러내린다. 그는 숨이 차서 쌀을 주워 모았다. 신발 소리가 쿵쿵 났다.

　"저년이 무슨 지랄을 저리 벌여! 이년아!"

　머리를 갈래갈래 헤친 옥점 어머니가 마루로부터 뛰어내려 와서 선비의 머리끄덩이를 움켜쥐었다.

광
세간이나 그 밖의 여러 가지 물건을 넣어 두는 곳간.

자끈
작고 단단한 물건이 갑자기 부러지거나 깨지는 소리, 또는 그 모양

개숫물
설거지하는 물. 음식 그릇을 씻을 때 쓰는 물. 설거지물.

자배기
둥글넓적하고 아가리가 쩍 벌어진 질그릇.

"이애 이 계집애야, 우리 집에 있기 싫거든 나가지 그릇은 왜 짓모고 있어! 이 주리를 틀 년의 계집애, 나가라!"

무슨 흠을 잡지 못해서 애쓰던 차라 옥점 어머니는 선비의 머리채를 움켜쥐고 소리가 나도록 쥐어뜯었다. 선비는 반항하려고도 하지 않고 그저 얼굴이 새까맣게 질려 가지고 그가 하는 대로 가만히 있었다. 옥점이가 눈이 둥그래서 나왔다.

"왜들 이래…… 아이거…… 저 꼴…… 호호호호."

선비의 옷이 쏟아진 물에 적시우고 흙에 이겨진 것을 보매 옥점이는 이렇게 웃었다. 그리고 그날그날에 아무 새로운 일이 없이 밥 먹고 피아노 치고 잠자고 이렇게 단순하게 되풀이하던 그로서는 이렇게 싸우는 일도 한 새로운 일이므로 일어나는 흥분과 함께 통쾌감을 느꼈다. 그리고 막연하나마 신철이가 자기보다 선비를 더 생각하였거니 하는 질투심에서 항상 밉게 보던 선비라 그도 달려가서 어디든지 쥐어박고 싶은 충동까지 일어났다. 옥점 어머니는 흑흑 하면서 양과 같이 아무 반항이 없는 선비를 눅쳤다 닥쳤다 하면서 부엌바닥에 굴렀다. 선비는 처음에는 아프기도 하고 쓰리기도 하였지마는 시간이 오랠수록 의식이 몽롱해지며 아픈 것도 아무것도 몰랐다. 그리고 이 매 맞은 끝에 그만 죽어 버렸으면 이 부끄럼, 이 고통을 면할 수 있으려니…… 보다도 무서운 이 집을 벗어날 수가 있으려니…… 생각하니 오히려 이런 매를 맞기 전보다 맘의 고통은 좀 덜리는 것 같았다.

옥점 어머니가 기운이 진하여 물러나며 머리를 매만진다.

"이년 당장에 나가라. 내 너를 친딸과 같이 길렀지…… 너두 생각이 있으면 알겠구나. 그런데 이년…… 내가 가만히 있어도 너의 연놈들의 일을 다 알아. 응 이년, 이 죽일 년의 계집애."

"어머니 남부끄럽소! 설마한들 그따위 짓이야 아버지가 했겠소? 그러나 저 계집애 맘으로는 그렇지 않을 게야…… 그때도 신철이와 밤에 마주서서 어쩌구 어쩌구…… 하는 것을 잡았다니…… 그때 신철이놈은 저 계집애와 무슨 관계가 있었는지 몰라. 저년이 겉으로는 바보같이 가만히 있으나 속으로는 한몫 더해……."

옥점이는 어느 때나 신철이를 잊지 못하는 반면에 그만큼 더 미웠던 것이다. 그래서 별별 추측도 다 해보곤 하였던 것이다. 옥점이는 달려들어 피가 흐르는 듯한 선비의 볼을 철썩 후려쳤다. 선비는 부엌 구석에 박히며 어서 죽어지면 하였다.

그때 덕호가 들어왔다.

"왜들 이러냐?"

옥점이는 아버지를 돌아보며,

"아버지 내 입때 말 안 했지만…… 저 계집애와 신철이와 아마 관계가 있었나 봐?"

"뭐? 신철이와……."

덕호는 의심스럽다는 듯이 눈을 크게 떴다.

"네가 꼭 아냐?"

"알구 말구요. 달밤인데 저 계집애와 신철이가 마주서서 무슨 얘기를 재미나게 하더라니요. 그리고 서울 가서도 신철이가 저놈의 계집애를 올려오지 못해서 한동안 애쓰지 않았수? 그때는 몰랐지만 지금 생각하니 저 계집애와 상관이 되어 가지고 그랜 것을 내가 몰랐다니."

옥점이는 다시 돌아섰다.

"너 참말 신철이와 관계되었지? 말 안 하면 이년의 계집애 죽이고 말겠다!"

옥점이는 대들었다. 덕호는 눈을 무섭게 뜨고 선비를 노려보았다. 무엇보다도 간봄에 어린애를 밴 줄 알고 가지각색으로 사다 먹인 생각을 하니 분하기 이를 데 없었다. 선비는 덕호를 보니 이때껏 불이 붙는 듯하던 눈에 눈물이 핑 돌았다. 그나마 덕호만이야 그의 억울함을 알아주려니 하였던 것이다. 덕호는 선비 앞으로 조금 다가섰다.

"네 정말 신철이와 관계가 있었냐?…… 저 계집애를 둬두기 때문에 애매한 헌 *멍덕만 나까지 쓰게 되었단 말이어…… 하, 거 정 자네 나를 의심하지마는 재보고 물어보라구. 아 신철이 녀석과 벌써부터 관계가 있어 가지고 서울 가랴고 애쓰는 계집애가 내 말을 들을까? 응 이 사람아, 사람을 의심해도 분수가 있지…… 응, 이 사람? 오늘 뭐 좀 먹어 봤나? 아까 면 소사 국수 가져온 것 먹어 봤나?"

덕호는 선비와 마주섰기가 거북해서 옥점 어머니의 손을 끌고 방으로 들어간다. 옥점이는,

"이 계집애 당장 나가라. 우리 집에 이전 못 있어."

소리를 치고 나서 그들의 뒤를 따랐다. 선비는 나가야 할 것을 절실히 느꼈다. 그나마 믿었던 덕호까지도 저런 시뻘건 거짓말을 하는 것을 들으니, 이젠 다시는 선비를 가까이하지 않고 내보내려는 심산인 것을 깨달았다. 잘되었다! 선비는 이렇게 속으로 생각하며 그의 방으로 들어왔다. 그리고 악이 치받쳐서 부들부들 떨릴 뿐이지 눈물 한 방울 나오지 않았다. 그는 봇짐 위에 칵 엎어지며 어서 밤 되기를 기다렸다.

그날 밤! 선비는 봇짐을 옆에 끼고 덕호의 집을 벗어났다. 사방은 먹칠을 한 듯이 캄캄하였다. 그리고 낮에부터 쏟아질 줄 알았던 비는 쏟아지지 않으나 바람만 슬슬 불기 시작하였다. 선비는 읍으로 가는 신작로에 올라섰다. 선들선들한 바람이 그의 타는 볼 위에 후끈후끈 부

딪치고 지나친다.

저편 동쪽 하늘에는 번갯불이 번쩍 일어서 한참이나 산과 산을 발갛게 비추어 주었다. 그때마다 우르르…… 타는 소리가 들린다. 선비는 전 같으면 이런 것들이 무서우련만 이 순간 그에게 있어서 아무것도 두려울 것이 없었다. 그는 죽음으로써 모든 것을 당하리라고 최후의 결심을 굳게 하였던 것이다.

길가 좌우로 빽빽히 들어선 수숫대며 좃대는 바람결을 따라 시르르 솨르르 소리를 내었다. 그 소리는 물결처럼 멀리 흩어졌다가는 또다시 밀려오곤 하였다. 그 물결을 타고 넘실넘실 넘어오는 듯한 피아노 소리! 뚱뚱! 어찌 들으면 곁에서 듣는 것 같고 또다시 들으면 꿈속에서 듣는 것처럼 희미하였다. 그러나 그 소리는 확실히 선비의 가슴 복판을 찔러 주었다. 선비는 눈앞에 옥점의 피아노 치는 것을 그리며 귀를 막았다.

그때 낑낑 하는 소리가 나며 선비의 앞을 막아서는 무엇이 있으므로 선비는 놀라서 물러섰다. 다음 순간 그것은 자기가 항상 밥을 주던 검둥이임을 알았을 때 선비는 와락 검둥이를 쓸어안으며 머리털 끝까지 치받쳤던 악이 울음으로 변하여 쓸어 나왔다.

검둥이는 꼬리로 선비의 얼굴을 툭툭 치며 한층 더 낑낑거렸다. 그리고 주둥이로 그의 볼을 핥았다.

"검둥아!"

선비는 검둥이의 목에다 볼을 대며 길에 펄썩 주저앉았다. 멀리 마을에서 깜박여 오는 저 불빛! 붉은 실타래같이 갈가리 찢기어 그의 눈에 비치어진다. 그 순간 그는 그 불빛이 그의 어머니를 숨지어 놓고 바라보던 그 등불과 흡사함을 느꼈다.

"어머니!"

그는 무의식간에 이렇게 부르짖었다. 그리고 어머니가 묻힌 산 편으로 얼굴을 돌렸다. 그때 얼핏 떠오른 것은 소태 뿌리였다. 뒤미처 눈이 둥그렇게 큰 첫째의 눈방울이 뚜렷이 떠올랐다. 그는 머리를 푹 숙였다. 그때의 일이 번개같이 그의 머리를 싸고도는 것이다. 덕호가 주는 돈은 이불 속에 넣고 첫째가 캐온 소태나무 뿌리는 윗방 구석에 내어 던지고…… 그는 이렇게 생각하였다.

"검둥아! 너 나하고 같이 가련?"

번갯불이 환하게 일어났다 꺼진다.

× × ×

"이 사람아, 잠을 자도 분수가 있지, 이게 무슨 잠이람."

신철이는 깜짝 놀라 깨었다. 벌써 동무들은 일어나서 세수까지 한 모양인지 이맛가가 반들반들하였다. 기호는 신철이를 들여다보았다.

"오늘 조반 할 것이 없네그리. 어서 자네 일어나서 좀 변통하여야겠네……."

"가만히 있어. 나 조금만 더 자구."

"어서 일어나게. 해가 *중낮이나 되었네. 아침은 못 먹는다더라도 점심이나 저녁이나 그 어느 한 끼는 먹어야지…… 긴긴 해에 이렇게 굶고야 사는 수가 있나? 허허, 참."

신철이는 벌떡 일어났다. 햇빛이 산뜻하게 방 가운데 떨어졌다.

"이거 물어 살겠기…… 어데."

신철이는 내의를 훌떡 벗었다. 그리고 보리알 같은 이를 잡아내기 시작하였다. 일포가 문 곁에 바싹 붙어 앉아 그나마 돈푼이나 있을 때 사다 먹고 내친 담배 꼬투리를 붙여서 한 모금 쑥 빨았다. 콧구멍으로 내뿜는 연기야말로 제법 길게 올라간다. 그리고 건넌방을 흘금흘금 내다보는 것을 보아 건넌방 미인이 오늘은 집에 있는 것을 짐작할 수가 있었다.

일포는 언제나 저렇게 뚱뚱한 채 살폭이 좋았다. 시재 먹을 것이 없고 땔 것이 없어도 그는 한 번도 초조한 빛을 남에게 보이지 않는다. 그러고는 아침만 되면 일어나서 저렇게 문 곁에 앉아 가지고 담배를 피우지 않으면 코 안을 우벼 내고 발새를 우벼 내어 그 손을 코에 대고 흥흥 맡아 보면서 건넌방을 흘금흘금 내다보는 것이다. 신철이는 이 모든 것을 못 본 체하고 곁눈질도 해보지 않는 것이다. 그러나 기호만은 일포가 발새를 우벼서 흥흥 하고 맡아 볼 때마다,

"이 사람아! 저…… 또 저 짓이야. 그 왜 사람이 그렇게 고리타분해! 그래 맡아 보니 맛이 어떤가?"

일포는 못 들은 체하고 있다가 여전히 또 우벼 내서 맡아 보곤 하였다. 그러고는 손끝은 으레 양말짝에 부벼치는 것이 그의 늘 하는 버릇

수를 청하여 놓고 먹으면서 무슨 이야기를 재미나게 하다가는 호호 웃었다. 그때마다 신철이는 그들이 자기의 초라한 모양을 바라보고 웃는 듯하여 한참이나 그들을 노려보다가 휙 돌아앉았다. 그리고 그는 도리어 그들을 대하여 떳떳한 길을 밟지 못하고 있는 인간들아! 하고 소리쳐 주고 싶은 생각을 억지로 해보았다.

곁에서 빙수를 마시며 호호…… 하하…… 하는 두 젊은 남녀의 웃음소리에 비위가 상해서 신철이는 그만 돌아앉았으나 그들의 시선이 그의 잔등과 뒷덜미를 향하여 여지없이 쏟아지는 것을 깨달았다. 동시에 햇볕이 못 견디게 내리쪼인다. 그는 포켓에서 수건을 내어 이마를 씻었다. 수건 역시 이것이 마지막이다. 집에서 나올 때 사오 개 가지고 나왔지마는 동무들에게 하나하나 빼앗기고 그나마 해어진 것 이것이 있을 뿐이다. 그는 곁에서 빙수를 먹는 여자의 음성이 차츰 옥점의 그 음성과 흡사하였다. 옥점이는 어디로 출가했는가? 아직도 나를 생각하고 있는가? 이런 생각이 내리쬐는 햇볕과 같이 강하게 일어나는 것을 깨달았다. 그는 픽 웃어 버렸다. 그리고 그 생각을 묻어 버렸으나 웬일인지 그때가 그리운 듯하였다. 아니! 확실히 그리워졌다. 그나마 그때가 자신에게 있어서는 얼마나 행복스러운 시절이었는지 몰랐다. 그는 그만 벌떡 일어났다. 그 생각이 마치 일포가 콧구멍을 우벼 내고 발가락을 우벼 내는 것보다도 더 고리타분하게 생각되었던 때문이다.

그는 달아가고 달아오는 전차―또 전차를 바라보았다. 그리고 끊일 새 없이 뒤를 이어 오는 택시며 또 버스를 눈이 아물아물하도록 바라보았다. 따라서 그가 바라보면 바라볼수록 자기가 이 높은 데서 그것들을 아득하게 바라보는 것과 같이 전차며 택시며 버스가 그렇게도 자기와 거리가 멀어진 것을 그는 가슴이 뜨겁게 깨달았다. 생각해 보아도 저 전차를 타고 한강에 나가 본 것이 작년 여름에 옥점이와 함께 나갔던 기억밖에는 찾아낼 수가 없었다. 물론 그가 그 후에도 몇 번이나 전차를 탔을 것만은 분명한데 도무지 그 기억은 몽롱하고 오직 옥점이와 같이 전차를 타고 혹은 택시를 타고 드라이브하던 기억만이 뚜렷하였다.

1930년대 택시

그는 불쾌하였다. 빙수 먹는 계집으로 인하여 이런 불쾌한, 아니 비열한 생각을 하게 된 것이라고 생각되었기 때문이다. 신철이는 어정어정 걸으며 어젯저녁에 밤송이 동무에게서 얻어 두었던 신문을 포켓에서 꺼내 들었다. 그는 신문을 펴들자 정치면부터 보기 시작하였다. 그는 뚜렷이 드러난 미다시(제목)를 죽 훑어보며 약간 양미간을 찡그렸다. 점점 더 못 견디게 배가 고파 오고 그리고 골머리가 띵하니 아팠던 것이다.

그는 눈결에 보니 남녀는 저편 화초 진열장으로 들어간다. 그는 다시 의자에 주저앉았다. 사이렌이 난 것을 짐작하여 아마 오후 세 시나 두 시 반은 넉넉히 되었으리라고 하였다. 사람들은 부절히 이 상층에 올라왔다 내려가곤 하였다. 그러나 이제는 정신을 차려 그들을 볼 수가 없이 배가 몹시 고파 온다. 입에서는 침조차 나오지 않고 배는 등에 붙은 것 같다. 그는 눈을 감고 의자에 기대었다. 돌아가신 어머님이 계셨으면 자기가 뛰어나온다고 하더라도 뒤미처 따라와서 자기를 집으로 데려갔지, 아직까지도…… 아니 이렇게 배가 고파 운신을 하지 못하게까지 내버려두었으랴! 하였다. 그는 아버지가 원망스러웠다. 그리고 의모는 더 말할 여지가 없었다. 따라서 아무 철없는 영철이까지도 원망스러웠다. 그러나 그것은 비겁한 생각이라…… 하였다.

단 오 전만 가졌으면 이렇게 배는 고프지 않으련만…… 오 전! 오

전! 그의 눈에는 오 전짜리 백동전이 뚜렷이 나타나 보인다. 십 전보다
도 좀 작은 듯한, 그리고 좀 얇은 듯한 그 오 전! 그것이 없어서 자기는
이렇게 배를 곯는 것이다! 그는 이러한 생각을 하며 휘돌아보았다. 행
여나 그 남녀가 빙숫값을 치르다가 그 오 전을 떨어치지 않았는가? 하
여 보고 또 보나 아무것도 발견치 못하였다.

남녀는 앵무새를 사가지고 나왔다.

"곤니치와(안녕하세요)……."

계집이 조롱을 들여다보며 이렇게 말하였다. 그러고는 호호…… 하
하…… 웃었다. 신철이는 저것에 오 전짜리를 몇 개나 주었을까? 생각
을 하며 그 오 전을 멍하니 헤어 보았다. 남녀는 이젠 집으로 가는 모
양이다. 신철이는 그들의 모양을 흘금 바라보며 내가 옥점이와 결혼을
하였다면 아마 지금쯤은 저런 것이나 사러 다니겠지…… 하였다.

그들이 사라진 후에 신철이는 그놈이 들어왔을까? 어서 가야지……
석간 돌리러 가겠으니까…… 하고 일어났다. 앞이 아뜩해지며 휙 잡아
돌리는 듯하여 그는 의자를 붙들고 멍하니 서 있었다. 그때 그의 머리
에는 이러한 것을 생각하였다. 누구든지 돈 오 전만 주면서 너 여기서
저 아래까지 뛰어내려라 하면 그는 서슴지 않고 뛰어내릴 것 같았다.
그렇게 생각하고 나니 그런지 이 꼭대기와 저 아래 땅과의 거리가 차
츰 가까워지는 것을 그는 보았다.

엘리베이터를 타고 하층으로 내려온 신철이는 저편으로부터 아는
여자가 마주 오는 것을 보고 그만 당황하였다. 그래서 식당 편으로 피
하였다. 그리고 진열대에 진열한 상품을 보는 체하면서 그 여자가 어
서 상층으로 올라가기만 고대하였다. 그러나 그 여자는 돌아가며 무엇
을 부지런히 찾고 있다. 신철이는 초조한 맘으로 얼굴을 돌리니 유리

알 속으로 빛나는 카레라이스, *다마고돈부리, 스시 등의 요리 표본이 보기 좋게 진열되어 쓸쓸히 말라 가고 있을 뿐이었다. 순간에 그는 참을 수 없는 식욕을 느끼며 휙 돌아섰다.

"아니? 신철 씨 아니세요?"

마침내 그 여자는 신철의 앞으로 다가왔다. 신철이는 얼결에 중절모를 벗어 움켜쥐고 뒷짐을 졌다. 그리고 헤어진 구두를 보이지 않으려고 진열대 앞으로 바싹 다가섰다.

"네, 참 오래간만입니다."

"왜 놀러 안 오세요?"

"네…… 네…… 뭐 그저 바빠서……."

식당 곁에 섰느니만큼 한층 더 어려웠다. 그리고 어서 이 여자가 물러났으면 하나 좀처럼 물러나지 않을 모양이다. 그는 하는 수 없이 이 편으로 슬슬 뒷걸음질하였다.

"자, 저는 먼저 갑니다."

그 여자는 이상한 듯이 신철의 아래위를 훑어보았다.

"네 안녕히 가세요. 그리고 놀러 오세요."

"예…… 예."

신철이는 도망하듯이 미쓰고시 문 밖을 나섰다. 그는 한숨을 후 내쉴 때 땀방울이 등허리를 씻어 근질근질하게 흘러내리는 것을 느꼈다. 동시에 이가 무는 것같이 등허리가 가려우나 지나가고 오는 사람들의 눈이 어려워서 서서 긁지도 못하고 걸어가려니 땀만 부진부진 더 났다.

그는 *본정으로 들어섰다. 좌우 상점에서 울려 나오는 레코드 소리며 아스팔트 위를 걸어 오고 가는 게다 소리, 각 상점에서

상품을 사고 파는 부산한 소리, 이 모든 소리가 교착이 되어 가지고 흐르고 또 흐른다. 그리고 그 새를 물고기같이 헤엄쳐 나가고 오는 사람의 홍수! 그들은 모두가 앞가슴을 불쑥 내밀고 생기 있게 팔과 다리를 놀렸다.

신철이는 더욱 어깨가 늘어지고 잔등이 몹시 가려웠다. 그때 포마드 향유내가 물큰 스치므로 얼른 바라보니 그의 앞으로 다가오는 어떤 젊은 일인은 유카타(浴衣)를 서늘하게 입었으며 머리에서는 향유가 빛났다. 그리고 새로 목욕이나 하고 나오는 듯이 그의 얼굴은 윤택하였다. 순간에 신철이는 자신의 몸에서 발산하는 악취를 느끼며 다리는 천근이나 만근이나 무거운 듯하였다.

그는 영락정을 거쳐 황금정을 건너서서 수표교까지 왔다. 그때 얼른 샅에 손을 넣고, 잔등에 팔을 돌려 시원히 긁고 나서 이놈이 이젠 신문사에 들어갔기 쉬운데…… 혹시 지금쯤 배달하러 나오지 않는가…… 하였다. 그리고 중국인 거리를 총총히 지나서 종로까지 나왔다. 확실히 이 종로는 횡 빈 듯한 느낌을 그에게 던져 주었다. 간혹 전차가 달아오고 달아가나 그 안은 몇 사람이 탔을 뿐이고 쓸쓸하였다. 그는 밤송이 동무의 집까지 왔으나 그를 만나지 못하였다. 그래서 그의 배달 구역을 향하여 걸었다. 마침 저편으로부터 방울 소리가 나며 밤송이 동무가 이리로 오다가 신철이를 보고 눈을 껌벅 하며 오라는 뜻을 보였다. 신철이는 그를 따라 골목으로 들어갔다. 밤송이 동무는 좌우를 휘휘 돌아본 후에 소리를 낮추어,

"자네 인천으로 가게 되었네, 오늘 저녁차로나 내일 아침까지 곧 떠나게."

"인천? 좋지! 나 역시……."

　신철이는 땀을 씻으며 쓸
쓸한 웃음을 입모습에 띠었다. 밤
송이 동무는 지갑을 꺼내어 일 원짜리 지화 석 장을 그에게 주었다.
　"이것으로 여비와 기타 비용을 쓰도록 하게. 인천 가면 아마 노동시
장에 직접 나가야 허리…… 그런데 인천 가서 이 주소를 찾아가게."
　그는 종잇조각과 연필을 내어 신철에게 무엇을 써서 보였다. 신철이
는 한참이나 들여다보다가 고개를 흔들어 보인다. 밤송이 동무는 그
종잇조각을 입에 넣고 씹으며 좌우 골목을 살펴보고,
　"자, 그러면…… 안녕히……."
　밤송이 동무는 껑충껑충 달아났다. 신철이는 돈 삼 원을 쥐었으니
그런지 아까보다 발길이 거분거분해진 것을 깨달으며 우선 우동이나
한 그릇 사먹으리라…… 하고 그 골목을 빠져나왔다. 그리고 밤송이
동무가 써서 뵈던 종잇조각을 다시 생각해 보았다. '인천부 외리 삼번
지 김철수' 신철이는 입 속으로 다시 외어 보았다.
　신철이는 우미관 앞에서 오 전짜리 우동 두 그릇을 사먹고 나서야
기운이 났다. 그리고 봉투쌀과 빵 몇 개를 사가지고 그의 집까지 왔을
때, 일포와 기호는 타월로 머리를 동이고 누워 있다가 신철이를 보고

벌떡 일어났다. 그리고 빵을 저마다 빼앗아 들고 맛있게 뚝뚝 무질러 먹었다.

"이거 웬일이야? 오늘은 빵 사오고 쌀 사오고 횡재수가 났지 아마?"

기호는 빵 한 개를 다 먹고 나서야 이런 말을 하며, 신철이가 무엇이든지 배부르게 먹고 들어왔다는 것을 깨닫는 동시에, 저놈의 포켓에 돈이 좀 들어 있는 모양인가 하고 눈치를 살피고 있다. 일포는,

"나 오 전 한 닢만 주게. 막걸리 한 잔 먹겠네. 이게야 어디 살겠나."

눈가가 뻘개서 아편쟁이의 손같이 핏기 없는 손을 내밀었다.

"이 사람아! 나무도 없는데 술만 처넣겠다? 어서 돈 내게. 나무 사다가 밥 해먹세."

두 놈이 손을 저마다 내밀었다. 신철이는 술값으로 십 전, 나뭇값으로 삼십 전을 주고 나서 양복을 활짝 벗어던졌다. 그리고 중절모를 방바닥에 들어 메치었다.

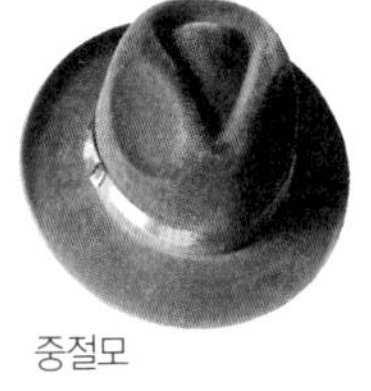
중절모

일포와 기호는 기가 나서 밖으로 나간다. 그는 땀에 젖은 내의를 벗어 밖에 내다 널며 다시는 그런 비겁한 생각을 하지 않으리라…… 결심하였다. 자기가 아버지 앞을 떠날 때부터, 아니! 그 전부터 모든 것을 각오해 온 바가 아니냐. 그런데 지금 와서 약간의 고통이 된다고 다시 옛날을 회상하는 그러한 비겁한 자식! 그는 입 속으로 이렇게 자신을 꾸짖으며 인천의 월미도를 얼핏 생각하였다.

인천만 가면 그는 모든 이 비겁성을 홱 풀어 던지고 아주 노동자의 씩씩한 참동무가 되리라고 굳게 결심하였다. 그리고 오늘 밤차로 내려갈까? 철수! 외리 삼 번지, 그는 이렇게 되풀이하며 방으로 들어왔다. 기호는 장작을 사가지고 약간의 반찬감도 산 모양이다.

"여보게, 우리는 자네 기다리누라 아주 죽을 뻔했네…… 나 거 일폰

가, 그 자식 보기 싫어서, 그저 발가락 새만 하루 종일 쑤시고 앉았데
그리."

　기호는 웃어 가며 발가락 우벼 내는 모양을 흉내낸다. 신철이는 빙
긋이 웃었다. 그리고 이 동무들이 그나마 자기가 인천으로 가면 어쩔
셈인가? 하였다. 그리고 차라리 저러고 있을 바에는 시골집으로 내려
가서 아내가 하는 농사일이나마 *뒷배를 보아 주었으면 좋으련만, 그
고생을 하면서도 그래도 이 서울 구석에 붙어 있으려는 그들의 심리가
생각수록 우습고도 맹랑하였다.

　그들의 유일의 희망은 어떤 자본가를 붙잡아 가지고 무슨 잡지나 신
문사나 경영해 볼까 하는 그런 심산이었다. 어쨌든 민중의 지도자가
되는 동시에 그들의 이름을 작으나마 전선적으로 휘날리는 데는 반드
시 중앙에 앉아 가지고 그런 잡지나 신문사를 경영하는 데서만이 가능
한 것으로 인정하는 모양이다. 저렇게 배고플 때에는 아무 말이 없다
가도 배만 부르고 나면 어느 신문이 어떻고 어느 잡지가 어떻고 시비
를 가려 가며 비평을 하곤 하였다. 한참 떠들 때에 보면 모두가 일류
논객이었다.

　신철이는 이러한 봉건적 영웅 심리에서 나온 야욕과 가면을 몇 겹씩
쓰고 *회색적 행동을 하고 앉은, 그야말로 고리타분하고 얄미운 *소부
르주아지의 근성을 철저히 버려야 할 것을 그는 일포나 기호를 바라볼
때마다 절실히 느끼곤 하였다. 그러나 자신도 역시 그들의 근성을 어
딘가 모르게 끼고 다니는 것을 오늘 일을 미루어 생각하면 뚜렷이 드
러난다.

　이튿날 아침, 신철이는 그들에게 어디 잠깐 다녀온다고 말하고 나왔
다. 그가 종로까지 나와서 상점 시계를 보니 거의 차 떠날 시간이 되었

뒷배
겉으로 나서지 않고 뒤
에서 보살펴 주는 일.

회색적
주로 정치적인 면에서
태도가 불분명한. 또는
그런 것.

소부르주아지
노동자와 자본가의 중
간 계급에 속하는 소상
인, 수공업자, 하급 봉
급생활자, 하급 공무원
따위를 통틀어 이르는
말. 대체로 부동적이며
중간적인. 또는 그런
속성을 지닌 것.

으므로 전차를 탈까 혹은 버스를 탈까? 하였다. 어제만 해도 오 전짜
리가 큰 돈 같더니 막상 돈푼이나 지갑 속에 있으니 정거장까지 걸어
가기가 싫었다. 에라! 전차나 오래간만에 타보자
하고 달아가는 전차를 따라가서 올라섰다. 전차
는 윙 하고 달아난다. 벌써 화신상회 앞을 지
나 황금정으로 달아난다. 황금정에서는 용
산으로 가는 듯한 월급쟁이들이 가득 들이
몰리었다. 신철이는 좁은 자리에 끼여 불
편함을 느꼈다. 보다도 월급쟁
이들의 시선과 마주칠 때마다 저
가운데는……? 하고 가슴이 선뜩
해지곤 하여 머리를 돌려 버렸다.

그때 조선은행 앞 저리로부터 오는
인력거 한 채가 보인다. 인력거에 앉은 색시는 웬일인지 인력거를 처
음 탄 듯하게 몸가짐이 어색하게 보여 그는 자세히 바라보는 순간 자
기도 모르게 "아!" 소리를 지르고 벌떡 일어났다. 그리고 사람들의 틈
을 *뻐개려고 애를 쓰나 뻐개는 수가 없었다.

뻐개다
좀 크고 단단한 물체에
세게 힘을 들여 틈을
벌리거나 조각을 내다.

× × ×

어느 날 새벽에 일어난 신철이는 철수 동무가 갖다 준 잠방이 적삼
을 입고 *각반을 치고 지카다비(작업화)를 신고 밖으로 나왔다.

아직도 인천 시가는 뿌연 분위기 속에 잠겨 있었다. 그리고 전등불

각반
걸음을 걸을 때 아랫도
리를 가든하게 하기 위
하여 무릎 아래 다리에
감는, 헝겊으로 만든 띠.

만이 여기저기서 껌벅이고 있다. 신철이는 어젯밤 동무가 세세히 말해 준 대로 다시 한번 되풀이하며 거리로 나왔다. 인천의 이 새벽만은 노동자의 인천 같다! 각반을 치고 목에 타월을 건 노동자들이 제각기 일터를 찾아가느라 분주하였다. 그리고 타월을 귀밑까지 눌러 쓴 부인들은 *벤또를 들고 전등불 아래로 희미하게 꼬리를 물고 나타나고 또 나타난다. 나중에 알고 보니 이 부인들은 정미소에 다니는 부인들이라고 하였다.

신철이는 우선 조반을 먹기 위하여 길가에 늘어앉은 국밥집을 찾아 들어갔다. 흡사히 서울에선 선술집 모양이다. 벌써 노동자들은 밥에다 김이 펄펄 나는 국을 부어 가지고 먹는다. 그리고 어떤 사람은 부어 놓은 탁배기를 선 채로 들이마시고 있다. 일변 저편에서는 끓는 국을 사발에 떠서 날라 준다. 노동자들은 문에 불이 나게 드나든다.

신철이는 나무판자에 걸어앉았다. 어떤 노동자는 날라 주는 것이 성이 차지 않아서 자작 그릇을 가지고 국솥 앞에까지 가서 국을 받아 왔다. 신철이는 국을 훌훌 마시며 곁눈으로 보니 그의 곁에 앉은 노동자 하나는 그와 같이 들어와서 앉았는데 벌써 밥을 거의 다 먹어 간다. 그의 밥술을 보니 끔찍하였다. 원 저렇게 먹고야 소화가 될 수 있나? 신철이는 이렇게 생각하며 다시 보았을 때 그는 술을 놓고 나서 부어 놓은 막걸리를 쭉 들이마신다. 그러고는 주먹으로 두어 번 입가를 씻더니 신철이를 흘금 바라보며 벌떡 일어나 나간다. 신철이는 그 밥을 못다 먹고 그만 일어나 나왔다. 막걸리 뒷맛이 씁쓸하였다. 그는 천석정을 향하고 걸었다. 천석정에는 대동방적공장을 새로 건축하므로 하루에 노동자를 사오백 명을 부린다고 하였다.

인천 중심가 풍경

차츰 밝아 오는 인천의 시가를 걸으면서, 그리고 저 영종섬 뒤로 부옇게 보이는 하늘에 닿는 듯한 수평선을 바라볼 때, 용기가 부쩍 나는 것을 깨달았다. 동시에 전날 전차 속에서 바라본 뜻하지 않은 인력거 위에 어색하게 앉은 선비의 그 모양이 다시금 떠오른다. 따라서 그가 미친 듯이 전차에서 뛰어내려 인력거의 행방을 찾아 한 결이나 헤매던, 무책임하고도 미련이 많은, 그렇게도 의지가 연약한 자신을 얼굴이 뜨겁도록 깨달았다. 다음 순간 나는 이젠 노동자다! 입으로만 떠드는 그러한 인텔리는 아니다. 더구나 여자 꽁무니를 따라 헤맬 자신이 아니라는 것을 그는 있는 용기를 다하여 부인하여 보았다.

그가 천석정까지 오니 벌써 수백 명의 노동자는 시루시반텡을 입은 일인 감독을 둘러싸고 제제히 일표를 타느라고 법석하였다. 신철이도 그 틈에 섞여 한참이나 돌아가다가 겨우 일표를 얻었다. 일표라는 조그만 나무쪽을 들여다보니 60번이라는 번호가 씌어 있었다.

"어서 빠리빠리 하라."

감독의 고함치는 소리를 따라 일표를 얻은 노동자들은 흥이 나서 감독의 지정하는 대로 일을 붙잡았다. 그나마 일표를 얻지 못한 노동자들은 실망을 하고 그들을 부럽게 바라보면서 머리를 빠트리고 돌아선다.

"이리 와서 이것들 저리로 가져가."

여러 사람이 밀려가는 틈에 섞여 신철이도 따라갔다. 시멘트 포대를 시멘트 가루 개는 곳으로 나르라는 것이다. 노동자들은 *황지 포대에 넣은 시멘트를 어깨 위에 올려놓고 펄펄 뛰어 달아난다. 신철이 차례가 오므로 그는 메어 주는 시멘트 포대를 어깨에 메었다. 그 순간 그는 어깨에서 우쩍 하는 소리가 들리는 듯하였다. 그리고 다음에는 가슴을 내리눌러 숨을 통할 수가 없었다. 그가 노동자들이 메는 것을 바라볼 때에는 이렇게까지 무겁지 않으리라 하였는데, 그리고 시멘트 포대가 밀가루 포대보다 조금 클까말까 하므로 가볍거니 하였던 것이다. 그러나 막상 메고 보니 이것이 돌가루가 되어서 이렇게 무겁다는 것을 깨달았다. 신철이는 메기는 겨우 멨으나 발길을 잘 떼놓는 수가 없었다.

"이 자식아! 빨리 가거라!"

십장의 호통소리에 신철이는 앞으로 나갔다. 숨이 가빠 오고 가슴이 죄어 오고 어깨 위가 부서지는 것 같다. 신철이는 죽을 힘을 다하여 시멘트 포대에 볼을 꽉 붙이고 비틀걸음으로 오십 간 가량이나 와서 쾅 하고 내려놨다.

신철이는 시멘트 포대와 함께 넘어졌다가 일어났다. 곁에서 삽을 가지고 물을 쳐가며 시멘트 가루를 벅벅 벅벅 벌뻘 갈기듯이 개는 노동자들을 멍하니 바라보았다. 그들은 일하기가 조금도 힘들어하는 것 같지 않았다. 눈 깜박할 새에 시멘트 가루를 개곤 하였다. 신철이는 그들을 부럽게 바라보며 돌아설 때, 다시는 그 시멘트 포대를 멜 것 같지 않았다. 그러나 일표는 탔으니 하루만 참자, 설마한들 죽겠냐, 해보자! 이렇게 생각하며 천근이나 만근이나 한 다리를 옮겨 놨다.

이번에는 벽돌을 나르라고 하였다. 노동자들은 철사를 두 겹으로 길게 굽혀 가지고 그 새에다 벽돌을 두 겹으로, 한 겹에 열셋, 잘 지는 노동자는 열다섯, 열여섯까지 올려놓았다. 그리고는 그 철사 끝에는 *마대를 베어서 달아 가지고 한 번 동인 후에 낑 하고 졌다. 물론 등에는 *섬피를 대고 벽돌을 지는 것이다. 신철이는 지는 데 혼이 나서 이 벽돌은 손으로 나르리라 하고, 열 장을 포개 들고 날랐다. 몇 번 나르고 나니 손이 마치 가시로 찌르는 듯이 따가우므로 들여다보니, 열 손가락에 피가 배어 빨개졌다. 그리고 다시 벽돌을 옮기려고 쌓아 놓을 때 전신

마대
거친 삼실로 짠 큰 자루.

섬피
곡식을 담는 섬의 겉껍질

에 소름이 오싹 끼치며 온몸에 벽돌이 안 가 닿는 곳이 없는 듯하였다.
그리고 그 벽돌에 돌 가시가 무섭게 돋아 있는 것을 그는 깨달았다.

"여부슈, 손으로 나르면 손이 아파서 못 합니다. 당신 일 처음 해보
는구리."

신철이는 얼핏 바라보니 아까 국밥집에서 한 자리에 앉아 먹던 그
노동자였다. 외눈만이 쌍까풀진 그의 눈에 약간 웃음을 띠었다. 그리
고 이리로 와서 신철의 등에 섬피를 대어 주었다.

"이렇게 대구서 벽돌을 지시우. 그러면 손으로 나르는 것보담 낫지
유. 자 지시우."

신철이는 지다가 다리가 휘청하며 푹 꺼
꾸러졌다. 그의 다리는 사시나무 떨리듯
부들부들 떨렸다. 그리고 경련이 여기저
기서 불쑥불쑥 일어났다. 그는 아픈
손을 입에 물고 어린애같이 울고 싶
은 충동을 느끼며 흐트러진 벽돌을
다시 쌓아 놓고 그가 지워 주는 대로 졌다.

"저 이거 보슈. 이거 이렇게 지면 힘듭니다. 이것
을 이 섬피에 꾹 달라붙게 지며 몸을 이렇게 허시유."

외눈까풀이는 허리를 구부려 보인다.

그때 뒤에서,

"이놈의 자식들, 빨리 날라라!"

"흥! 저놈 또 야단이군."

외눈까풀이는 입 속으로 이렇게 중얼거리며 자기도 벽돌을 지고 신
철이와 가지런히 걸었다.

"당신도 *미두에 손해봤구려."

미두에 손해본 사람들이 가분작이 객리에서 어쩔 수는 없고, 또는 가산을 탕진하여 놓고 먹을 것 없으니 하는 수 없이 노동시장으로 나오곤 하였던 것이다. 그래서 여직 해보지 않던 일을 하려니, 물론 노동자들과 같이 일이 손에 익지 못하고 서툴러서 애쓰는 것을 많이 보았던 것이다.

신철이는 땀을 뻘뻘 흘리면서 숨이 차서 대답도 못 하였다. 그리고 자꾸 꺼꾸러지려고만 하였다. 외눈까풀이는 뒤에서 벽돌을 받들어 주었다. 신철이는 그만 이 짐을 벗어던지고 달아나고 싶었다.

점심 먹는 시간 사십 분 동안을 내놓고 아침 여섯 시부터 저녁 여덟 시까지 일을 마친 신철이는 전신에 맥이라고는 다 끊어진 듯하였다. 신철이는 외눈까풀이의 뒤를 따라 이번에는 돈표를 타러 갔다. 바라크식으로 지은 임시 사무소 앞에는 노동자들이 들이몰리어 저마다 돈표를 타려고 덤볐다. 사무실에서는 몇 번호, 몇 번호 하고 번호를 불렀다. 거의 한 시간이나 기다려서, 신철이는 돈표라는 종잇조각을 타가지고 이번에는 돈과 바꾸는 사무실로 달아갔다.

거기에서 비로소 돈 사십육 전을 쥔 신철이는, 하루의 품값이 오십 전임을 알았다. 그리고 사 전은 돈 바꿔 주는 중간 착취배가 또 하나 나타나서 오십 전에 사 전을 벗겨 먹는 것임을 알았다. 그는 한숨을 후유 내쉬고 돌아보니, 인천 시가는 또다시 전등불로 장식되었다. 외상값을 받으러 온 국밥 장수들이며, 남편을 찾아서 이 저녁거리를 사려는 노동자의 아내들까지 몰리어 뒤끓었다.

신철이는 외눈까풀이를 잃어버리고 한참이나 찾다가 그만 나와 버렸다. 그는 수없이 깜박이는 저 전등을 바라보며 잉여노동의 착취! 하

미두(米豆)
현물 없이 미곡을 거래하는 일. 실제 거래를 목적으로 하는 것이 아니고 쌀의 시세를 이용하여 약속으로만 거래하는 일종의 투기 행위이다.

마르크스

고 생각하였다. 그가 책상에서 *『자본론』을 통하여 읽던 잉여노동의 착취보다, 오늘의 직접 당하는 잉여노동의 착취가 얼마나 무섭고 또 *근중이 있는가를 깨달았다.

집까지 온 신철이는 자리에 쓰러지고 말았다. 그때 노동시장으로부터 돌아온 철수가 들어왔다.

"동무, 몹시 힘들지유?"

신철이는 머리를 들며,

"동무 왔소? 난 어려워서 일어나지 못하우."

"예 좋습니다. 저 코피가 흐릅니다!"

"내가요?"

신철이는 그제야 자기 코에서 피가 흐르는 것을 느꼈다. 철수는 냉수와 걸레를 가지고 들어왔다. 신철이는 일어나려니 전신이 무거워서 깜작하는 수가 없었다. 그리고 마치 벽돌 질 때와 같이 힘이 쥐어지고 전신에서 경련이 무섭게 일었다. 그는 철수가 손질해 주는 대로 맡겨 버리고 말았다.

"동무, 노동 못 하겠수."

신철이는 이렇게 전신이 녹아 오는 듯하면서도 철수의 이 말에는 자기를 모욕하는 듯한 기분을 느꼈다. 그는 눈을 꾹 감고 으흠 하고 신음을 하였다. 눈을 감으면 감을수록 무겁게 벽돌 지던 광경이 그치지 않고 보인다. 그리고 긴장이 되고 어깨가 무거워지며 금방 자신이 벽돌을 지고 걸어가는 듯하였다.

"뭐 좀 자셔 봤수?"

"예, 국밥을……."

"좌우간 동무는 노동은 그만두고 그저……."

중도에 말을 그치며 신철이를 바라보았다. 신철이는 눈을 뜨고 철수를 올려보다가 벽으로 시선을 옮긴다. 철수는 일어났다.

"난 아직 저녁을 못 먹었는데 가서 먹구 오리다."

"예, 뭐 오실 것 없지요. 곤하신데 지무셔야지요."

철수는 부두에 나가서 하루 종일 노동했을 것만은 틀림없는데 별로 곤해하는 기색을 보이지 않았다. 신철이는 누워서 철수를 보내고 벽을 향하여 돌아누웠다. 아! 소리를 지르도록 전신의 뼈가 저마다 노는 듯하였다.

*잉여노동의 착취! 그는 벽을 바라보며 입 속으로 되풀이하였다. 그의 입 속에서 돌아가는 잉여노동이란 그것은, 그 얼마나 무게가 있는가를 다시 한번 생각하였다. 그리고 그 속에는 노동자의 피와 땀이 섞여 있는 까닭에, 아니 그들의 피와 땀의 결정물인 까닭에 그렇게도 무게가 있다는 것을 오늘에야 절실히 느꼈다.

이렇게 무게가 있고 깊이가 있는 잉여노동을, 말하기 좋아하는 자칭 논객들과 자칭 민중의 지도자들은, 아무 무게 없이 아무 생각 없이, 한 행세거리로 한 술어로밖에 부르지 못하는 것이다.

그는 두 번 부르기가 어려운 무게가 있음을 알았다. 동시에 수없는 벽돌이 잉여노동의 착취란 문구를 싸고, 그의 가슴을 압박하여 그는 견딜 수가 없었다. 그는 눈을 똑바로 뜨며 내가 무슨 환영을 보는 셈인가…… 하였다.

그는 그 생각을 하지 않으려고 하였다. 그리고 그것을 피하기 위하여 일부러 옛날을 회상해 보았다. 따라서 인력거에 앉아 서울의 번잡한 도시를 향하여 달려오던 선비를 눈앞에 그려 보았다. 그가 뭘 하러 서울에 오는가? 혹은 남편을 얻어 오는가? 남편을 얻어 오면 그래 마중 나간 사람들이 있겠지? 혹 어떤 몹쓸 놈에게 유인이나 받지 않았는지? 덕호가 선비를 공부시키기는 만무할 터인데…… 필경 옥점이가 중매를 해서 서울로 시집온 것이겠지? 옥점이! 옥점이, 옥점이! 신철이는 웬일인지 옥점의 그 손! 그 눈이 생각되었다. 여직 선비를 어느 구석엔가 잊지 못하고 생각해 온 것을 미루어, 더구나 전날 아침 길거리에서 선비가 지나친 것을 봤으니 당연하게 선비를 그리워하여야 할 터인데, 그저 몽롱하게 온갖 의문만 선비를 싸고돌 뿐이지 호기심은 언제 어디서 새어 빠졌는지 몰랐다. 그리고 도리어 옥점의 그 활발하게 뵈던 그 눈! 그 손! 그 얼굴이 금방 눈앞에 보이듯 하였다.

옥점이, 그는 시집을 갔을까? 그렇게 나를 못 잊어하더니…… 내가 너무 과했어! 그의 눈에는 요령부득의 눈물이 괴었다.

그리고 옥점이가 초콜릿을 벗겨 가지고 자기를 바라보면서 입을 벌리라고 하며 빨개지던 그 얼굴이 지금 와서는 귀엽게 나타나 보인다. 만일 지금 이 자리에 있으면…… 할 때 그는 눈을 크게 뜨며,

"에이 비굴한 놈!"

하고 자신을 향하여 소리쳤다.

그때 멀리 들리는 택시의 경적소리가 뿡빵 하고 들려 왔다. 그리고 안방 시계가 열한 시를 땅! 땅! 쳤다. 그는 잠을 들려고 눈을 꾹 감아버렸다. 벽돌, 벽돌이 보인다.

며칠 후에 신철이는 철수를 만나 또다시 노동시장에 나가 보겠노라고 하였다. 철수는 빙긋이 웃었다.

"동무 이번에 나가면 곱질러 십여 일이나 앓으리다. 그만두시오."

애써 노동을 해보겠다는 신철의 생각만은 좋으나, 그러나 노동에 세련되지 못한 그의 육체가 난처해 보였던 것이다. 신철이는 철수를 따

라 웃으면서도 맘속으로는 불쾌하였다. 그리고 철수와 자신을 비교해 본다면 우선 신체의 장대함이라든지 어느 모로 보나 철수에게서 떨어질 것은 없다고 생각되었다. 오직 자신이 노동에 단련되지 못한 까닭이니 어느 정도의 고개만 넘으면 별로 힘들 것이 아니리라고 생각하였다. 오냐! 철수가 하는 일을, 아니 인간이 하는 노동을 나라고 못 할 까닭이 있느냐? 하자! 죽도록 해보자! 요즘 동무들이 노동을 하여 벌어다 주는 밥을 앉아 먹고 있기는 무엇보다도 더 고통이었던 것이다. 철수는 신철의 기색을 살폈다.

"그럼 하루만 또 고생해 보시우, 허허…… 내일 아침 나와 부두로 나가 봅시다. 그런데 임금이 낮아서 그렇지 실은 벽돌 나르는 것이 제일 헐하리다."

신철이는 약간 눈살을 찌푸렸다가 웃었다. 그리고 머리를 설레설레 흔들었다.

"아니, 벽돌은 싫어."

벽돌 말만 들어도 전신이 오싹해지며 손끝이 따가워짐을 깨달았다. 그리고 아무리 벽돌 나르는 것보다 힘든 노동이라 하여도 지금 같아서는 힘든 그 일을 하지, 벽돌은 나르지 못할 것 같았다. 보다도 벽돌은 두 번 바라보기도 싫었다.

그 밤이 오래도록 부두노동의 몇 가지 종류를 철수에게서 자세히 들은 신철이는 그 이튿날 새벽에 철수를 따라 부두로 나오게 되었다. 그들이 세관 앞을 지나 섰을 때, 벌써 몇십 명의 노동자가 백통테 안경을 둘러싸고 *십장님! 십장님! 하고 덤볐다. 철수는 둘러선 사람을 뻐개며 들어섰다.

"십장님! 저 하나 주시우."

십장(什長)
일꾼들을 감독·지시하는 우두머리.

백통테 안경은 안경 너머로 철수를 보더니 손에 들었던 붉은 끈을 봐라 하듯이 내쳐 준다. 철수는 얼른 받아 가지고 돌아보았다.

"이 끈이 일표입니다. 이걸 손목에다 꼭 동이시오."

철수가 동여 주는 붉은 끈을 들여다보는 신철이는 벌써 속이 두근두근함을 느꼈다.

"난 정거장으로 짐 메러 가니…… 하루 또 고생하시우."

철수는 말 마치기가 무섭게 뛰어간다. 신철이는 어제 철수에게 붉은 끈들이 하는 노동을 자세히 들었으나 철수가 저렇게 자기 앞을 떠나가는 것을 보니 도무지 두서를 찾을 수가 없었다. 그래서 손목에 붉은 끈 동인 사람들만 주의해 보고 그들의 뒤를 슬금슬금 따라 섰다.

조선의 심장지대인 인천의 이 축항은 전 조선에서 첫손가락에 꼽힐 만큼 그 규모가 크고 또 볼 만한 것이었다. *축항에는 몇천 톤이나 되어 보이는 큰 기선이 뱃전을 부두에 가로 대고 열을 지어 들어서 있었다. 그리고 검은 연기는 뭉실뭉실 굵은 연돌 위로 피어 올라온다. 월미도 저편에 컴컴하게 솟은 섬에는 등대가 허옇게 바라보이고 그 뒤로 수평선이 멀리 그어 있었다.

노동자들이 무리를 지어 쓸어 나온다. 잠깐 동안에 수천 명이나 되어 보이는 노동자들이 축항을 둘러싸고 벌떼같이 와와 하며 떠들었다. 그들은 지게꾼이 절반이나 넘고 그 외에 손구루마를 끄는 사람, 창고로 쌀가마니를 메고 뛰어가는 사람, 몇 명씩 짝을 지어 목도로 짐을 나르는 사람, 늙은이, 젊은이, 어린애 할 것 없이 한 뭉치가 되어 서로 비비며 돌아가고 있다.

백통테 안경은 기선 갑판 위에 올라섰다.

"이 자식들아! 여기 어서 다리를 놓아!"

호통소리를 따라 붉은 끈들은 달려가서 시멘트 콘크리트로 된 부두와 기선 새에 나무를 건너지르고 그 위에 넓은 나무판자를 척척 올려놔서 다리를 만들었다. 그리고 기중기(起重機) 옆에 붉은 끈이 하나가 서서 손잡이를 놀리니 기중기가 왈랑왈랑 소리를 지르며 쇠줄이 기선 밑의 화물 창고를 향하여 내려간다. 갑판 위에는 감독이라는 일인이 서서 들어가는 쇠줄을 들여다보며 손짓을 하다가 뚝 멈추니 기중기 운전수도 역시 그 군호를 따라 손잡이를 눌러 멈추었다. 한참 후에 감독이 손을 젖혀 가지고 손짓을 하니 운전수가 또다시 손잡이를 제끼었다. 기중기는 다시 왈랑왈랑 소리를 지르고, 올라오는 쇠줄에는 집채 같은 짐짝이 달려 있었다. 이편 부두에 빠듯이 둘러선 노동자는 짐짝을 쳐다보며 한층더 아우성을 쳤다.

기중기에 달린 몇백 관이나 되는 짐은 마침내 와르르 하고 부두에 쏟아졌다. 서로 밀거니 하며 섰던 노동자들은 일시에 달려들어 저마다 짐을 붙들고 붉은 끈들에게로 대어들었다. 붉은 끈들은 분주히 돌아가며 짐짝을 쇠갈고리로 대어서 지게 위에 실어 주었다. 신철이는 철수가 준 갈고리를 사용하려니 쓸 줄을 몰라 쓸 수가 없었다. 그래서 그는 할 수 없이 갈고리를 꽁무니에 차고 붉은 끈과 마주서서 쉴새없이 손으로 짐짝을 올려놓곤 하였다.

인천부두 하치장

짐은 뒤를 이어 와르르 하고 부두에 쏟아졌다. 신철이는 차츰 숨이 차오고 팔이 떨어져 오는 듯하였다. 짐은 큰 상자며 철판이며 대두박이며…… 이런 종류였다.

"이놈들아, 빨리 짐을 메어 줘라!"

백통테 안경은 눈알을 구루마 바퀴 굴리듯 하며 호통을 하였다. 신철이는 언제 손끝이 상하였는지 피가 출출 흐른다. 그는 흐르는 피를 어쩌는 수가 없어서 그의 잠방이에 북 씻고 나서 연달아 오는 노동자들에게 짐을 메어 준다.

"여보! 갈쿠리를 써야지, 손 아파 못 하우!"

마주선 붉은 끈은 웃으며 소리쳤다. 신철이는 꽁무니에 찼던 갈고리를 빼어 가지고 짐을 끼워 들다가 잘못하여 짐꾼의 얼굴을 냅다 쳤다. 짐꾼은 얼른 머리를 돌렸다.

"이 자식아! 미쳤니? 남의 얼굴은 왜 후려…… 하마트면 눈이 꿰질 뻔했다. 이 자식! 정신 채려!"

눈을 부릅뜨고 대든다. 신철이는 참았던 눈물이 핑 돌았다. 그는 아무 말 없이 머리를 돌리어 저 퍼런 물을 바라보았다. 그 순간에 신철이는 저 퍼런 물에라도 뛰어들어서 이 자리를 벗어나고 싶었다. 그들의 무뚝뚝한 말과 행동은 마치 그의 상한 손에 사정없이 맞찔리는 철판과 상자 귀에 박힌 못과 무엇이 다르랴!

"여보! 어서 들어유."

신철이는 풀풀 떨리는 팔로 큰 상자를 들려니 자꾸 내려만 오고 올라가지는 않았다. 마침내 그는 상자에 푹 거꾸러졌다.

"이그…… 왜 이래 바쁜데. 넘어질랴거든 저리 가!"

마주선 붉은 끈은 차라리 신철이가 물러났으면 좋을 것 같았다. 신철이가 도리어 맞들어 주기는 고사하고 그의 짐이 되었던 것이다. 신철이는 겨우 정신을 차려 일어났다. 차라리 넘어질 바에는 아주 어디가 콱 상하였으면 그것을 핑계로 이 자리를 벗어나고 싶었다. 그러나 돌아보니 아무 데도 상한 곳은 없는 듯하였다.

짐에서 떨어지는 먼지며 바람결에 불려오는 먼지가 수천 명의 노동자의 몸부림치는 바람에 가라앉지를 못하고 공중에 뿌옇게 떠돌았다. 그리고 사람을 달달 볶아 죽이고야 말려는 듯한 지독한 볕은 신철의 피부를 벗기는 듯하였다. 그는 숨이 콱콱 막히며 입 안에 침기라는 것은 조금도 없이 먼지만 들이쌓이는 듯하였다. 물, 물, 물이 먹고 싶다! 그러나 잠시라도 몸을 빼어낼 수가 없었다. 따라서 그는 그의 주위를 싸고도는 수없는 사람들 중 어린애까지도 자기와 같이 무능하고 연약한 육체를 가진 사람은 하나도 없는 것 같았다.

멀리 재목공장에서는 기계로 재목 가르는 소리가 짜아짜아 하고 유달리 새어 들려 온다. 그리고 마주 건너다보이는 부두에는 산더미 같은 석탄이 여기저기 쌓인 것을 보아 그편에 댄 기선에서는 석탄을 푸는 모양이다.

"이애 이놈들아, 저게 가서 실컨 싸우라!"

신철이와 마주선 붉은 끈이 이렇게 소리치며 바라보므로 신철이도 흘금 돌아보았다. 저마다 짐을 잡아당기다가 마침내 서로 주먹으로 쥐어박기 시작한다. 나중에는 짐짝은 버리고 두 놈이 데굴데굴 굴렀다. 그 틈에 그 짐짝은 딴놈이 메고 달아난다. 그때 싸우던 놈들은 부시시 일어나서 짐짝을 다우쳐 가서는 또 쌈이 벌어진다. 그러고는 세 덩이,

네 덩이가 되어 싸우는 것이다.

그 중에 한 사람이 외눈까풀임을 알자 신철이는 달려가서 말리고 싶은 생각도 있었으나 맘뿐이지 그의 몸 하나도 건사하기가 큰일이었던 것이다. 더구나 이곳에서는 싸우면 싸웠지, 누가 눈 한번 거들떠보는 사람이 없었다. 저희들끼리 실컨 싸우다가 진하면 툭툭 털고 일어나는 것이다.

전깃불이 와서도 한참이나 되어 신철이는 임금을 타려고 붉은 끈들과 함께 백통테 안경을 따라 섰다. 그때 뒤에서 휘파람소리가 나므로 돌아보니, 외눈까풀이가 지게를 지고 맥빠진 걸음새로 천천히 이리로 온다. 그도 무던히 피로한 모양이다.

"이동무!"

외눈까풀이가 신철의 앞을 지나칠 때 이렇게 불렀다. 외눈까풀이는 우뚝 서서 누가 불렀는지 몰라 두리번두리번하였다.

"내가 찾었수."

외눈까풀이는 그제야 신철이를 흘금 쳐다보더니,

"여기 또 왔구레."

그의 곁으로 다가온다. 신철이는 그가 낮에 싸우던 생각을 하며,

"오늘 돈 얼마나 벌었소?"

"돈이 다 뭐유, 쌈만 했수."

"왜 쌈은 했수?"

"괜히 싸우지우."

외눈까풀이는 머리를 벅벅 긁었다.

"우리집에 놀러 오시우."

"집이 어데유?"

“사정으로 올라가노라면 천주교회당이 있지요.”

“천주…… 뭐유? 생각 안 난다. 천주 담엔 뭐라고 했는지요?”

신철이는 손으로 십자가를 그어 보였다.

“이렇게 된 것이 지붕 위에 삐죽하니 솟아 있는 집이오.”

“네, 성당 말이구리. 알았슈.”

“그 집을 지나 공동변소가 있지유.”

“네, 네.”

“그 우에는 장작 패어 파는 집이 있습니다. 바루 그 우에 조그만 초가집이 있지우.”

“네, 알았수.”

“그 집 뒷방이 바루 나 있는 방이오.”

“네, 네, 그렇쉬까! 가지유.”

“꼭 오시우.”

“예.”

외눈까풀이는 인사도 없이 성큼성큼 걸어간다. 신철이는 그의 뒤꼴을 물끄러미 바라보며 저러한 놈이 의식이 제대로만 들었으면 훌륭한데…… 하였다.

백통테 안경은 어떤 여관으로 쑥 들어갔다. 뒤따르던 붉은 끈들은 멈칫 서서 그가 나오기를 기다렸다. 그리고 신철이를 돌아보며 킥킥 웃었다. 신철이는 그들이 낮에 자기가 노동하던 것을 흉내내며 웃는 것임을 알았을 때 불쾌하고도 무어라고 형용 못 할 쓸쓸함을 느끼며 으흠 하고 나오는 줄 모르게 신음을 하였다. 그리고 땅에 펄썩 주저앉아 붉은 끈들이 서 있는 반대 방향을 바라보았다. 못 견디게 전신이 무거웠던 것이다.

저편으로 보이는 시멘트로 바른 벽에는 '깅 바아(キンパー)'라고 쓴 금자가 전등불에 빛났다. 그는 웬일인지 눈물이 핑 돌았다. 그리고 자기의 초라한 모양을 굽어보았다. 순간에 그는 세상에서 버림을 받은 듯한 고적함을 깨달았다. 자기는 노동자의 동무가 되려고 필사의 힘을 다하여 노동시장에 나왔거늘 그들은 저렇게 자신을 비웃고 조그만 동정을 기울이지 않는다.

아니다! 내 뒤에는 수많은 동지가 있지 않으냐! 그는 이렇게 부르짖었다. 그러나 자기를 싸고도는 환경만은 이렇게 쓸쓸하고 고적만 하였다. 그때 저리로부터는 모던 걸, 모던 보이가 어깨를 나란히하여, 마치 댄스하는 듯이 발걸음을 맞춰 이리로 온다. 그는 벌떡 일어나 벽에 몸을 기대었다.

남녀는 오루지날의 향내를 후끈 던지고 지나친다. 그는 얼핏 옥점이를 생각하였다. 그리고 옥점이와 자기가 바닷가에서 낙조를 바라볼 때 펄펄 일어나는 불길을 향하여 선 것처럼 그 불과 그 옷이 빛나던 광경이 떠오른다. 그는 얼결에 한숨을 푹 쉬었다. 그리고 못 견디게 옥점이가 그리워졌다. 혹시 월미도에나 놀러 오지 않았나? 아직도 나를 생각해서 그 조그만 가슴이 아프지나 않나? 내가 왜 그리했나! 그는 이렇게 생각하였다.

반면에 무슨 더러운 생각이냐 하고 무엇이 뒷덜미를 툭 치는 듯하였다. 그는 머리를 번쩍 들었다. 그는 여전히 쓸쓸하게 벽을 기대고 선 것을 발견하였다. 동시에 잠깐 잊었던 아픔이 그의 전신을 못 견디게 습격하였다. 그는 또다시 주저앉았다. 저들이 아니면 잠깐이라도 여기에 눕고 싶었다. 그는 벽을 기대고 으흠 하고 신음을 하며 오늘 신문에나 무슨 특별한 소식이 실렸는가? 하였다.

그가 재학 당시만 하여도 신문을 대할 때마다 목전에 정세가 흔들릴 것 같고, 무슨 일이 곧 되는 것 같아 가슴이 조마조마하더니 막상 이렇게 뛰어나오고 보니 일 년 전 그때나 지금이나 별한 이상이 없었다. 이 현상대로 몇십 년을 지날지, 혹은 몇백 년을 지날지? 하는 막연한 생각이 아는 듯 모르는 듯 그의 가슴 한편에서 떠나지 않았다.

백통테 안경이 나왔다.

여기저기 벌려 있던 붉은 끈들은 백통테 안경을 중심으로 둘러앉았다. 그리고 손목에 동였던 붉은 끈과 점심값 오 전을 제한 구십오 전과 바꾸었다.

신철이는 구십오 전을 타가지고 일어섰다. 헤어지는 그들은 신철이를 흘금흘금 돌아보며 킥킥 웃었다. 신철이는 그나마 하루 종일 같이 일을 했으니 작별의 인사라도 건네고 싶었으나, 그들이 이렇게 픽픽 웃는 데는 그만 입이 꽉 붙고 말았다. 그는 어정어정 발길을 옮겨 놨다. 그리고 웬일인지 노동자와 자기 사이에는 언제부터인가 짐작할 수 없는 그때부터 어떤 보이지 않는 간격이 꽉 가로막혀 서 있음을 그는 절실히 느꼈다. 동시에 자신은 좌우편을 가까이할 수 없는, 그러한 입장에 서 있는 듯하여 그는 불쾌하였다.

마침 어떤 노동자가 지게에 한 되나 들어 보이는 쌀자루와 소나무 한 단을 올려놓고 그 위에 약간의 찬거리까지 곁들여 가지고 그의 앞을 총총히 걸어간다. 그도 역시 부두에서 돌아오는 모양이다. 오늘 일을 미루어 보건대 하루 종일 그 먼지판에서 쌈을 해가며 짐을 져야 겨우 오륙십 전이나 벌까말까 하였다. 그나마 부두노동에 있어서는 신철이가 맡았던 붉은 끈이 제일 임금이 많은 듯하였다.

그는 길가 국밥집에서 국밥을 한 그릇 사먹은 후 집으로 돌아왔다.

그 후부터 신철이는 노동시장에 나갈 생각을 단념하고 말았다. 그리고 철수가 벌어다 주는 것으로 그날그날을 겨우 살아갔다.

어떤 날, 밤이 퍽으나 오랜 후였다.

"있수?"

굵은 음성과 함께 외눈까풀이가 성큼 들어왔다. 신철이는 밤송이 동무에게 편지 쓰던 것을 얼른 뒤로 밀어 놓고 손을 내밀었다.

"아 이거! 반갑소. 그 동안 난 동무를 기다리다 안 오기에 아마 나를 잊은 것으로 알았구려…… 자, 앉으시오."

신철이는 진심으로 반가워서 그의 꿋꿋한 손을 잡아 흔들었다. 외눈까풀이는 빙긋이 웃으며 신철이가 주저앉히는 대로 앉아서 방 안을 휘돌아보았다.

"어데 앓았수?"

뚫어지도록 들여다본 신철이는 외눈까풀이가 기색이 전만 못한 것 같아서 이렇게 물었다.

“아니유.”

외눈까풀이는 그의 머리를 내려쓸며 약간 머리를 숙였다. 그의 오래 깎지 않은 듯한 좋은 머리카락에 먼지가 뿌옇게 앉았다. 그리고 그의 턱밑으로는 굵단 수염이 삐죽삐죽 나와 있었다. 신철이는 그가 말하지 않아도 오늘 노동시장에서 얼마나 피로해진 몸임을 직각하는 동시에 자신이 쇠철판을 들려고 애쓰던 생각이 들며 금방 팔이 쩔쩔해 오는 것을 깨달았다. 그래서 신철이는 머리맡에 놓인 몇 권의 책을 척척 덧놓아서 밀어 놓았다.

“여기 좀 누. 동무 대단히 곤하지우?”

외눈까풀이는 신철이를 흘금 바라보더니 조금 물러앉았다.

“아니유…….”

“누시오, 어서 누시오.”

신철이는 바짝 다가앉았다. 땀내와 함께 고리타분한 냄새가 훅 끼친다. 그는 무의식간에 약간 눈살을 찌푸리다가 얼른 웃어 보였다. 그리고 그의 옷이 땀에 배어 어룽어룽하니 말라진 것을 보았다. 외눈까풀이는 신철이가 그의 곁으로 다가올수록 어려운 빛을 얼굴에 띠고 점점 더 물러앉는다. 그리고 머리만 벅적벅적 긁었다.

“왜, 올라가시우, 좀 누라니까…… 오늘도 일하러 가셨지요?”

“네.”

“어데로 가셨소, 또 부두로……?”

“아니유. 왜 월미도 앞 개천 메우는 데 있지우. 거기로 갔댔슈.”

“그것은 하루의 임금이 얼마입니까.”

외눈까풀이는 머리를 들며 머뭇머뭇하였다. 신철이는 그가 임금이란 말을 잘 알아듣지 못하였나? 하며 동시에 자신이 이후부터 노동자들이 쓰는 말부터 배워야 하겠다는 것을 절실히 느꼈다.

"저…… 품값 말입니다."

"예, 예…… 그거 잘하면 칠팔십 전, 못하면 사오십 전 되지우."

"예…… 평안히 앉아서 우리 맘놓고 이야기합시다. 왜 그리 힘들게 앉아 계시우. 그런데 참 우리 사귄 지는 오래되 피차에 이름만은 모르지 않소…… 난 유신철이라 하오. 동무는?"

신철이는 외눈까풀이를 똑바로 보았다.

"나유?…… 첫째유."

"첫째…… 그 이름 좋습니다. 고향은?"

첫째는 속으로 고향을 말할까말까 망설였다. 그러나 고향을 말하는 것이 재미없을 듯하여 눈을 내려떴다.

"나 고향 없어유."

"고향이 없어요……."

신철이는 이렇게 중얼거리며, 고향 없다는 그 말이 이상하게도 그의 가슴을 찡하니 울려 주었다. 그리고 첫째와 같은 그런 사람에게 있어서는 그 말이 진심에서 나오는 말일지 몰랐다.

고향 말이 나니 첫째는 이서방과 어머니가 머리에 떠오른다. 지금쯤은 죽었는지? 혹은 살아서 자기가 돈 벌어 가지고 돌아오기를 기다리는지? 할 때, 이때껏 무심하던 가슴이 갑자기 어수선해졌다. 그가 집을 떠날 때는 돈을 벌어 가지고 이서방과 어머니를 데려오려고 생각했지만 그가 생각했던 바와 같이 돈을 벌 수도 없지만 그의 몸이 항상 분주한 가운데 이렁저렁 지나니 어머니와 이서방도 그의 머리에서 차츰 희미하게 사라졌던 것이다.

"좀 누시오. 일하기 힘들지유?"

신철이는 첫째의 손을 물끄러미 보며 자기의 손과 비교해 보았다. 그때 그는 부끄러운 생각과 함께 무쇠 같은 팔뚝을 가진 첫째가 얼마나 부러워 보였는지 몰랐다. 동시에 자기가 이때까지 배웠다는 것은 자기로 하여금 이렇게 연약한 몸과 맘을 가지게 한 것밖에 더 없는 것 같았다.

"동무는 일하기 힘들지 않소?"

"아침에는 괜찮유. 그래두 해질 때쯤 가서는 좀 어려워유."

"네, 그래요? 동무는 어려서부터 노동일 하셨소?"

"아니유. 김매다가 노동을 했수……."

신철이는 꾸밈없는 그의 말과 굵은 음성이 퍽으나 좋았다. 동시에 어딘가 모르게 믿는 맘이 차츰 강해짐을 느꼈다.

"동무, 난 일하는 데는 도무지 모르니, 이후부터 종종 와서 나에게 일하는 것 가르쳐 주."

"일두 뭐 가르쳐 주나유. 그저 하면 되지유, 허허."

첫째는 가르쳐 달라는 말이 우스웠다. 더구나 전날 벽돌 나르면서 애쓰던 신철의 모양을 생각하였던 것이다. 신철이는 그가 웃는 것을 보니 한층더 그에게 맘이 쏠리었다.

"그런데 거…… 부두에서 말이오, 짐짝이나 쌀가마니 나르는 것은 어떻게 품값을 회계하오."

"그거유, 무게에 따라 다르지우. 쌀 한 가마니에는 오 리 아니면 육 리 하고, 대두박은 사 리, 기타 짐짝은 오 리지유."

"그럼! 쌀 백 가마니를 날라야 오십 전 아니면 육십 전이구려!"

신철이는 눈살을 찌푸리며 쌀 백 가마니를 나를 생각을 해보았다. 따라서 부두에서 그 먼지를 뒤집어쓰고 일하던 몇 천 명의 노동자를 생각하였다. 동시에 그는 뜻하지 않았던 한숨이 푹 나왔다. 그리고 자기의 사명을 강하게 느꼈다.

"동무, 전날 돈 얼마나 벌었수? 그날 말이유."

"몰라유. 잊었지유."

"아 그 쌈하던 날 말이오. 왜 짐짝을 서루 뺏으랴고 쌈하지 않었수?"

"글쎄 몰라유."

"그런데 동무 이후부터 쌈하지 마시오. 쌈해야 서로 손해만 나지 않우. 쌈할 곳에 가서는 끝까지 싸워야겠지만 서로 동무들끼리 싸워서야 피차에 손해가 나지 않소……."

"그래두 그놈이 남이 맡아 논 짐을 제가 지고 가랴니께 싸우지우…… 그런데 왜 노동일을 하시우?"

"나요? 노동을 해야 벌어먹지유……."

"당신 같으신 어룬은 면서기나 순사도 꽤 허시겠지유."

아까 이 방에 들어설 때 신철이가 글을 쓰는 것을 보았고, 그리고 벽에 걸린 그의 옷이라든지 등 아래로 놓인 약간의 책권을 보니 신철이가 노동일이나 할 사람 같아 보이지 않았던 것이다. 신철이는 웃음을 참으며,

"면서기나 순사가 좋아 보이시우?"

"그럼 좋지유."

"난 당신들이 하는 노동일이 부럽소."

첫째는 허허 웃었다. 그리고 순사와 면서기를 부르고 나니 고향서 보던 면서기와 순사들이 그의 앞에 나타나 보였다. 그리고 가슴이 뜨거워지며 신철이를 대하여 무엇인지 모르게 묻고 싶은 충동을 강하게 느꼈다.

“저…… 순사는 말유…….”

첫째는 무슨 말을 하려다가 말끝을 잊었다. 신철이는 그를 똑바로 보았다.

“네, 순사가 뭘……?”

“저, 저…… 어떻게 해야 법에 안 걸리우? 법에 안 걸리게 좀 가르쳐 주…….”

×　　×　　×

밤늦게 돌아온 간난이는 잠들었다가 깨어나는 선비를 보며 생긋 웃었다.

“빈대 물지 않니?”

“왜 안 물어, 물지…… 어데를 갔었니?”

“나, 저게…… 누가 좀 만나자고 해서.”

간난이는 나들이옷을 훌훌 벗어 벽에 걸고 나서 선비 곁으로 바싹 다가앉았다.

“이애, 지금 인천서는 말이야, 아조 큰 방적공장이 *낙성되었는데 그곳에는 지금 내가 다니는 방적공장과 달리 여직공을 많이 쓴다누나…… 근 천여 명의 여직공을 쓴대…….”

선비는 눈 졸음이 홀랑 달아났다. 그리고 빛나는 눈에 이상한 광채를 띠었다.

“난 그런 곳에 못 들어갈까?”

“들어갈 수 있지…… 나두 그리로 갈 생각이다! 우리 둘이서 그리로

낙성(落成)
건축물의 공사를 다 이룸. 준공(竣工).

가자…… 응 선비야.”

간난이는 생긋 웃었다. 그리고 그의 머리를 매만지며 빠져나오려는 핀을 다시 꽂는다. 멍하니 바라보는 선비는 얼굴이 빨개졌다. 그리고 간난이에게서 들었던 방적공장의 온갖 기계들이 얼씬얼씬 나타나 보이었다.

“내가 그런 것을 할지 몰라…… 그러다 잘못하면 내쫓나?”

간난이는 선비의 얼굴을 바라보며 그가 처음 서울에 올라와서는 아무것도 모르고 그저 무섭고 부끄럽기만 하던 생각을 하였다.

“왜 네가 그런 것을 못 하겠니, 배우면 잘 할 터이지…… 너만 못한 애들도 많이 들어와서 배워나면 곧잘 하더라야. 걱정 마라.”

선비는 한숨을 가볍게 쉬었다. 그리고 웃었다.

“그래서 선비야! 난 오늘 방적공장을 나오기로 했단다…….”

“그럼 언제 가니?”

“곧 가지…… 그런데 볼일이 있어 아무래도 한 이틀은 지체될 듯하다.”

간난이는 아까 태수가 전해 주던 *밀령을 다시금 생각하며, 유신철이…… 인천부 사정 오번지 하고 외워 보았다.

“인천이라는 데는 이 서울 안에 있니?”

간난이는 얼른 선비를 보며 호호 웃었다.

“아니야, 여기서 한 백여 리 차 타고 가야 한다더라.”

선비는 한층 더 얼굴이 화끈 달며, 간난이는 언제 누구한테 배워서 말도 자기가 알아듣지 못할 유식한 말만 하고 또 모르는 곳이 없이 저렇게 잘 아는가…… 하였다. 그리고 자기는 언제나 저애처럼 되나…… 하였다.

그때 맞은편 방에서는 웃음소리가 하하 하고 흘러나왔다. 그들은 말을 그치고 흘금 문을 바라보았다.

"오늘은 굶지들은 않았나 봐…… 저렇게 웃음이 터질 때에는……."

선비는 일어나서 자리를 펴놓으면서,

"그 사람들은 뭘 하는 사람들이어?"

선비는 방문을 맘놓고 열어 놓을 수가 없이 거북한 것을 느낄 때마다 뭘 하는 사내들이 해 종일 어디도 가지 않고 저렇게 방구석에만 들어 있는가? 하는 의문이 들곤 하였던 것이었다. 그리고 간난이가 공장에 간 후에는 무서워서 앞문을 닫아걸고 있었다.

"그 사람들, 그저 실업자지…… 뭐겠니."

실업이란 말은 또 무슨 말인가? 하며 선비는 묻고 싶은 것을 그만 눌러 버렸다.

"얼굴들이야 좀 잘생겼디…… 그래도 이 사회에서는 그들에게 직업을 안 주니…… 어떻게 하니……."

간난이는 등불을 멍하니 바라보며 사정 오번지 유신철…… 이 번지와 이름을 잊을까 하여 그는 이렇게 되풀이하였다. 그리고 태수가 하던 말을 곰곰이 생각하였다. 선비는 간난이가 저렇게 늦게 돌아올 때마다 무엇을 깊이 생각하는 것이 수상스러웠다. 그리고 자기가 시골 있을 때 밤마다 덕호에게 당하던 것을 생각하며 무의식간에 그는 진저리를 쳤다. 따라서 간난이 역시 그러한 일을 저지르지 않는가? 하는 불안과 의문에 슬금슬금 그의 눈치를 살폈다.

"선비야! 네가 서울 올라온 지가 오래두 내가 바빠서 너를 구경도 못 시켜 주었지. 내일 우리 남산공원에 가볼까?"

"남산공원? 그게는 뭘 하는 데야."

“우리 동네 왜 원소 위에 잿등이라고 있지 않니? 그런 산이지……
뭐야, 거게 우리들이 밤낮 올라가서 싱아를 캐먹었지…… 참 우리 어
머님 보고 싶다!”

그때 선비의 머리에는 그의 눈등을 아프게 찌르던 첫째의 시커먼 손
이 문득 떠오른다. 그리고 간난이에게 너 첫째를 혹시 만나 본 일이 있
니 하고 묻고 싶은 충동을 강하게 느꼈다. 그러나 선비는 간난이 모르
게 가슴을 쥐며, 첫째가 이 서울에 있는지 몰라…… 선비는 머리를 숙
였다.

이튿날 그들은 창경원을 둘러서 남산까지 왔다.

“저기 *조선신궁이라는 게다.”

간난이가 들여다보이는 조선신궁을 가리켰다. 선비는 머리만 끄덕
일 뿐, 무슨 말인지 알아듣지 못하였다. 그리고 이제 올라온 돌층계가
무섭게 그의 앞에 아찔아찔하게 나타난다.

“이따 갈 때도 저리 가니?”

선비는 돌아서서 돌층계를 가리켰다.

“왜?”

“딴 길 없나?”

그제야 그가 선비의 눈치를 살피고 생긋 웃었다.

“에이 시굴뚜기년 같으니, 거기서 떨어져 죽을까 겁나니? 그럼 다른
길로 가자꾸나.”

그들은 호호 웃으며 조선신궁 앞을 지나 솔밭으로 내려와서 가지런
히 앉았다.

우수수 하는 바람결에 나뭇잎이 그들의 치맛가를 가볍게 스치고 천
천히 떨어진다. 선비는 무심히 나뭇잎을 쥐었다.

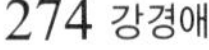

“벌써 가을이야! 세월두 어지간히 빠르지.”

간난이는 선비의 손에 쥐어진 나뭇잎을 바라보며 이렇게 말하였다. 선비는 휙 머리를 돌려 간난이를 바라보다가 빙긋이 웃었다. 간난이가 자기의 생각한 말을 하였기 때문이었다.

그들은 저 앞을 바라보았다. 붉고도 흰 벽돌집은 저마다 높음을 자랑하느라 우뚝우뚝 솟았고 북악산 밑 백악관은 몇 천만 년의 튼튼함을 보여 주는 듯이 앉아 있다. 그 뒤로 게딱지 같은 집들이 오글오글 쫓겨서 몰려들어 간다.

윙 달아오는 전차 소리, 택시 소리…… 그들이 시선을 옮기니, 옛날의 비밀을 혼자 말하는 듯한 남대문이 컴컴하게 솟아 있다. 그곳을 중심으로 수없이 얽혀 나간 거미줄 같은 전선이며 각 상점 간판이 어지럽게 빛나고 있다.

남대문 일대

“저 집이 다 사람 사는 집일까?”

간난이는 옆에 선비가 있는 것을 느끼며 돌아보았다.

“그럼 사람이 살지, 뭐가 살겠니…… 호호.”

그가 처음 돌연히 선비를 만났을 때에도 선비의 미모에 놀랐지마는, 몇 달을 지난 오늘에 보니 그때는 오히려 파리해졌던 것을 짐작할 수가 있었다. 비록 반찬 없는 밥을 먹으나 서울 온 후로부터 그가 저렇게 살이 오르는 것을 보니 간난이는 기뻤다. 그리고 저애를 어서 가르쳐서 계급의식에 눈을 띄워 주어야겠는데…… 하였다.

“선비야, 너 덕호가 밉지?”

선비는 얼굴이 빨개진다. 자기가 덕호와의 관계를 말하지 않았어도 간난이는 벌써 짐작한 듯하였다. 그러므로 선비는 고향 말만 간난의 입에서 떨어지면 불쾌하고도 겁이 나서 가슴이 *울울하곤 하였다.

울울(鬱鬱)하다
마음이 상쾌하지 않고 매우 답답하다.

"내가 조용한 때 널 보고 하고 싶은 말이 많다. 아직까지 널 보고 조용히 말할 짬도 없었지마는…… 우선…… 너 덕호라는 놈을 어떻게 생각하니? 그것부터 내게 말해라."

선비는 귀밑까지 빨개지며 머리를 숙인다. 그리고 손에 쥔 나뭇잎만 바삭바삭 소리가 나도록 손끝으로 누른다. 간난이는 선비를 바라보며 선비가 아직도 덕호를 못 잊어하는가? 하는 의문도 들었다. 그것은 자기의 과거를 미루어서 그렇게 짐작되었던 것이다. 간난이가 태수를 만나 지도받기 전에는 그나마 덕호를 잊지 못하였다. 그래서 그런지 꿈에도 덕호를 만나 영감님! 나는 월경을 건넜에요! 아마 애기가 있지요…… 하고 목이 메어 울다가는 깨곤 하였다. 그뿐이랴! 그가 상경하기 전에 덕호가 선비에게 사랑을 옮기는 것을 샘하여 밤중에 돌아다니다가 어떤 놈이 다그치는 바람에 질겁을 해서 달아나다 개똥이네 집으로 들어갔던 어리석은 자신을 다시금 그는 굽어보았다. 따라서 선비가 더 불쌍하게 보였다. 선비는 머리가 눌리는 듯한 부끄러움에 얼굴을 들지 못하고 언제까지나 가만히 있었다. 그리고 덕호의 그 얼굴이 무섭고도 느글느글하게 떠올라서 어서 간난이가 화제를 돌렸으면 좋을 것 같았다.

간난이 역시 덕호의 얼굴이 떠올라서 불쾌하였다. 그래서 그는 선비에게서 시선을 옮겨 저 앞을 바라보았다. 저 번화한 도시에도 얼마나 많은 덕호가 들어 있을까? 하는 생각이 번개같이 그의 머리에 떠올랐다.

그때 요란스러운 소리에 그들은 머리를 돌렸다. 소나무 아래로 작은 *게다 큰 게다가 뒤섞여서 비탈길을 올라가고 있다. 게다를 따라 시선을 옮기니 푸른 솔밭 위로 화강석으로 깎아 세운 도리

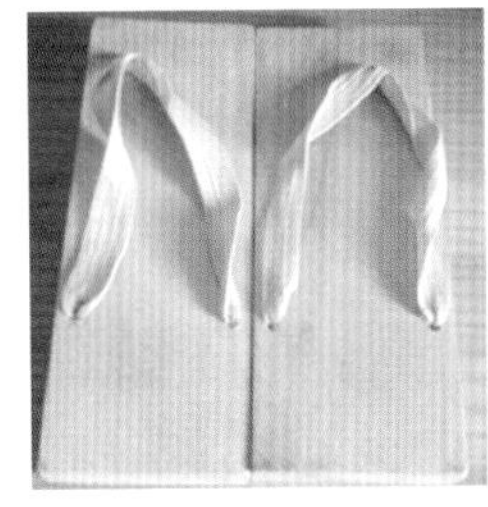

게다
일본 사람들이 신는 나막신.

이(鳥居)가 반공중에 뚜렷하였다.

이틀 후에 인천으로 내려온 간난이와 선비는 우선 간난이가 공장에서 사귄 어떤 동무 집에서 유하게 되었다. 그리고 그 동무의 주선으로 대동방적공장에 들어가게 되었으며, 경찰서에서 신원보증까지 헐하게 맡게 되었다. 동시에 대동방적공장에서는 사숙을 허하지 않고 전 여공을 기숙사에 수용한다는 것이 한 철칙이 되어 있다는 것도 알았다. 내일은 세 동무가 일시에 기숙사로 들어가기로 생각을 하고 월미도로, 만국공원으로 해가 질 때까지 돌아다녔다.

저녁을 맛있게 먹은 그들은 상을 물리고 앉아서 이런 이야기 저런 이야기를 주고받았다. 간난이는 일어났다.

"인숙아, 나 잠깐 저기 다녀올게."

인숙이를 바라보고 선비를 보았다.

"어데를…… 응 너 아까 묻던 그 사람 찾아갈래?"

아까 만국공원에 갈 때 서울서 어떤 동무의 부탁으로 그의 오빠를 찾아봐야겠다고 말하여 사정을 돌아다니며 신철이가 있는 번지를 간난이는 알아 놓고도 찾지 못한 체하고 밤에 찾아본다고 하며 말았던 것이다.

"너 혼자 가서…… 번지도 똑똑히 모른다면서 찾겠니?"

"글쎄…… 뭘, 가서 좀 찾아보다가 오겠다야. 그애의 말값으로 찾아나 봤으면 되는 것 아니냐. 난 정신없어서 큰일났다니! 번지를…… 아이 몇 번지라던가…….

"아이구! 이 바보야, 번지도 모르면서 찾겠대…… 어디 찾아봐라."

"좌우간 내 나가서 오래 있으면 찾아간 줄로 알려무나. 그리고 곧 들어오면 말할 것 없고."

간난이는 빙긋이 웃으며 밖으로 나왔다. 그리고 사면을 휘휘 둘러본 후에 사정으로 향하였다.

사정 오번지까지 온 간난이는 좌우를 또다시 살펴본 후에 대문 안으로 들어섰다. 그리고 신철이가 어느 방에 있을까 하고 돌아보았으나 안방 이외는 방이 없는 듯하였다. 그래서 그는 잘못 찾아왔는가 하여 도로 나와서 주저하다가 다시 들어갔다.

"말 좀 물읍시다."

뒤미처 안방문이 열리며 부인이 내다본다. 간난이는 잠깐 망설이다가,

"저 여기 하숙하는 손님 방……."

말이 끝나기 전에 부인은 마루로 나왔다.

"이리로 들어가 물어 보시오."

부엌 뒷골목을 가리킨다. 간난이는 컴컴한 골목을 빠져서 조그만 문 앞에 섰다. 차츰 가슴이 두근거리며 숨이 가빴다. 안에는 누가 혼자 있는 모양이다. 문에 그림자가 얼씬하며 신문 뒤적이는 소리가 들린다.

"여보세요!"

간난이는 이렇게 찾아보았다. 그때 방문이 열리며 어디서 많이 본 듯한 사나이가 나타난다.

"유신철 동무입니까?"

신철이는 누군가? 하여 방문을 열었다가, 어떤 젊은 여자가 이 밤에 문 앞에 서서 자기 이름을 부르는 데는 놀랐다. 그러나 다음 순간 철수한테서 통지받은 생각이 얼핏 들자,

"예! 그렇습니다. 들어오시지요……."

간난이는 방으로 들어가서야 신철이가 자기가 있던 앞방에서 자취

를 해가며 고생하던 청년임을 알았다. 신철이 역시 간난이를 보자 곧 알았다.

"경성서 늘 뵈우시던 동무 아닙니까, 바루 우리 자취하던 앞방에 계셨지요?"

"네! 참 우습습니다. 호호……."

"허허, 곁에다 동무를 두고도 몰랐습니다그려. 언제 나려오셨습니까?"

신철이는 간난이가 이렇게 속히 올 줄은 몰랐던 것이다. 그리고 자기가 경성 있을 때에는 한낱의 방적여공으로밖에 그의 눈에 비치지 않던 그가 오늘 이렇게 마주앉고 보니 새삼스럽게 용감하고도 씩씩해 보였다. 더구나 화장하지 않은 그의 얼굴이 전등불빛에 불그레하니 타오른다.

"어제 낮차로 왔습니다. 동무는 얼마나 고생을 하셨습니까?"

간난이는 말끄러미 신철의 눈치를 살피었다. 그리고 그의 입에서 무슨 말 나오기를 기다렸다.

"네, 뭐…… 고생이 무슨 고생이겠습니까. 여기 무슨 볼일이 계십니까, 혹은 아주 사시랴고 오셨습니까?"

신철이 역시 간난이가 먼저 말하기 전에는 아무러한 눈치도 간난이에게 보이지 않을 모양이다. 간난이는 한참이나 무엇을 생각하다가,

"저는 여기 방적공장에 취직하러 왔습니다. 혹 먼저 아셨는지요?"

1930년대 인천의 방직 공장

×　　×　　×

그 밤을 자고 난 세 동무는 드디어 대동방적공장 안에 있는 기숙사로 들어오게 되었다. 새로 회벽을 한 한 간이나 되는 방에 역시 세 동무가 함께 있게 되었다. 그들은 백여 간이나 넘는 듯한 기숙사를 둘러보고 공장 안을 살펴보았다. 서울 T문 밖에 있는 *제사공장은 여기에 대면 아무것도 아니었다. 우선 기숙사며 공장은 내놓고라도 그 안에 설비된 온갖 기계가 서울서는 보지도 못하던 것이었다. 대개 발전기라든가 제사기라든가 흡사한 것이 일부일부에 없지는 않으나 서울의 것보다는 아주 대규모적이었다.

고치를 삶는 가마도 서울서는 대개 세숫대야만하고 *와꾸(자새)도 하나였는데, 여기 것은 가마가 장방형으로 길게 되었으며, 서울 가마의 십 배는 될 것 같았다. 그리고 와꾸도 한 사람 앞에 십여 개 내지 이십 개까지 쓰게 된다고 하였다. 선비는 처음이니 아무것도 모르나 간난이와 인숙이는 입을 쩍쩍 벌렸다.

제사(製絲)
고치나 솜 따위로 실을 만듦.

와꾸
자새. 새끼, 바 따위를 꼬거나 실 따위를 감았다 풀었다 할 수 있도록 만든 작은 얼레.

한 결부터 간난이와 인숙이는 제 오백 번, 제 오백일 번이라는 번호를 타가지고 공장으로 들어가 일을 하게 되었다. 그러나 선비만은 아주 처음이라고 해서 간난이가 맡은 오백 번호에 곁들여서 실 켜는 법을 배우게 되었다.

저편 발전소에서 일어나는 소음과 돌아가는 와꾸의 소음이 합치어서, 공장 안은 정신 차릴 수가 없이 소란하였다. 선비는 멍하니 서서, 간난이가 실 켜고 있는 것을 보고 있다. 간난이는 늘 해보던 것이 되어서 모든 것을 손익게 하였다.

우선 남직공이 갖다 주는 초벌 삶은 고치를 펄펄 끓는 가마 속에 들이붓고 조그만 비로 돌아가며 꾹꾹 누른다. 그러니 실끝이 모두 비에 묻어 나왔다. 처음에 나쁜 실끝은 비로 끌어내어 가마 좌우에 꽂힌 못에 걸어 놓고 나서 다시 비를 넣어 실끝을 끌어올리었다. 이번에는 약간 누런색을 띤 정한 실끝이었다. 간난이는 실끝을 왼손에 걸어 쥐고 나서 바른손으로 실끝을 하나씩 끌어 사기바늘에 붙였다. 그러니 실이 술술 풀려 올라간다.

서울 공장에서는 이 사기바늘이 한 개 아니면 혹 두 개까지는 있었으나 이렇게 수십 개씩 되지는 않았다. 간난이는 세 개의 사기바늘에 실을 붙였다. 우선 능해지기까지 세 개를 사용하다가 차차로 늘릴 모양이다.

공장 남쪽 벽은 전부가 유리로 되었으며, 천장까지도 유리를 달았다. 그리고 제사기도 두 줄씩 마주 놓고 그 가운데는 길을 내었으며, 그리로는 감독들이 왔다갔다하고 있다. 서울서는 감독이 다섯 사람이었는데 이곳은 감독이 삼십 명은 되는 모양이다.

오백 번호나 나왔건만 여기서도 아직도 수백 번호가 나가리만큼 아득해 보였다. 선비는 얼굴이 뻘개서 가마에서 뽑혀 나오는 실끝을 들여다보았다. 벌써 간난의 손은 끓는 물에 익어서 빨갛게 타오른다. 그리고 손끝은 물에 부풀어서 허옇게 되었다.

"간난아, 내 좀 하리!"

선비가 그의 귀에다 입을 대고 말하였다. 간난의 귀밑으로는 땀이 빗방울같이 흘러내린다. 간난이는 생긋 웃어 보이며 머리를 흔들었다. 그리고 여전히 실을 골라 사기바늘에 붙인다.

"처음 와서도 아주 잘 해."

바라보니, 감독이란 자가 마주서서 들여다본다. 그리고 선비를 바라보며,

"어서 잘 배워야 해…… 그래서 빨리 일을 해야 돈을 벌지."

선비는 가만히 섰는 자신이 끝없이 부끄럽게 생각되었는데, 또 이런 말을 들으니 기가 막혔다. 감독은 선비의 숙인 볼을 곁눈질해 보며 그들의 앞을 떠나지 않았다.

그때 전깃불이 환하게 들어왔다. 선비는 놀라 전등불을 바라보며, 그리고 그의 눈앞에 벌여 있는 온갖 기계며 여직공들을 볼 때, 자기는 어떤 딴 세계에 들어왔는가? 하리만큼 그의 주위가 변한 것을 느꼈다.

"선비야, 너 좀 해봐."

간난이가 물러난다. 선비는 실끝을 쥐니 손이 떨리며 손발이 후들후들 떨려서 맘대로 손을 놀리는 수가 없었다.

"가마이! 실이 끊어졌구나!"

간난이가 발판을 꾹 눌렀다 놓으니 기계가 정지되었다. 간난이는 실끝을 사기바늘 속으로 넣어서 저편 끝과 꼭 부비치며,

"실이 끊어지면 이렇게 실끝을 맺는다. 봐라, 선비야! 그리고 정지시

키랴면 이렇게 하면 돌던 기계가 멎는다.”

그때 사이렌 소리가 우렁차게 일어난다. 선비는 눈이 둥그래서 둘러본다.

“선비야! 저 사이렌이 울면 우리는 나가고 야근할 동무들이 들어와서 다시 일을 계속한단다.”

말도 채 마치지 못하여 야근할 여공들이 우르르 밀려들어 온다. 간난이는 얼른 기계를 정지시킨 후, 실 감긴 와꾸를 뽑아 들고 공장 밖을 나와 감정실 앞에 늘어선 여공들 뒤에 가 섰다.

“선비야, 넌 먼저 가거라.”

선비는 공장문 밖에 나와 서 있었다. 공장 안에서는 여전히 기계 소리가 요란스러운 소리를 발하고 있다. 간난이가 돌아오는 것을 보고 선비는 걸었다. 벌써 식당에서는 종소리가 울려 나왔다.

“어서 가자! 저게 밥 먹으라는 종인가 부다, 아마…….”

간난이도 기숙사 생활을 하느니만큼 모든 것이 분명하지를 않았다. 그들이 식당까지 왔을 때는 몇 백 명의 여공들이 가득 들어앉았다. 식당은 기숙사의 왼 하층으로 지하실이었다. 장방형으로 된 방 안에 밥김이 어리어 훈훈하였다. 그리고 기단 나무판자를 네 줄로 이편 끝에서부터 저편 끝까지 이어 놨으며 그 위에는 밥통이며 공기가 보기 좋게 정리되어 있었다. 그들은 밥을 보자 식욕이 버쩍 당기어 술을 들고 한참이나 퍼먹다가 보니 쌀밥은 틀림없는 쌀밥인데 식은 밥

연재 당시의 삽화

쪄놓은 것같이 밥에 풀기가 없고 석유내 같은 그런 내가 후끈후끈 끼쳤다. 간난이는 술을 들고 멍하니 선비와 인숙이를 번갈아 보았다. 그들도 역시 그랬다.

"이게 무슨 밥일까?"

저편 모퉁이에서는 이런 말을 주고받았다. 그나마 반찬이나 맛이 있으면 먹겠지만 반찬 역시 금방 저린 듯이 소금덩이가 와그르르한 새우젓인데 비린내가 나서 영 먹을 수가 없었다. 그들은 식욕이 일어 배에서는 꼬록꼬록 소리가 났다. 그러나 입에서는 당기지를 않아서 술을 들고 저마다 멍하니 바라보다가는 마침 몇 술 떠보는 체하다가 눈물이 글썽글썽해서 술을 내치고 식당을 나가는 여공들이 대부분이었다. 그때 먼저 이 공장에 들어와서 이 밥에 낯익힌 여공들은,

"너희들이 배고픈 맛을 못 봐서 그러누나! 여기 들어와서는 이 *안남미 밥을 먹어야 한단다! 백날 굶어 보렴! 안남미가 없어질까? 흥!"

그들도 처음 며칠은 이 밥에 배탈을 얻어 십여 일이나 설사까지 하고도 할 수 없이 이 밥을 먹게 되었던 것이다. 그러나 먹어나니 이젠 배를 앓거나 또는 처음 먹을 때처럼 석유내가 몹시는 나지는 않았다. 그래서 그들은 사람이 배고픈 것처럼 무서운 것은 없다고…… 하였다. 시재 못 먹을 것이라도 배만 고프면 먹지 못할 것이 없으리라…… 하였다.

식당에서 올라온 지 한 시간이 되었을까말까 한데 기숙사 종이 댕그렁댕그렁 울렸다.

"이게 뭐 하란 종이우?"

간난이가 놀러 온 여공에게 물었다.

"아이 모루우? 이게 야학종이라우…… 어서들 준비하우."

"안 가면 안 되우?"

"그럼 안 되구말구. 별일 있수. 어찌나 배우는 게야 좋지 않우? 어서들 가요."

안남미(安南米)
베트남에서 나는 쌀. 안남미 밥은 냄새가 나고 풀기가 없는 것으로 알려짐.

그는 종종걸음을 쳐 나간다. 간난이는 입모습에 어느덧 비웃음을 띠고 인숙이와 선비를 돌아보았다. 그들은 배가 고파서 창문에 맥없이 기대어 저 밖을 내다보고 있다.

"간난아! 우리가 오늘 아침 집에서 너무 잘 먹어서 그 밥이 맛이 없나 봐."

"글쎄…… 그 쌀이 안남미라고 하지?"

"안남미?"

"그래…….."

"응, 그러니 석유내 같은 내가 나누나! 야! 그게야 어디 먹을 것이더니?"

"흥, 그래두 먹으라고 삶아 놓는 데야 어쩌란 말이야! 자 여러 말 할 것 없이 야학에나 가보자! 무엇을 가르치나…….."

선비는 배가 좀 고프나 야학이라는 말에 귀가 띄어서 부시시 일어났다. 그때 그는 덕호가 공부시켜 주겠다는 것을 미끼삼아 그의 정조를 유린하던 장면이 휙 떠오른다. 그는 다리가 후들후들 떨리는 것을 진정하며 그들을 따라 강당으로 들어앉았다.

단상에는 낮에 간난이를 칭찬하던 감독이 대모테 안경을 시커멓게 쓰고 서서, 들어오는 여공들을 흘금흘금 바라보았다. 눈 가장자리가 퍼릇퍼릇한 감독에 있어서는 그 안경이 유일한 미안제(美顔劑)가 되었다. 여공들이 다 모인 후에 감독은 이렇게 말하였다. 오늘은 신입 여공들이 많으니 공부는 그만두고 공장 내의 온갖 규칙에 대하여 말하겠다고 하였다. 그는 기침을 하고 휘 돌아본 후에 말을 꺼냈다.

"이 공장은 다른 작은 공장과 달리 직공들의 장래와 편의를 생각해 주는 점이 많습니다. 그것은 여러분이 눈앞에 보는 바와 같이 이 기숙사라든지, 또 야학이라든지 기타 여러분이 소비하기 위한 일용품까지 배급하는 설비라든지 다대한 경비를 들여 맨들어 놓지 않았소……."

감독은 장한 듯이 상반신을 뒤로 젖히고 배를 내밀며 장내를 한 번 돌아본다.

"여러분이 늘 쓰는 화장품이나 양말이나 기타 일용품을 시가에 나가 산다고 합시다. 값이 비쌀 뿐 아니라 속기도 쉽습니다. 그러니 여러분이 필요한 경우에는 이 공장에서 원가대로 배급해 주는 시설이 있습니다. 이 시설은 전혀 여러분을 위함이니 공장측에서는 도리어 손해를 봅니다."

이때 긴장하였던 여공들은 한숨을 내쉬었다.

"그리고 에…… 이 공장에는 여러분의 장래를 생각하여 저금제도를 맨들었소. 저금은 인생의 광명이오! 그러니 여러분들은 노동만 하면 공장에서 밥을 먹여 주고 일용품을 대주고 나머지는 저금을 시켜 주니 여러분의 맘에 따라 얼마든지 벌 수가 있지 않소? 여러분은 그저 저금 통장만 가지고 있다가 삼 년 후 나갈 때 그것으로 결혼 비용에 쓸 수도 있지 않소? 허허……."

감독은 입 모습에 야비한 웃음을 띠었다. 여공들도 따라 웃는다.

"그러니 삼 년만 꾹 참고 일하면 그때는 이 공장을 나가 안락한 가정도 이루어 아들딸 낳고 잘살 수가 있소. 여러분이 여게 들어올 때 삼 년을 계약 맺고 들어왔으나 그 삼 년이 절대로 긴 세월이 아닙니다. 그때 가면 더 있겠다고 할 것이오. 이 공장은 이같이 우대를 하느니만큼 들어올 때 경찰서에서 일일이 보증까지 받아 가지고 들어온 것이 아니오? 그래서 여러분들은 많은 사람들 중에서 뽑혀 들어온 것이니 큰 행복이 아닙니까. 어데 또 이렇게 좋은 곳을 본 일이 있소? 밖에서는 일할 데가 없어서 돌아다니는 사람이 얼마나 많은지 아오?"

여공들은 자기들이 시골에서 조밥도 잘 못 먹고 김매던 생각을 하니 가슴이 벅차도록 행복을 느꼈다. 감독의 안경은 불빛에 번쩍하였다. 그는 수염을 꼬고 나서,

"이 공장에서는 여공의 장래를 그르칠까 봐 풍기를 엄밀히 감독하는 까닭에 개인의 외출을 불허하느니만큼 여러분은 퍽 밖이 그리울 것이오. 그러나 매해 춘추로 좋은 음식을 맨들어 가지고 산보를 가오. 오는 봄에는 여러분에게 구두를 원가로 배급하야 신기고 월미도에 가서 *원유회를 할 계획을 지금 사무실에서 하고 있는 중이오……."

여공들의 눈에는 희망과 환희의 빛이 떠올랐다. 이때 간난이는 벌떡 일어나서 감독의 말을 일일이 반박하고 싶은 흥분을 가슴이 뜨겁도록 느끼었다.

"또 이 공장에서는 삼 주일에 한 일요일은 휴일로 정하고 그날은 앞의 운동장에서 운동과 유희를 시키우. 이것은 여러분의 건강을 위하여 하는 일이니, 참 이 공장의 특전이오. 마주막으로 이 공장을 내 공장으로 생각하고 소제를 깨끗이 하며 또 일의 능률을 내어서 임금 외에 상금도 많이 타도록 하오. 그러나 게으른 사람에게는 도리어 벌금이 있을 터이니 특별히 주의하여야 하오."

그들은 일시에 일어나 감독에게 경례를 하고 강당에서 몰려나왔다.

또다시 종이 울렸다. 이 종은 자라는 종이라고 그들은 소변 대변을 보고 나서 방 안의 전깃불을 껐다.

간난이는 곤하던 차라 한잠 푹 자고 나서 벌떡 일어났다. 사방은 고요하다. 다만 공장에서 들려 오는 기계 소리만이 요란스레 들릴 뿐이다. 그는 창문 곁으로 와서 우두커니 밖을 내다보았다. 어젯밤 신철의

앞에 있을 때에는 기운이 버쩍버쩍 나더니 오늘 이렇게 혼자 앞으로 할 일을 생각하니 앞이 캄캄하다. 물론 밖에서 동지들의 끊임없는 조력이 있을 것은 아나 시커먼 저 담 안에 갇힌 자신은 몹시도 고적해 보였다. 유리문 밖에 운동장을 거쳐 높이 솟은 저 담! 간난이는 아까 이 기숙사에 들어오면서부터 저 담이 몹시 걱정이 되었다. 행여나 그 담 밑으로 어떤 구멍이라도 발견할까 함이었다. 그러나 벽돌로 까맣게 올려 쌓고 그 밑으로 몇 길이나 시멘트 콘크리트를 한 그 철벽 같은 담에서는 바늘구멍만한 것도 하나 얻어 볼 수가 없었다.

그는 가만히 일어나서 문을 열고 나왔다. 복도 저편 끝에 달빛이 길게 떨어져 흡사히 사람이 섰는 듯하였다. 그가 멈칫 서서 좌우를 휘휘 돌아보았을 때 어디서 문소리가 나는 듯하여 벽에 붙어 섰다.

간난이는 숨을 죽이고 문소리 나는 곳을 바라보았다. 여공 하나가 신발 소리를 죽이고 감독 숙직실 편으로 가는 듯하여 간난이는 뜻밖에 호기심이 당기어 그의 뒤를 살금살금 따라섰다.

숙직실 앞에서 그는 발길을 멈추고 머뭇머뭇하더니 문을 열고 들어간다. 간난이는 거 누굴까? 하고 생각해 보았으나 짐작하는 수가 없었다. 어쨌든 여공이 감독과 밀회하러 들어간 것만은 틀림없었다. 그때 간난이는 어젯밤 신철이가 하던 말을 다시금 되풀이하며 이대로 두면 이 공장 내에서 일하는 수많은 순진한 처녀들이 감독의 농락을 어느 때나 면하지 못할 것 같았다. 따라서 어리석은 저들의 눈을 어서 띄워 주어야 하겠다는 것을 깨닫는 동시에 하루라도 속히 천여 명의 여공들이 한몸이 되어 우선 경제적 이익과 인격적 대우를 목표로 항쟁하도록 인도하여야 하겠다는 책임을 절실히 느꼈다. 옛날에 덕호에게 인격적 모욕을 감수하던 그 자신이 등허리에서 땀이 나도록 떠오른다. 그는 한참이나 서서 이런 생각을 하다가 숙직실 문 앞에까지 와서 귀를 기울였다. 아무 소리도 들리지 않았다. 그는 중대한 그의 사명이 없다면 당장에 이 문을 두드리고 이 공장 안이 벌컥 뒤집히도록 떠들어 이 사실을 여공들 앞에 폭로시키고 싶었다. 그때 유리문이 우르릉 소리를 내며 나뭇잎 떨어지는 그림자가 얼씬얼씬 비친다. 그는 얼른 뒷문 편으로 몸을 피하였다.

공장에서 기계 소리는 요란스레 울려 나온다. 그는 이 순간에 비창한 결심이 그의 조그만 가슴을 벅차게 하였다. 그는 단숨에 밖으로 나왔다. 그리고 담 밑으로 돌아가며 구멍을 찾았다. 아무리 둘러봐도 차디찬 벽돌만 그의 손에 만져질 뿐이고 조그만 구멍도 발견치 못하였다. 다만 담 밑에 수챗구멍으로 낸 구멍만이 몇 개 있을 뿐이다. 이 구멍은 겨우 손이나 들어갈는지 물론 사람은 나들 수가 없었다. 더구나 이 구멍은 누구의 눈에나 띄는 구멍이니 이리로 연락을 취하다가는 위험천만이다. 그러나 다시 돌려 생각하면 오히려 누구나 다 알고 있는 이 구멍이 어떤 점으로 보아서는 그들로 하여금 무관심하게 보일는지 모른다. 그는 이렇게 생각하며 우선 며칠 더 적당한 구멍을 찾아보다가 결정하리라 하고 들어오고 말았다. 강당의 시계가 세시를 땅땅 친다. 그가 자리에 누울 때 선비가 돌아누웠다.

"어데 갔었니?"

"응, 너 안 잤니?"

"아니 잤어…… 이제 깨보니 네가 없기에."

"변소에 갔댔지."

"응."

"그런데 선비야, 너 아까 감독이 한 말을 다 곧이들었니?"

그는 이 경우에 어떻게 대답할지 몰라 한참이나 망설이다가,

"그건 왜 물어? 갑자기."

"아니 글쎄…… 감독의 한 말이 참말일까."

"난 몰라, 그런 것……."

"선비야! 그런 것을 몰라서는 안 된다. 저 봐라, 지금 야근까지 시키면서도 우리들에게 안남미 밥만 먹이고, 저금이니 저축이니 하는 그럴듯한 수작을 하야 우리들을 속여서 돈 한푼 우리 손에 쥐어 보지 못하게 하고 죽도록 우리들을 일만 시키자는 것이란다. 여공의 장래를 잘 지도하기 위하야 외출을 불허한다는 둥, 일용품을 공장에서 저가로 배급한다는 둥, 전혀 자기들의 이익을 표준으로 하고 세운 규칙이란다. 원유회를 한다느니, 야학을 한다느니, 또 몸을 튼튼케 하기 위하야 운동을 시킨다는 것도, 그 이상 무엇을 더 빼앗기 위하야 눈 가리고 아웅 하는 수작이란다……."

선비는 간난이가 어째서 이런 말을 하는지 알 수가 없었다. 그렇게 그런 줄을 아는 바에는 첨부터 공장에 들어오지 말 것이지 왜 서울서 그만두고 이리로 오고서는 하루도 지나기 전에 이런 불평을 토하는가? 하였다.

"선비야! 우리들을 부리는 감독들과 그들 뒤에 있는 인간들은 덕호보담도 몇 천 배 몇 만 배 더 무서운 인간이란다."

간난이는 여공이 들어가던 말까지 하려다가 이런 말은 좀더 기다려서 해주리라 하였다. 선비는 그렇지 않아도 수염을 올려붙인 호랑이 감독이 자기게로만 눈 꼬리를 돌리고 웃는 모양이 무섭고도 보기가 싫었는데 간난의 말을 듣고 나니 그 눈매가 곧 눈앞에 나타나 보였다. 그리고 그 감독이 덕호로 변하여지는 것을 그는 가슴이 울울하도록 느꼈다.

"선비야! 너 지금 내 말이 무슨 말인지 분명하지 않지? 좀 지나면 다 안다."

간난이는 선비의 허리를 껴안으며 이렇게 중얼거렸다. 그리고 감독의 방으로 들어가던 여공을 다시 한 번 생각하였다.

며칠 후에 간난이는 공장 뒷담 밑에 뚫린 수챗구멍으로 긴 나무쪽 끝에 새끼를 매어 밖으로 빌어 내놓았다.

그 후로는 여공들이 아침에 일어날 때마다 자리 밑에서나 방 한구석에서 이상한 종잇조각을 발견하곤 하였다. 그 종이에는 전날 밤 야학에서 감독이 연설한 것을 한 조목 한 조목씩 띄어 쓰고는 그에 대한 해설이 알기 쉽게 써 있었다.

그들은 이 종잇조각을 발견할 때마다 머리를 맞대고 재미나게 읽어 보았다.

"이애, 이 종이를 누가 들여보내 주는지는 모르겠으나 여기 써 있는 글이 꼭 맞는다야! 감독이 왜 그때 하루에 이십 전씩 상금을 준다고 하더니 어디 상금 주디? 말만 상금이야!"

기숙사 상층 사호실에서 여공들이 자리에 누우며 이런 말을 하였다.

"그래 혜영이는 그렇게 일을 잘 해두 말이어, 상금 타보지 못했대…… 아이 참 어쩌면 그런 그짓말을 하는지 몰라!"

"그래두야, 아이 인물 고운 저 칠호실에 있는 신입생은 벌써 상금을 탔다더라……."

"상금을 탔대? 거 누구여."

웃기 잘하는 여공이 이렇게 물었다.

"이애는 누구 듣겠구나! 좀 가만히 말하렴."

웃기 잘하는 여공은 킥킥 웃으며 이불 속으로 손을 넣어 꾹 찔렀다.

"누가 듣기는 누가 듣니? 이 밤에."

"이애 봐라! 너 감독이 밤마다 *순시 돈다. 너 그런 줄 모르니?"

"순시 돌면 어때! 이불 속에서 하는 소리가 밖에 나갈까. 좌우간 누구여…… 아, 요새 갓 들어온 예쁜이 말이구나."

기숙사에서는 선비를 예쁜이라고 별명을 지었다.

"이애 말 마라. 혜영이가 그러는데 말이야, 바루 혜영이 앞에 신입 여공이 있지 않니? 그런데 그 앞에서 감독이 떠나지를 않고 자꾸만 싱글싱글 웃더래! 아이 참 죽겠어! 그 꼴 보기 싫어! 왜 그때는 용녀를 그렇게 허지 않았니?…… 네……."

"흥! 용녀보다 신입 여공이 더 고우니 그렇지. 사실 곱기는 고와요! 내가 남자라도 반하겠더라. 그 눈이며 코를 봐라네."

"곱기는 뭣이 고와. 그 손이 왜 그러니. 난 손을 보니 무섭더라."

가는귀 어두운 여공이 이렇게 말하였다.

"아따, 이 귀머거리! 뭘 좀 들었나 베…… 히히 후후…… 이 손, 이 손 히히."

가는귀 어두운 여공이 귀에다 손을 대고 듣는 것을, 웃기 잘하는 여공이 손으로 더듬어 보고 이렇게 웃었다.

"이애 웃지 마라. 어따! 잘 웃는다, 얼씨구 쟤가 왜 저래?"

가운데에 누운 여공이 웃기 잘하는 여공의 입을 틀어막았다.

"그런데 이애 효순아, 이 종이가 어서 누가 이 방에 갖다 줄까? 다른 방에도 오는지 몰라…… 아무래도 그렇지 않으면, 이 기숙사 내에 있는 여공이 그렇게 허는 게야, 필시. 어쨌든 이 종이에 써 있는 것과 같이, 이 공장 내에 있는 여공들이 합심해서……."

여기까지 말한 가는귀 어두운 여공은 가슴이 벅차는 듯하여, 이불을 조금 벗으며 숨을 돌리었다.

"이애 말 마라. 나두 서울서 미루꾸 공장에 있을 때, 글쎄 감독놈이 하도 밉꼴스레 굴고, 품값도 잘 안 주어서, 우리들이 *동맹파업인지를 일쿠려 안 했니. 그랬더니 그 중에 몇 계집애가 싹 돌아서서 글쎄 감독에게 고해 바쳤구나. 그래서 모두 쫓기어났단다. 그때 나는 다행히 쫓기어나지는 안했으나, 감독놈이 미워해서 견딜 수가 없어야, 그래 나오고 말았다. 뭘 그래 다 그런데……."

"그런 계집애들은 모두 죽여 버려! 흥! 그런 것들은 말이다, 감독놈과 연애하는 계집애들이어……."

"이거 봐라. 일은 죽도록 하구서는 손에 돈도 쥐어 보지 못하구 우리는 그래 이게 무슨 꼴이냐. 어머니 아버지 앞에서 고이 자라 가지고 이 모양을 해! 난 오늘 이 손이 하마트면 와꾸에 끼여 잘라질 뻔하였다. 들어올 때는 누가 이런 줄 알았니?"

그는 손을 볼에 대며 진저리를 쳤다. 핑핑 돌아가는 와꾸를 금방 보는 듯하였다.

"이 종이 갖다 주는 사람을 만나 봤으면 좋겠어! 어디 우리 지켜 볼까?"

"그러다가 아지 못할 남자면 어떡허니?"

그들은 갑자기 부끄러움과 함께 무시무시한 생각이 그들의 젖가슴을 사르르 스쳐가는 것을 느끼었다.

"아, 무서워!"

무의식간에 그들은 꼭 부둥켜안았다.

인부들은 철사 주머니에 돌멩이를 쓸어 넣어서 해면에 동을 쌓으며 한편으로는 흙을 날라다가 *감탕밭에 쏟았다. 첫째도 그들 틈에 섞여 흙을 날랐다. 그는 흙을 나르면서도 어젯밤 밤새도록 신철이와 자유노동자의 조직에 대하여 토의하던 것을 생각하였다.

그가 신철이를 만나 본 후로는 세상에 모를 것이 없는 듯하였다. 그가 반생을 살아오면서 막히고 얽혔던 수수께끼는 바라보이는 저 신작로같이 그렇게 뚫려 보였다. 그리고 그가 걸어갈 장차의 앞길까지도 저 길가같이 훤하게 내다보였다. 동시에 칼칼하던 그의 가슴은 햇빛에 빛나는 저 바다같이 그렇게 희망에 들떴다.

"여보게, 저거 보게나. 오늘이 무슨 날이기에 학생들이 통 떨어났는가?"

첫째는 얼른 돌아보았다. 수백 명의 여학생들이 행렬을 지어 이리로 왔다. 그때 첫째의 머리에는 어제 대동방적공장에서 나온 보고서를 신철이가 보고 그에게 이야기해 주던 생각이 떠올랐다. 그들이 아닌가? 신궁에 참배인가를 하러 가느라 구두까지 새로들 지어 신었다지…… 하며 어정어정 걸었다.

"이놈들아, 어서 일들이나 해라. 뭘 보느냐."

벌떡벌떡 일어나던 인부들은 감독의 소리에 놀라 도로 허리를 굽히며,

"사람 죽인다! 저게 모두 계집이구먼."

"이애 이 자식아, 하나 데리고 도망가라, 하하……."

그들은 이렇게 농을 하며 흘금흘금 곁눈질을 하여 지나치는 행렬을

보았다. 그들은 일제히 검정 치마에 흰 저고리를 입었으며 검정 구두까지 신었다. 첫째는 흙을 지고 낑낑하며 오다가 참말 여공들이나 아닌가? 하는 의문과 무어라고 형용 못 할 반가움에 흘금 바라보았다. 그때 첫째는 마주치는 시선과 함께 깜짝 놀랐다. 그리고 무의식간에,

"선비?"

하고 중얼거렸다. 상대 여자도 비상히 놀라는 빛을 띠고 멈칫 섰다가 거의 끌리어가는 듯이 차츰차츰 앞으로 나간다. 그 순간 첫째는 흙짐을 벗어던지고 따라가서 그가 참말 선비인가 아닌가를 알고 싶었다. 그리고 그의 발길은 무의식간에 몇 발걸음 나아갔다.

"이놈의 자식아, 어서 일해라!"

첫째는 말할 수 없는 섭섭함을 꾹 누르며 감독을 돌아볼 때 가슴이 뛰는 것을 깨달았다. 그리고 무거운 발길을 옮겨 놓으며 선비? 선비가 여기를 올 수가 있나? 혹은 덕호가 공부를 시켜? 아니 덕호가 공부를 시켜 줄 수가 있나? 그래도 알 수 없어. 선비가 고우니까, 혹시는 야욕을 채우기 위한 수단으로 공부를 시키는지 아나? 아니어 내가 잘못 본 게지, 선비가 여기를 뭘 하러 온담. 벌써 시집가서 살 터이지…… 하고 다시 한 번 그들을 바라보았다. 그때 저들이 방적 여공들이 아닌가? 하는 생각이, 어젯밤 신철의 말을 다시금 생각하며 불쑥 일어난다. 그러면 선비가 방적공장에 다니는가? 그는 여

러 가지 생각이 뒤범벅이 되어 일어난다. 그는 감탕밭까지 와서 흙을 쏟으며 다시 바라보니 벌써 그들의 행렬은 월미도 어귀에서 까뭇까뭇하게 사라져 간다. 선비? 여공들? 참말 저들이 여공들인가? 하여간 기다려 보자! 이 뒤로 여공들이 또 지나칠는지 모르니까…… 하였다. 첫째는 그들의 옷차림이 암만해도 여공들 같지는 않았던 것이다.

빤히 건너다보이는 월미도 조랑의 붉은 지붕을 바라보는 첫째는, 여공들이냐? 선비냐? 이 두 문제를 몇 번이나 되풀이하였다. 그리고 뒤로 그런 행렬이 또 오는가 하여 주의를 게을리하지 않았다.

"아따, 이 사람아, 뭘 그리 생각하나? 이제 여직공들을 보니 맘이 싱숭생숭……."

"여직공! 자네 여직공인 줄 꼭 아는가?"

"에이! 미친놈아! 여직공이지 그게 뭣들이냐."

"공부하는 학생들이 아니어?"

"아따, 이놈아? 꿈을 꾸나 베…… 인천에서 몹쓸기로 이름난, 수염이 빠딱한 호랭이 감독 지나가는 것도 못 봤구나……."

첫째는 그의 말을 들으며 또 월미도를 바라보았다. 여공들…… 과연 그가 선비인가 하였다. 그들을 여공들이라고 단정하고 나니, 역시 아까 본 선비같이 보이던 그 여자도 확실한 선비 같았다.

"이놈? 단단히…… 하하…… 그러니 이게 있어야지, 이놈아."

연돌(煙突)
굴뚝.

동무는 손가락을 동그랗게 굽히었다. 첫째는 흙짐을 지고 낑 하고 일어나며 멀리 대동방적공장의 *연돌을 바라보았다. 여전히 검은 연기가 풀풀 흘러나온다.

하늘을 찌를 듯이 올라간 저 연돌! 그는 바라보기만 하여도 아뜩하였다. 그가 대동방적공장이 낙성할 때까지 거의 매일 인부로 채용이 되었다. 그때 그는 그 공장 건축만은 아무러한 위험을 느끼지 않았으나 저 연돌을 쌓아 올라갈 때 벽돌 나르던 생각을 하면 지금도 앞이 아찔아찔하고 핑핑 도는 듯하였다.

벽돌 삼십 장씩 지고 휘청휘청하는 나무판자 다리로 올라갈 때 나무판자가 금방 부러지는 듯하여 굽어보면 몇십 장이나 되어 보이는 아득아득한 지하가 마치 깊은 호수를 들여다보는 듯이 핑핑 돌았다. 동시에 그의 다리가 풀풀 떨리며 머리털끝이 전부 하늘로 올라가는 것을 느꼈다. 그리고 앞이 캄캄하여 한참씩이나 정신을 가다듬어 올라가노라면 그 연돌이 움실움실 확실히 움직이는 것이다. 그것은 그가 그만큼 위험을 느끼는 데서 그런지는 모르겠으나 연돌의 높이가 높아 갈수록 명확하게 움직이는 것을 보았다. 그때마다 그는 이 연돌이 금방 쓰러지는 듯하고 그가 연돌과 함께 저 지하에 떨어져 죽을 것만 같았던 것이다.

그렇게 위험을 느끼면서도 그는 아침이면 번번이 그 나뭇길을 다시 올라가곤 하였다. 그때마다 에크! 내가 여기를 또 왔구나! 하고 새삼스럽게 깨닫곤 하였던 것이다.

그는 이러한 생각을 할 때, 그가 지금 연돌 위에 올라선 듯하여 무의식간에 우뚝 섰다. 그리고 등에 진 흙짐이 흡사히 벽돌 같아 등허리에서 땀이 버쩍 났다. 따라서 손발이 가늘게 떨리므로 그는 사면을 휘 돌아보고 눈을 감아 겨우 정신을 진정하였다. 그는 그의 목숨이 끊어질 때까지 그 연돌만은 그의 머리에서 빼낼 수가 없음을 이 자리에서 발견하였다. 보다도 요즘 꿈속에 그 연돌을 보는 것이 아주 질색이다. 그리고 어떤 때는 그 연돌에서 떨어지는 꿈을 꾸는 것이다. 저 연돌! 바라보기만 해도 무시무시한 저 연돌! 그때! 저 연돌에서 떨어져 죽은 동무도 몇몇이었던가? 하루의 임금에 몸뚱이와 내지 생명까지 그들에게 맡기어 버리지 않을 수 없는 우리들……!

첫째는 또다시 여공들과 선비를 생각하였다. 이렇게 해종일 선비를 머리에 그리며, 아까 본 것이 선비냐? 선비가 아니냐? 하고 다투며 일을 끝내고 그는 늦어서야 인천 시가로 돌아왔다. 그가 국밥집까지 왔을 때 그들의 동무들은 벌써 노동시장으로부터 돌아와서 국밥을 먹으며 혹은 막걸리를 들이마시며 농을 주고받았다. 그들에게 있어서 가장 위안을 얻는 곳이란 이 국밥집이며, 동시에 막걸리나마 얼근히 먹고 나서 농지거리나 하는 것이다.

첫째는 우선 막걸리 한 잔을 마시고 나서, 펄펄 끓는 국밥을 단숨에 먹었다. 그리고 슬금슬금 돌아보았다. 그는 신철이를 알면서부터 웬일인지 이렇게 사람 많이 모인 곳에 오게 되면, 벌써 저들 중에 스파이가 섞여 있지나 않나? 하는 불안이 들곤 하였던 것이다. 그리고 거리로 나오게 되면 양복이나 말쑥하니 입은 사람을 보면 또한 이러한 생각이 들곤 하였다. 어쨌든 신철이와 자기와 함께 노동시장에서 노동하는 동무 약간을 제하고는 모두가 그의 눈에 그러하게 비쳐졌던 것이다.

한참이나 둘러본 그는 비로소 안심하고 방으로 들어왔다. 그는 뜨뜻한 이 방에서 한잠 자고 그의 숙박소로 돌아가고 싶었던 것이다. 방 안은 쩔쩔 끓었다. 그리고 술내가 가는 연기처럼 떠돌았다. 그는 아랫목으로 가서 목침을 얻어 베고 누우니, 아까 낮에 본 여공들의 긴 행렬이 떠오르며, 선비가 나타난다. 그가 참말 선비인가? 하며 눈을 감았다. 그때 밖으로부터 그의 동무가 무어라고 떠들며 들어오는 것을 알았다.

"아따! 이놈 보게, 벌써 자네. 이애 이놈아!"

첫째의 궁둥이를 발길로 차는 바람에 첫째는 눈을 번쩍 떴다.

“이놈아! 좀 가만히 있어라! 나 좀 자자.”

동무는 술이 취하여 비칠비칠하며 첫째를 흘겨보았다.

“이놈, 요새 한턱도 안 내구, 오늘 돈 얼마 벌었냐? 술 한잔 사내라. 이놈 돈 내, 돈.”

머리를 기울기울하더니 펄썩 주저앉았다. 그의 옷갈피서는 가는 모래가 부슬부슬 떨어진다.

“허허…… 이 자식아! 공장 계집애들! 아 그게 다 계집이어…… 이 애, 사람 죽인다. 허허…….

오동동 추야에

달이 동동 밝은데

임의 동동 생각이

저리 둥둥 나누나.

가을 하니 달이 밝거던 에이 이놈아 임이 없단 말이어! 허허…… 이 애 너 장가 가보았니?”

첫째는 말없이 그의 얼굴을 바라보았다. 주기에 불그레한 그의 눈에 이성을 생각하는 빛이 뚜렷이 보였다. 그는 얼핏 선비를 눈앞에 그리며 이상스러운 감정에 가슴이 뒤설레었다. 그래서 그는 일어나고 말았다. 동무는 일어나는 첫째를 바라보았다.

“이 자식, 왜 대답이 없니?”

첫째는 대답 대신에 픽 웃어 보이고는 부엌으로 나왔다. 국밥집 부인은 부엌에서 분주히 돌아가다가 첫째가 나오는 것을 보고,

“아재, 오늘 돈 좀 줘야겠수.”

첫째는 멈칫 서서,

“얼마유? 모두.”

“오십 전이지.”

납작한 얼굴을 쳐들고 첫째의 눈치를 살살 본다. 저편 밥상에는 아직도 노동자들이 죽 둘러앉아 훅훅 하고 국밥을 먹고 있다.

“옜수, 우선 삼십 전만 받우.”

“내일 또 오겠수?”

“봐야 알지유. 좌우간 나머지는 곧 드리겠수.”

“예……”

국밥집 부인은 이십 전을 마저 주었으면 하는 눈치를 뻔히 보였다. 첫째는 방 안에서 동무가 나오는 것을 보며,

“이놈아 취했다, 거게 누워 자라!”

“이놈 술 한잔 안 사주겠니?”

“훗날 사줄라. 오늘은 돈 없다.”

“이 자식 보게, 돈이 없다?”

달라붙는 동무를 물리치고 첫째는 밖으로 나왔다. 그리고 언제나 저들도 계급의식에 눈이 뜰까? 하였다. 첫째 역시 신철이를 만나기 전에는 돈만 생기면 술만 먹었다. 술 먹지 않고는 맥맥하고 답답해서 못 견딜 지경이다. 남들은 그나마 어려운 살림이나, 계집 있고 어린것들이 있어 일하고 돌아오면 ‘아빠, 아빠’ ‘여보, 돈 내우, 쌀 사오게’ 이런 말에나마 위안을 얻지만 그는 답답하게 벽만 바라보고 앉을 뿐이다. 그러니 화가 나서 술집으로 달려오곤 하였던 것이다. 그러나 신철이를 만나 본 그는 술을 끊고 담배를 끊었다. 그리고는 전같이 실없는 말도 하지 않고 그저 가만히 무엇을 깊이 생각하였다. 그래서 동무들은,

“이 자식이 웬일이야? 술도 안 먹고, 어데 계집을 얻어 두었나 베.”

이렇게 놀리곤 하였다. 그는 어정어정 걸으며 사면을 휘휘 돌아보았

다. 그리고 스파이 같은 것이 그의 뒤를 따르지 않나? 하는 불안에 골목골목을 주의하며 주인집까지 왔다.

전등불도 켜지 않은 채 그의 방은 쓸쓸하게 그를 맞아 주었다. 그는 웬일인지 갑갑함을 느끼며 신철이한테라도 가볼까 하였으나 그가 지금 집에 없을 것을 짐작하며 벽을 기대었다. 그는 언제나 전등불을 켜지 않은 채 자고 만다. 그가 어려서부터 캄캄한 방에서 자란 까닭에 이렇게 캄캄한 가운데 앉은 것이 퍽으나 좋았다. 만일 어쩌다 불을 켜면 도리어 답답하고 눈등이 거북해서 못 견디었던 것이다.

선비! 그가 참말 선비인가? 그러면 내가 날마다 전해 주는 그 종이도 보겠지. 그가 글을 아는가? 아마 모르기 쉽지! 참, 공장에는 야학이 있다지. 그러면 국문이나는 배웠을는지 모르겠구먼…… 하였다. 이렇게 생각하고 나니 자기 역시 국문이라도 배워야만 될 것 같았다. 어디서 배울 곳이 있어야지! 신철이보고 가르쳐 달랄까? 그는 빙긋이 웃었다. 삼십에 가까워 오는 그가 이제야 국문을 배우겠다고 신철의 앞에서 가갸거겨 할 생각을 하니 우스웠던 것이다. 보다도 필요와 여유도 없었던 것이다.

그는 한잠을 푹 자고 부시시 일어났다. 그는 기운이 버쩍 남을 느꼈다. 그가 방문을 소리 없이 열고 나서니 옆집에서는 시계가 새로 두시를 친다. 그는 언제나 저 시계가 두시를 칠 때 이 문밖을 나서는 것이다.

번화하던 이 거리도 어느덧 고요하고 전등불만이 이따금 껌벅이고 있다. 그는 한참이나 서서 주위를 살피며 말할 수 없는 흥분과 감격을 느꼈다. 그때 멀리 들리는 기선의 기적 소리가 우웅하고 인천 시가를 은근히 울려 주었다. 그는 슬금슬금 걷기 시작하였다. 그리고 주의를 게을리하지 않았다. 그가 신철의 하숙까지 왔을 때 신철이는 반가이 맞아 주었다. 그는 일을 마치고 이제야 돌아온 눈치다. 그의 긴 눈에는 피곤한 빛이 뚜렷이 보였다. 신철이는 눈을 부비치고 첫째를 바라보았다. 첫째의 시커먼 얼굴에는 긴장한 빛과 아울러 어떤 위엄이 씩씩히 빛나고 있었다.

신철이가 처음 첫째를 만났을 때는 다만 순직한 노동자로밖에 그의 눈에 비치지 않던 그가…… 보다도 순직함이 도수를 지나 어찌 보면 바보 비슷하게 보이던 그가, 불과 몇 달이 지나지 못한 지금에 보면 아주 딴 사람을 대한 듯이 되었다. 그리고 이런 때에 마주보면 신철이는 어떤 위압까지 느껴진다. 신철이는 묵묵히 앉은 첫째를 바라보며 이런 생각을 하다가,

"그런데 동무, 주의하시오. 지금 경찰서에서는 *삐라를 단서로 대활동을 하는 모양이니 조심하지 않으면 안 되겠소."

첫째는 눈을 번쩍 뜨며 신철이를 바라보다가 시선을 떨어뜨렸다. 그리고 자기들이 가까운 시일 안에 붙잡힐 것 같았다. 그리고 붙들릴 바에는 자기와 같이 중요한 역할을 하지 못하는 무식한 사람들만 그리 되었으면 하였다. 만일에 신철이 같은 중요한 인물이 붙들리게 되면 바야흐로 계급의식에 눈떠 오려던 인천의 수많은 노동자들의 앞길은 암흑천지로 변할 것 같았다. 보다도 자기들이 붙들리게 되면 어떠한 무서운 매라도 넉넉히 맞고 견디어 내겠으나 신철이같이 저렇게 부드럽고 희맑은 육체를 가진 그들이 그 매에 견디어 낼까? 그것이 무엇보다도 의문이요 걱정이다.

신철이는 첫째와 마주앉아 말할 때마다, 그리고 중요한 심부름을 시킬 때마다 우리들은 이렇게 하여야 하오! 하고 언제나 우리들이라고 노동자를 가리켜 불렀다. 그러나 첫째의 귀에는 신철이만은 자기들과

삐라(Pira)
전단(傳單).

는 무엇으로 보든지 딴사람 같았다. 그래서 신철이가 말할 때마다 저가 우리들을 생각하여 우리들의 눈을 밝혀 주려고 애쓰거니…… 하는 일종의 말할 수 없는 감격이 치밀곤 하였던 것이다.

"이제부터는 일 개월에 한 번으로 정하였으니 오는 달 십오 일에 또 오시오. 하여튼 조심해야 하오. 그리고 동무를 주의하며, 술과 계집 같은 것은 물론 삼갈 것으로 아니까 더 말하지 않으나……."

신철이는 첫째의 눈치를 살핀다. 첫째는 씩씩 하며 앉아 있다. 마치 말 잘 듣는 소 모양으로 그렇게 충심되는 반면에 움직일 수 없는 그 무엇을 은연중에 발견할 수가 있었다.

"자! 그럼 갔다 오시우!"

신철이는 일어났다. 첫째는 그의 뒤를 따라 밖으로 나왔다. 신철이는 손빠르게 *격문 뭉텅이를 그의 손에 힘있게 들려 주었다.

"조심하시오!"

첫째는 얼른 받아 바짓가랑이 속에 쑥 집어넣고 나서 신철의 손을 힘있게 흔들었다. 그리고 *도리우치를 푹 눌러 쓴 후에 대문 밖을 나섰다.

이제 신철에게서 그런 말을 들어서 그런지 그의 신경은 날카로워진다. 그리고 그의 정신은 수없는 눈과 귀로만 된 듯하였다. 그는 이렇게 가슴을 졸이며 대동방적공장까지 왔다. 우선 한 바퀴를 돌았다. 그리고 어디서 사람이 숨어 엿보지나 않는가? 하여 구석구석 살펴보았다. 공장에서는 발전기 소리가 우렁우렁 하고 흘러나온다. 그리고 까맣게 쳐다보이는 연돌에서 나오는 연기가 달빛에 희게 굽이친다.

그는 다시 이편 골목으로 와서 한참이나 보았다. 그러나 인기척이라고는 발견할 수 없으며 고요하였다. 그는 이번에는 살살 기어서 동북

편 담모퉁이를 향하였다. 그는 담 밑에 착 붙어 섰다. 그리고 바짓가랑이 속에서 뭉텅이를 내어 얼른 구멍 속에 쓸어 넣고 돌아섰다. 그는 숨이 가쁘게 이편 집모퉁이로 와서 한참이나 그곳을 바라보았다. 그때에 그의 머리에 떠오른 것은 낮에 본 여공들의 긴 행렬이었으며, 그 중에 섞여 있던 선비였다. 선비! 그는 자기도 모르게 이렇게 중얼거렸다. 선비가…… 참말 그 선비였는가? 그리고 저 안에서 지금 실을 켜고 있는가? 혹은 잠을 자고 있는가? 그도 나를 확실히 본 모양인데…… 나를 알아보았을까?

선비도 자기가 넣어 주는 그 종이를 보고 똑똑한 선비가 되었으면…… 하였다. 과거와 같이 온순하고 예쁘기만 한 선비가 되지 말고 한 보 나아가서 씩씩하고도 지독한 계집이 되었으면…… 하였다. 그때에야말로 자기가 믿을 수 있고 같이 걸어갈 수가 있는 선비일 것이라…… 하였다.

그는 이러한 생각을 하며 걸었다. 인간이란 그가 속하여 있는 계급을 명확히 알아야 하고, 동시에 인간사회의 역사적 발전을 위하여 투쟁하는 인간이야말로 참다운 인간이라는 신철의 말을 다시 한번 생각하였다.

╳   ╳   ╳

야학을 마치고 삼호실로 돌아온 선비는 옷을 입은 채로 자리에 누웠다. 칠호실에서 간난이와 같이 있을 때는 야학만 마치고 돌아오면 이불 속에 엎디어 밤 가는 줄을 모르고 이야기를 하였는데, 삼호실로 옮아온 후부터는 아직도 한방에 있는 그들과 친해지지를 않아서 그런지, 마치 남의 집에 나들이로 온 것 같고, 방 안이 맘에 들지 않았다. 그놈의 감독놈이 무슨 짓이어? 나를 이 방에다 끌어다 두면 제가 어떻게 하겠단 말이어…… 아무래도 수상하지. 간난의 말과 같이 그놈이 간난의 눈치를 챘음인가? 그렇지 않으면 내 생각대로 그놈이 나한테 반한 셈인가? 하였다. 그렇게 생각을 하고 나니 또다시 첫째의 얼굴이 떠오른다. 그리고 자기들이 월미도를 향하여 가던 그때, 그 해변 돌길에서 눈결에 본, 아니 똑똑히 바라본 첫째, 그가 참말 첫째인가.

뜻하지 않은 곳에서 첫째를 눈결에 지나친 후로 선비는 밤마다 첫째를 생각하였다. 그리고 옛날에 그가 나물하러 잿등에 올라갔다가 첫째를 만나 싱아를 빼앗기고 울면서 내려오던 그때 일을 다시금 회상하여 보곤 하였다. 동시에 그의 어머니가 가슴을 앓아 돌아가실 때, 어느 새벽에 갖다 주던 소태나무 뿌리! 지금 생각하면 그때에 자기는 너무나 첫째를 몰라본 것 같았다. 지금 같으면 그 소태 뿌리가 얼마나 귀한 것이며 얼마나 고마운 것이랴! 첫째의 결백한 순정의 전부가 그 싱싱한, 그리고 아직도 흙이 마르지 않았던 그 소태 뿌리에 은연중에 들어 있던 것을 그는 몰라보았다. 그렇게 고마운 것을…… 밤을 새워 가며 캐온 듯한 그의 정성을 대표한 소태나무 뿌리를 윗방 구석에 팽개친 자기! 생각하면 생각할수록 그는 자기의 그때 행동에 대하여 분하고도 부끄러웠다.

단 한 번이라도 좋아! 그를 꼭 만나 볼 수가 없을까? 선비는 돌아누우며 한숨을 푹 쉬었다. 그의 뜨거운 숨결은 그의 볼에 따끈따끈하게 부딪친다. 그때 그는 씩씩 하며 자기를 껴안아 주던 덕호가 떠오른다. 그는 진저리를 쳤다. 그리고 자기는 첫째를 만나 볼 그 무엇을 잃은 듯하였다. 그는 안타까웠다. 분하였다. 이십 년이나 고이 싸두었던 그의 정조를 늙은 호박통같이 생긴 덕호에게 빼앗긴 생각을 하니 그는 생각할수록 분하였던 것이다. 그때에 자기는 반정신은 나가서 분한 것도 아무것도 몰랐으나 지금 이렇게 누워서 눈감고 생각하니 그때에 자기는 덕호에게 일생을 망친 것이다. 여기까지 생각한 선비는 얼굴이 화끈 달았다. 그리고 첫째의 얼굴을 다시 그려 보았다. 자기를 보고 놀라는 듯한 첫째의 표정을 보아 그도 역시 선비 자신을 알아본 듯하였다. 따라서 잠시간이나마 첫째가 자기를 어느 구석에 잊지 않고 이때까지 생각해 왔다는 것을 알 수가 있었다.

그것은 선비 자신이 흥분이 되어 그를 바라본 까닭에 그렇게 그의 눈에 비치어졌는지 모르나 어쨌든 첫째가 자기를 얼른 알아본 것만은 사실인 듯하였다. 그때 선비의 가슴은 뭐라고 말할 수 없는 감회와 슬픔, 그리고 반가움이 교착이 되어 가지고 그의 조그만 가슴을 잡아 흔들었다. 동시에 언제까지나 그의 앞을 떠나고 싶지 않았다. 그러나 뒤에서 밀고 앞에서 재촉하는 무서운 현실! 번개같이 만나자 번개같이 들었던 일만 가지 감회를 쓸어안은 채, 선비는 그 현실에 순응하지 아니하지 못하였던 것이다.

몰라보리만큼 꺽센 첫째의 몸집, 그리고 거칠고 거칠어진 그의 얼굴에 그나마 옛날 싱아를 빼앗아 먹으며 빙긋빙긋 웃던 그 눈만이 아직도 혁혁히 빛나고 있는 것을 볼 수가 있었다. 그러나 그 눈 역시 세고에 부대끼어 전과 같은 순진하고 맑은 기운은 약간 보이고, 반면에 무서우리만큼 강하게 빛나는 그의 눈동자! 그라야만 덕호에 대한 자기의 원을 풀어 줄 것 같았다.

그때 그는 간난이가 일상 하던 말을 얼핏 깨달으며, 세상에는 덕호와 같은 우리들의 적이 많은 것이다. 그것을 대항하려면 우리들은 단결하지 않으면 안 될 것이라던 그 말을 그는 다시 생각하였다. 선비는 어떤 힘을 불쑥 느꼈다. 그리고 간난이가 가르쳐 주는 그대로 하는 데서만이 선비는 첫째의 손목을 쥐어 보리라 하였다. 흙짐을 져서 파래진 첫째의 등허리! 실을 켜기에 부르튼 자기의 손끝! 그리고 수많은 그 등허리와 그 손들이 모여서 덕호와 같은 수없는 인간과 싸우-지 않으면 안 될 것이라…… 하였다. 보다도 선비의 앞에 나타나는 길은 오직 그 길뿐이다. 으흠 하는 기침소리에 그는 흠칫했다.

선비는 놀라 숨을 죽이고 들었다. 또다시 기침소리가 들릴 때 그는 그 기침소리가 숙직실에서 나오는 감독의 기침소리인 것을 깨달았다. 벽을 새로 감독과 그가 마주 누운 것이 직각되자 불쾌하였다. 그리고 간난에게서 들은 용녀의 이야기를 다시금 되풀이하며, 이를테면 나도 용녀 모양으로 그렇게 지내자는 심중에 이 방으로 옮기게 하였으나 내가 왜 말을 듣나. 만일 용녀같이 그렇게 농락하려고 그가 덤벼들면 망신을 톡톡히 시켜 놓고 나는 나가지. 이 공장 아니면 딴 공장은 없을까. 이렇게 그는 결심은 하나 그러나 그의 앞에는 불길한 예감만 그의 머리를 자꾸 싸고돌아 어쨌든 불쾌하였다. 이런 때 간난이가 곁에 있으면 어떠한 말을 하여서든지 자기의 맘을 시원하게 해주는 것이다. 그는 간난이를 찾아가서 덤벼드는 감독을 대항할 방침을 문의하고 싶었다. 벌써부터 이런 생각을 가졌으나 용이하게 기회를 타는 수가 없었다. 낮에는 바쁘고, 하루 건너서 야근을 하고, 시간이 좀 있다더라도 그 틈을 타서 옷 해 입기에 눈코 뜰 짬이 없었다. 그러므로 이런 밤에나 기회를 만들지 않으면 몇 달 내지 몇 해를 간다더라도, 마주앉아 말 한 마디 할 틈이란 바늘 끝만치도 없었다.

그러나 지금 감독이 기침한 것을 보아 아직도 잠이 안 든 모양인데 문소리를 내면 필시 쫓아나올 것 같았다. 그래서 그는 에라 후일 간난이를 만나지! 오늘만 날인가? 하였다.

그때 문소리가 난다. 선비는 얼른 문 편을 바라보았다. 그의 방문이 열리는 것이 아니라 숙직실 감독의 방문이 열리는 듯하였다. 뒤미처 신발 소리가 가늘게 났다. 선비는 몸이 한 줌만해지며, 참말 자기의 몸에 위기가 박두한 것을 느꼈다. 그는 이불을 막 쓰고 숨을 죽이었다. 신발 소리는 들리지 않았다. 그러나 선비는 감독이 저 문밖에 서서 이 방 사람들이 자는가 안 자는가를 엿보는 듯싶고, 그리고 금방 감독이 들어와서 그에게 덤벼드는 듯하여 가슴이 울렁울렁 뛰놀았다. 따라서 철모르고 자는 옆의 동무를 깨울까말까 망설이었다.

한참 후에 선비는 가만히 이불을 벗으며 신발 소리와 문소리를 들으려 하였다. 그때 옆의 동무도 역시 머리를 내놓고 있다가 선비를 바라보며,

"이제 문소리 났지?"

선비는 너무 반가워서 바싹 다가 누웠다.

"너도 깨었니?"

"그래, 그 무슨 문소리어…… 감독의 방 문소리가 아니어?"

"그런 것 같애……."

옆의 동무는 선비의 귀에다 입을 대었다.

"저 요새 말이어…… 감독이 저렇게 자지를 않고 순시를 돌아. 그런데 넌 그 이상스러운 종잇조각을 보지 못하였니?"

선비는 얼른 종잇조각이 떠오른다. 그러나 그는 시치미를 떼고,

"몰라…… 무슨 종이냐?"

"딴 방에는 안 그런가 모르거니와 우리 방에는 요전에는 날마다 아침에 일어날 때 보면 무슨 종잇조각이 떨어져 있는데 그것에는 우리 공장 안의 일을 모두 썼겠지. 네 전날 우리 월미도에 가면서 구두를 신고 가지 않았니……?"

"그래."

"그런데 그 구두도 말이어…… 이애 후일 말하자."

동무는 문 편을 바라보며 말을 끊었다. 선비는 미리 간난에게서 들었던 말이므로 더 추궁하여 묻지 않았다. 더구나 감독이 저 말을 듣지나 않나? 하는 불안에 가슴이 한층 더 졸이었다가, 잘되었다 하였다. 따라서 수없는 여공들의 수수께끼인 그 종잇조각은 아무래도 간난이가 어떻게든지 해서 돌리는 것 같았다. 간난이가 말하지 않아도 그의 하는 말이며 동작이 아무래도 그 수수께끼의 주인공인 듯싶었다. 그리고 그의 이면에는 어떤 사람들이 있는 듯하였다. 간난이가 자기에게는 무엇이나 숨기는 비밀이 없으나 오직 그 일만은 숨기는 듯하였다. 그것이 무슨 일이며, 누구들이 뒤에서 조종하는지 모르나 어쨌든 그 비밀은 말하지 않았다. 그래서 선비는 처음에는 수상하게 생각되었으나 시일이 지날수록 그 일이 무슨 일이라는 것을 막연하게 짐작은 되었다. 확실하게 자기가 짐작하는 그런 일이라고는 꼭 말할 수 없으나, 그저 막연하고 분명하지 않은 생각이었다.

그때 별안간 문이 바스스 열리며 회중전등이 쏴 하고 비쳤다.

그들은 얼른 이불을 막 쓰고 잠든 체하였다. 문이 가

만히 닫히며 신발 소리가 가까워진다. 선비는 두 손을 가슴에 부둥켜 안고 머리를 베개 아래로 내리며 숨을 죽였다. 그러나 가슴은 무섭게 뛰었다. 무엇보다도 이제 자기들이 한 말을 문밖에서 다 듣고 뭐라고 나무라려고 쫓아 들어온 것만 같았던 것이다.

한참 후에 선비는 그의 이불에 감독의 손이 닿는 것을 알자 이불이 벗겨진다. 선비는 몸을 흠칫하며 머리를 숙이었다.

"왜들 이때까지 잠을 안 자?"

감독의 무거운 음성이 방 안을 울려 주었다. 선비는 가만히 있었다.

"잠을 푹 자야 내일 일하기가 힘들지 않지."

감독의 손길이 선뜩하고 선비의 볼에 부딪치므로 선비는 무의식간에 손으로 내밀었다. 그리고 이불을 끌어 덮으며 안으로 미끄러져 들어갔다.

"이 방에는 종이가 떨어지지 않았더냐. 떨어진 것이 있으면 내놓아라."

이번에는 선비의 머리를 툭툭 쳤다. 선비는 옆에 동무가 잠든 줄을 알면 대단히 무서울 것이나, 그러나 잠들지 않은 것을 뻔히 아는 고로 한결 무섭기가 덜하였다. 그러나 그만큼 감독이 그의 얼굴을 쓸어보고 머리를 툭툭 치는 것을 옆에 동무가 알 것이 부끄럽고 안타까웠다. 그리고 맘대로 하면 일떠나며 감독의 *상통을 후려치고 싶었다. 그러나 역시 맘뿐이지 손가락 하나 까딱 하는 수가 없었다. 그때 그는 덕호에게 그의 처녀를 유린받던 장면을 다시금 회상하며 부르르 떨었다.

한참이나 우두커니 섰던 감독은 이불을 끌어당겨서 푹 씌워 주었다.

"잡생각들 말고 잠자."

말을 마치며 감독은 돌아서 나간다. 선비는 그제서야 숨을 몰아쉬며 베개를 베고 제대로 누웠다. 그러나 감독의 손길이 부딪친 그의 볼에는 벌레가 지나간 것처럼 그렇게 불쾌한 감상이 오래 사라지지 않았다.

며칠 후에 선비는 감독에게 부름을 받아 사무실에 들어가게 되었다. 감독은 의자에 걸어앉아서 격문조각을 자세히 들여다보다가 흘끔 쳐다보았다.

"거기 앉아……."

책상 곁에 있는 의자를 가리켰다. 선비는 주저주저하였다.

"이런 것 선비에게도 있지?"

감독은 선비의 속까지 뚫어보려는 듯이, 눈 한번 깜박이지 않고 똑바로 쳐다보았다. 선비는 얼굴이 빨개졌다.

"없어요."

"없는 게 뭐야. 거짓말 말어. 이 기숙사 안에는 안 간 방이 없는데, 선비에게라구 안 갔을 탁이 있나? 바루 말해."

선비는 약간 얼굴을 숙이며, 버선 갈피 속에 깊이 넣어 둔 종잇조각을 생각하였다. 그리고 감독이 혹시 그것을 미리 보고서 하는 말이 아닌가? 하는 불안이 들었다.

"이리 가까이 와."

감독은 올백으로 넘긴 머리를 쓰다듬으며 의자를 가지고 조금 다가왔다.

"이거 봐. 이런 종이를 만일 선비도 가졌다면 찢어 버리고 이런 말에 귀를 기울이지 않아야 해. 선비만은 내가 잘 알아. 온순하고 얌전하지, 허허…… 그런데 한 고향서 왔다는 간난이가 혹 밤에 나가는 것을 보지 못하였는가?"

선비는 놀랐다. 한 방에 있는 자기도 확실하게 눈치채지 못한 것을 감독이 어떻게 짐작하였는가? 하였다. 그리고 간난이가 그 일로 인하여 불행히 쫓기어 나가게나 되지 않으려나 하는 걱정이 들며 어떻게 감독을 곯리어서라도 그러한 의심을 풀어 버리게 하여야겠다고 생각되었다. 그것은 감독이 그에게만은 절대 호감을 가진 것을 아느니만큼 선비가 변호를 하면 아직 확실한 증거가 드러나지 않은 이상 가능하리라는 것이다.

"그런 일 없어요."

선비는 용기를 내어 이렇게 대답하였다. 감독은 입 모습에 웃음을 띠며 조금 다가앉았다.

"한 고향서 왔으니 변호하는 셈인가?…… 거게 좀 앉아! 응 자."

선비는 갑자기 무서운 생각이 흠씬 끼쳐진다. 그리고 그가 처음 덕호에게 유린받던 그날 밤 같아서 몸이 한줌만해졌다. 그래서 그는 조금 뒤로 물러섰다.

감독은 선비의 눈치를 슬금슬금 보면서 궐련을 피워 물었다.

"선비, 금년에 몇 살?"

감독은 궐련재를 털며 물었다. 선비는 가슴이 답답함을 느끼며 어서 나오고 싶었다.

선비의 초조해하는 양을 바라보는 감독은 다소 위엄을 띠었다.

"누가 뭐라는가, 어서 거게 좀 앉았어. 뭐 물을 말이 많아. 응 거기……."

의자를 가리켰다. 선비는 당황하였다. 그리고 그의 신변에 위기가 박두한 것을 느끼며 어떡해서라도 이 자리를 벗어나지 않으면 안 될 것 같았다. 그리고 숨이 가빠 오며 방 안의 공기가 자기 하나를 둘러싸고 육박하는 듯하였다. 그때 선비는 덕호에게 유린받던 경험을 미루어 감독이 어떻게 어떻게 할 것이 선뜻 떠오른다.

"저 난 일하던 것을 놓고 들어, 들어……왔에요."

"응 무슨 일?"

선비의 불그레한 얼굴을 곁눈질해 보는 감독은 귀여운 듯이 빙긋이 웃었다.

"저 저고리를……."

"저고리를?…… 돈 잘 벌어서 삯 주지, 허허허허. 그런데 말이어, 이런 종이에 혹해 가지고 만에 일이라도 그릇 생각을 하면 안 되어. 이 공장은 여러 여공들을 위하야 온갖 이익과 편리를 도모하는데, 그러한 은혜를 모르고 이따위 말이나 곧이들으면 되는가. 후일 선비에게도 이런 종이가 가거던 내게로 가져와…… 응, 그러겠나?"

선비는 화제를 돌린 것만 다행으로 생각하고 얼른 대답하였다.

"네."

"그런 것을 써서 돌리는 것은 벌이 없는 놈들이 남 벌어먹는 것이 심술이 나서 그러는 게야. 선비는 그런 데 떨어지지 말고 나 하라는 대로만 잘 순종하면 매일 상금을 줄 테야. 또는 이 기숙사에 있는 여공들을 맘대로 부리는 감독을 하게 할 테야. 이를테면 내 대리 격이지. 알아들었어?"

감독은 만족한 듯이 웃었다. 선비는 발끝만 굽어보았다.

"내가 선비는 아주 참하게 보았으니 내 말만 들으면 그러한 권리를 줄 테야."

선비는 어서 말이 끝나기를 기다리나 감독은 이런 부실한 말만 자꾸 늘어놓는다. 그리고 가만히 보니 별로 할 말도 없고 그를 세워 놓고 저런 말이나 언제까지나 되풀이할 모양이다. 선비는 머리를 번쩍 들었다.

“저는 나가서 일 마자 하겠습니다.”

“어 그런데 저……”

돌아서서 나오는 선비에게 이러한 말이 치근치근하게 뒤따른다. 선비는 못 들은 체하고 밖으로 나왔다. 그가 방으로 들어오니 간난이가 와서 그의 하던 일을 하고 있었다. 그때 사무실 문소리가 요란스레 나며 감독이 아래층으로 내려가는 구둣발 소리가 들린다. 그들은 다행으로 숨을 몰아쉬며 선비의 입에서 무슨 말이 나올까 하고 쳐다보았다. 선비는 그들을 대하니 반갑고도 다소 부끄러웠다. 한참 후에 간난이가,

“우리 방에 가서 일할까?”

“그래.”

간난이는 주섬주섬 일감을 걷어서 선비를 준다. 선비는 받아 가지고 간난의 뒤를 따랐다.

“이애들 모두 어데 갔니?”

선비가 방 안에 들어서면서 물었다. 그리고 속으로는 좋은 기회를 만났다 하고 생각하였다.

“야근하러들 갔지…… 그런데 뭐라던?”

선비는 얼굴이 붉어지며 무슨 생각을 하였다.

“저 감독이 말이어, 너와 가까이하지 말라구 하두나. 그러구 저……”

간난의 귀에다 입을 대고 선비는 한참이나 수군거렸다. 간난이는 머리를 끄덕이며,

“흥, 나두 짐작은 하였다…… 선비야!”

간난이는 갑자기 정색을 하고 불렀다. 선비는 무슨 일인가 하여 눈이 둥그래졌다. 간난이는 이렇게 선비를 불러 놓기는 하고도 말은 꺼

내지 못하였다. 그리고 이렇게 선비를 바라보는 때에 아직도 선비가 그의 확실한 친구가 되지 못하는 것이 안타깝게 생각되었다. 만일 선비가 확실히 *계급의식에 눈이 떴다면 감독을 그의 손 가운데 넣고 농락해 가면서 얼마든지 일을 할 수가 있는 것이다. 그리고 언제든지 급한 일이 생기면 저 선비에게다 모든 중대사를 밀어 맡기고 자기는 마음 놓고 이 공장을 벗어날 수가 있도록 되었으면 좋을 것 같았다. 무엇보다도 간난이는 그가 오래 이 공장 안에서 일하지 못할 것을 슬프게 깨달았던 것이다. 그래서 선비에게 이러한 뜻의 말을 미리 비추려고 얼결에 불러 놓고 보니 아직도 선비는 시일을 좀더 지나지 않으면 안 될 것을 간난이는 알았던 것이다. 선비는,

"뭘? 어서 말하려마."

간난이는 눈등이 불그레해졌다.

"후일, 응 후일!"

×　　×　　×

인천의 새벽.

검푸른 회색빛을 띠고 산뜻하고도 향기로운 공기가 무언중에 봄소식을 전해 주는 그 어느 날 새벽이다.

부두에는 벌써 몇 천 명의 노동자가 빽빽하니 모여들었다. 그들은 장차 새어 오려는 동편 하늘을 바라보면서 다시금 굳은 결심을 하였다.

백통테 안경은 붉은 끈을 가지고 머리를 휘두르며 여전히 눈알을 굴리어 노동자를 바라보았다. 전 같으면 저마다 붉은 끈을 얻으려고 대

계급의식
어떤 계급의 구성원들이 공통적으로 가지는 심리, 태도 따위의 특징적인 경향. 동일 계급에 소속하고 있다고 생각하는 공통 의식. 자기가 속하는 계급의 지위, 역할, 사명 따위를 자각하고 또 이것들의 향상을 실현시키려 한다.

가리쌈을 하고 덤벼들 것이나 오늘은 백통
테 안경이 붉은 끈을 봐란 듯이 팔에다
걸고 그들의 앞으로 왔다갔다하여도 그
들은 눈 한번 깜박하지 않는 듯하였다.
백통테 안경은 이상스러운 반면에 뭐라
고 형용할 수 없는 무서운 생각이 들었

다. 그러나 그는 시치미를 떼고 그중 친한 노동자를 불렀다.

"이리 와! 일끈을 줄 테니."

그때 전깃불이 꺼풋 하고 꺼져 버렸다.

"일 안 하겠수!"

백통테는 머리를 벅벅 긁으며 갑판으로 갔다.

축항에는 기선이 죽 들어와서 부두에 대었다. 그러나 노동자들은 손
발 하나 까딱하지 않고 바라만 볼 뿐이었다. 그때 노동자 몇 사람은 그
들의 대표로 요구조건을 제출하려고 해륙운수조합 사무실로 들어갔
다. 그들은 그들의 대표 노동자들이 무슨 소식을 전하기까지 깜작
하지 않고 사무실만 바라보고 정렬하여 서 있었다.

축항의 기선은 연기만 풀풀 토하고 있다. 그리고 선원들
이 죽 나와서 이상한 듯이 그들을 바라보았다. 전 같으
면 지금쯤은 짐을 푸느라고 벌떼같이 덤빌 터인
데, 오늘은 이 축항이 쓸쓸하였다.

그리고 눈을 구루마 바퀴 굴리듯 잠
시도 제대로 두지 못하던 백통테
안경도 오늘만은 날개 부러진
새 모양으로 머리를 푹 숙

이고 한편 모퉁이에 서 있었다.

해가 벌겋게 타올랐다. 그들은 저 해를 바라보면서 단결의 힘이란 얼마나 위대함을 깨달았다. 그리고 오늘의 저 햇발은 그들의 이 단결함을 보기 위하여 저렇게 씩씩하게 솟아오르는 듯하였다. 그들은 저 햇발에 비치어 빛나는 저 바다 물결을 온 가슴에 안은 듯하였다. 그리고 그들의 눈에 비치는 모든 만물은 새로움을 가지고 그들을 맞는 듯싶었다. 동시에 무력하고 성명 없던 자기들이 오늘 이 순간에는 이 우주를 지배하는 모든 권리란 권리는 다 가진 듯이 생각되었다. 자기들이 단결함으로써 이러하고 있으니 기세를 부리던 백통테 안경을 위시하여 기선의 기중기며 선원들까지 아주 동작을 잃어버리고 깜짝하지 못하였다.

인천항의 정박선

경관들은 눈을 밝히고 군중 틈을 뚫으며 행여나 선동자를 발견할까 하여 주의를 게을리하지 아니하였다.

인천의 시민들은 종래에 없던 부두 노동자들의 단결을 구경하기 위하여 골목골목에 나와 섰다. 그리고 끊임없이 경관들은 오토바이를 타고 달려온다. 그래서 축항을 둘러싸고 무서운 대지로 공기가 팽팽히 긴장되어 있는 것을 누구나 느낄 수가 있었다.

짐 실은 기선은 하나둘 자꾸 몰려들어 와서 우두커니 맹랑하게 서 있었다. 그때 요구조건을 제출하려고 해륙운수조합으로 들어갔던 노동자들은 경관들에게 호위되어 나왔다.

"우리들의 요구조건은 틀렸소!"

"카이상!"

보고가 끝나기도 전에 길에 섰던 금줄 많이 두른 경관의 입에서 해산의 명령이 떨어졌다. 그때 욱 하는 무서운 움직임이 들려 왔다.

군중은 분기하여 인천 시가를 시위 행렬까지 하려다가 다수한 *검속자를 내었다. 첫째가 집에 돌아오니 주인 할멈이 맞받아 나왔다.

"저 누가 아까 찾아왔어!"

첫째는 아직까지도 숨이 가쁘게 뛰었다. 그래서 숨을 돌려 쉰 후에,

"누가? 어떻게 옷을 입은 사람이유?"

첫째는 얼핏 형사? 신철이를 번갈아 생각하였다. 할멈은 빙긋이 웃었다.

"글쎄, 어떻게 옷을 입었던가?…… 자세히 생각나지 않어…… 하여튼 곧 또 오겠다구, 어데 가지 말고 기다리라고 하두먼……."

"기다리라고……?"

첫째는 때가 때니만큼 퍽으나 불길한 생각을 하며 눈살을 찌푸렸다. 그리고 할멈 보고 무슨 말을 더 물어 보려다가 그만 돌아서서 방으로 들어갔다. 누가 왔댔을까? 신철이가 무슨 급한 일이 있어 오지 않았나? 하며 망설일 때 문이 버썩 열린다. 첫째는 깜짝 놀라 바라보았다. 부두에서 낯익히 본 사나이였다. 더욱 신철의 집에서 몇 번 보기도 하였다.

"동무가 첫째 동무요?"

그는 방 안으로 들어오며 이렇게 물었다. 첫째는 어떤 영문인지 몰라 두리번하다가,

"예……?"

첫째가 그의 내미는 손에 악수를 건네자,

"동무 큰일났소!"

첫째는 무슨 말인가? 하여 그를 자세히 바라보았다.

"아까 새로 한 시쯤 해서 신철 동무가 잡혔수!"

첫째는 그제야 눈을 크게 떴다.

"잡혔어유? 어데서?"

"집에서 잡혔는데, 지금 그 집 주위에는 경계가 심하오. 동무도 이 집을 곧 옮겨야겠수. 우선 내가 집 하나를 얻어 놨으니 그리 옮겼다가 다시 또 적당한 데로 옮기오. 어서 빨리 일어나시유."

방 안을 휘 둘러보며 일어났다. 첫째는 신철이가 잡혔다니 앞이 아 뜩하였다. 물론 신철이 아니라도 자기들의 배후에는 자기가 알지 못하 는 수없는 동무들이 있을 것을 뻔히 아나, 그러나 신철의 지도를 받아 오던 첫째는 마치 어린애가 어머니를 떨어진 듯한 그러한 형용할 수 없는 감정에 안타까웠다. 더구나 저 일이 끝도 나기 전에 잡혔으 니…… 하며 첫째는 머리를 숙였다. 그는 첫째의 귀에다 입을 대고 뭐 라고 수군수군하고 나가 버렸다. 첫째도 그 뒤를 따라 동무가 얻어놨 다는 집으로 옮아오고 말았다. 낯선 방 안에 홀로 앉아 있는 첫째는 일 만 가지 생각에 가슴이 뒤설레었다.

어느덧 날도 저물어진 모양이다. 첫째는 벌렁 누워 버렸다. 부두 노 동자들의 움직임이 자꾸 눈에 어른거리고, 그리고 신철이의 결박당한 모양이 떠오른다.

……(원문 탈락)……

이렇게 생각하다가 바라보니 벌써 밤이 이 방 안을 찾아왔다. 첫째 는 벌떡 일어났다. 그때 문이 부시시 열리며,

"왜? 불도 안 켜시우."

"동무유……."

첫째는 딴놈이면 한대 붙이려다가 주저앉았다. 웬일인지 누구와 실 컷 몸부림을 쳐가며 싸웠으면 이 안타까운 맘이 풀어질 것 같았다.

“어찌 되었수, 부두 노동자들은?”

첫째는 가만히 말하였다. 동무는 전등불을 켜놓고 나서 사온 빵을 가지고 첫째 곁으로 왔다.

“자시우! 그런데 부두노동쟁의는 딴 동무들이 맡아 보기루 했으니 가만히 앉아 있수!”

첫째는 빵을 들어 무질러 먹으며 머리를 끄덕이었다. 그들의 시선이 마주칠 때마다 뜨거운 사랑이 무언중에 알려진다.

“어서 다 자시유.”

동무는 일어난다. 첫째는 인사도 없이 동무를 보낸 뒤에 전등불을 죽이고 빵을 다 먹었다. 그리고 우두커니 앉아서 부두 노동자들의 장래 승리를 생각하며 빙긋이 웃었다. 그리고 대동방적공장을 눈앞에 그리며, 그것들은 왜 가만히 있어? 답답해서 원! 선비가 정말 그 선빈가? 하였다. 그도 눈이 떠주었으면…… 할 때 신철이 잡힌 생각이 다시 떠오르며 가슴이 뜨거워지고 머리가 화끈 달기 시작하였다.

×　　×　　×

공장에서 야근 교대를 마치고 나오는 선비는 얼핏 그의 손에 무엇인가 쥐어지는 것을 느끼며 돌아보니 간난이가 시치미를 뚝 따고 옆으로 지나친다. 그는 간난이를 보고야 그의 손에 쥐어진 것이 무엇이라는 것을 짐작하며 꼭 쥐었다. 그리고 함께 밀려나오는 효애의 눈치를 살폈다. 효애는 여전히 뭐라고 소곤소곤 이야기를 하였다. 선비는 그의 말은 한마디도 알아듣지 못하고도,

“응, 응, 그래…….”

하였다. 효애는 그의 방으로 들어가며,

“그럼 내일 꼭 그래?”

선비는 무슨 말끝인지 알아듣지 못하였으나 다시 묻지는 못하고 돌아섰다. 그리고 상층으로 부리나케 달아올라가서 그의 방으로 들어왔다. 마침 동무들은 아직 돌아오지 못했다. 그는 가슴을 울렁거리며 줌 안의 조그만 종이를 펴보았다.

“밤 한 시쯤 해서 밖의 변소로 나와 다고.”

선비는 누가 볼세라 하여 얼른 종이를 입 속에 넣어 씹었다. 그때 위층으로 올라오는 신발 소리가 요란스레 들리었다. 선비는 자리를 펴기 시작하였다. 그때 문이 열리며 동무들이 들어왔다.

“선비는 참 빨라! 벌써 왔어.”

동무 하나가 이렇게 말하며 웃는다.

“아이구 고마워라. 내 자리까지 펴주네!”

나중에 들어오는 동무가 선비를 쳐다보며 주저앉는다.

“이애! 오늘 너 실 얼마나 감았니?”

그들은 옷을 훌훌 벗고 자리에 누우면서 이렇게 서로 묻는다. 선비는 못 들은 체하고 이불을 막 쓰며 무슨 통지가 또 들어온 모양이군 하였다. 그리고 뒤이어서 낮에 감독놈이 마주서서 싱글벙글 웃던 것을 다시금 생각하며 그놈 참 죽겠어! 남부끄럽게 내 앞에만 와서 그 모양이야! 하였다.

숙직실 시계가 한 시를 치는 것을 듣고 어렴풋이 잠들었던 선비는 놀라 일어났다. 그리고 베개를 자리 속에 집어넣어서 마치 사람이 누운 것처럼 꾸미고 그는 문밖을 벗어났다. 그가 이층에서 내려와서 큰

문을 소리나지 않게 잘 비틀어서 열고 나왔다.

기숙사 큰 문 위에 환하게 켜놓은 전등 불빛이 그의 온몸을 분명히 나타내 준다. 그는 깜짝 놀라 어둠 속으로 얼른 몸을 피하였다. 그는 다시 사방을 둘러보며 혹시 감독이 나와 섰지나 않았는가? 하는 불안에 한참이나 머뭇거렸다. 그러나 아무것도 눈에 비치지 않으니 그는 다시 발길을 옮겼다. 그가 변소까지 오니 간난이는 벌써 와서 있었다.

"기다렸니?"

변소간으로 들어가며 선비는 소곤거렸다. 간난이는 선비 귀에다 입을 대고,

"이제 방금 감독이 이 앞을 지나갔다."

선비는 흠칫하며 감독이 그의 뒤를 따라오지나 않았나 하고 뒤를 흘금 돌아보았다. 그들은 마주앉고 한참이나 말을 건네지 않았다. 간난이는,

"내 잠깐 가서 동정을 보고 올 것이니 여기 있거라."

이렇게 말하며 그는 변소 밖으로 나갔다. 선비는 우두커니 서서 귀를 기울였다. 한참 후에 간난이가 돌아왔다. 그는 숨이 차서 헐떡헐떡하면서,

"감독이 기숙사로 들어가는 것을 보고 왔다…… 그런데 선비야, ×의 지령에 의하야 모든 것을 네게 인계하고 나는 오늘 밤 이 공장을 벗어나야 하겠구나!"

간난이는 선비의 손을 꼭 쥐며 희미한 변소간 전등불에 비치는 선비의 얼굴을 뚫어져라 하고 바라보았다. 선비는 너무나 뜻밖의 말에 멍하니 간난이를 보며 어깨가 차츰 무거워 오는 것을 그는 깨달았다.

"그렇게 가분작이, 오늘 밤으로, 뭐?"

이때 우수수 하는 소리에 그들은 말을 멈추고 귀를 기울였다. 바람 소리다. 공장에서 흘러나오는 소음은 더욱 요란하다.

"아무턴 긴급한 지령이다. 밖에서 무슨 일이 생겼나 보다……."

선비는 두 다리가 후르르 떨리며 가슴이 무섭게 둘렁거린다. 더구나 언니 겸 동무이던 간난이가 그의 앞을 떠나갈 생각을 하니 눈이 캄캄하였다.

"선비야, 우리는 목숨을 바쳐서라도 싸워야 한다! 너도 맹세하였지?"

간난의 눈은 흥분으로 빛났다. 그리고 선비의 볼에 볼을 맞대었다.

"염려 마라! 나가서 몸조심해라!"

선비는 간난이를 쓸어안았다. 간난이는 선비의 눈물을 씻어 주었다.

"선비야! 어떠한 일이 있다더라도 낙심 말고 싸워야 한다. 이렇게 눈물 흘려서는 못쓴다. 대담해라. 어서 난 가야겠다……."

그들은 변소 밖을 나섰다.

간난이와 선비는 살살 기어서 담 밑까지 왔다. 그리고 간난이는 바짓가랑이 속에서 밧줄을 꺼내 들었다.

"네 어깨에 올라설 테니 단단히 힘을 써라. 그리고 이 밧줄을 꼭 붙들어 다오."

그때 바람이 휙 몰아온다. 그들은 사람의 신발 소리인가 싶어 휙근 돌아보았다. 바람은 점점 기세를 더하여 불었다. 그들은 바람 소리로 알았을 때 겨우 안심은 하였으나 가슴이 울렁거리고 숨이 차왔다. 그리고 번번이 바람 소리인 줄은 알면서도 바람이 불 때마다 뒤에서 감독이 콱 내닫는 듯하고 그들의 몸에 어떤 손이 감기는 듯하여 등허리에서 땀이 버쩍 나곤 하였다.

선비는 담 밑에 붙어 앉았다. 간난이가 선비 어깨에 올라서자 선비는 담을 붙들고 일어나려 하였다. 선비의 양 어깨가 빠지는 듯만 했지 아무리 힘을 들이나 일어날 수가 없었다. 선비는 몇 번 만에 겨우 일어났다. 간난이는 후들후들 떨리는 다리를 겨우 일어세우며 담 위를 붙들기는 했으나 몸을 솟구는 수가 없었다. 그는 손에 든 밧줄을 입에 물고 두 팔로 담 위를 꼭 붙든 후에 다시 몸을 솟구었으나 힘만 들 뿐이고 손에는 땀이 나서 손이 미끄러워 떨어질 듯하였다.

간난이가 몸을 솟구려고 움찔하는 바람에 선비가 푹 거꾸러졌다. 요란스러운 소리를 내고 간난이까지 떨어져 굴렀다. 선비는 얼른 간난이를 일어세우며 뒤를 돌아보았다. 여전히 바람만 지동치듯 불 뿐이었다. 이런 때에 그 바람 소리는 자기들을 위하여 부는 듯하여 다행하였다.

"내가 나간 담에 이 신을랑 넘겨 다우!"

선비는 머리를 끄덕이며 여전히 담에 손을 대고 앉았다. 간난이가 선비의 어깨에 올라서서 다시 담 위를 붙들었을 때 휙 하는 휘파람 소리가 나는 듯하므로 간난이는 놀랐다. 그러나 선비는 어깨에 힘을 쓰기 때문에 그 소리는 듣지 못한 모양이다. 간난이는 이 소리가 담 안에서 나는 소린지, 담 밖에서 나는 소린지, 혹은 바람 소리가 그렇게 들리는지 하여 숨을 죽이고 가만히 들었다. 그 휘파람 소리는 어떻게 들으면 담 안에서 나는 것 같고, 또다시 들으면 담 밖에서 나는 듯하였다. 간난이는 몸을 솟구지도 못하고 어찌할 줄을 몰랐다. 봄바람이 되어 그 기세가 무서웠다. 간난이는 바람에 흔들리지 않으려고 머리까지 담에 꼭 붙이고 휘파람 소리를 분간하여 들으려 하였다.

한참 후에 그 소리는 바람 소리인 것을 짐작하며 간난이는 힘껏 몸을 솟구었다. 그러나 솟구어지지 않았다. 한참 후에 간난이는 선비의 어깨만은 벗어났으나 아직도 담 위까지는 못 올라왔다. 아래서 선비는 발돋움을 하고 손으로 간난의 밑을 받들어 주었다. 이렇게 애쓰기를 거의 한 시간이나 넘어서 간난이는 비로소 담 위에까지 올라왔다. 선비는 밧줄을 꼭 붙들었다. 밧줄이 몇 번 잡아쓰이우더니 담 위에 올라섰던 간난이는 보이지 않았다. 선비는 얼른 신을 밧줄에 동여서 올려치쳤다. 북북 소리를 바람결에 이따금 던지며 밧줄조차 어둠 속에 감추어졌다. 선비는 이마에 땀을 씻으며 사면을 살폈다. 그리고 한숨을 푹 쉰 후에 불행히 간난이가 어디 상하지나 않았는지? 하는 불안에 담 밑에 붙어 서서 간난의 신발 소리를 들으려 하였다. 반면에 이편 담 안에는 누가 숨어서 이 모든 것을 보지나 않았는가 하여 역시 주의를 하여 살펴보았다. 공장의 소음을 섞은 바람만이 그의 타는 듯한 볼에 후끈거릴 뿐이고 아무 소리도 발견할 수 없었다. 그러나 아까보다 무서운 생각이 한층 더하였다. 그리고 그의 방까지 갈 것이 난처하였다. 어둠 속 저편에는 감독의 그 눈알이 선비를 노려보는 듯하고, 그리고 그의 신발 소리가 뚜벅뚜벅 들리는 듯하였다. 그는 담을 붙들고 서서 한참이나 망설이다가 발길을 옮겼다.

그는 그의 방까지 아무 변동 없이 잘 들어와서 자리에 누웠다. 베개 위에 볼이 선뜻 하고 닿을 때 뜻하지 않은 눈물이 주르르 흘러내리는 것을 그는 느꼈다. 그는 이렇게 무사히 방까지 들어와서 누웠으나 바람결에 유리 창문이 흔들릴 때마다 누가 방문을 열지나 않나? 그리고 너희년네가 간난이를 내보냈지 하고 위협하는 것만 같았다. 동시에 간난이가 저 무서운 바람을 안고 지금 어디로 분주히 갈 터이지! 하였다.

'간난아! 간난아!' 선비는 몇 번이나 입 속으로 간난이를 불렀다. 웬일인지 선비는 간난이를 다시는 만나 보지 못할 것만 같았다. 더구나 앞으로 일해 갈 것이 난처하였다. 지금 생각하니 그에게 묻고 싶은 것이 얼마든지 많았다.

이튿날 아침 기숙사에서는 무슨 큰일을 만난 듯하였다. 간난이와 함께 있던 여공들은 감독이 불러다가 위협을 하다하다가 나중에는 때리기까지 했단 말이 돌았다. 그래서 이 모퉁이를 가도 수군수군, 저 모퉁이를 가도 수군수군하였다.

선비는 감독이 그를 부를 터이지 하고 하루 종일 가슴이 두근거렸다. 그리고 일이 손에 붙지를 않고 툭하면 실이 끊어지곤 하였다. 평시에 간난이와 친하던 동무며, 간난의 방 옆에 있는 여공들까지 다 불러 가나, 웬일인지 선비는 부르지 않았다. 그러니 선비는 한층 더 가슴이 설레었다. 간난이와 그가 친하다는 것은 온 기숙사가 다 아는 터이고, 물론 감독까지도 잘 알 터인데, 그러므로 누구보다도 선비를 먼저 부를 줄 알았으나 해가 지도록 아무 소식이 없으니 도리어 선비는 겁이 나고 이상하게 생각되었던 것이다.

"이애 뭘 잘했지! 여기 있으면 뭘 하니."

"잘하기야 열 번 스무 번 잘했지만, 글쎄 어떻게 나갔는지, 참 귀신이 놀랄 일이 아니냐."

"사랑하는 남자가 있었는지 뉘 아니? 그래서 데려나간 게지……."

"사랑하는 사람이 있다드라도 하여간 그 높은 담을 넘지는 못했을 터이고 어데로 나갔겠니……?"

식당에서 밥을 먹는 여공들은 이렇게 하늘이 무너져도 못 나가는 것으로 알았던 그들에게 비상한 *센세이션을 일으키었다.

"선비야, 넌 알겠지? 그러니 너 보고야 말하고 나갔겠지, 그렇지?"

선비와 마주앉은 농 잘하는 여공이 선비를 보며 웃음 섞어 말하였다. 선비는 그가 미리 알고 말하는 것 같아서 다소 얼굴이 붉어지려는 것을 머리를 숙여 그를 피하였다. 그리고 밥에 돌을 고르는 체하다가 머리를 들며 빙긋이 웃었다.

"간난이가 나가면서야 나두 나가자고 하는 것을 나는 이 공장에서 일하기가 퍽 좋아서 안 나갔단다."

그들은 허허 호호 웃었다.

"사실이지 나갈 수만 있다면 나두 나가겠다. 그까짓것 여기 있어 뭘 해."

"이애 간난이가 요새 선비하고 덜 좋아했단다. 내 말을 하리?"

눈까풀 얇은 여공이 선비를 말끄러미 쳐다보며 입을 오물오물 놀렸다. 선비는 무슨 말인지를 알아들으면서 전 같으면 얼굴이 붉어질 것이나 지금에 있어서는 여공들이 그렇게 해석해 주는 것이 도리어 다행하였다.

"말할까? 말까?"

눈까풀 얇은 여공은 웃음을 띠고 물었다.

"이애 넌 무슨 말을 하랴면 속시원하게 얼른 하지, 고 버릇이 무슨 버릇이냐. 주리틀게 눈치만 살살 보면서 무슨 말이기에 그 모양이야? *극상해야 감독이 선비를 고와한단 말이겠구나. 그까짓 말에 그리 *암통을 부릴 게 없지 않니? 왼 기숙사가 다 아는데……."

얼굴 긴 여공은 이렇게 말하며 시치미를 뚝 떼고 밥만 푹푹 퍼 넣는다. 선비는 왼 기숙사가 다 아는데…… 하는 그의 말에는 다소 불쾌하였다. 그러나 이 자리에서 여러 말 하기는 선비의 가슴이 너무나 복잡하였다. 그래서 그는 억지로 웃어 보이고 말았다.

극상하다
수나 양, 정도 따위가 가장 크다.

암통
암통머리, 암치. 마음이 깨끗하여 부끄러움을 아는 태도.

선비가 식당에서 올라왔을 때,

"선비!"

하고 사무실에서 감독이 불렀다. 선비는 가슴이 쿵 내려앉는 것을 확실히 느꼈다. 그리고 감독이 물으면 대답하려고 어제 밤새도록 준비하였던 말이 어디로 달아나 버리고 말았다. 선비는 어쩔 줄을 몰라 멍하니 서 있었다.

"죄 없으면 일없지, 무슨 걱정이야."

옆에서 바라보는 동무가 이렇게 말하였다. 선비는 다리가 가늘게 떨렸다.

"방에 선비 없어!"

재차 부르는 소리를 듣고야 선비는 발길을 떼었다. 그가 문밖을 나서며 다는 얼굴을 부비쳤다. 그리고 떨리는 가슴을 진정하였으나 자꾸 뛰놀았다. 선비는 안타까웠다. 그래서 그는 한 발걸음에 주저하고 두 발걸음에 망설였다. '내가 이래 가지고야 앞으로 일해 갈 수가 있나? 나는 대답해야 한다, 그리고 그들 앞에 거짓말을 곧잘 해야 한다!' 선비는 속으로 이렇게 부르짖으며 사무실 문을 열고 들어섰다.

감독은 궐련을 피워 물고 들어오는 선비를 바라보자 빙긋이 웃었다. 선비는 마음껏 용기를 내어 가만히 서 있었다. 감독은 기침을 하고 말을 꺼냈다.

"요새 어디 앓었는가?"

선비는 뜻밖의 물음에 무슨 말인지 잘 알아듣지 못하였다. 그래서 머리를 조금 들고 감독을 바라보았을 때 보기 싫게 눈을 흘금거리는 호랑이 감독이 아니라, 공장 안에서 까불이라고 별명이 있는 고감독이었다. 선비는 다소 맘을 가라앉히었다. 고감독은 체가 적으니만큼 까불기는 하나 눈치가 빨라서 여공들이 가장 친하게 대하는 감독이었던 것이다.

"왜 얼굴이 전만 못하구먼. 몸간수 잘해야 해."

감독은 기침을 칵 하고 나서 선비의 숙인 얼굴을 똑바로 보았다. 요새 동료들 중에 암투의 초점인 이 계집! 언제도 새로운 미를 또다시 그에게서 발견하게 되는 것이다. 장차 저 계집은 누구의 손에 쥐어질지 모르나 어쨌든 지금 동료들끼리 맹렬한 *알력을 계속하고 있는 것만은 틀림없었다. 그래서 그들은 제각기 기숙사 당번을 즐겨 하고 집에 나가기를 싫어하였다. 그리고 서로 질시가 심하니, 누구나 적극적으로 선비에게 대들지는 못하고, 다만 선비의 호의만 사려고들 애썼던 것이다.

"여기 좀 앉아, 응 자."

까불이는 의자를 버쩍 들어 옮겨 놔주었다. 선비는 의자에 주저앉으며, 그의 치마 주름을 내려쓸고 있었다. 그리고 감독의 입에서 어서 간난의 말이 나와서 얼른 대답을 한 후에 감독 앞을 벗어나고 싶었다. 선비는 감독만 대하게 되면 어쩐지 어렵고, 덕호를 대하는 듯한 불쾌감이 그를 싸고도는 듯하였던 것이다.

"선비, 이번 나간 간난이와 한 고향이라지?"

"예."

"나가기 전에 선비보고 무슨 말이든지 하던 말이 없던가?"

약빠른 까불이 감독이 그의 모든 것을 미리 알고 저렇게 묻는 듯싶어 얼굴이 활짝 달아 왔다. 그리고 어떻게 대답할까 하고 두루두루 생각하다가,

"그저…… 무심히 대하였으니 지금 특별히 생각나는 것이 없습니다."

까불이는 눈을 깜박깜박하고 나서,

"별다른 말이 아니라…… 말하자면, 공장에서 일하기 힘든다든지 어느 감독이 몹시 군다든지, 그러한 불평을 말하지 않던가?"

"잘 생각나지 않습니다."

"음."

임금(林檎)
능금.

까불이는 선비의 *임금 빛 같은 두 볼을 바라보면서, 저 계집을…… 하고 안타깝게 생각되며 몸이 달았다. 그래서 단박에 달려들어 그를 쓸어안고 싶었다. 그러나 자기들의 동료 중에 그 어느 누가 알든지 하면, 두말도 없이 상부에 보고되어 생명줄이 떨어질 것이 무서웠다.

"간난이가 저렇게 나간 것을 선비는 어떻게 보는가?"

까불이는 선비의 태도를 보아, 그리고 그의 의젓한 성격을 미루어 그를 의심하지 않았다. 더구나 딴 방에 있었으니 선비는 모를 것이라…… 하였다. 그러나 선비와 이렇게 마주앉고 이야기하기 위하여 일부러 불러 놓고는 이리저리 묻는 것이다. 동시에 선비가 어느 정도로 자기에게 호의를 가졌는가? 하여 눈치를 살살 보았다.

"잘못된 행실이지요."

선비는 맘에 없는 말을 겨우 빼었다. 감독은 빙그레 웃었다.

"암! 잘못된 행실이구말구. 계집이 혼자 나갈 수는 없고 어떤 놈과 짜구 나갔을 게야. 제가 혼자서야 어디로 나가?…… 이감독이 자네보고 하는 말 없던가?"

이 말을 미루어 감독 자기네끼리도 의심하는 모양이다.

"없어?"

다시 한번 채쳐 물었다. 선비는 입에 손을 대고 기침을 가볍게 하였다. 그리고 감독이 자기를 의심하지 않는 것을 짐작하며 가볍게 숨을 몰아쉬었다.

"응 왜? 대답이 없어. 뭐라고 말하지 않아?"

"예!"

"덮어놓고 예, 예만 하니까 알 수가 있나? 이번 일에 대하야 선비에게 뭐라고 묻지 않아?"

치근치근한 이감독의 성질에 선비를 불러다 놓고 뭐라고 물었을 것이 틀림없는데 선비가 이감독과 벌써 무슨 약조가 있는 새가 되어서 저렇게 숨기나? 하는 의문이 들었던 것이다. 그때 선비는 간난이가 일상 하던 말이 문득 생각히었다. "감독을 만나면 너는 뽀로통해만 있지 말고 더러 웃는 체도 해보이렴. 그래서 네 태도를 저들이 분간하지 못하도록 하여라." 선비는 간난의 말이 우스워서 빙긋이 웃었다. 그때 층계를 올라오는 구두 소리…….

감독은 정색을 하였다.

"아주, 간난이가 나간 일에 대하여서는 모른단 말이지…… 나가!"

선비는 말이 떨어지자 곧 나왔다. 그리고 그의 방까지 왔을 때 감독의 방에서 두런두런하는 이야기 소리가 들려 왔다. 그의 동무들은 선비가 무슨 말을 할까 하고 그의 입술만 말똥말똥 쳐다보다가,

"뭐라던?"

선비는 자리를 내려 폈다.

"뭐라기는 뭐래, 그저 그 말이지."

"왜 야학에 안 가련?"

"몸이 좀 아프구나."

"어데가?"

"글쎄…… 맥이 없어."

그들은 풀기 없는 선비를 보며 감독에게서 단단한 나무람을 들은 듯하였다. 그리고 자기들도 감독에게 불림을 받을까? 하는 불안에 눈에 겁을 머금고 밖으로 나갔다.

선비는 언제부터인지는 알 수 없으나 이렇게 맥을 놓으면 몸이 오슬오슬 추우면서도 이마에는 땀이 척척하게 흐르곤 하였다. 이런 때마다 그는 따뜻한 온돌방이 그리웠다. 그의 어머니와 단둘이서 살던 그 초가! 나무 반 단만 넣으면 잘잘 끓던 그 아랫목! 그 아랫목에서 이불을 막 쓰고 땀을 푹 내었으면 그의 몸은 가뿐해질 것 같았다.

그가 한참 자고 어느 때인가 눈을 번쩍 뜨니 유리창에 달이 둥글하였다. 그는 이마에 척척하게 흐른 땀을 씻으며 달을 향하여 누웠다. 아까 감독이 묻던 말을 다시금 생각하니 그는 감독이 그를 의심하지 않는 것을 짐작할 수가 있었다. 그러니 그 일 때문에 졸이던 맘은 좀 풀리나, 그러나 어깨가 무겁도록 짊어진 이 사명을 어떻게 하여야 잘 이행할 것이 난처하고도 답답하였다. 간난이가 가르쳐 주던 공장 내부 조직 방침, 밖의 동지들과 민활하게 연락 취할 것, 그리고 밖에서 들어오는 문서며 삐라 등을 교묘하게 배부할 것 들이 그의 머리에 번갈아 떠오른다. 한참이나 생각하던 선비는 좀더 있다가 간난이가 나갔으면 내 이렇게 답답하지 않을 것을…… 하며, 그가 무사히 나갔는가 하였다. 그리고 밖에서 무슨 일이 일어났기에 그렇게 가분작이 간난이를 불러냈는가?…… 그들이 혹 잡히지나 않았는지? 할 때, 적지 않은 불안이 일었다. 동시에 미지의 동지들이 모두 어떤 사람들인가? 첫째와 같은 그런 사람인지도 모르지? 혹 첫째도 그들 중에 한 사람인 것을 자기가 모르는가…… 하였다. 그러나 그때 월미도 가는 길에서 첫째를 만났을 때 일을 미루어 생각하니, 첫째는 어떤 공장 내에 있지 않고 그날그날 품팔이를 하는 것 같았다. 그러니 웬걸 지도자를 만났으리……
아직도 그는 암흑한 생활 속에서 그의 나갈 길을 찾지 못하고 동분서
주만 하는 것 같았다. 이렇게 생각하고 나니 선비는 첫째를 꼭 만나보
고 싶었다. 그래서 무엇보다도 먼저 계급의식을 전해 주고 싶었다. 그
러면 그는 누구보다도 튼튼한, 그리고 무서운 투사가 될 것 같았다. 그
것은 선비가 확실하게는 모르나 그의 과거 생활이 자신의 과거에 비하
여 못하지 않은 그런 쓰라린 현실에 부대끼었으리라는 것이다. 그는
아직도 도적질을 하는가?…… 지금 생각하니 어째서 그가 도적질을
하게 되었으며, 매음부의 자식이었던 것을 그는 깊이 깨달았다. 그러
니 선비는 어서 바삐 첫째를 만나서 그런 개인적 행동에 그치지 말고
좀더 대중적으로 싸워야 한다는 것을 가르쳐 주고 싶었다. 그가 인천
에나 있는지? 혹은 딴 곳으로 갔는지? 왜 나는 시골 있을 때 그를 무서
워하였던가? 이렇게 생각하고 나니 그가 소태나무 뿌리를 캐어 들고
새벽에 찾아왔던 기억이 떠오르며 소태나무 뿌리를 윗방 구석에 던지
던 자기가 끝없이 원망스러웠다. 그리고 그 느글느글한 덕호가 주던
돈을 이불 속에 넣던 자신을 굽어볼 때, 등허리에서 땀이 나도록 분하
고 부끄러웠다. 그뿐이랴! 마침내는 그에게 정조까지 빼앗기고 울던
자신! 몇 번이나 죽으려고 했던 자기! 얼마나 유치하고 어리석었는가!
그리고 그 덕호를 보고 아버지! 아버지! 하며 부르던 그때의 선비는 어
쩐지 지금의 자기와 같지 않았다. 여기까지 생각하니, 이때껏 의문에
붙였던 그의 아버지의 죽음이 얼핏 떠오른다. 옳다! 서분 할멈의 말이
맞았다! 그는 무의식간에 벌떡 일어났다. 그때 손끝이 몹시 아파 왔다.
그래서 손끝을 볼에 대며 덕호를 겨우 벗어난 자신은, 또 그보다 더 무
서운 인간들에게 붙들려 있다는 것을 강하게 느끼며, 오늘의 선비는

옛날의 선비가 아니라……고 부르짖고 싶었다.

×　　×　　×

아버지와 면회를 하고 돌아온 신철이는 감방문 닫히는 소리를 가슴이 울리게 느끼며 맥없이 주저앉았다. 그가 처음으로 이 방에 들어올 때 저 문 닫히는 소리란 기가 막히게 그의 자존심을 *저상시켰으며 반면에 비창한 결심까지 나도록 반발력을 돋아 주었는데, 오늘의 저 닫히는 소리는 그의 자존심이 이때까지 허위요 가장이었다는 것을 느끼게 하였다. 그는 머리를 움켜쥐고 얼굴을 찡그렸다. 아버지의 그 초라한 모양이 안타깝게 떠오른다. 아버지는 그로 인함인지 혹은 생활난으로 인함인지 이태 전과는 아주 딴 사람을 대하는 듯하였다. 아버지의 그 옷 모양이며 뼈만 앙상하게 남은 그 얼굴! 아들을 대하자 아무 말도 못 하고 눈가가 뻘개서 바라만 보던 그 눈! 그때의 아버지의 심정이야말로 말하지 않아도 너무나 그의 가슴속에 뚜렷하였다. 일 초, 이 초 지나는 동안에 부자는 언제까지나 입을 열지 못하였다. 한참 후에 신철이는,

"영철이 잘 있나요?"

그때 아버지는 눈물이 그뜩해지며,

"응, 응."

하고 어리뻥뻥하게 대답을 하면서 머리를 돌려 버렸다. 아버지의 모호한 그때의 대답을 들을 때 신철이는 가슴이 선뜻해지며 그놈이 죽지나 않았나? 하는 생각이 번개같이 들었던 것이다.

"미루꾸 사주!"

하던 그 음성도 다시 듣지 못할 겐가? 하며 신철이는 벽에 의지하여 눈을 꾹 감았다. 아버지는 마지막으로,

"너 박판사를 만나 보았니?…… 박판사의 말대로 하여…… 응, 공연한 고집 부리지 말고……."

말을 마치자 면회는 끝나고 말았던 것이다. 아버지의 그 떨리는 음성! 그것은 거의 애원이었다. 그리고 이때까지 그 어느 구석에 숨어 있던 그의 그 어떤 생각을 정면으로 찔러 주는 듯하였다. 어떻게 하나? 어제 만나 본 병식의 말대로 해버릴까?

병식이는 그가 최후로 도서실에서 어리석고 비열하게 보았던, 육법전서를 안고 외던 학생이었다. 그는 벌써 예심판사가 되었던 것이다.

병식이를 만나는 첫 순간, 신철이는 적이 놀라면서도 반면에 그의 자존심이 강하게 동하였다. 보다도 억지로 그의 자존심을 불러일으켰

던 것이다. 그래서 그런지 그때에는 그가 권고하는 말에 귀를 기울여 듣지도 않았지만 일단 그와 마주앉아 있기가 왜 그리 불쾌하였는지 몰랐다. 그러므로 신철이는 머리를 돌린 채 그의 묻는 말에 한 마디도 대답지 않았다. 그러나 병식이는 그의 직무상 옛날 동무로서의 우정을 생각해서 그랬는지 어쨌든 간곡히 말하였던 것이다.

지금 생각해 보니 그의 아버지가 병식이를 찾아가서 간곡한 부탁이 있은 것만은 틀림이 없다. 그렇게 깨닫고 나니 병식이가 열심으로 지껄이던 말이 그의 머리에 명랑하게 떠오른다.

"우선 나부터도 이 자본주의 사회제도를 전부가 다 옳다고 긍정할 수는 없네. 따라서 이 제도를 부인하고 새로운 사회를 건설해 보겠다는 용감한 투사들이 일어나는 것도 당연한 일이야! 그러나 이 제도를 없이하려면 상당히 오랜 역사를 요구하게 될 것이 아닌가. 즉 장구한 시일과 다수한 희생이 있어야 될 것은 자네가 더 잘 알 것일세. 그러나 이 같은 떳떳한 일을 위해서는 나 개인 하나는 희생한다고…… 하는 것이 남아로서 장쾌한 일이라고 하는 생각도 없지 않아 있게 되나 다시 한번 돌이켜 생각하면, 나 혼자가 더 그랬댔자 오늘 낼로 곧 혁명이 될 것도 아니요, 또 안 그랬댔자 될 혁명이 안 될 것도 아니니, 이 세상에 한번 나서 어찌 나 개인을 그렇게도 무시할 수가 있는가? 더구나 자네나 나는 집안 형편이 딱하게 되지 않았는가…… 자네나 내가 없으면 집안 식구는 내일부터라도 문전걸식할 형편이니, 지금부터 이 감옥에서 십 년이 될지, 몇 해가 될지 모르는 그 세월을 희생할 생각을 해 보게…… 요즘 일본에서도 ××당의 거두들이 *전향한 것도 잘 알 터이지. 그들도 많은 생각이 있었을 것일세. 자네는 이 말에 대해서 어떻게 생각하는가?"

전향(轉向)
방향을 바꿈. 종래의 사상이나 이념을 바꾸어서 그와 배치되는 사상이나 이념으로 돌림.

병식이는 얼굴에 비창한 빛을 띠고 신철이를 바라보았다. 신철이는 그의 타산에 밝은 개인주의적 그 이론으로 자기를 설복시키려는 것이 우습기도 하고 일종의 모욕도 느꼈다. 그래서 그는 아무 대답도 아니 하였다. 이 눈치를 챈 병식이는,

"그러면 돌아가서 깊이 생각해 보게. 나는 나의 직무를 떠나 옛날의 우정을 가지고 진심으로 권하네……."

그때 옆에 섰던 간수는 호령을 하였다.

"일어서!"

오늘 아버지의 애원을 듣던 그 때, 그리고 아버지의 파리해진 얼굴을 바라보는 그 순간에 자신의 그 비창한 결심이란 얼마나 약한 것이었던가? 신철이는 한숨을 후 쉬었다. 그 때 이 형무소에 같이 들어온 밤송이 동무며 그 밖에 여러 동지의 얼굴들이 번갈아 떠오른다. 특히 인천에 있는 첫째의 얼굴이 무섭게 확대되어 가지고 그의 앞에 어른거려 보인다. 신철이는 그 얼굴을 피하려고 눈을 번쩍 떴다. 어젯밤만 해도 첫째의 얼굴을 머리에 그려 보며 그리워하였는데, 이 순간에는 어쩐지 첫째의 그 얼굴이 무섭게 보였던 것이다.

창문으로 쏘아 들어오는 붉은 실타래 같은 햇발이 벽 위에 아로새겨졌다. 유리, 철창, 굵은 철망, 가는 철망의 네 겹을 뚫고 들어오는 저 햇빛! 그에게 있어서는 유일한 동무가 되는 것이다. 그리고 간수가 미하리(망) 구멍으로 들여다볼 때마다 시간을 물어 가지고 그 햇빛을 따라 벽 위에 가는 금을 그어 놓았다. 그래서 시간을 짐작하곤 하였던 것이다. 신철이는 저 햇발을 바라보면서 지금 열한시 반이나 되었을 것을 짐작하였다. 그리고 아버지가 지금 집에 돌아가셔서서 몹시 번민하시겠지…… 하였다. 아버지의 모양을 보아 말하지는 않아도 그나마 학교

에서도 나온 것임을 알 수가 있었다. 몇 식구가 오직 아버지만 바라보고 있던 터에 아버지마저 학교에서 나왔다면 그 생활의 궁함이야말로 보지 않았어도 능히 짐작할 수가 있었다.

어떻게 한담? 그의 집안을 돌아보아서 여기서 꼭 나가야 하겠고, 보다도 자신의 약한 육체를 보아서 여기서 벗어나지 않으면 안 될 것 같았다. 그때 그는 경찰서에서 고문받던 생각을 하고 소름이 쭉 끼쳤다. 두 번은 못 당할 노릇이었다. 그리고 모르고나 당할 노릇이지 지금과 같이 그 맛을 뻔히 알고서는 넙죽 죽으면 죽었지 그 노릇은 다시 당하지 못할 것 같았다.

확실히는 모르나 미결에서 기결로 옮아가게 될 것도 일이 년은 걸릴 듯하였다. 그리고 다시 기결에 들어서는 십 년이 될지, 십오 년이 될지? 그것은 짐작할 수가 없었다. 그러나 십 년 밖이지 십 년 내로는 될 것 같지는 않았다. 그러니 일생을 이 감옥에서 보내지 않으면 안될 것이었다. 생각만 해도 앞이 아뜩해졌다. 그때 그는 병식이를 생각하였다. 그리고 그의 하던 말을 곰곰이 되풀이하였다. 어제 병식의 앞에서는 그의 말에 구역증이 나고 듣기도 싫더니 불과 하루를 지난 오늘에는 그 말이 그럴듯하게 생각되었다. 그렇다고 해서 병식의 앞에서 머리를 굽혀 보이기는 그의 자존심이 아직도 강하였다. 그는 한숨을 푹 쉬고 무심히 발끝을 굽어보았다. 그때 발가락에 개미 한 마리가 오르고 내리는 것이 보였다. 신철이는 반가운 생각이 들어 개미를 붙잡아 손바닥에 놓았다. 개미는 어쩔 줄을 몰라 발발 기어 달아난다. 달아나면 또 붙잡아다 놓고서 멍하니 들여다보았다.

그가 개미를 들여다보면 볼수록, 자신이 이 개미와 같이 헛수고를 하는 듯싶었다. 개미야말로 모르고서나 이 감방에를 찾아 들어온 것이지, 아무 먹을 것이 없는 이 쓸쓸한 감방에 들어올 까닭이 없었다. 오늘 이 개미는 먹을 것도 얻지 못하고 자기에게 붙잡혀서 고달플 것밖에 없었다. 마찬가지로 이 몸은 아무 소득도 없는 고생을 이때까지 해오다가, 또다시 여기까지 들어온 것 같을 뿐 아니라, 앞으로 몇 십 년을 지나고 다행히 목숨이 붙어서 밖에 나간댔자, 벌써 자신은 그만큼 뒤떨어져서 여기도 저기도 섞이지 못하고, 결국은 일포나 기호 같은 그런 고리타분한 전락된 인텔리밖에 될 것이 없을 것 같았다.

그렇다고 이 자리를 벗어날 것인가? 신철이는 머리를 설레설레 흔들었다. 그러나 그의 머리는 강하게 흔들리지를 않고 아주 약하게 흔들리는 것을 그는 깨달았다.

마침 버들피리 소리가 끊어질 듯 질 듯하게 들리므로 그는 벌떡 일어났다.

신철이는 얼른 미하리 구멍부터 돌아보았다. 그리고 어디서 간수의 신발 소리가 나는가 하여 귀를 쫑긋 세우며 창 앞에 다가섰다. 창의 높이는 신철의 턱을 지나쳐 입술과 거의 맞닿았다. 신철이는 한숨을 푹 쉬면서 인왕산을 바라보았다. 따스한 햇볕을 안고 반공중에 뚜렷이 솟은 저 인왕산…… 그때 가까이서 새소리가 나므로 시선을 옮겼다.

창 밖에는 조그만 못이 있고, 그 옆에는 그리 작지도 크지도 않은 수양버드나무가 마치 여인의 풀어헤친 머리카락처럼 가지가지가 척척 휘어 늘어졌다. 그리고 버들잎이 파릇파릇하였다. 신철이가 처음 여기 와서 저 버드나무를 볼 때는 앙상한 가지만이 봄바람에 휘날리더니 어느덧 벌써 잎이 저렇게 좋아졌다. 하루에도 몇 번씩이나 바라보는 저 버드나무! 바라볼 때마다 그는 새로운 느낌을 가지고 대하곤 하였다. 그리고 용연의 원소가 떠오르고 선비가 눈결에 지나쳤다. 그러나 그

선비는 옛날의 그 선비와는 어딘지 모르게 거리가 먼 것을 그는 느끼
곤 하였다. 지금 그의 머리에 떠나지 않고 있는 것은 반대로 옥점이었
다. 옥점이! 그는 다시 한번 옥점이를 불러 보았다. 아직까지도 그가
시집가지 않고 나를 기다릴까? 그렇지야 못하겠지?
벌써 어떤 사람의 아내가 되었겠지! 그러나 나를 아주
잊지는 못하리라…… 하고 멍하니 못을 바라보았다.
못 속에는 버들가지 그림자가 파랗게 떨어져 깔리었
다. 그의 가슴속에 옥점의 얼굴이 파묻힌 것처럼…….

서대문 형무소

그때 잠깐 끊어졌던 버들피리 소리가 아우아우 하
고 들려 왔다. 그가 어려서 과부의 넋두리라고 하며 버들피리 끝에 손
을 대고 마디마디를 꺾어 불던 그 곡조였다. 신철이는 머리를 번쩍 들
어 피리 소리 나는 곳을 찾았다. 봄을 만난 인왕산…… 어린애들이며

갈서다
나란히 서다.

청춘 남녀가 가지런히 *갈서서 올라가는 것이 보인다. 그리고 애들의
떠드는 소리가 푸른 하늘가에서 재재거리는 종달새 소리같이 그렇게
명랑하게 들리었다. 그가 동무들과 저 산에 올라가던 그때가 엊그제
같건만…… 그는 이러한 생각을 하니 발버둥을 치고 싶게 안타까웠다.
그리고 차라리 아버지의 말씀대로 하였더면 하는 후회까지 절실히 일
어난다. 그는 이러한 생각이 아주 비열하고 더러운 생각이라고 하면서
도 어쩔 수 없었다. 그리고 이 꽃다운 청춘기를 그가 이 철창 속에서
이러한 망상과 공상에서 썩힐 생각을 하니 기가 막혔다. 그러니 나 혼
자만 무의미한 희생이지…… 그는 인왕산에 오른 남자를 바라보면서
이렇게까지 생각하였다. 그러나 맘은 보채었다. 안타깝게 보채었다.
이렇게 번민과 쓰림을 당하는 것이 자기만이 아니고 이 안에 들어 있
는 수없는 인간들인 것을 그는 깨달았다.

피리 소리는 차츰 가늘어진다. 그의 안타까운 이 가슴의 굽이굽이를 바늘 끝으로 꼭꼭 찌른다고 할지? 예리한 칼끝으로 심장의 일부를 살짝살짝 저민다고나 할지? ……저 푸른 하늘 아래 가는 연기와 같이 떠도는 저 피리 소리! 신철이는 어느덧 머리를 움켜쥐었다. 그리고 그의 눈에 시커멓게 가로질러 나간 철창을 노려보았다. 그리고 물 먹고 싶듯이 저 세상이 그립다. 저 세상의 푸른 공기를 맘껏 들이마시고 싶다.

그때 절그럭 하는 소리에 신철이는 깜짝 놀라 펄썩 주저앉았다.

"이놈아!"

간수의 호통소리에 그의 가슴은 푸르르 떨렸다.

"이리 와 앉아!"

신철이는 하는 수 없이 이편으로 와서 주저앉았다.

"내다보면 못써. 이 담엔 벌이 있을 테야!"

신철이는 울분이 목구멍까지 치받치는 것을 꾹 참았다. 그는 기가 막혀서 묵묵히 앉았을 뿐이다. 간수는 한참이나 서서 신철이를 노려보다가 절그럭 하고 미하리 구멍을 닫는다. 그는 벽에 비스듬히 기대어 앉아 땅이 꺼지게 한숨을 내쉬었다. 그리고 손을 펴보니 개미는 어디로 갔는지 몰랐다. 개미 동무를 잃어버린 그는 곁에 놓인 *『법화경(法華經)』을 끌어당기어 펴들었다.

✕　　✕　　✕

입맛이 당기지를 않아서 저녁도 먹지 않은 선비는 여러 동무와 같이 공장으로 들어왔다. 이날 선비는 야근할 차례였던 것이다. 여공들은 누구나 다 밤일은 싫어하였다. 그래서 제각기 야근 차례만 돌아오면 얼굴을 찡그리고 머리를 흔들었다. 그러나 남직공과 친해진 여공들은 야근하기를 좋아했다. 물론 밤에도 감독이 감독을 하지마는, 감독들은 하룻밤에도 몇 번씩이나 교대를 하였다. 그러므로 교대하는 그 틈마다 고치 통을 들고 들어오는 남직공과 눈을 맞추었다. 그리고 밤이니 감독들은 낮과 같이 그렇게 심하게 보지를 않았다. 그래서 그들은 밤에 남직공을 틈틈이 만나 보려고 애를 쓰곤 하였던 것이다.

요새는 남직공과 여직공들이 배가 맞아서 나간 것이 하나 둘이 아니었다. 그러니 감독들이 눈을 밝히고 감독은 한다면서도 어쩐지 그런 일이 자꾸 일어났다.

선비는 육백삼호인 가마 곁으로 와서 동무의 어깨를 가볍게 쳤다.

"이전 나가세요. 제 시간이어요."

동무는 가마 소제를 하다가 획근 돌아본다.

"내 소지하지요."

"아슴찮아라…… 참, 아픈 것 낫소?"

동무는 손 빠르게 와꾸를 뽑아서 통에 넣어 가지고 돌아서 간다.

선비는 솔을 들고 가마를 얼핏 가신 후에 낡은 물을 내뿜고 새 물이 들어오게 하였다. 이렇게 기계를 소제하는 동안에도 기계의 운전은 쉬지 않았다. 그래서 선비는…… 아니 이 공장 안의 여공들은, 이 기계란 쉴 줄 모르는 것으로 알고 있다. 그리고 그들은 기계에 머리카락이나 혹은 옷이 끼일까 봐 무서워서 머리에 수건을 막 쓰고 검은 통옷을 만들어서 위에서부터 아래까지 시커멓게 내려 입었다. 전에는 이런 일이 없었으나 간봄에 여공 하나가 머리카락이 와꾸에 끼어서 마침내는 기계에 말려들어 무참하게도 죽었던 것이다. 공장에서는 이것을 극비밀

에 붙이고 거기에 대한 이야기도 못 하게 하나, 곁에서 이 참
경을 본 몇몇의 여공들이 있으므로, 아는 듯 모르는 듯 그 말
이 전 공장 안에 쫙 퍼졌던 것이다. 그 후로 이 공장에서는 여
공들에게 이런 작업복과 수건을 쓰라고 엄명하였다. 물론 공장
에서 내준 것이 아니고 여공들 스스로 해 입게 하였던 것이다.

누에

누에고치

　선비는 남직공이 갖다 주는 삶은 고치를 가마에 들어부었
다. 끓는 물소리가 와스스 하고 나며 고치는 가마 물속에서
핑핑 돌아간다. 그때 어깨 위가 오싹해지며 오슬오슬 추워
왔다. 그리고 기침이 연달아 칵칵 일어난다. 그는 기침을 안
하려고 입을 꼭 다문 후에 숨을 쉬지 않았다. 그러나 기침은 안타깝게
목구멍에서 간지럼을 태우며 올라오려고 애를 썼다. 선비는 이렇게 기
침을 참아 가면서, 조그만 비를 들고 끓어오르는 고치를 꾹꾹 눌러 가
며 비 끝에 묻어나는 실 끝을 왼손에 감아쥐었다. 가마에서 끓어오르
는 물김에 그의 얼굴이 화끈화끈 달며 벌써 손끝이 짜르르해 왔다. 그
러나 반대로 등허리는 오싹오싹 오한이 난다. 선비는 간봄부터 확실하
게 이러한 것을 느끼면서도 그저 일시 일어나는 몸살이거니…… 하였
다. 그러나 여름철이 닥친 지금까지도 이 추운 증세는 떨어지지 않고
기침까지 곁들였다. 그래서 그는 슬그머니 걱정이 되었으나, 그러나
의사에게 보이고 싶지는 않았다.

　선비는 비를 놓고 왼손에 쥔 실 끝을 한 오라기씩 돌아가며 사기바
늘에 번개치듯 붙인다. 그러나 바늘 하나에 여러 번 붙이면 실오라기
가 너무 굵어지니, 사기바늘 하나에 다섯 번 이상은 못 붙이는 것이다.
사기바늘을 통하여 뽑히는 실 끝은, 마치 재봉침 실 끝이 용쇠를 통하
여 올라가는 것처럼, 비틀비틀 꼬여져서, 와꾸를 향하여 쭉쭉 올라가

서 감긴다. 와꾸 옆에는 유리 갈고리가 공중에 매어 달려서 와꾸에 실이 고루 감기도록 실 끝을 물고 왔다갔다 한다.

전등불이 낮같이 밝은데 그 위에 유리창문과 유리천장에 반사가 되어 눈이 부시게 휘황하였다. 그리고 발전기 소음 때문에 귀가 막막하게 메어지는 것 같았다. 선비는 기침을 칵칵 해가면서 자리를 붙지 못하고 몸부림을 쳤다. 그것은 이십 개나 되는 와꾸를 혼자서 조종하려니 그러지 않고는 도저히 불가능하였던 것이다. 오슬오슬 춥던 것은 이젠 반대로 뜨거운 열이 되어 옷이 감기도록 땀이 흘렀다. 이마에서는 땀방울이 사뭇 빗방울같이 흘러서 어쩌는 수가 없었다. 그리고 숨이 차 와서 흑흑 느끼었다. 손끝은 뜨거움이 진해서 차츰 무신경 상태에 들어간다. 그래서 남의 손인지 내 손인지 분간할 수가 없었다.

마침 실이 여기저기서 끊겼다. 선비는 발판을 꾹 눌렀다 놓아 기계를 정지시킨 후에 손 빠르게 실 끝을 쥐었다. 그때 옆에서 감독이 소리쳤다.

"얼른 이어! 요새 선비가 웬일이어?"

감독은 들었던 채찍으로 와꾸를 툭 치어 기계를 돌리었다. 그러니 실끝은 채 이어지지 못한 채 와꾸는 핑글핑글 돌았다. 선비는 울고 싶었다. 오늘 밤새도록 일한 것이 헛수고였던 것이다. 감독이 이렇게 와꾸를 돌리게 되면 으레 이십 전 벌금을 물게 되는 것이다. 선비는 어쩔 줄을 몰라서 돌아가는 와꾸를 바라보며 실끝을 찾으려고 애를 썼다. 그리고 앞이 아뜩아뜩해지며 기침이 자꾸 기어나오려고 하였다.

"무슨 딴생각을 하는 게야! 이렇게 일에 성의가 없이 할 때에는, 응 그러하지?"

선비는 가슴이 뜨끔해지며 정신이 바짝 들었다. 그리고 이 자들이 눈치를 채지나 않았는가? 하였다. 따라서 요새는 거의 날마다 선비를 나무라는 이유가 그것 때문인가? 하였다. 그래서 선비는 한층 더 가슴이 떨리고 다리가 허둥거렸다.

한참 후에 선비는 겨우 실 끝을 이었다. 벌써 감독은 수첩에 무엇인가 쓰고 있다. 그리고 선비를 흘금흘금 곁눈질해 보며 수첩을 포켓에 집어넣고 그의 앞을 떠났다. 선비는 비로소 한숨을 후 쉬었다. 기침이 야무지게 칵 나왔다. 그는 감독이 그의 기침소리를 들었을까 하여 얼른 감독의 뒷모양을 바라보았다. 감독은 요새 갓 들어온 여공 앞에 서서 무어라고 웃으며 이야기하였다. 그리고 그의 실팍한 궁둥이를 툭 쳤다.

"일 잘해! 그래야 상금을 타지."

여공은 몸을 꼬며 애교를 피웠다. 그리고 감독의 눈을 슬쩍 맞추고 눈을 스르르 감으며 웃었다. 이 여공의 특색은 웃으면 저렇게 눈이 되곤 하는 것이다. 선비는 요새 감독이 그의 앞을 떠나 신입 여공에게 저렇게 구는 것이 잘되었다고 생각은 되면서도 그것으로 인하여 그의 맡은 사업이 속히 드러날 위험을 느끼었다. 그리고 전에는 이따금 상금을 주었을망정 이렇게 와꾸를 돌리며 나무라지는 않았는데, 신입 여공이 감독의 비위를 맞추어 주면서부터는 감독의 태도가 아주 냉랭해졌다. 그리고 오늘까지 하면 벌금 문 것이 세 번째나 되었다. 선비는 여전히 바쁘게 손을 놀리면서도 한숨을 폭 쉬었다. 그리고 아까보다 몸이 더 괴롭고 기침만 나오려고 가슴이 죄어들었다. 그나마 아까는 다만 몇 십 전의 벌이라도 되거니…… 했다가 그 희망조차 아주 끊어지고 나니 복받치는 것은 아픔과 설움뿐이었다. 그때 그는 간난이가 하던 말을 다시금 생각하고 어느 정도까지 감독의 비위를 맞추어 둘 것을…… 하는 후회도 다소 일었다.

선비는 안타깝게 올라오려는 기침을 막기 위해서 얼른 비 끝으로 번데기를 건지려 하였다. 전등불에 비치어 금빛같이 빛나는 가마 물속에서 끊임없이 뽑히어 올라가는 저 실끝! 하루에도 저 실을 수만 와꾸나 감아 놓는 것이다.

선비는 번데기를 건져 입에 물며 머리를 들어 와꾸를 바라보았다. 번개치듯 돌아가는 와꾸에 흰 무지개같이 서기를 뻗치며 감기는 저 실! 처음에 그가 저 와꾸를 바라볼 때는 뭐라고 형용 못 할 애착을 느끼었으며, 그리고 저것들을 뽑아서 하꼬(상자)에 담아 가지고 감정실로 들어갈 때의 만족이란 말할 수가 없었다. 그러나 지금에 저것을 바라볼 때는 그것들이 그의 생명을 좀먹어 들어가는 어떤 커다란 벌레같이 생각되었다.

감독이 이리로 오는 눈치를 채고 선비는 얼른 머리를 숙였다. 그리고 실 끝을 골라 바짝 쥐고 사기바늘에 붙였다. 이번에는 감독이 눈도 거들떠보지 않고 지나간다. 선비는 감독이 지나친 것만 다행으로, 하던 생각을 다시 계속하였다.

감독의 소리가 크게 나므로 흘금 바라보니, 곁의 동무의 와꾸를 툭 쳐서 돌린다. 동무는 얼굴이 빨개서 실 끝을 이으려고 허둥거린다…… 그 팔! 그 손끝! 차마 눈 가지고는 바라보지 못할 것이다. 선비는 이마의 땀을 씻으며, 그의 손가락을 다시 보았다. 빨갛게 익은 손등! 물에 부풀어서 허옇게 된 다섯 손가락! 산 손등에 죽은 손가락이 달린 것 같았다. 그는 전신에 소름이 오싹 끼치며, 이 공장 안에 죽은 손가락이 얼마든지 쌓인 것을 그는 깨달았다.

연재 당시의 삽화

와꾸 와꾸 잘 돌아라
핑핑 잘 돌아라

발전기 소음을 타고 이런 노래가 꺼졌다…… 살았다…… 하였다.
선비도 어느덧 그 노래에 맞추어,

와꾸 와꾸 잘 돌아라
핑핑 잘 돌아라
네가 잘 돌면 상금
네가 못 돌면 벌금

겨우 이렇게 입 속으로 부른 선비는 눈등이 뜨거워지며 눈물이 주르르 흘러내렸다. 괴롬을 잊기 위한 이 노래! 일에 재미를 붙이기 위한 이 노래도 선비에게 있어서는 아무런 효과를 내지 못했다. 활활 다는 가마 속에 그의 몸뚱이를 넣고 달달 볶는 것 같았다. 목이 타고 가슴이 울렁거리고 코 안이 달고 눈알이 뜨거웠다. 그는 맘대로 하면 이 자리에 칵 엎어져서 몇 분 동안이나마 쉬었으면 이 아픈 것이 좀 나을 것 같았다. 선비는 지나는 감독의 구두 소리를 들으며 몸이 아파서 오늘은 일을 못 하겠어요 하고 몇 번이나 말을 하렸으나 입이 꽉 붙고 떨어지지 않았다. 어딘지 전날에도 선비는 감독들만 대하면 이렇게 입이 굳어졌는데 더구나 몸이 아프니 말할 것도 없었다.

선비는 이제야 자기의 병이 심상하지 않음을 알았다. 그리고 기침할 때마다 침에 섞여 나오는 붉은 실 같은 피도 더욱 더욱 관심되었다. 내일은 병원에를 가야지! 꼭 가야지! 하였다. 그리고 예금통장에 적혀 있는 돈 액수를 회계하여 보았다. 선비가 이 공장에 들어온 지가 벌써 거의 일 년이 되어 온다. 그 동안 식비 제하고 그리고 구두 값으로, 일용품값으로 제하고 겨우 삼 원 오십 전 가량 남아 있다. 이제 그것으로 병원에까지 가면 도리어 빚을 지게 될 것이다. 무슨 병이기에 삼 원씩이나 들까? 그저 극상해야 한 일 원 어치 약 먹었으면 낫겠지? 하였다.

그는 저편 벽에 걸린 커단 괘종시계를 바라보았다. 새로 두 시 십 분을 가리키고 있다. 선비는 그의 다는 가슴에나마 한줄기의 희망과 기쁨을 느끼고 있었다.

실이 끊어져 너풀거리므로 선비는 얼른 실 끝을 이으며 감독의 눈에 띄지 않았는가 하여 머리를 들 때 앞이 아뜩해지며 쓰러지려 하였다. 그 바람에 그의 바른손이 가마 물속에 미끄러져 들어갔다.

그는,

"아!"

비명을 내며 얼핏 손을 챘다. 그때 손은 이미 뜨거운 물에 담기었었으니 아픈지 어떤지 분명하지 않았으나 이윽고 손과 팔이 저리고 쓰리어서 죽을 지경이었다.

"어데 몹시 다았수?"

선비는 머리를 들고 바라보았다. 그 순간에 자기에게 말을 던진 것이 고치 통을 들고 온 남직공이라는 것을 알자 첫째의 그 얼굴이 휙 떠오른다. 선비는 눈물을 뚝뚝 흘리며 머리를 돌렸다. 남직공은 멍하니 섰다가 돌아간다. 전 같으면 부끄럼이 앞을 가리었을 터이나 오늘은 온몸이 아프고 팔목까지 데었으니 그런지 부끄럼도 아무것도 모르겠고 그저 남직공에게 무엇인가 호소하고 싶은 충동을 강하게 느끼었다. 그리고 그가 첫째라면 선비는 서슴지 않고 그의 몸에 피로해진 자신의 몸뚱이를 맡기고 싶었다. 선비는 못 견디게 쓰린 팔목을 혀끝으로 핥으며, 돌아가는 남직공을 흘금 바라보았다. 눈물이 앞을 가리어 그의 얼굴이 희미하게 보인다. 선비는 아무래도 이 밤을 새워 일할 것 같지가 않았다. 그는 시계를 바라보면서 감독이 이리로 오면 말하겠다 하고 생각하였다.

멀리 서 있는 감독이 그림자같이 눈앞에 희미하게 어른거리므로 그는 정신을 바짝 차렸다. 그때 감독이 그의 앞을 지나치는 듯하여 그는 입을 떼려 하였다. 그 순간 기침이 칵 나오며 가슴에서 가래가 끓어 올라오므로 그는 얼핏 입에 손을 대었다. 기침이 뒤를 이어 자꾸 나오려 하는 것을 참으려고 애를 쓸 때 마침내 그의 입에 댄 다섯 손가락 새로 붉은 피가 주르르 흐르며 선비는 그만 그 자리에 쓰러지고 말았다.

×　　×　　×

어떤 토굴 속 같은 방 안에 첫째는 우두커니 앉아 있었다. 매일같이 노동하던 그가 이렇게 우두커니 앉아 있으려니 이 이상 더 안타까운 괴롬은 또 없을 것 같았다. 그러나 숨지 않으면 안 될 형편이므로 동무들이 전전푼푼 갖다 주는 것을 가지고 요새 이렇게 들어앉고만 있었던 것이다.

잡생각이라고는 해본 적이 없는 그도 하루 종일 하는 일이 없으니 별의별 생각이 다 일어나곤 하였다. 그는 요새 신철이를 몹시 생각하였다. 철수를 통하여 신철의 소식을 가끔 들으나 언제나 시원치 않은 소식이었다. 어서 빨리 나가서 다시 손에 손을 마주잡고 전날과 같이 일을 했으면 좋을 터인데…… 여기까지 생각한 첫째는 월미도를 향하여 가던 긴 행렬을 다시금 눈앞에 그려 보았다. 그리고 선비의 놀라던 모양이 문득 생각난다. 참말 선비였던가? 그가 참말 선비라면 어느 때든지 만나 볼 것 같았다. 그때 그는 어젯밤 철수에게로 나왔을 대동방적공장의 보고를 듣고 싶은 생각이 부쩍 났다. 그리고 속이 달아 못 견디겠으므로 밖으로 나왔다.

그가 철수의 집까지 오니, 마침 철수는 집에 있었다. 철수는 소리를 낮추어,

"서울서 어떤 동무 편에 신철의 소식을 알았소……."

첫째는 머리를 번쩍 들었다. 그리고 그 커다란 눈을 둥그렇게 떴다.

"불기소가 되어서 나왔대우…… 이유는 사상 전환이라우."

"전환……?"

첫째도 무의식간에 그의 말을 받고 나서 이 말을 믿어야 할까? 믿지 않아야 옳을까? 갈피를 잡을 수가 없었다. 그리고 갑자기 뭐라고 형용할 수 없는 힘이 그의 가슴을 짝 채우고 말았다. 철수는 첫째의 낙심하는 모양을 살피고,

"동무! 신철이가 전향했다는 것이 그리 놀랄 것이 아닙니다. 소위 지식계급이란 그렇지요. 신철이는 나오자 M국에 취직하고 더욱 돈 많은 계집을 얻고 했다우."

취직하고…… 돈 많은 계집을 얻구……? 이 새로운 말에 첫째는 무엇인가 번개같이 그의 머리를 찔러 주는 것이 있었다. 그러나 무엇이라고 꼭 집어대어 철수와 같이 술술 지껄일 수는 없었다.

그때 밖에서 신발 소리가 벼락 치듯 나더니 문이 홱 열리었다. 그들은 벌떡 일어났다.

그들은 뒷문 편으로 다가서며 바라보았다.

간난이였다. 철수는 나무라듯이 간난이를 보았다. 간난이는 숨이 차서 한참이나 머뭇머뭇하다가,

"지금…… 곧 와주셔야 하겠수, 네? 빨리……."

간난이는 겨우 이렇게 말하고 홱 돌아서 나가 버렸다. 그들의 놀란 가슴은 아직도 벌렁거린다. 첫째는 간난이를 바라볼 때, 몹시 낯이 익어 보이는데도 얼핏 누구인지는 생각나지 않았다. 철수는 첫째를 돌아보았다.

"같이 갑시다…… 아마 죽어 가는 모양이오!"

첫째는 철수의 눈치를 살피며 그의 뒤를 따라 밖으로 나왔다. 철수는 급하게 걸으며 앞뒤를 흘금흘금 돌아본 후에 가만히 말을 꺼냈다.

"어젯밤 대동방적공장에서 여성 동무 하나가 병으로 인하야 해고되었는데……."

그때 자전거가 휙 지나치자, 물고기 비린내가 훅 끼친다. 첫째는 물고기 장수를 눈결에 보고 철수의 말을 다시 한번 속으로 되풀이하여 보았다. 그때 그는 가슴이 묵직함을 느꼈다.

"병인즉은 폐병인데…… 후!"

철수는 그 조그만 눈을 쭉 찢어지게 뜨며 입술을 꾹 다물어 보인다. 그때 첫째는 멀리 수림 위로 보이는 대동방적공장의 연돌을 바라보았다. 여전히 시커먼 연기를 풀풀 토한다. 첫째는 선비도 그러한 병에나 걸리지 않았는지? 하였다.

그들이 간난이 집까지 왔을 때 간난이는 맞받아 나왔다. 그리고 입을 실룩거리며 무슨 말을 하기는 하나 음성이 탁 갈리어서 무슨 소리인지 알아들을 수가 없었다. 그들은 벌써 눈치를 채고 나는 듯이 방으

로 뛰어들었다. 철수는 병자의 곁으로 와서 들여다보며 흔들었다.

"동무! 정신 좀 차리우, 동무!"

병자의 몸은 벌써 싸늘하게 식었으며 얼굴이 파랗게 되었다. 철수는 후 하고 한숨을 쉬고 첫째를 돌아보았다. 가슴을 졸이고 섰던 첫째가 한 걸음 다가서며 들여다보는 순간,

"선비!"

그도 모르게 그는 소리를 지르고 나서 우뚝 섰다. 그의 앞은 아득해지며 어떤 암흑한 낭 아래로 채어 떨어지는 것을 느꼈다. 그가 어려서부터 그리워하던 이 선비! 한 번 만나 보려니…… 하던 이 선비, 이 선비가 이젠 저렇게 죽지 않았는가! 찰나에 그의 머리에는 아까 철수에게서 들었던 말이 번개같이 떠오른다.

"돈 많은 계집을 얻구, 취직을 하구……."

그렇다! 신철이는 그만한 여유가 있었다! 그 여유가 그로 하여금 전향을 하게 한 게다. 그러나 자신은 어떤가? 과거와 같이, 그리고 눈앞에 나타나는 현재와 같이 아무러한 여유도 없지 않은가! 그러나 신철이는 길이 많다. 신철이와 나와 다른 것이란 여기 있었구나!

이렇게 생각한 첫째는 눈을 부릅뜨고 선비를 바라보았다. 어려서부터 그렇게 사모하던 저 선비! 아내로 맞아 아들딸 낳고 살아 보려던 선비! 한번 만나 이야기도 못 해본 그가 결국은 시체가 되어 바로 눈앞에 놓이지 않았는가!

이제야 죽은 선비를 옜다 받아라! 하고 던져 주지 않는가.

여기까지 생각한 첫째의 눈에서는 불덩이가 펄펄 나는 듯하였다.

그리고 불불 떨었다. 이렇게 무섭게 첫째 앞에 나타나 보이는 선비의 시체는 차츰 시커먼 뭉치가 되어 그의 앞에 착 가로질리는 것을 그는 눈이 뚫어져라 하고 바라보았다.

연재 당시의 삽화

이 시커먼 뭉치! 이 뭉치는 점점 크게 확대되어 가지고 그의 앞을 캄캄하게 하였다. 아니, 인간이 걸어가는 앞길에 가로질리는 이 뭉치…… 시커먼 뭉치, 이 뭉치야말로 인간 문제가 아니고 무엇일까?

이 인간 문제! 무엇보다도 이 문제를 해결하지 않으면 안 될 것이다. 인간은 이 문제를 위하여 몇 천 만 년을 두고 싸워 왔다. 그러나 아직 이 문제는 풀리지 않고 있지 않은가! 그러면 앞으로 이 당면한 큰 문제를 풀어 나갈 인간이 누굴까?

《동아일보》, 1934. 8. 1~12. 22.

소금

농가

용정서 팡둥(중국인 지주)이 왔다고 기별이 오므로 남편은 벽에 걸어두고 아끼던 *수목 두루마기를 꺼내 입고 문밖을 나갔다. 봉식 어머니는 어쩐지 불안을 금치 못하여 문을 열고 바쁘게 가는 남편의 뒷모양을 물끄러미 바라보았다. 참말 팡둥이 왔을까? 혹은 자×단(自×團)들이 또 돈을 달래려고 거짓 팡둥이 왔다고 하여 남편을 데려가지 않는가? 하며 그는 울고 싶었다. 동시에 그들의 성화를 날마다 받으면서도 불평 한마디 토하지 못하고 *터들터들 애쓰는 남편이 끝없이 불쌍하고도 가여워 보였다. 지금도 저렇게 가고 있지 않은가! 그는 한숨을 푹 쉬며 없는 사람은 내고 남이고 모두 죽어야 그 고생을 면할 게야, 별수가 있나, 그저 죽어야 해 하고 탄식하였다. 그리고 무심히 그는 벽을 긁고 있는 그의 손톱을 발견하였다. 보기 싫게 기른 그의 손톱을 한참이나 바라보는 그는 사람의 목숨이란 끊기 쉬운 반면에 역시 끊기 어려운 것이라 하였다.

수목
낡은 솜으로 실을 켜서 짠 무명.

터들터들
힘없이 걸어가는 소리. 또는 그 모양.

그들이 바가지 몇 짝을 달고 고향서 떠날 때는 마치 끝도 없는 망망한 바다를 향하여 죽음의 길을 떠나는 듯 뭐라고 형용하여 아픈 가슴을 설명할 수 없었다. 그러나 불행 중 다행으로 이곳까지 와서 어떤 중국인의 땅을 얻어 가지고 농사를 짓게 되었으나 중국 군대인 보위단(保衛團)들에게 날마다 위협을 당하여 죽지 못해서 그날그날을 살아가곤 하였다. 그러기에 그들은 아침 일어나는 길로 하늘을 향하여 오늘 무사히 보내기를 빌었다.

보위단들은 그들이 받는 바 월급만으로는 살 수가 없으니 농촌으로 돌아다니며 한 번 두 번 빼앗기 시작한 것이 지금에 와서는 으레 할 것으로 알고 아무 주저 없이 *백주에도 농민을 위협하여 빼앗곤 하였다. 그러니 농민들은 보위단 몫으로 언제나 돈이나 기타 쌀을 준비해 두지 않으면 목숨이 위태한 것을 깨닫고 아무것도 못 하더라도 준비해 두곤 하였다. 그 동안 이어 나타난 것이 공산당이었으니 그 후로 지주와 보위단들은 무서워서 전부 도시로 몰리고 간혹 농촌으로 순회를 한다더라도 공산당이 있는 구역에는 감히 들어오지를 못하게 되었다. 그러나 시국이 바뀌며 공산당이 쫓기어 들어가면서부터 자×단들이 나타나게 된 것이었다. 그는 그의 손톱을 바라보며 몇 번이나 보위단들에게 죽을 뻔하던 것을 생각하며 그나마 오늘까지 목숨이 붙어 있는 것이 기적같이 생각되었다. 그리고 남편을 찾았을 때 벌써 남편의 모양은 보이지 않았다. 그는 멀리 토담 위에 휘날리는 깃발을 바라보며 남편이 이젠 건너 마을까지 갔는가 하였다. 그리고 잠깐 잊었던 불안이 또다시 가슴에 답답하도록 치민다. 남편의 말을 들으니 자×단들에게 무는 돈은 다 물었다는데 참말 팡둥이 왔는지 모르지, 지금이 씨뿌릴 때니 아마 왔을 게야, 그러면 오늘 봉식이는 팡둥을 보지 못하겠지, 농량도 못 가져오겠구먼 하며 다시금 토담을 바라보았다. 저 토담은 남편과 기타 농민들이 거의 일 년이나 두고 쌓은 것이다. 마치 고향서 보던 성 같이 보였다. 그는 토담을 볼 때마다 지금으로부터 사오 년 전 그 어느 날 밤 일이 문득문득 생각히었다. 그날 밤 한밤중에 총소리와 함께 사면에서 아우성소리가 요란스러이 났다. 그들은 얼핏 아궁 앞에 비밀리에 파놓은 움에 들어가서 며칠 후에야 나와 보니 팡둥은 도망가고 기타 몇몇 식구는 무참히도 죽었다. 그 후로부터 팡둥은 용정에다 집을 사고 다시 장가를 들고 아들 딸을 낳아서 지금은 예전과 조금도 차이가 없이 살았던 것이다.

팡둥이 용정으로 쫓기어 들어간 후에 저 집은 자×단들의 소유가 되었다. 그래서 저렇게 기를 꽂고 문에는 파수병이 서 있었다.

그는 눈을 옮겨 저 앞을 바라보았다. 그 넓은 들에 햇볕이 가득하다. 그리고 조겨 같은 새 무리들이 그 푸른 하늘을 건너질러 펄펄 날고 있다. 우리도 언제나 저기다 땅을 가져 보나 하고 그는 무의식간에 탄식하였다. 그리고 그나마 간도 온 지 십여 년 만에 내 땅이라고 몫을 짓게 된 붉은 산을 보았다. 저것은 아주 험악한 산이었는데 그들이 짬짬

이 *화전을 일구어서 이젠 밭이 되었다. 그러나 아직도 완전한 곡식은 심어 보지 못하고 해마다 감자를 심곤 하였다.

올해는 저기다 조를 갈아 볼까, 그리고 *가녁으로는 약간 수수도 갈고…… 그때 그의 머리에는 뜻하지 않은 고향이 문득 떠오른다. 무릎을 스치는 *다복솔밭 옆에 가졌던 그의 밭! 눈에 흙 들기 전에야 어찌 차마 그 밭을 잊으랴! 아무것을 심어도 잘되던 그 밭! 죽일놈! 장죽을 물고 그 밭머리에 나타나는 참봉 영감을 눈앞에 그리며 그는 이렇게 중얼거렸다. 그리고 가슴이 울렁거리며 손발이 가늘게 떨리는 것을 깨달으며 그는 고향을 생각지 않으려고 눈을 썩썩 부비치고 정신을 바짝 차렸다. 그때 뜰 한구석에 쌓아 둔 짚낟가리에 조잘대는 참새 소리를 요란스러이 들으며 우두커니 섰는 자신을 얼핏 발견하였다. 그는 곧 돌아섰다. 방 안은 어지러우며 여기 일감이 나부터 손질하시오 하는 것 같았다. 그는 분주히 비를 들고 방을 쓸어 내었다. 그리고 군데군데 뚫어진 삿자리 구멍을 손끝으로 어루만지며 잘살아야 할 터인데 그놈 그 참봉놈 보란듯이 우리도 잘살아야 할 터인데…… 하며 그의 눈에는 눈물이 글썽글썽해졌다. 아무리 마음만은 지독히 먹고 애를 써서 땅을 파나 웬일인지 자기들에게는 닥치느니 불행과 궁핍이었던 것이다. 팔자가 무슨 놈의 팔자야 하느님도 무심하지 누구는 그런 복을 주고 누구는 이런 고생을 시키고…… 이렇게 생각하며 그는 방 안을 구석구석이 쓸었다. 그리고 비 끝에 채어 대구루루 대구루루 굴러다니는 감자를 주워 바가지에 담으며 시렁을 손질하였다. 이곳 농가는 대개가 부엌과 방 안이 통해 있으며 방 한구석에 솥을 걸었다. 그리고 그 옆에 시렁을 매곤 하였다. 그가 처음 이곳에 와서는 무엇보다도 방 안이 맘에 안 들고 도야지굴이나 쇠 외양간같이 생각되었다. 그리고 어쩌다 손님이 오면 피해 앉을 곳도 없었다. 그러니 멍하니 낯선 손님과도 마주앉지 않으면 안 되게 되었다. 그러나 시일이 차츰 지나니 낯선 남성 손님이 온다더라도 처음같이 그렇게 어색하지는 않았다. 그저 그렁저렁 지낼 만하였다. 그리고 반드시 부뚜막 앞에는 비밀 토굴을 파두는 것이다. 그랬다가 어디서 총소리가 나든지 개소리가 요란스레 나면 온 식구가 그 움 속에 들어가서 며칠이든지 있곤 하였다. 그리고 옷이나 곡식도 이 움에다 넣고서 시재 입는 옷이나 먹을 양식을 조금씩 꺼내 놓고 먹곤 하였다. 말할 것도 없이 보위단이며 *마적단 등이 무서워서 이렇게 하곤 하였다..

시렁을 손질한 그는 바구니에 담아 둔 팥을 고르기 시작하였다. 고요한 방 안에 팥알 소리만 재그럭 자르르 하고 났다. 팥알과 팥알로 시선이 옮아지는 그는 눈이 피곤해지며 참새 소리가 한층 더 뚜렷이 들린다. 동시에 저 참새 소리같이 여러 가지 생각이 순서 없이 생각났다. 내일이라도 파종을 하게 되면 아침 점심 저녁에 몇 말의 쌀을 가져야 할 것, 오늘 봉식이가 팡둥을 만나지 못해서 쌀을 못 가져올 것, 그러나 나무를 팔아서 사라고 한 찬감은 사오겠지…… 생각이 차츰 희미해지며 졸음이 꼬박꼬박 왔다. 그는 눈을 부비치고 문밖으로 나오다가 무심히 눈에 뜨인 것은 벽에 매달아 둔 메주였다. '참 메주를 내놓아야겠다' 하며 바구니를 밖에 내놓고서 메주를 떼어서 문밖에 가지런히 내놓았다. 그리고 그는 비를 들고 메주의 먼지를 쓸어 내었다. 그는 하나하나의 메줏덩이를 들어 보며, 간장이나 서너 동이 빼고 고추장이나 한 단지 담고…… 그러자면 소금이나 두어 말은 가져야지 소금…… 하며 그는 무의식간 한숨을 푹 쉬었다. 그리고 또다시 고향을 그리며 멍하니 앉아 있었다. 고향서는 소금으로 이를 다 닦았건만…… 달이는

마적(馬賊)
말을 타고 떼를 지어 다니는 도둑. 주로 청나라 말기에 만주 지방에서 활동하였다.

데도 소금 한 줌이면 후련하게 내려갔는데 하였다. 그가 고향 있을 때는 하도 없는 것이 많으니까 소금 같은 데는 생각이 미치지 못하였는지는 모르나 어쨌든 이곳 온 후부터 그는 소금 때문에 남몰래 운 적이 한두 번이 아니었다. 소금 한 말에 이 원 이십 전! 농가에서는 단번에 한 말을 사보지 못한다. 그러니 한 근 두 근 극상 많이 산대야 사오 근에 지나지 못한다. 그러므로 장 같은 것도 단번에 담그지를 못하고 소금 생기는 대로 담그다가도 어떤 때는 메주만 썩여서 장이라고 먹곤 하였다. 장이 싱거우니 온갖 찬이 싱거웠다.

메주 매단 모습

끼니때가 되면 그는 남편의 얼굴부터 살피게 되고 어쩐지 맘이 송구하였다. 남편은 입 밖에 말은 내지 않으나 번번이 얼굴을 찡그리고 밥술이 차츰 느려지다가 맥없이 술을 놓곤 하는 때가 종종 있었다. 이 모양을 바라보는 그는 입 안의 밥알이 갑자기 돌로 변하는 것을 느끼며 슬며시 술을 놓고 돌아앉았다. 그리고 해종일 들에서 일하다가 들어온 남편에게 등허리에 땀이 훈훈하게 나도록 훌훌 마시게 국물을 만들어 놓지 못한 자기! 과연 자기를 아내라고 할 것일까?

어떤 때 남편은 식욕을 충동시키고자 고춧가루를 한 술씩 떠넣었다. 그리고는 매워서 눈이 뻘개지고 이맛가에서는 주먹 같은 땀방울이 맺히곤 하였다. '고춧가루는 왜 그리 잡수셔요' 하고 그는 입이 벌어지다가 가슴이 무뚝해지며 그만 입이 다물어지고 말았다. 동시에 음식을 맡아 만드는 자기, 아아 어떻게 해야 좋을까?

이러한 생각을 되풀이하는 그는 한숨을 땅이 꺼지도록 쉬며 오늘 저녁에는 무슨 찬을 만드나 하고 메주를 다시금 굽어보았다. 그때 신발 소리가 자박자박 나므로 그는 머리를 들었다. 학교에 갔던 봉염이가 책보를 들고 이리로 온다.

"왜 책보 가지고 오니?"

"오늘 반공일이어. 메주 내놨네."

봉염이는 생글생글 웃으며 메주를 들어 맡아 보았다.

"아버지 가신 것 보았니?"

"응 정팡둥이 왔더라, 어머이."

"팡둥이? 왔디?"

이때까지 그가 불안에 붙들려 있었다는 것을 느끼며 가볍게 한숨을 몰아쉬었다.

"어서 봤니?"

"팡둥 집에서…… 저 아버지랑 자×단들이랑 함께 앉아서 뭘 하는지 모르겠더라."

약간 찌푸리는 봉염의 양미간으로부터 옮아 오는 불안!

"팡둥도 같이 앉았디?"

봉염이는 머리를 끄덕이며 무슨 생각을 하고 또다시 생글생글 웃었다. 그리고 책보 속에서 *달래를 꺼냈다.

"학교 뒷밭에가 달래가 어찌 많은지."

"한 끼 넉넉하구나."

달래

백합과의 여러해살이풀. 높이는 20~50cm이고 땅속에 둥근 모양의 흰 비늘줄기가 있으며, 잎은 긴 대롱 모양이다. 4월에 잎보다 짧은 꽃줄기 끝에 자주색 꽃이 한두 송이 피고 열매는 수과(瘦果)로 7월에 익는다. 파와 같은 냄새가 나고 매운 맛이 있으며 식용한다.

대견한 듯이 그의 어머니는 달래를 만져 보다가 그중 큰 놈으로 골라서 뿌리를 자르고 한꺼풀 벗긴 후에 먹었다. 봉염이도 달래를 먹으며,

"어머니 나두 운동화 신으면……."

무의식간에 봉염이는 이런 말을 하고도 어머니가 나무랄 것을 예상하며 어머니를 바라보던 시선을 달래 뿌리로 옮겼다. 달래 뿌리와 뿌

리 사이로 나타나는 운동화, 아까 용애가 운동화를 신고 참새같이 날 뛰던 그 모양!

"쟤는 이따금 미친 수작을 잘해!"

그의 어머니는 코끝을 두어 번 부비치며 눈을 흘겼다. 봉염이는 달래가 흡사히 운동화로 변하는 것을 느끼며 어머니 말에 그의 조그만 가슴이 따가워 왔다.

"어머니는 밤낮 미친 수작밖에 몰라!"

한참 후에 봉염이는 이렇게 종알거렸다. 그리고 용애의 운동화를 바라보고 또 몰래 만져 보던 그 부러움이 어떤 불평으로 변하여지는 것을 그는 느꼈다. 그의 어머니는 봉염이를 똑바로 보았다.

"그래 네 말이 미친 수작이 아니냐, 공부도 겨우 시키는데 운동화, 운동화. 이애 이애 너도 지금 같은 개화 세상에 났기에 그나마 공부도 하는 줄 알아라. 아 우리들 전에 자랄 때에야 뭘 어디가 물 긷고 베짜고 여름에는 김매구 그래두 짚신이나마 어디 고운 것 신어 본다디…… 어미 애비는 풀 속에 머리들을 밀고 애쓰는데 그런 줄을 모르고 운동화? 배나 곯지 않으면 다행으로 알아, 그런 수작 하랴거든 학교에 가지 마라!"

"뭐 어머이가 학교에 보내우 뭐."

봉염이는 가볍게 공포를 느끼면서도 가슴이 오쓱하도록 반항하였다. 그리고 얼굴이 갑자기 화끈하므로 눈을 깜박하였다.

"그래 너의 아버지가 보내면 난 그만두라고 못 할까, 계집애가 왜 저 모양이야. 뭘 좀 안다고 어미 대답만 톡톡 하고, 이애 이놈의 계집애 어미가 무슨 말을 하면 잠잠하고 있는 게 아니라 톡톡 무슨 아가리질 이냐! 그래 네 수작이 옳으냐? 우리는 돈 없다…… 너 운동화 사줄 돈이 있으면 봉식이 공부를 더 시키겠다야.”

봉염이는 분김에 달래만 자꾸 먹고 나니 매워서 못 견딜 지경이다. 그리고 눈에는 약간의 눈물이 비쳤다.

“왜 돈 없어요, 왜 오빠 공부 못 시켜요!”

그 순간 봉염의 머리에는 선생님의 하던 말이 번개같이 떠오른다. 그리고 그의 가슴이 터질 듯이 끓어오르는 불평을 어머니에게 토할 것

이 아님을 깨달았다. 그러나 아무것도 모르고 딸만 그르게 생각하고 덤비는 그의 어머니가 너무도 가엾었다. 그의 어머니는 하도 어이가 없어서 멍하니 봉염이를 바라보았다. 동시에 없으면 딴 남은 그만두고라도 제 속으로 나온 자식들한테까지라도 저런 모욕을 받누나 하는 노여운 생각이 들며 이때까지 가난에 들볶이던 불평이 눈등이 뜨겁도록 치밀어 올라온다.

“왜 돈 없는지 내가 아니, 우리 같은 거지들에게 왜 태어났니, 돈 많은 사람들에게 태어나지. 자식! 흥 자식이 다 뭐야!”

어머니의 언짢아하는 모양을 바라보는 봉염이는 작년 가을에 타작마당이 얼핏 떠오른다. 그때 여름내 농사 지은 벼를 팡둥에게 전부 빼앗긴 그때의 어머니! 아버지! 지금 어머니의 얼굴빛은 그때와 꼭 같았다. 그리고 아무 반항 할 줄 모르는 어머니와 아버지! 불쌍함이 지나쳐서 비굴하게 보이는 어머니!

"어머니, 왜 돈 없는 것을 알아야 해요. 운동화는 왜 못 사줘요. 오빠는 왜 공부 못 시켜요!"

그는 이렇게 말해 가는 사이에 그가 운동화를 신고 싶어한 것이 잘못이 아니라는 것을 깨달았다. 그리고 무심하게 들어 두었던 선생님의 말이 한 가지 두 가지 문득문득 생각났다.

"이애 이년의 계집애 왜 돈 없어. 밑천 없어 남의 땅 붙이니 없지. 내 땅만 있으면……."

여기까지 말했을 때 그는 가슴이 뜨끔해지며 말문이 꾹 막혔다.

그리고 또다시 솔밭 옆에 가졌던 그 밭이 떠오르며 그는 눈물이 쑥 비어졌다. 그리고 금방 그 밭을 대하는 듯 눈물 속에 그의 머리가 아롱아롱 보이는 듯 보이는 듯하였다.

그때 가볍게 귓가를 스치는 총소리! 그들 모녀는 눈이 둥그래서 일어났다.

*짚낟가리 밑에서 졸던 검둥이가 어느덧 그들 앞에 나타나 컹컹 짖었다.

유 랑

그들은 마적단과 공산당을 번갈아 머리에 그리며 건너 마을을 바라보았다. 이 마을 저 마을에서 개 짖는 소리가 그들로 하여금 한층 더 불안을 갖게 하였다. 그리고 아까까지도 시원하던 바람이 무서움으로 변하여 그들의 옷가를 가볍게 스친다.

"이애 너 아버지나 어서 오셨으면…… 왜 이러고 있누. 무엇이 온 것 같은데 어쩐단 말여."

봉염의 어머니는 거의 울상을 하고 가만히 서 있지를 못하였다. 총소리는 연달아 건너왔다. 그들은 무의식간에 방 안으로 쫓기어 들어왔다. 이제야말로 건너 마을에는 무엇이든지 온 것이 확실하였다. 그리고 몇몇의 사람까지도 총에 맞아 죽었으리라 하였다. 이렇게 생각하고 나니 봉염의 어머니는 속에서 불길이 화끈화끈 올라와서 견딜 수가 없었다. 그러면서도 감히 방문 밖에까지 나오지는 못하였다. 무엇들이 이리로 달려오는 것만 같았던 것이다.

"어쩌누? 어쩌누? 봉식이라도 어서 오지 않구."

그는 벌벌 떨면서 이렇게 중얼거렸다. 암만해도 남편이 무사할 것 같지 않았던 것이다. 더구나 팡둥과 같이 남편이 앉았다가 아까 그 총소리에 무슨 일을 만났을 것만 같았다.

"이애 너 아버지가 팡둥과 함께 앉았디? 보았니."

그는 목에 *침기라고는 하나도 없고 가슴이 답답해 왔다. 봉염이도 풀풀 떨면서 말은 못 하고 눈으로 어머니의 대답을 하였다. 그때 멀리서 신발 소리 같은 것이 들려오므로 그들은 부엌 구석의 토굴로 뛰어 들어가서 감자마대 뒤에 꼭 붙어 앉았다. 무엇들이 자기들을 죽이려고 이리 오는 것만 같았다. 한참 후에,

"어머니!"

부르는 봉식의 음성에 그들은 겨우 정신을 차리고 마주 아우성을 치고도 얼른 밖으로 나오지를 못하였다. 그들이 움 밖에까지 나왔을 때 또다시 우뚝 섰다. 그것은 봉식이가 전신에 피투성이를 했으며 그 옆에 금방 내려 뉜 듯한 아버지의 목에서는 선혈이 샘처럼 흘렀다. 그의 어머니는,

"아!"

소리를 지르고 그 자리에 팔싹 주저앉았다. 그 다음 순간부터 그는 바보가 되어 멍하니 바라만 볼 뿐이었다. 봉식이는 어머니를 보며 안타까운 듯이,

"어머니는 왜 그러구만 있어요. 어서 이리 와요."

봉염이가 곧 어머니의 팔을 붙들었으나 그는 일어나다가 도로 주저앉으며,

"너 아버지, 너 아버지."

하고 중얼거릴 뿐이었다.

그 밤이 거의 새어 올 때에야 봉염의 어머니는 겨우 정신을 차리고 목을 내어 어이어이 하고 울었다.

"넌 어찌 아버지를 만났니. 그때는 살았더냐. 무슨 말을 하시디?"

봉식이는 입이 쓴 듯이 입맛만 쩍쩍 다시다가,

"살 게 머유!"

대답을 기다리는 어머니의 모양이 난처하여 이렇게 소리치고 나서 한숨을 후 쉬었다. 그리고 항상 아버지가 팡둥과 자×단원들에게 고맙게 구는 것이 어쩐지 위태위태한 겁을 먹었더니만 결국은 저렇게 되고야 말았구나 하였다. 아버지 생전에 이 문제를 가지고 부자가 서로 언쟁까지도 한 일이 있었으나 끝끝내 아버지는 자기의 뜻을 세웠다. 그보다 그의 입장이 그로 하여금 그렇게 하지 않고는 견디지 못하게 하였던 것이다.

아버지 생전에는 봉식이도 아버지를 그르다고 백번 생각했지만 막상 아버지가 총에 맞아 넘어진 것을 용애 아버지에게 듣고 현장에 달려가서 보았을 때는 어쩐지 '너무들 한다!' 하는 분노와 함께 누가 그르고 옳은 것을 분간할 수가 없이 머리가 아뜩해지곤 하였다.

이튿날 아버지의 장례를 지낸 봉식이는 바람이나 쏘이고 오겠노라고 어디로인지 가버리고 말았다. 모녀는 봉식이가 오늘이나 내일이나 하고 돌아오기를 손꼽아 기다리나 그 봄이 다 지나도 돌아오기는 고사하고 소식조차 끊어지고 말았다. 그래서 그들은 기다리다 못해서 봉식이를 찾아서 떠났다. 월여를 두고 이리저리 찾아다니나 그들은 봉식이를 만나지 못하였다. 마침내 그들은 *용정까지 왔다. 그것은 전에 봉식이가 "*고학이라도 해서

대성중학교

용정 교외의 농촌

나두 공부를 좀 해야지” 하고 용정에 들어왔다 나올 때마다 투덜거리던 생각을 하여 행여나 어느 학교에나 다니지 않는가 하였던 것이다. 그러나 그들 모녀가 학교란 학교 뜰에는 다 가서 기웃거리나 봉식이 비슷한 학생조차 만나지 못하였다. 그들이 마지막으로 소학교까지 가 보고 돌아설 때 봉식이가 끝없이 원망스러운 반면에 죽지나 않았는지? 하는 불안에 발길이 보이지를 않았다. 더구나, 이젠 어디로 갔나? 어디 가서 몸을 담아 있나? 오늘 밤이라도 어디서 자나? 이것이 걱정이요, 근심이 되었다.

해가 거의 져갈 때 그들은 팡둥을 찾아갔다. 그들이 용정에 발길을 돌려 놓을 때부터 팡둥을 생각하였다. 만일에 봉식이를 찾지 못하게 되면 팡둥이라도 만나서 사정하여 봉식이를 찾아 달라고 하리라 하였던 것이다. 그들이 큰대문을 둘이나 지나서 들어가니 마침 팡둥이 나왔다.

“왔소. 언제 왔소?”

팡둥은 눈을 크게 뜨고 반가운 뜻을 보이었다. 봉염의 어머니는 그의 반가워하는 눈치를 살피자 찾아온 목적을 절반나마 성공한 듯하여 한숨을 남몰래 몰아쉬었다. 팡둥은 봉염의 머리를 내려쓸었다.

“그새 어디 갔어. 한 번 갔어. 없어 섭섭했어.”

“봉식이를 찾아 떠났어요. 봉식이가 어디 있을까요?”

봉염의 어머니는 가슴을 두근거리며 팡둥을 쳐다보았다.

“봉식이 만나지 못했어. 모르갔소.”

팡둥은 알까 하여 맥없이 그의 입술을 쳐다보던 그는 머리를 숙였다. 팡둥은 그들 모녀를 데리고 방으로 들어갔다. 캉﹝炕﹞에 있는 팡둥의 아내인 듯한 나 젊은 부인은 모녀와 팡둥을 번갈아 쳐다보며 의심

스러운 눈치를 보이었다. 팡둥은 한참이나 모녀를 소개하니 그제야 팡
둥 부인은,

　"올라앉어요."

하고 권하였다. 팡둥은 차를 따라 권하였다. 가벼운 차내를 맡으며 모
녀는 방 안을 슬금슬금 돌아보았다. 방 안은 시원하게 넓으며 캉이 좌
우로 있었다. 캉 아래는 빛나는 돌로 깔리었으며 저편 창 앞에는 대리
석으로 만든 테이블이 놓였고 그 위에는 검은 바탕에 오색빛 나는 화
병 한 쌍을 중심으로 작고 큰 시계
며 유리단지에 유유히 뛰노는 금
붕어 등 기타 이름 모를 기구들이
테이블이 무겁도록 실리어 있다.

창 위 벽에는 팡둥의 사진을 비롯하여 가족들의 사진이며 약간 빛을 잃은 *가화들이 어지럽게 꽂히었다. 그리고 테이블에서 뚝 떨어져 있는 이편 벽에는 선 굵은 불타의 그림이 조는 듯하고 맞은편에는 문짝 같은 체경이 온 벽을 차지했으며 창문 밖 저편으로는 화단이 눈가가 서늘하도록 푸르렀다.

그들은 어떤 별천지에 들어온 듯 정신이 얼얼하였다. 그리고 그들의 초라한 모양에 새삼스럽게 더 부끄러운 생각이 들며 맘 놓고 숨 쉬는 수도 없었다.

팡둥은 의자에 걸어앉으며 궐련을 붙여 물었다.

"여기 친척 있어?"

봉염의 어머니는 머리를 들었다.

"없어요."

이렇게 대답하는 그는 팡둥이 어째서 친척의 유무를 묻는 것임을 생각할 때 전신에 외로움이 훨씬 끼친다. 동시에 팡둥을 의지하려고 찾아온 자신이 얼마나 가엾은가를 느끼며 팡둥의 어깨 너머로 보이는 화단을 물끄러미 바라보았다. 신록에 무르익은 저 화단! 그는 얼핏, 밭에 조 싹도 이젠 퍽으나 자랐겠구나! 김매기 바쁠 테지 내가 웬일이야 김도 안 매구. 가을에는 뭘 먹고 사나 하는 걱정이 불쑥 일었다. 그리고 시선을 멀리 던졌을 때 티 없이 맑게 갠 하늘이 마치 멀리 논물을 바라보는 듯 문득 그들이 부치던 논이 떠오른다. 논귀까지 가랑가랑하도록 올라온 그 논물! 벼 포기도 퍽으나 자랐을 게다! 하며 다시 하늘을 쳐다보았을 때 그 하늘은 벼 포기 사이를 헤치고 깔렸던 그 하늘이 아니었느냐! 그 사이로 털이 푸르르한 남편의 굵은 다리가 철버덕철버덕 거닐지 않았느냐! 그는 가슴이 뜨끔해지며 다시 팡둥을 보았다. 남편을 오라고 하여 함께 앉았던 저 팡둥은 살아서 저렇게 있는데 그는 어찌하여 죽었는가 하며 이때껏 참았던 설움이 머리가 무겁도록 올라왔다.

"친척 없어. 어디 왔어?"

팡둥은 한참 후에 이렇게 채쳐 물었다. 목구멍까지 빠듯하게 올라온 억울함과 외로움이 팡둥의 말에 눈물로 변하여 술술 떨어진다. 그는 맥없이 머리를 떨어뜨리며 치마귀를 쥐어다 눈물을 씻었다. 곁에 앉은 봉염이도 어머니를 보자 눈물이 글썽글썽해졌다. 모녀를 바라보는 팡둥은 난처하였다. 지금 저들의 눈치를 보니 자기에게 무엇을 얻으러 왔거나 그렇지 않으면 자기 집을 바라고 온 것임을 시간이 지날수록 깨달았다. 그는 불쾌하였다. 저들을 오늘로라도 보내려면 돈이라도 몇 푼 집어줘야 할 것을 느끼며 당분간 집에서 일이나 시키며 두어둬 볼까? 하는 생각이 어렴풋이 들었다. 팡둥은 약간 웃음을 띠었다.

"친척 없어. 우리 집 있어. 봉식이가 찾아왔어 갔어 응."

팡둥의 입에서 떨어지는 아들의 이름을 들으니 그는 원망스러움과 그리움 외로움이 한데 뭉치어 견딜 수가 없었다. 그리고 팡둥의 말과 같이 봉식이가 언제든지 나를 찾아오려나, 그렇지 않으면 제 아버지와 같이 어디서 어떤 놈에게 죽음을 당해서 다시는 찾지 않으려나? 하는 의문이 들며 흑흑 느껴 울었다.

그 후부터 모녀는 팡둥집에서 일이나 해주고 그날그날을 살아갔다. 팡둥은 날이 갈수록 그들에게 친절하게 굴었다. 그리고 어떤 때는 밤이 오래도록 그들이 있는 방에 나와서 이런 이야기 저런 이야기를 하여 주며 때로는 옷감이나 먹을 것 같은 것도 사다 주었다. 그때마다 봉염의 어머니는 감격하여 밤 오래도록 잠들지 못하곤 하였다.

팡둥의 아내가 친정집에 다니러 간 그 이튿날 밤이다. 그는 팡둥의

아내가 말라 놓고 간 팡둥의 속옷을 재봉침에 하였다. 팡둥의 아내가 언제 올는지는 모르나 어쨌든 그가 오기 전에 *말라 놓는 일을 다 해야 그가 돌아와서 만족해할 것이다. 그러므로 그는 밤잠을 못 자고 미싱을 돌렸다. 그는 이 집에 와서야 미싱을 배웠기 때문에 아직도 서툴렀다. 그래서 그는 바늘이 부러질세라 기계에 고장이 생길세라 여간 조심이 되지를 않았다.

저편 팡둥 방에서 피리 소리가 처량하게 들려 왔다. 팡둥은 밤만 되면 저렇게 피리를 불거나 그렇지 않으면 *깡깡이를 뜯었다. 깡깡이 소리는 시끄럽고 때로는 강아지가 문짝을 할퀴며 어미를 부르는 듯하게 차마 듣지 못할 만큼 귓가가 간지러웠다. 그러나 저 피리 소리만은 그럴듯하게 들리었다.

일감을 밟고 씩씩하게 달아오는 바늘 끝을 바라보는 그는 한숨을 후 쉬며,

"봉식아 너는 어째서 어미를 찾지 않느냐."

하고 중얼거렸다. 그는 언제나 봉식이를 생각하였다. 낯선 사람이 이 집에 오는 것을 보면 행여 봉식의 소식을 전하려나 하여 그 사람이 돌아갈 때까지 주의를 게을리하지 아니했다. 그러나 이렇게 기다리는 보람도 없이 그날도 그날같이 봉식의 소식은 막막하였다. 팡둥은 그들에게 고맙게구나 팡둥의 아내는 종종 싫은 기색을 완연히 드러내었다. 그때마다 그는 봉식을 원망하고 그리워하며 운 적이 한두 번이 아니었다. 아무래도 장래까지는 이 집을 바라지 못할 일이요, 어디로든지 가야 할 것을 그는 날이 갈수록 느꼈다. 그러나 마음만 초조할 뿐이요, 어떻게 하는 수는 없었다. 그는 이러한 생각을 되풀이하며 팡둥의 아내가 없는 사이 팡둥보고 집세나 하나 얻어 달라고 해볼까? 하며 피리

를 불고 앉았을 팡둥의 뚱뚱한 얼굴을 그려 보았다. 그러나 어찌 그런 말을 해, 집세를 얻는다더라도 무슨 그릇들이 있어야지. 아무것도 없이 살림을 어떻게 하누 하며 등불을 물끄러미 바라보았다.

어느덧 피리 소리도 그치고 사방은 고요하였다. 오직 들리느니 잠든 봉염의 그윽한 숨소리뿐이다. 그는 등불을 휩싸고 악을 쓰고 날아드는 하루살이 떼를 보며 문득 남편의 짧았던 일생을 회상하였다. 그렇게 살고 말 것을 반찬 한번 맛있게 못 해주었지 고춧가루만 땀이 나도록 먹구 참…… 여기는 왜 소금 값이 그리 비쌀까? 그래도 이 집은 소금을 흔하게 쓰두면. 그게야 돈 많으니 자꾸 사오니까 그렇겠지. 돈? 돈만 있으면 뭐든지 다 할 수가 있구나. 그 비싼 소금도 맘대로 살 수가 있는 돈, 그 돈을 어째서 우리는 모으지 못했는가 하였다.

그때 신발 소리가 자박자박 나더니 문이 덜거럭 열린다. 그는 놀라 휙근 돌아보았다. 검은 바지에 흰 적삼을 입은 팡둥이 빙그레 웃으며 들어온다. 그는 얼른 일어나며 일감을 한 손에 들었다.

"앉아서! 일만 했어?"

팡둥의 시선은 그의 얼굴로부터 일감으로 옮긴다. 그는 등불 곁으로 다가앉으며 팡둥 보고 이 말을 할까 말까?

집세 하나 얻어 주시오 하고 금방 입술 사이로 흘러나오려는 것을 참
으며 팡둥의 기색을 흘금 살피었다.

"누구 옷이야? 내 해야?"

팡둥은 일감 한끝을 쥐어 보다가,

"내 해야…… 배고프지 않아? 우리 방에 나가 차물도 먹고 과자도
먹구 응 나갔어."

일감을 잡아당긴다. 그는 전 같으면 얼른 팡둥의 뒤를 따라 나갈 터
이나 팡둥의 아내가 없는 것만큼 주저가 되었다.

"배고프지 않아요."

이렇게 말하는 그는 웬일인지 눈썹 끝에 부끄럼이 사르르 지나친다.
팡둥은 일감을 휙 빼앗았다.

"가 응. 자 어서 어서."

그는 일감을 바라보며 어째야 좋을지 몰랐다. 그리고 이 기회를 타
서 집세를 얻어 달라고 할까 말까 할까…….

"안 가?"

팡둥은 일어서며 아까와는 달리 언성을 높인다. 그는 가슴이 선득해
서 얼른 일어났다. 그러나 비쭉비쭉 나가는 팡둥의 살찐 뒷덜미를 보
았을 때 싫은 생각이 부쩍 들었다. 그리고 발길이 떨어지지를 않았다.
문밖을 나가던 팡둥은 휙근 돌아보았다. 그 얼굴은 무어라고 형용할
수 없는 무서움을 띄웠다. 그는 맥없이 캉을 내려섰다. 그리고 잠든 봉
염이를 바라보았을 때 소리쳐 울고 싶도록 가슴이 답답하였다.

해 산

이듬해 늦은 봄 어느 날 석양이다. 봉염의 어머니는 바느질을 하다
가 두 눈을 부비치며 방문을 바라보았다. 빨간 문 위에 처마 끝 그림자
가 뚜렷하다. 오늘은 팡둥이 오려나 대체 어딜 가서 그리 오래 있을까?
그는 또다시 생각하였다. 팡둥의 아내만 대하면 그는 묻고 싶은 것이
이 말이었다. 그러나 언제든지 새초롬해서 있는 그의 기색을 살피다가
는 그만 하려던 말을 줄이치고 말았다. 그리고 이렇게 석양이 되면 오
늘이나 오려나? 하고 가슴을 졸였다. 팡둥이 온대야 그에게 그리 기쁠
것도 없건만 어쩐지 그는 팡둥이 기다려지고 그리웠다. 오면 좋으련
만…… 이번에는 꼭 말을 해야지 무어라구? 그 다음 말은 생각나지 않
고 두 귀가 화끈 단다. 어떻거나 그도 짐작이나 할까? 하기는 뭘 해 남
정들이 그러니 그렇게 내게 하리…… 그는 팡둥의 얼굴을 머리에 그리
며 원망스러운 듯이 바라보았다.

그날 밤 후로는 팡둥의 태도가 아무리 좋게 해석해도 냉랭해진 것만

같았다. 처음에는 점잖으신 어른이고 더구나 성미 까다로운 아내가 곁에 있으니 저러나 보다 하였으나 시일이 지날수록 원망스러움이 약간 머리를 들었다. 반면에 끝없는 정이 보이지 않는 줄을 타고 팡둥에게로 자꾸 쏠리는 것을 그는 느꼈다. 그는 한숨을 후—쉬며 이맛가에 흐르는 땀을 씻었다. 언제나 자기도 팡둥을 대하여 주저 없이 말도 건네고 사랑을 받아 볼까? 생각만이라도 그는 진저리가 나도록 좋았다. 그러나 자기 주위를 둘러싸고 있는 모든 환경을 깨닫자 그는 울고 싶었다. 그리고 팡둥의 아내가 끝없이 부러웠다. 그는 시름없이 머리를 숙이며 원수로 애는 왜 배었는지 하며 일감을 들었다. 바늘 끝에서 떠오르는 그날 밤. 그날 밤의 팡둥은 성난 호랑이같이도 자기에게 덤벼들지 않았던가. 자기는 너무 무섭고도 두려워서 방 안이 캄캄하도록 늘인 비단 포장을 붙들고 죽기로써 반항하다가도 못 이겨서 애를 배게 되지 않았던가. 생각하면 자기의 죄 같지는 않았다. 그런데 왜 자기는 선뜻 팡둥에게 이 말을 하지 못하는가. 그리고 그렇게 먹고 싶은 냉면도 못 먹고 이때까지 참아 왔던가. 모두가 자기의 못난 탓인 것 같다. 왜 말을 못 해, 왜 주저해, 이번에는 말할 테야. 꼭 할 테야. 그리고 냉면도 한 그릇 사다 달라지 하며 그는 눈앞에 냉면을 그리며 침을 꿀꺽 삼켰다. 그러나 이 생각은 헛된 공상임을 깨달으며 한숨을 푸 쉬면서도 픽 하고 웃음이 나왔다. 모든 난문제가 산과 같이 자기를 둘러싸고 있거늘 어린애같이 먹고 싶은 생각부터 하는 자신이 우습고도 가련해 보였던 것이다. 그러나 먹고 싶은 것은 어쩔 수 없다. 목이 가렵도록 먹고 싶다. 냉면만 생각하면 한참씩은 안절부절 못할 노릇이다.

그가 뱃속에 애 든 것을 알게 되었을 때 유산시키려고 별짓을 다하여 보았다. 배를 쥐어박아도 보고 일부러 칵 넘어지기도 하며 벽에다 배를 대고 탕탕 부딪쳐도 보았다. 그러고도 유산이 되지를 않아서 나중에는 양잿물을 마시려고 캄캄한 밤중에 그 몇 번이나 일어앉았던가. 그러면서도 그 순간까지도 냉면은 먹고 싶었다. 누가 곁에다 감추고서 주지 않는 것만 같았다. 그렇게 먹고 싶은 냉면을 못 먹어 보고 죽는다는 것은 너무나 애달픈 일이다. 더구나 봉염이를 생각하고는 그만 양잿물 그릇을 쏟치고 말았던 것이다.

＊삭수가 차올수록 그는 어쩔 줄을 몰랐다. 우선 남의 눈에 들키지나 않으려고 끈으로 배를 꽁꽁 동이고 밥도 한두 끼니는 예사로 굶었다. 그리고 될 수 있는 대로 사람을 피하여 이렇게 혼자 일을 하곤 하였다.

그때 지르릉 하는 이십오세〔馬車〕 소리에 그는 머리를 번쩍 들었다. 팡둥 방에서 뛰어나가는 신발 소리가 나더니 바바! 바바! 하고 팡둥의 어린애들이 떠드는 소리가 들린다. 그는 왔구나! 하였다. 따라서 가슴이 후닥닥 뛰며 뱃속의 애까지 빙빙 돌아간다. 그는 치마 주름이 들썩들썩하는 것을 보자 배를 꾹 눌렀다. 신발 소리가 이리로 오므로 그는 얼른 일어났다. 그리고 팡둥이 혹시 나를 보러 오는가 하였다.

"어머이 팡둥 왔어. 그런데 팡둥이 어머이를 오래."

봉염이는 문을 열고 들여다본다. 그는 팡둥이 아님에 다소 실망을 하면서도 안심되었다. 그러나 팡둥이 자기를 보겠다고 오라는 말을 들으니 부끄럼이 확 끼치며 알 수 없는 겁이 더럭 났다. 그리고 말을 할 수 없이 입이 다물어지며 손발이 후들후들 떨린다.

"어머이 어디 아파?"

봉염이는 중국 계집애같이 앞머리카락을 보기 좋게 잘랐다. 그는 머리카락 사이로 눈을 동그랗게 뜨고 어머니를 말똥히 쳐다본다. 그는 딸에게 눈치를 보이지 않으려고 머리를 돌리며,

“아니.”

봉염이는 한참이나 무슨 생각을 하더니,

“어머이 팡둥이 성난 것 같아 왜.”

“왜 어쩌더냐?”

“아니 글쎄 말야.”

봉염이는 솥가에서 닳아져서 보기 싫게 된 그의 손톱을 들여다보면서 아까 팡둥의 얼굴을 생각하였다. 그때 팡둥의 아내 소리가 빽 하고 났다.

“뭣들 하기 그러고 있어. 어서 오라는데.”

심상치 않은 그의 언성에 그들은 일시에 불길한 예감을 품으면서 팡둥 방으로 왔다. 팡둥은 어린애를 좌우로 안고서 모녀를 바라보았다. 그리고 잠깐 눈살을 찌푸리며 눈을 거칠게 뜬다. 팡둥의 아내는 입을 비쭉하였다.

“흥 자식을 얼마나 잘 두었기에 애비 원수인 공산당에 들었을까. 그런 것들은 열 번 죽여도 좋아…… 우리는 공산당 친척은 안 돼. 공산당과는 우리는 원수야. 오늘부터는 우리 집에 못 있어. 나가야지.”

모녀를 딱 쏘아본다. 모녀는 갑자기 무슨 말인지를 알아들을 수가 없었다. 그리고 머리가 어찔어찔해 왔다.

“이번 쟝궤늬가 국자가 가서 네 오빠 죽이는 것을 보았단다.”

모녀는 어떤 쇠방망이로 머리를 사정없이 후려치는 듯 아뜩하였다. 한참 후에 봉염의 어머니는 팡둥을 바라보았다. 팡둥은 그의 시선을 피하여 어린애를 보면서도 그 말이 옳다는 뜻을 보이었다. 그는 한층 더 아뜩하였다. 그 애가 참말인가 하고 그는 속으로 부르짖었다.

“어서 나가! 만주국에서는 공산당을 죽이니깐.”

팡둥의 아내는 귀걸이를 흔들면서 모녀를 밀어내었다. 모녀는 암만 그들이 그래도 그 말이 참말 같지 않았다. 그리고 속시원히 팡둥이가 말을 해주었으면 하였다. 팡둥은 그들을 바라보자 곧 불쾌하였다. 그날 밤 그의 만족을 채운 그 순간부터 어쩐지 발길로 그의 엉덩이를 냅다 차고 싶게 미운 것을 느꼈다. 그 다음부터 그는 봉염의 어머니와 마주서기를 싫어하였다. 그러나 살림에 서투른 젊은 아내를 둔 그는 그들을 내보내면 아무래도 식모든지 착실한 일꾼이든지를 두어야겠으니 그러자면 먹여 주고도 돈을 주어야 할 터이므로 오늘 내일 하고 이때까지 참아 왔던 것이다. 보다도 내보낼 구실 얻기가 거북하였던 것이다.

그러던 차에 이번 국자가에서 봉식이 죽는 것을 보고서는 곧 결정하였다. 무엇보다도 공산당의 가족이니만큼 경비대원들이 나중에라도 알면 자신에게 후환이 미칠까 하는 생각이었고 또 하나는 자기가 극도로 공산당을 미워하느니만큼 공산당이라는 말만 들어도 소름이 끼쳐서 못 견디었던 것이다.

아내에게 밀리어 문밖으로 나가는 모녀를 바라보는 팡둥은 봉식의 죽던 광경이 다시 떠오른다.

친구와 교외에 나갔다가 공산당을 죽인다는 바람에 여러 사람의 뒤

를 따라가서 들여다보니 벌써 십여 명의 공산당을 죽이고 꼭 하나가
남아 있었다. 그는 좀더 빨리 왔더면 하고 후회하면서 사람들의 틈을
뻐개고 들어갔다. 마침 경비대에게 끌리어 한가운데로 나앉은 공산당
은 봉식이가 아니었느냐! 그는 자기 눈을 의심하고 몇 번이나 눈을 부
비친 후에 보았으나 똑똑한 봉식이었다. 전보다 얼굴이 검어지고 거칠
게 보이나마 봉식이었다. 그는 기침을 칵 하며 봉식이가 들으리만큼
욕을 하였다. 그리고 행여 봉식이가 돈을 벌어 가지고 어미를 찾아오
면 자기의 생색도 나고 다소 생각함이 있으리라고 하였던 것이 절망이
되었다.

누런 군복을 입은 경비대원 한 사람은 시퍼런 칼날에 물을 드르르
부었다. 그러나 물방울이 진주같이 흐른 후에 칼날은 무서우리만큼 빛
났다. 경비대원은 칼날을 들여다보며 슴벅 웃는다. 그리고 봉식이를
바라보았다. 봉식이는 얼굴이 새하얗게 질리고도 기운 있게 버티고 있
었다. 그리고 입모습에는 비웃음을 가득히 띠고 있다. 팡둥은 그 웃음
이 여간 불쾌하지 않았다. 그리고 어느 때인가 공산당에게 위협을 당
하던 그 순간을 얼핏 연상하며 봉식이가 확실히 공산당이라는 것을 의
심하지 않았다. 그러자 칼날이 번쩍할 때 봉식이는 소리를 버럭 지른
다. 어느새 머리는 땅에 떨어지고 선혈이 쏵 하고 공중으로 뻗칠 때 사
람들은 냉수를 잔등에 느끼며 흠칫 물러섰다.

생각만이라도 팡둥은 소름이 끼치어서 어린애를 꼭 껴안으며 어서
모녀가 눈에 보이지 않기를 바랐다. 모녀는 문밖에까지 밀리어 나오고
도 팡둥이가 따라나오며 말리려니 하였다. 그러나 그들이 보따리를 가
지고 대문을 향할 때까지 팡둥은 가만히 있었다. 봉염의 어머니는 노
염이 치받치어 휙 돌아서서 유리창을 통하여 바라보이는 팡둥의 뒷덜

미를 노려보았다. 미친 듯이 자기를 향하여 덤벼들던 저 팡둥이 그가 무어라고 소리를 지르려고 할 때, 팡둥의 아내와 웬 알지 못할 사나이가 그를 돌려세우며 그들을 밖으로 내몰았다.

그들은 정신없이 시가를 벗어나 해란강변으로 나왔다. 강물이 앞을 막으니 그들은 우뚝 섰다. 어디로 가나? 하는 생각이 분에 흩어졌던 그들의 생각을 집중시켰다. 그들은 눈을 들었다. 해는 뉘엿뉘엿 서산에 걸렸는데 저 멀리 보이는 마을 앞에 둘러선 버들숲은 흡사히도 그들이 살던 싼더거우(三頭溝) 앞에 가로놓였던 그 숲과도 같았다. 그곳에는 아직도 남편과 봉식이가 있을 것만 같았다. 그러나 다시 한번 눈을 부비치고 보았을 때 봉염의 어머니는 털썩 주저앉았다. 그리고 소리 높이 흐르는 강물을 들여다보며 그만 죽고 말까 하였다. 동시에 이때까지 거짓으로만 들리던 봉식의 죽음이 새삼스럽게 더 걱정이 되며 가슴이 쪼개지는 듯하였다. 그러나 그 말은 믿고 싶지 않았다. 봉식이는 똑똑한 아이다. 그러한 아이가 애비 원수인 공산당에 들었을 리가 없을 듯하였다.

그것은 자기 모녀를 내보내려는 거짓말이다.

"죽일년, 그년이 내 아들을 공산당이라구. 에이 이 년놈들, 벼락맞을라, 누구를 공산당이래…… 너희 놈들이 그러고 뒈질 때가 있을라. 누구를 공산당이래."

봉염이 어머니는 시가를 돌아보며 이를 북북 갈았다. 시가에는 수없는 벽돌집이 다닥다닥 붙어 앉았다.

저렇게 많은 집이 있건만 지금 그들은 몸담아 있을 곳도 없어 이리 쫓기어 나오는 생각을 하니 기가 꽉 찼다. 그리고 저자들은 모두가 팡둥 같은 그런 무서운 인간들이 사는 것 같아 보였다. 이렇게 원망스러우면서도 이리로 나오는 사람만 보이면 행여 팡둥이가 나를 찾아 나오는가 하여 가슴이 뜨끔해지곤 하였다.

어스름 황혼이 그들을 둘러쌀 때에 그들은 더욱 난처하였다. 봉염이는 훌쩍훌쩍 울면서,

"오늘 밤은 어데서 자누? 어머이."

하였다. 그는 순간에 팡둥 집으로 달려 들어가서 모조리 칼로 찔러 죽이고 자기들도 죽고 싶은 충동이 강하게 일어났다. 그래서 그는 벌떡 일어났다. 그러나 그의 앞으로 끝없이 길어 나간 대철로를 바라보았을 때 소식 모르는 봉식이가 어미를 찾아 이 길로 터벅터벅 걸어올 때가 있지 않으려나…… 그리고 또다시 팡둥의 말과 같이 아주 죽어서 다시는 만나지 못하려나 하는 의문에 그는 소리쳐 울고 싶었다. 속 시원히 국자가를 가서 봉식의 소식을 알아볼까. 그러자. 그 후에 참말이라면 모조리 죽이고 나도 죽자! 이렇게 결심하고 어정어정 걸었다.

해란강

그날 밤 그들은 해란강변에 있는 중국인 집 헛간에서 자게 되었다. 그것도 모녀가 사정을 하고 내일 시장에 내다 팔 시금치나물과 파 등을 다듬어 주고서 승낙을 받았다. 봉염의 어머니는 밤이 깊어 갈수록 배가 자꾸 아팠다. 그는 애가 나오려나 하고 직각하면서 봉염이가 잠들기를 고대하였다. 그러나 잠이 많던 봉염이도 오늘은 잠들지 않고 팡둥 부처를 원망하였다. 그리고 이때까지 몸 아끼지 않고 일해 준 것이 분하다고 종알종알하였다.

"용애는 잘 있는지. 우리 학교는 학생이 많은지."

잠꼬대 비슷이 봉염이는 지껄이다가 그만 잠이 들고 만다.

그의 어머니는 한숨을 후 쉬며 어서 봉염이가 잠든 틈을 타서 나오

면 얼른 죽여서 해란강에 띄우리라 결심하였다.

그리고 배를 꾹꾹 눌렀다.

바람 소리가 후루루 나더니 빗방울이 후두두 떨어진다.

그는 되기 딴은 잘되었다 하였다. 이런 비 오는 밤에 아무도 몰래 애를 낳아서 죽이면 누가 알랴 싶었던 것이다.

그리고 그는 봉염의 몸을 어루만지며 낡은 옷으로 그의 머리까지 푹 씌워 놨다. 비는 출출 새기 시작하였다.

그는 봉염이가 비에 젖었을까 하여 가만히 그를 옮겨 누이고 자기가 비 새는 곳으로 누웠다. 비는 차츰 기세를 더하여 좍좍 퍼부었다. 그리고 그의 몸도 점점 더 아팠다.

그는 봉염이가 깰세라 하여 입술을 깨물고 신음소리를 밖에 내지 않으려고 애썼다. 그러나 신음소리가 콧구멍을 뚫고 불길같이 확확 내달았다. 그리고 빗방울은 그의 머리카락을 타고 목덜미로 입술로 새어 흐른다.

"어머이!"

봉염이는 벌떡 일어나서 어머니를 더듬었다.

"에그 척척해."

어머니의 몸을 만지는 그는 정신이 펄쩍 들었다. 그리고 비가 오는 것을 알았다.

"비가 새네, 아이고 어떡허나."

딸의 말소리도 이젠 들리지 않고 딸이 들을세라 조심하던 신음소리도 더 참을 수가 없었다. 그는 "으흥으흥" 하면서 몸부림쳤다. 머리로 벽을 쾅쾅 받다가도 시원하지 않아서 손으로 머리를 감아쥐고 오짝오짝 뜯었다.

봉염이는 어머니를 흔들다가 흔들다가 그만 "흑흑" 하고 울었다.

어머니는 봉염이를 밀치며 "응응" 하고 힘을 썼다 — 한참 후에 "으악!" 하는 애기 울음소리가 들렸다. 봉염이는 어머니 곁으로 다가붙으며,

"애기?"

하고 부르짖었다.

어머니는 얼른 아기를 더듬어 그의 목을 꼭 쥐려 하였다.

그 순간 두 눈이 화끈 달며 파란 불꽃이 쌍으로 내달았다.

그리고 전신을 통하여 짜르르 흐르는 모성애! 그는 자기의 숨이 턱 막히며 쥐려는 손끝에 맥이 탁 풀리는 것을 느꼈다.

그는 땀을 낙수처럼 흘리며 비켜 누워 버렸다. 그리고,

"아이고!"

하고 소리쳐 울었다.

유 모

아기를 죽이려다 죽이지 못하고 또 무서운 진통기를 벗어난 봉염의 어머니는 이제는 극도로 배고픔을 느꼈다. 지금 따끈한 미역국 한 사발이면 그의 몸은 가뿐해질 것 같다. 미역국! 지난 날에는 남편이 미역국과 흰 이밥을 해가지고 들어와서 손수 떠넣어 주던 것을…… 하며 눈을 꾹 감았다. 비에 젖고 또 비에 젖은 헛간 바닥에서는 흙내에 피비린내를 품은 역한 냄새가 물큰물큰 올라왔다. 어떡하나? 내가 무엇이든지 먹구 살아야 저것들을 키울 터인데 무엇을 먹나, 누가 지금 냉수라도 짤짤 끓여다만 주어도 그 물을 마시고 정신을 차릴 것 같다. 그러나 그는 흙을 주워 먹기 전에는 아무것도 먹을 것이 없지 않은가, 봉염이를 깨울까, 그래서 이 집 주인에게 밥이나 좀 해달랄까, 아니 아니 못 할 일이야, 무슨 장한 애를 낳았다고 그러랴. 그러면 어떻게? 오래지 않아 날이 밝을 터이니 아침에나 주인집에서 무엇이든지 얻어먹지…… 하였다. 그리고 눈을 번쩍 떠서 뚫어진 헛간 문을 바라보았다.

채마(菜麻)
먹을거리나 입을 거리
로 심어서 가꾸는 식물.

아직도 캄캄하였다. 날이 언제나 새려나, 이 집에는 닭이 없는가 있는가 하며 귀를 기울였다. 사방은 죽은 듯이 고요하다. 간혹 *채마밭에서 나는 듯한 벌레 소리가 어두운 밤에 별빛 같은 그러한 느낌을 던져 주었다. 그는 아기를 그의 뛰는 가슴속에 꼭 대며 자기가 아무렇게서라도 살아야 할 것 같았다. 내가 왜 죽어, 꼭 산다. 너희들을 위하여 꼭 산다 하고 중얼거렸다. 애를 낳기 전에는 아니 보다도 이 아픔을 겪기 전에는 죽는다는 말이 그의 입에서 떠나지 않았고 또 진심으로 죽었으면 하고 생각도 많이 하였다. 그러나 마침 죽음과 삶의 경계선에서 아차아차한 고비를 넘기고 겨우 소생한 그는 어쩐지 죽고 싶지는 않았다. 오히려 삶의 환희를 느꼈다. 그가 하필 이번뿐만이 아니라 이러한 경우를 여러 번 당하였으나 그러나 남편의 생전에는 죽음에 대하여 한 번도 생각해 보지도 않았으며 역시 죽고 싶지도 않았다. 그래서 죽음이란 아무 생각 없이 대하였을 뿐이었다.

이튿날 봉염의 어머니는 곤히 자는 봉염이를 흔들어 깨웠다. 봉염이는 벌떡 일어났다.

"너 이거 내다가 빨아 오너라. 그저 물에 헹구면 된다."

피에 젖은 속옷이며 걸레뭉치를 뭉쳐서 그의 손에 들려주었다. 그때 봉염의 어머니는 어쩐지 딸이 어려웠다. 그리고 딸의 시선이 거북스러움을 느꼈다. 봉염이는 아직도 가슴이 울렁거리며 모두가 꿈속에 보는 듯 분명하지를 않고 수없는 거미줄 같은 의문과 공포가 그의 조그만 가슴을 꼭 채웠다. 그는 얼른 일어나 밖으로 나왔다. 그의 어머니는 딸이 나가는 것을 보고 저것이 추울 터인데 하며 자신이 끝없이 더러워 보였다.

봉염의 신발 소리가 아직도 사라지기 전에 그는 아기의 얼굴을 자세히 들여다보았다. 볼수록 뭉치 정이 푹푹 든다. 그리고 아기의 얼굴에 얼굴을 맞대지 않고는 견디지 못하였다. 주인집에서 깨어 부산하게 구는 소리를 그는 들으며 밥을 하는가, 밥을 좀 주려나, 좀 주겠지 하였다. 그리고 미역국 생각이 또 일어나며 김이 어린 미역국이 눈앞에 자꾸 어른거려 보인다. 따라서 배는 점점 더 고파 왔다. 이제 몇 시간만 더 이 모양으로 굶었다가는 그가 아무리 살고 싶어도 살 수가 없을 것 같았다. 그는 이러한 생각에 겁이 펄쩍 났다. 무엇을 좀 먹어야 할 터인데 그는 눈을 뜨고 사면을 휘돌아보았다. 아직도 헛간은 컴컴하다. 컴컴한 저편 구석으로 약간씩 보이는 파뿌리! 그는 어제 저녁에 주인 여편네가 오늘 장에 내다 팔 파를 헛간으로 옮겨 쌓던 생각을 하며 옳다! 아무 게라도 좀 먹으면 정신이 들겠지 하고 얼른 몸을 솟구어 파뿌리를 뽑았다. 그러나 주인이 나오는 듯하여 그는 몇 번이나 뽑은 파를 입에 대다가도 감추곤 하였다. 마침내 그는 파를 입 속에 넣었다. 그리고 우쩍 씹었다. 그때 이가 시끔하며 딱 맞찔린다. 그래서 그는 얼굴을 찡그리며 입을 쩍 벌린 채 한참이나 벌리고 있었다.

침이 턱밑으로 흘러내릴 때에야 그는 얼른 손으로 침을 몰아넣으며 이 침이라도 목구멍으로 삼켜야 그가 살 것 같았다. 그는 다시 파를 입에 넣고 이번에는 씹지는 않고 혀끝으로 우물우물하여 목으로 넘겼다. 넘어가는 파는 왜 그리도 차며 뻣뻣한지, 그의 목구멍은 찢어지는 듯 눈물이 쑥 비어졌다. '파를 먹구도 사는가' 그는 이렇게 생각하며 헛간 문 사이로 보이는 하늘을 멍하니 쳐다보았다.

그때 신발 소리가 나며 헛간 문이 홱 열린다.

"어머이, 용애 어머이를 빨래터에서 만났어. 그래서 지금 와!"

말이 채 마치기 전에 용애 어머니가 들어온다. 봉염이 어머니는 얼결에 일어나 그의 손을 붙들고 소리를 내어 울었다. 용애 어머니는 싼 더거우서 한 집안같이 가까이 지내었던 것이다. 그래서 봉염이를 따라 이렇게 왔으나 그들의 참담한 모양에 반가움이란 다 달아나고 내가 어째서 여기를 왔던가 하는 후회가 일었다. 그리고 뭐라고 위로할 말조차 생각나지 않았다.

"아니 봉염이 어머이 이게 어찌 된 일이오."

한참 후에 용애 어머니는 입을 열었다. 봉염이 어머니는 울음을 그치고,

"다 팔자 사나워 그렇지요. 왜 죽지 않고 살았겠수…… 그런데 언제 나려왔수. 여기를?"

"우리? 작년에 모두 왔지. 우리 동네서는 모두 떠났다오. 토벌난 통에 모두 밤도망들을 했지. 어디 농사할 수가 있어야지. 그래 여기 내려오니 이리 어렵구려."

봉염이 어머니는 퍽으나 반가웠다. 그리고 용애 어머니를 놓쳐서는 안 될 것을 번개같이 깨달으며 모든 것을 숨김없이 말하고 사정하리라고 결심하였다.

"용애 어머이 난 아이를 낳았다우. 어젯밤에 이걸…… 어떡허우. 사람 하나 살리는 셈치고 날 며칠 동안만 집에 있게 해주. 어떡허겠수. 나 같은 년 만나기만 불찰이지……."

그는 말끝에 또다시 울었다. 용애 어머니를 만나니 남편이며 봉식의 생각까지 겹쳐 일어나는 동시에 어째서 남은 다 저렇게 영감이며 아들딸을 데리고 다니며 잘사는데 나만이 이런 비운에 빠졌는가 하는 생각이 들었던 것이다.

용애 어머니는 한참이나 난처한 기색을 띠다가 한숨을 푹 쉬었다.

"그러시유. 할 수 있소."

용애 어머니는 더 물으려고도 안 하고 안 나오는 대답을 이렇게 겨우 하였다. 뒤에서 가슴을 졸이고 있던 봉염이까지 구원받은 듯하여 한숨을 호 내쉬었다.

"고맙수. 그 은혜를 어찌 갚겠수."

봉염의 어머니는 떨리는 음성으로 이렇게 말하고 봉염에게 아기를 업혀 주었다. 용애 어머니는 이렇게 모녀를 데리고 가나? 남편이 뭐라고 나무라지나 않으려나? 하는 불안에 발길이 무거워졌다.

용애네 집으로 온 그들은 사흘을 무사히 지냈다. 용애 어머니는 남의 빨래 삯을 맡아 날이 채 밝지도 않아서 빨랫가로 달아나고 용애 아버지는 철도공사 인부로 역시 그랬다. 그래서 근근이 살아가는 것을 보는 봉염의 어머니는 그들을 마주 바라볼 수 없이 어려웠다. 그래서 얼른 일어나고 말았다. 그날 저녁 봉염의 어머니는 빨랫가에서 돌아오는 용애 어머니를 보고

"나두 남의 빨래를 하겠으니 좀 맡아다 주."

용애 어머니는 눈을 크게 떴다.

"어서 더 눕고 있지, 웬일이오…… 어려워 말우."

용애 어머니는 갑자기 무슨 생각이 난 듯이 눈을 껌뻑이더니 다가앉았다. 부엌에서는 용애와 봉염이 종알거리는 소리가 들렸다.

"아니, 저 나 빨래 맡아다 하는 집엔 젖 유모를 구하는데…… 애가 딸렸다더라도 젖만 많으면 두겠다구 해. 그 대신 돈이 좀 적겠지만…… 어떠우?"

봉염의 어머니는 귀가 번쩍 뜨였다.

"참말이요? 애가 있어도 된대요?"

용애 어머니는 이 말에는 우물쭈물하고,

"하여간 말이야, 한 달에 십이삼 원을 받으면 집세 얻어서 봉염이와 애기는 따루 있게 하고 애기에겐 봉염의 어머니가 간간이 와서 젖을 멕이고 또 우유를 곁들이지 어떡허나. 큰애 같지 않아 갓난애니까 저 게서 알면 재미는 좀 적을게요. 그러니 우선은 큰애라고 속이고 들어 가야지. 그러니 그렇게만 되면 그 벌이가 아주 좋지 않우."

봉염의 어머니는 벌이 자리가 난 것만 다행으로 가슴이 뛰도록 기뻤다.

"그러면 어떻게든지 해서 들어가도록 해주우."

하였다. 그리고 돈만 그렇게 벌게 되면 이 집에 신세진 것은 꼭 갚아야 겠다 하며 자는 아기를 돌아보았을 때 저것을 떼고 남의 애에게 젖을 먹여? 하였다.

며칠 후에 몸이 다소 튼튼해진 봉염의 어머니는 드디어 젖 유모로 채용이 되어 애기와 봉염이를 떨어치고 가게 되었다. 그리고 봉염이와 아기는 조그만 방을 세 얻어 있게 하였다. 그 후부터 아기는 봉염이가 맡아서 길렀다. 아기는 매일같이 밤만 되면 불이 붙는 것처럼 울고 자 지 않았다. 그때마다 봉염이는 아기를 업고 잠 오는 눈을 꼬집어 당기 면서 방 안을 거닐었다. 그리고 나중에는 아기와 같이 소리를 내어 울 면서 어두운 문밖을 내다보곤 하는 때가 종종 있었다.

이렇게 지나기를 한 일 년이 되니 아기는 우는 것도 좀 나아지고 오 줌이며 똥도 누겠노라고 끙끙대었다. 봉염이는 아기를 잘 거두어 주다 가도 애가 놀러 왔는데 자꾸 운다든지 제 장난감을 흐트러 놓는다든지 하면 아기를 사정없이 때리었다. 그리고 미처 오줌과 똥을 누겠노라고 못 하고 방바닥에 싸놓으면 사뭇 죽일 것같이 아기를 메치며 때리곤 하였다. 그것은 아기가 미워서 때리는 게 아니고 제 몸이 고달프고 귀찮으니 그렇게 하는 것이었다. 아기의 이름은 봉염의 이름자를 붙여서 봉희라고 지었다. 봉희는 이젠 우유를 안 먹고 간간이 어머니의 젖과 밥을 먹었다. 그는 이제야 겨우 빨빨 기었다. 그리고 때로는 오뚝 일어서고 자착자착 걸었다. 그러나 눈치는 아주 엉뚱나게 밝았다. 그러므로 어떤 때는 똥과 오줌을 방바닥에 싸놓고도 언니가 때릴 것이 무서워서 "으아" 하고 때리기 전부터 미리 울곤 하였다. 그리고 어떤 때는 봉염이가 동무와 놀 양으로 봉희를 보고 자라고 소리치면 봉희는 잠도 안 오는 것을 눈을 꼭 감고서 땀을 뻘뻘 흘리며 자는 체하였다. 그가 돌이 지나도록 자란 것은 뼈도 아니요 살도 아니요 눈치와 머리통뿐이었다.

머리통은 조그만 바가지통만은 하였다. 그리고 머리통이 몹시도 굳었다. 그러나 이 머리통을 싸고 있는 머리카락은 갓 낳던 그대로 노란 것이 나스스하였다. 어쨌든 그의 전체에서 명 붙어 보이는 곳이란 이 머리통같이도 보이고, 혹은 이 머리통이 너무 체에 맞지 않게 크므로 못 이겨서 오래 살지 못하고 죽을 것같이도 무겁게 보이곤 했다.

봉희는 어머니를 알아보았다. 그래서 어머니가 왔다 갈 때마다 그는 번번이 울었다. 그때마다 삼 모녀는 서로 붙안고 한참씩이나 울다가 헤지곤 하였다.

는 생각이 들자 그만 발악을 하고 울고 싶었다.

그는 미친 듯이 달려 일어났다. 그래서 밖으로 튀어나가니 어머니와 봉희는 보이지 않았다. 그리고 찌는 듯한 더위는 마당이 붉어지도록 내리쪼인다. 어디 갔을까? 어머니가? 하고 울 밖에까지 쫓아나갔다가 앞집 부인을 만났다.

"우리 어머이 못 봤우?"

"못 봤어…… 왜 어디 아프냐? 너."

어머니 못 봤다는 말에 더 말하고 싶지 않은 그는 눈이 벌개서 찾아다니다가 방으로 들어왔다. 그때 뒤뜰에서 무슨 소리가 나므로 벌떡 일어나 뛰어나갔다.

저편 뜨물 동이 옆에는 봉희가 붙어 서서 그 큰 머리를 숙이고 마치 젖 빨듯이 입을 뜨물 동이에 대고 뜨물을 꼴깍꼴깍 들이마시고 있다. 그리고 머리털은 햇볕에 불을 댄 것처럼 빨갛다.

어머니의 마음

사흘 후에 봉염이는 드디어 죽고 말았다. 그의 어머니는 할 수 없이 유모를 그만두고 명수네 집에서 나오게 되었으며 봉희 역시 몹시 앓더니 그만 죽었다. 형제나 죽는 것을 본 주인집에서는 그를 나가라고 성화치듯 하였다. 그는 참다못해서 주인마누라와 아우성을 치면서 싸웠다. 그리고 끌어내기 전에는 움직이지 않을 뜻을 보이고 하루 종일 방 안에 누워 있었다. 전날에 그는 미처 집세를 못 내도 주인 대하기가 거북하였는데 지금은 어디서 이러한 대담함이 생겼는지 그 스스로도 놀랄 만하였다.

이제도 그는 주인마누라와 한참이나 싸웠다. 만일 주인마누라가 좀더 야단을 쳤다면 그는 칼이라도 가지고 달라붙고 싶었다. 그러나 다행히 주인마누라는 그 눈치를 채었음인지 슬그머니 들어가고 말았다.

"흥! 누구를 나가래. 좀 안 나갈걸, 암만 그래두."

이렇게 중얼거리며 그는 문 편을 노려보았다. 그리고 좀더 싸우지 않고 들어가는 주인마누라가 어쩐지 부족한 듯하였다. 그는 지금 땅이라도 몇 십 길 파고야 견딜 듯한 분이 우쩍우쩍 올라왔던 것이다.

분이 내려가더니 잠깐 잊었던 봉염이 봉희, 명수까지 뻔히 떠오른다. 생각하면 할수록 그들은 자기가 일부러 죽인 듯했다. 그가 곁에 있었으면 애들이 그러한 병에 걸렸을는지도 모르거니와 설사 병에 걸렸다더라도 죽기까지는 않았을 것 같았다. 그는 가슴을 탁탁 쳤다.

"남의 새끼 키우느라 제 새끼를 죽인단 말이냐…… 이년들 모두 가면 난 어쩌란 말이. 날 마자 다려가라."

하고 소리를 내어 울었다. 그러나 음성도 이미 갈리고 지쳐서 몇 번 나오지 못하고 콱 막힌다. 그리고는 목구멍만 찢어지는 듯했다. 그는 기침을 칵칵 하며 문밖을 흘끔 보았을 때 며칠 전 일이 불현듯이 떠올랐다.

그날 밤 비는 좍좍 퍼부었다. 봉염의 어머니는 봉염이가 않는 것을 보고 가서 도무지 잠들 수가 없었다. 그래서 밤중에 그는 속옷바람으로 명수의 집을 벗어났다. 그가 젖 유모로 처음 들어갔을 때 밤마다 옷을 벗지 못하고 누웠다가는 명수네 식구가 잠만 들면 봉희를 찾아와서 젖을 먹이곤 하였다. 이 눈치를 챈 명수 어머니는 밤마다 눈을 밝히고 감시하는 바람에 그 후로는 감히 옷을 입지 못하고 누웠다가는 틈만 있으면 벗은 채로 달아오는 때가 종종 있었던 것이다. 그 밤, 낮에 다녀온 것을 명수 어머니가 뻔히 아는 고로 다시 가겠단 말을 못 하고 누웠다가 그들이 잠든 틈을 타서 소리 없이 문을 열고 나온 것이다. 사방은 지척을 분간할 수 없이 어두우며 몰아치는 바람결에 굵은 빗방울은 그의 벗은 어깨를 사정없이 내리쳤다. 그리고 눈이 뒤집히는 듯 번갯불이 번쩍이고 요란한 천둥소리가 하늘을 때려부수는 듯 아뜩아뜩하였다.

그러나 그는 지금 아무것도 무서운 것이 없었다. 오직 그의 앞에는 저 하늘에 빛나는 번갯불같이 딸들의 신변이 각일각으로 걱정되었던 것이다.

그가 숨이 차서 집까지 왔을 때 문밖에 허연 무엇이 있음에 그는 깜짝 놀랐다. 그러나 그것은 봉염인 것을 직각하자 그는 와락 달려들었다.

"이년의 계집애 뒈지려고 예가 누웠냐?"

비에 젖은 봉염의 몸은 불 같았다. 그는 또다시 아뜩하였다. 그리고 간폭을 긁어 내는 듯함에 그는 부르르 떨었다. 따라서 젖 유모고 무엇이고 다 집어뿌리겠다는 생각이 머리가 아프도록 났다. 그러나 그들이 방까지 들어와서 가지런히 누웠을 때 그의 머리에는 또다시 불안이 불 일듯 하였다. 명수가 지금 깨어서 그 큰집이 떠나갈 듯이 우는 것 같고 그리고 명수 어머니 아버지까지 깨어서 얼굴을 찡그리고 자기의 지금 행동을 나무라는 듯, 보다도 당장에 젖 유모를 그만두고 나가라는 불호령이 떨어지는 듯, 아니 떨어진 듯, 그는 두 딸의 몸을 번갈아 만지면서도 그의 손끝의 감촉을 잃도록 이런 생각만 자꾸 들었다. 그는 마침내 일어났다. 자

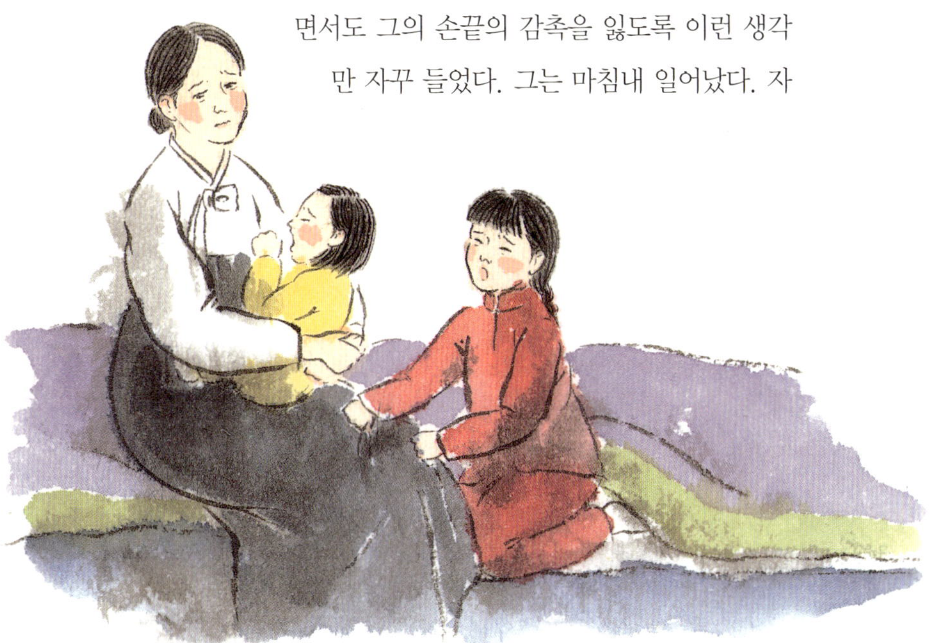

는 줄 알았던 봉희가 젖꼭지를 쥐고 달려 일어났다. 그리고 "엄마!" 하고 울음을 내쳤다. 봉염이는 차마 어머니를 가지 말란 말은 못 하고 흑흑 느껴 울면서 어머니의 치마깃을 잡고,

"조금만 더……."

하던 그 떨리는 그 음성—그는 지금도 들리는 듯하였다. 아니 영원히 잊혀지지 않을 것이다.

그는 벌떡 일어났다. 그리고 이 모든 생각을 하지 않으려고 방 안을 빙빙 돌았다. 그러나 불똥 튀듯 일어나는 이 쓰라린 기억은 어쩔 수가 없다. 그리고 명수의 얼굴까지 떠올라서 핑핑 돌아간다. 빙긋빙긋 웃는 명수.

"그놈 울지나 않는지……."

나오는 줄 모르게 이렇게 중얼거리고는 그는 억지로 생각을 돌리려고 맘에 없는 딴말을 지껄였다.

"에이 이놈의 자식 너 때문에 우리 봉희 봉염이는 죽었다. 물러가라!"

그러나 명수의 얼굴은 점점 다가온다. 손을 들어 만지면 만져질 듯이…… 그는 얼른 손등을 꽉 물었다. 손등이 아픈 것처럼 그렇게 명수가 그립다. 그리고 발길은 앞으로 나가려고 주춤주춤하는 것을 꾹 참으며 어제 이맘때 명수의 집까지 갔다가도 명수 어머니에게 거절을 당하고 돌아오던 생각을 하며 맥없이 머리를 떨어뜨리었다. '흥! 제 자식 죽이고 남의 새끼 보고 싶어하는 이 어리석은 년아, 왜 죽지 않고 살아 있어? 왜 살아, 왜 살아, 그때 죽었으면 이 고생은 하지 않지' 하며 남편의 죽은 것을 보고 따라 죽을까? 하던 그때 생각을 되풀이하였다. 그리고 자신이 이러한 비운에 빠지게 된 것은 남편이 죽었기 때문이라

고 단정하였다. 그리고 남편을 죽인 공산당, 그에게 있어서는 철천지 원수인 듯했다. 생각하면 팡둥도 그의 남편이 없기 때문에 그에게 그러한 일을 감행하지 않았던가. 그렇다 모두가 공산당 때문이다. 그때 공산당이라고 경비대에게 죽었다는 봉식이가 떠오르며 팡둥의 그 얼굴이 선명하게 나타난다.

"이놈 내 아들이 공산당이라구…… 내쫓으려면 그냥 내쫓지 무슨 수작이냐, 더러운 놈…… 봉식아 살았느냐 죽었느냐?"

그는 봉식이를 부르고 나니 어떤 실끝같은 희망을 느꼈다. 국자가엘 가자, 그래서 봉식이를 찾자, 할 때 그는 가기 전에 명수를 봐야겠다는 생각이 불쑥 일어난다. 명수 명수야! 하고 입 속으로 부르며 무심히 그는 그의 젖꼭지를 꼭 쥐었다. 지금쯤은 날 부르고 울지 않는가?…… 그는 와락 뛰어나왔다. 그러나 명수 어머니의 그 얼굴이 사정없이 그의 앞을 콱 가로막는 듯했다. 그는 우뚝 섰다.

"이년! 명수를 왜 못 보게 하니. 네가 낳기만 했지 내가 입때 키우지 않았니. 죽일 년, 그 애가 날 더 따르지, 널 따르겠니. 명수는 내 거다." 하고 눈을 부릅떴다. 그러나 다음 순간에 명수의 머리카락 하나 자유로 만져 보지 못할 자신인 것을 깨달을 때 그는 머리를 푹 숙였다.

고요한 밤이다. 이 밤의 고요함은 그의 활활 타는 듯한 가슴을 눌러 죽이려는 듯했다. 이러한 무거운 공기를 헤치고 물큰 스치는 감자 삶은 내! 그는 지금이 감자철인 것을 얼핏 느끼며 누구네가 감자를 이리도 구수하게 삶는가 하며 휘돌아보았다. 그리고 뜨끈한 감자 한 톨 먹었으면 하다가 흥! 하고 고소를 하였다. 무엇을 먹고 살겠다는 자신이 기막히게 가련해 보였던 것이다. 그는 벽을 의지해서 하늘을 멍하니 바라보았다. 하늘에는 달이 둥실 높이 떴고 별들이 종종 반짝인다. 빛나는 별, 어떤 것은 봉염의 눈 같고 봉희의 눈 같다. 그리고 명수의 맑은 눈 같다. 젖을 주무르며 쳐다보던 명수의 그 눈.

"에이 이놈 저리 가라!"

그는 또다시 이렇게 중얼거렸다. 그리고 봉희 봉염의 눈을 생각하였다. 엄마가 그리워서 통통 붓도록 울던 그 눈들, 아아 이 세상에서야 어찌 다시 대하랴!…… 공동묘지에나 가볼까 하고 그는 충충 걸어 나올 때 달 아래 고요히 놓인 수없는 묘지들이 휙 지나친다. 그는 갑자기 싫은 생각이 냉수같이 그의 등허리를 지나친다. 여기에 툭 튀어나오는 달 같은 명수의 그 얼굴, 그는 멈칫 서며 죽음이란 참말 무서운 것이다 하며 시름없이 저편을 바라보았다. 그때 그는 무엇에 놀란 사람처럼 후닥닥 달려나왔다.

앞집 처마 끝 그림자와 이 집 처마 끝 그림자 사이로 눈송이같이 깔리어 나간 달빛은 지금 명수가 자지 않고 자기를 부르며 누워 있을 부드러운 흰 *포단과 같았던 것이다. 그러나 그것은 그의 볼을 사정없이 후려치는 듯한 달빛이었다. 그는 두 손으로 볼을 쥐고 그 달빛을 밟고 섰다. 그리고 "명수야!" 하고 쏟아져 나오는 것을 숨이 막히게 참으며 조금도 이지러짐이 없는 저 달을 쳐다보았다. 그의 눈에는 어느덧 눈물이 술술 흐른다. 그리고 정이란 치사한 것이다! 라고 생각하였다.

그는 문득 그의 그림자를 굽어보며 이제로부터 자신은 살아야 하나 죽어야 하나가 의문이 되었다. 맘대로 하면 당장이라도 죽어서 아무것도 잊으면 이 위에 더 행복은 없을 것 같다. 그리고 나니 그의 몸은 천근인 듯, 이 무게는 죽음으로써야 해결할 것 같다. 죽으면 어떻게 죽나? 양잿물을 마시고…… 아니 아니 그것은 못 할 게야 오장육부가 다 썩어 내리고야 죽으니 그걸 어떻게…… 그러면 물에 빠져…… 그의 앞에는 핑핑 도는 푸른 물결이 무섭게 나타나 보인다. 그는 흠칫하며 벽을 붙들었다. 사는 날까지 살자. 그래서 봉식이도 만나보고 그놈들 공산당들도 잘되나 못되나 보구. 하늘이 있는데 그놈들이 무사할까 부야. 이놈들 어디 보자. 그는 치를 부르르 떨었다. 마침 신발 소리가 나므로 그는 주인마누라가 또 싸우러 나오는가 하고 안방 편으로 머리를 돌렸다. 반대 방향에서,

"왜 거기 섰수?"

그는 휙근 돌아보자 용애 어머니임에 반가웠다. 그리고 저가 명수의 소식을 가지고 오는 듯싶었다.

"명수 봤수?"

"명수? 아까 낮에 잠깐 봤수."

"울지? 자꾸 울 게유!"

용애 어머니는 그를 물끄러미 바라보며 아까 명수가 발악을 하고 울던 생각을 하였다. 그리고 봉염의 어머니 역시 얼마나 명수를 보고 싶어한다는 것을 즉석에서 알 수가 있었다.

"어제 갔댔수? 명수한테."

"예, 그년이, 죽일년이 애를 보게 해야지 흥! 잡년 같으니."

용애 어머니는 잠깐 주저하다가,

"가지 말아요. 명수 어머니가 벌써 어서 알았는지 봉염이 봉희가 염병에 죽었다구 하면서 펄펄 뜁데다. 아예 가지 말아유."

그는 용애 어머니마저 원망스러워졌다.

"염병은 무슨 염병, 그 애들이 없는데야 무슨 잔수작이래유. 그만두래. 내 그 자식 안 보면 죽을까, 뭐 안 가 안 가유 흥!"

명수 어머니가 앞에 섰는 듯 악이 바락바락 치밀었다. 그의 기색을 살피는 용애 어머니는,

"그까짓 말은 그만둡시다 우리! 저녁이나 해자셨수?"

치맛길을 휩싸고 쪼그려 앉은 용애 어머니에게서는 청어 비린내가 물큰 일어난다. 그는 갑자기 자기가 배가 고파서 이렇게 더 어렵다는 것을 알았다. 그리고 용애 어머니에게 말하여 식은밥이라도 좀 먹어야겠다 하였다.

"오늘도 또 굶었구려. 산 사람은 먹어야지유! 내 그럴 줄 알고 밥을

좀 가져오렸더니…… 잠깐 기대리우 내 얼른 가져올게.”

용애 어머니는 얼른 일어나서 나간다. 봉염의 어머니는 하반신이 끊어지는 듯 배고픔을 느끼며 겨우 방 안으로 들어가서 쾅 하고 누워 버렸다. 용애 어머니는 왔다.

“좀 떠보시유. 그리고 정신을 차려유. 그러구 살 도리를 또 해야지…… 저 참 이 남는 장사가 있수?”

봉염의 어머니는 한참이나 정신없이 밥을 먹다가 용애 어머니를 바라보았다.

“아주 이가 많이 남아유. 저, 거시기 우리 영감도 그 벌이 하러 오늘 떠났다오.”

“무슨 벌이유?”

벌이라는 말에 그의 귀는 솔깃하였다. 용애 어머니는 음성을 낮추며,

“소금장사 말유.”

“붙잡히면 어찌유?”

봉염의 어머니는 눈을 둥그렇게 떴다.

“그러기에 아주 눈치 빠르게 잘 해야지. 돈벌이 하랴면 어느 것이나 쉬운 것이 어디 있수 뭐.”

그는 이렇게 말하면서 먼 길을 떠난 영감의 신변이 새삼스럽게 더 걱정이 되었다. 한참이나 그들은 잠잠하고 있었다.

“봉염의 어머니두 몸이 튼튼해지거들랑 좀 해봐유. 조선서는 소금 한 말에 삼십 전 안에 든다는데 여기 오면 이 원 삼십 전! 얼마나 남수.”

그의 말에 봉염의 어머니는 기운이 버쩍 나면서도 다시 얼핏 생각하니 두 딸을 잃은 자기다. 남들은 아들 딸을 먹여살리려고 소금짐까지 지지만 자신은 누구를 위하여……? 마침내 자기 일신을 살리려라는

결론을 얻었을 때 그는 너무나 적적함을 느꼈다. 그러나 아무리 자기 일신일지라도 스스로 악을 쓰고 벌지 않으면 누가 뜨물 한 술이나 거저 줄 것일까? 굶는다는 것은 차라리 죽음보다도 무엇보다 무서운 것이다. 보다도 참기 어려운 것은 그것이다. 요전까지는 그의 정신이 흐리고 온 전신이 나른하더니 지금 밥술을 입에 넣으니 확실히 다르지 않은가. 그리고 가슴을 누르는 듯하던 주위의 공기가 가뿐해 오지 않는가. 살아서는 할 수 없다, 먹어야지…… 그때 그는 문득 중국인의 헛간에서 봉희를 낳고 파뿌리를 씹던 생각이 났다. 그는 몸서리를 쳤다. 그리고 그 동안에 그는 명수네 집에 비록 맘 고통은 있었을지라도 배고픈 일은 당하지 않았다는 것을 처음으로 느꼈다. 그는 명수의 얼굴을 또다시 머리에 그리며 명수가 못 견디게 자꾸 울어서 명수 어머니가 할 수 없이 날 또다시 데려가지 않으려나? 하면서 밥술을 놓았다.

"왜 더 자시지. 이젠 아무 생각도 말구 내 몸 튼튼할 생각만 해유."

"튼튼할…… 흥 사람의 욕심이란…… 영감 죽어, 아들 딸……."

그는 음성이 떨리어 목멘 소리를 하면서 문 편을 시름없이 바라보았다. 달빛에 무서우리만큼 파리해 보이는 그의 얼굴을 바라보는 용애 어머니는 나가는 줄 모르게 한숨을 쉬었다.

그리고 하늘도 무심하다 하며 달빛을 쳐다보았다.

"그럼 어쩌우 목숨 끊지 못하구 살 바에는 튼튼해야지. 지나간 일은 아예 생각지 말아유."

이렇게 말하는 용애 어머니는 그의 곁으로 다가앉으며 흐트러진 그의 머리를 만져 주었다.

그는 얼핏 명수가 젖을 먹으며 그 토실토실한 손으로 그의 머리카락을 쥐어뜯던 생각이 나서 적이 가라앉았던 가슴이 다시 후닥닥 뛴다.

그는 무의식간에 용애 어머니의 손을 덥석 쥐었다.

“명수 지금 잘까유?”

말을 마치며 용애 어머니 무릎에 그는 머리를 파묻고 소리를 내어 울었다. 어느덧 용애 어머니 눈에서도 눈물이 흘렀다.

“울지 마우. 그까짓 남의 새끼 생각지 말아유. 쓸 데 있수?”

“한 번만 보구는…… 난 안 볼래유. 이제 가유, 네 용애 어머니.”

자기 혼자 가면 물론 거절할 것 같으므로 그는 용애 어머니를 데리고 가려는 심산이었다.

용애 어머니는 아까 입에 못 담게 욕을 하던 명수 어머니를 얼핏 생각하며 난처해하였다.

그래서 그는 언제까지나 잠잠하고 있었다. 봉염이 어머니는 벌떡 일어났다. 그리고 용애 어머니의 손을 잡아끌었다.

“봉염의 어머니, 좀 진정해유. 우리 내일 가봅시다.”

하고 그를 꼭 붙들어 주저앉히었다. 달빛은 여전히 그들의 얼굴에 흐르고 있다.

밀수입

북국의 가을은 몹시도 스산하다. 우뢰 같은 바람 소리가 대지를 뒤흔드는 어느 날 밤 봉염의 어머니는 소금 너 말을 자루에 넣어서 이고 일행의 뒤를 따랐다. 그들 일행은 모두가 여섯 사람인데 그 중에 여인은 봉염의 어머니뿐이었다. 앞에서 걷는 길잡이는 십여 년을 이 소금 밀수로 늙었기 때문에 눈 감고도 용이하게 길을 찾아가는 것이다. 그러므로 그들은 이 길잡이에게 무조건 복종을 하였다. 그리고 며칠이든지 소금 짐을 지는 기간까지는 벙어리가 되어야 하며 그 대신 의사 표시는 전부 행동으로 하곤 하였다.

그들은 열을 지어 나란히 걸었다. 바람은 여전히 불었다. 그들은 앞에 사람의 행동을 주의하며 이 바람 소리가 그들을 다그쳐 오는 어떤 신발 소리 같고 또 어찌 들으면 순사의 고함치는 소리 같아 숨을 죽이곤 하였다. 그리고 어제도 이 근방 어디서 소금 짐을 지다 총에 맞아 죽은 사람이 있다지 하며 발걸음 옮김을 따라 이러한 불안이 저 어둠과 같이 그렇게 답답하게 그들의 가슴을 캄캄케 하였다.

남들은 솜옷을 입었는데 봉염의 어머니는 겹옷을 입고 발가락이 나오는 고무신을 신었다. 그러나 추운 것은 모르겠고 시간이 지날수록 머리에 인 소금자루가 무거워서 견딜 수 없다. 머리 복판을 쇠뭉치로 사정없이 뚫는 것 같고 때로는 불덩이를 이고 가는 것처럼 자꾸 따가웠다. 그가 처음에 소금자루를 일 때 사내들과 같이 엿 말을 이렸으나 사내들이 극력 말리므로 *애수한 것을 참고 너 말을 이게 된 것이다. 그런 것이 소금자루를 이고 단 십 리도 오기 전에 이렇게 머리가 아팠다. 그는 얼굴을 잔뜩 찡그리고 두 손으로 소금자루를 조금씩 쳐들어 아픈 것을 진정하였으나 아무 쓸데도 없고 팔까지 떨어지는 듯이 아프다. 그는 맘대로 하면 이 소금자루를 힘껏 쥐어뿌리고 그 자리에서 자신도 그만 넌쩍 죽고 싶었다. 그러나 그것은 공연한 맘뿐이었다. 발길은 여전히 사내들의 뒤를 따라간다. 사내들과 같이 저렇게 나도 등에 져보더라면…… 이제라도 질 수가 없을까. 그러려면 끈이 있어야지 끈이…… 좀 쉬어 가지 않으려나 쉬어 갑시다. 금시로 이러한 말이 입 밖에까지 나오다는 칵 막히고 만다. 그리고 여전히 손길은 소금자루를 들어 아픈 것을 진정하려 하였다.

이마와 등허리에서는 땀이 낙수처럼 흘러서 발밑까지 내려왔다. 땀에 젖은 고무신은 왜 그리도 미끄러운지 걸핏하면 그는 쓰러지려 하였다. 그래서 그는 정신을 바짝 차리면 벌써 앞에 신발 소리는 퍽으나 멀어졌다. 그는 기가 나서 따라오면 숨이 칵칵 막히고 옆구리까지 결린다. 두 말이나 일 것을…… 그만 쏟아 버릴까? 어쩌누? 소금자루를 어루만지면서도 그는 차마 그리하지는 못하였다.

어느덧 강물 소리가 어렴풋이 들린다. 그들은 이 강물 소리만 들어도 한결 답답한 속이 좀 풀리는 듯하였다. 강가에 가면 이 소금 짐을 벗어 놓고 잠시라도 쉴 것이며 물이라도 실컷 마실 것 등을 생각하였던 것이다. 그러면서도 강 저편에 무엇들이 숨어 있지나 않을까? 하는 불안이 강물 소리를 따라 높아진다. 봉염의 어머니는 시원한 강물 소리조차도 아픔으로 변하여 그의 고막을 바늘 끝으로 꼭꼭 찌르는 듯이 모양대로 조금만 더 가면 기진하여 죽을 것 같았다. 마침 앞에 사내가 우뚝 서므로 그도 따라 섰다. 바람이 무섭게 지나친 후에 어디선가 벌레 울음소리가 물결을 따라 들렸다. 낑 하고 앞에 사내가 앉는 모양이다. 그도 털썩 하고 소금자루를 내려놓으며 쓰러졌다. 그리고 얼른 머리를 두 손으로 움켜쥐며 바늘로 버티어 있는 듯한 눈을 억지로 감았다. 그러면서도 앞에 사내들이 참말로 다들 앉았는가 나만이 이렇게 쓰러졌는가 하여 주의를 게을리하지 않았다.

아픈 것이 진정되니 온몸이 후들후들 떨린다. 그는 몸을 웅크릴 때 앞에 사내가 그를 꾹 찌른다. 그는 후닥닥 일어났다. 사내들의 옷 벗는 소리에 그는 한층 더 정신이 바짝 들었다. 그는 잠깐 주저하다가 옷을 훌훌 벗어 돌돌 뭉쳐서 목에 달아매었다. 그때 그는 놀릴 수 없이 아픈 목을 어루만지며 용정까지 이 목이 이 자리에 붙어 있을까? 하는 의문이 들었다. 그리고 사내가 이어 주는 소금자루를 이고 다시 걷기 시작하였다.

벌써 철버덕철버덕 하는 물소리가 나는 것으로 보아 앞에 사람은 강물에 들어선 모양이다. 벌써 그의 발끝이 모래사장을 거쳐 물속에 들어간다. 그는 오소소 추우며 알 수 없는 겁이 버쩍 들어서 물결을 굽어보았다. 시커멓게 보이는 그 속으로 물결 소리만이 요란하였다. 그리고 뭉클뭉클 내리 밀치는 물결이 그의 몸을 울려 주었다. 그때마다 머

리끝이 쭈뼛해지며 오한을 느꼈다. 그
리고 흑 하고 숨을 들이마셨다.

　물이 깊어 갈수록 발밑에 깔린 돌이
굵어지며 걷기도 몹시 힘들었다. 그것은
돌이 께느른한 *해감탕 속에 묻히어 있
기 때문이다. 그래서 걸핏하면
미끈하고 발끝이 줄달음을 치
는 바람에 정신이 아득해지곤
하였다. 봉염의 어머니는 몇
번이나 발이 미끄러지고 또 곱디디었
다. 물은 젖가슴을 확실히 지나쳤다. 그때 그의 발
끝은 어떤 바위를 디디다가 미끈하여 달음질쳐 내려간다. 그 순간 온
몸이 화끈해지도록 그는 소금자루를 버티고 서서 넘어지려는 몸을 바
로잡으려 하였다. 그러나 벌어지는 다리와 다리를 모두는 수가 없었
다. 그리고 소리를 쳐서 앞에 사내들에게 구원을 청하려 하나 웬일인
지 숨이 막히고 답답해지며 암만 소리를 질러도 나오지도 않거니와 약
간 나오는 목소리도 물결과 바람결에 묻혀 버리곤 하였다. 그는 죽을
힘을 다하여 왼발에 힘을 들이고 섰다. 그때 그는 죽는 것도 무서운 것
도 아뜩하고 다만 소금자루가 물에 젖으면 녹아 버린다는 생각만이 미
끄러져 내려가는 발끝으로부터 머리털 끝까지 뻗치었다.

　앞서 가는 사내들은 거의 강가까지 와서야 봉염의 어머니가 따르지
않는 것을 눈치채고 근방을 찾아보다가 하는 수 없이 길잡이가 오던
길로 와보았다. 길잡이는 용이하게 그를 만났다. 그리고 자기가 조금
만 더 지체하였더라면 봉염이 어머니는 죽었으리라 직각되었다. 그는

해감탕(海—湯)
바닷물 따위에서 흙과
유기물이 썩어서 이루
어진 진흙탕.

봉염이 어머니의 손을 잡아 일으키며 일변 소금자루를 내리어 자기의 어깨에 메었다. 그리고 그의 발끝에 밟히는 바위를 직각하자 봉염이 어머니가 이렇게 된 원인이 여기 있는 것을 곧 알았다. 그리고 자기는 이 바위 옆을 훨씬 지나쳐 길을 인도하였는데 어쩐 일인가 하며 봉염이 어머니의 손을 꼭 쥐고 걸었다.

봉염의 어머니는 정신이 흐릿해졌다가 이렇게 걷는 사이에 정신이 조금 들었다. 그러나 몸을 건사하기 어렵게 어지러우며 입 안에서 군물이 실실 돌아 헛구역질이 자꾸 나온다. 그러면서도 머리에는 아직도 소금자루가 있거니 하고 마음대로 머리를 움직이지 못하였다. 그들이 강가까지 왔을 때 맘을 졸이고 있던 나머지 사람들은 욱 쓸어 일어났다. 그리고 저마다 두 사람을 어루만지며 어떤 사람은 눈물까지 흘리었다. 자기들의 신세도 신세려니와 이 부인의 신세가 한층 더 불쌍한 맘이 들었다. 동시에 잠 한 잠 못 자고 오롯이 굶어 오며 자기들을 기다리고 있을 아내와 어린것들이며 부모까지 생각하고는 뜨거운 한숨을 푸푸 쉬었다.

그 순간이 지나가니 또다시 맘이 졸이고 무서워서 잠시나마 가만히 앉아 있을 수가 없었다. 그래서 그들은 이번에는 봉염의 어머니를 가운데 세우고 여전히 걸었다. 이번에는 밭고랑으로 가는 셈인지 봉염이 어머니는 발끝에 조 벤 자국과 수수 벤 자국에 찔리어서 견딜 수 없이 아팠다. 그는 몇 번이나 고무신을 벗어 버렸으나 그나마 버리지는 못하였다. 그는 언제나 이렇게 맘을 내고도 한 번도 그의 속이 흡족하게 실행하지는 못하였다. 그저 망설였다. 나중에는 고무신이 찢어져 조 뿌리나 수수 뿌리에 턱턱 걸려 한참씩이나 진땀을 뽑으면서도 여전히 버리지는 못하였다.

그들이 어떤 산마루턱에 올라왔을 때,

"누구냐? 손 들고 꼼짝 말고 서라. 그렇지 않으면 쏠 터이다!"

이러한 고함소리와 함께 눈이 부시게 파란 불빛이 쏵 하고 그들의 얼굴에 비친다. 그들은 이 불빛이 마치 어떤 예리한 칼날 같고 또 그들을 향하여 날아오는 총알 같아서 무의식간에 두 손을 번쩍 들었다. 그리고 이젠 소금을 빼앗겼구나! 하고 그들은 저만큼 속으로 생각하였다. 이렇게 단정은 하면서도 웬일인지 저들이 공산당이 아닌가 혹은 마적단인가 하며 진심으로 그리 되었으면 하고 바랐다. 공산당이나 마적단들에게는 잘 빌면 소금 짐 같은 것은 빼앗기지 않기 때문이었다.

길잡이로부터 시작하여 깡그리 몸 뒤짐을 하고 난 저편은 꺼풋 하고 불을 끄고 한참이나 중얼중얼하였다. 그들은 불을 끄니 전신이 소름이 오싹 끼치며, 저놈들이 칼을 빼어 들었는가 혹은 총부리를 겨누었는가 하여 견딜 수 없이 안타까웠다. 그때 어둠 속에서는,

"여러분! 당신네들이 왜 이 밤중에 단잠을 못 자고 이 소금 짐을 지게 되었는지 알으십니까!"

쇳소리 같은 웅장한 음성이 바람결을 타고 높았다 떨어진다. 그들은 옳다! 공산당이구나! 소금은 빼앗기지 않겠구나. 저들에게 뭐라구 사정하면 될까 하고 두루 생각하였다. 저편의 음성은 여전히 흘러나왔다. 그들은 말하는 시간이 지날수록 어서 말을 그치고 놓아 보냈으면 하였다. 그리고 이 산 아래나 혹은 이 산 저편에 경비대가 숨어 있어 우리들이 공산당의 연설을 듣고 있는 것을 들으면 어쩌나 하는 불안이 자꾸 일어난다. 봉염의 어머니는 저편의 연설을 듣는 사이에 싼더거우 있을 때 봉염이를 따라 학교에 가서 선생의 연설 듣던 것이 얼핏 생각히며 흡사히도 그 선생의 음성 같았다. 그는 머리를 번쩍 들며 저편을

주의해 보았다. 다만 칠 같은 어둠만이 가로막힌 그 속으로 음성만 들릴 뿐이다. 그는 얼른 우리 봉식이도 저 가운데나 섞이지 않았는가 하였으나 그는 곧 부인하였다. 그리고 봉식이가 보통아이와 달라 똑똑한 아이니 절대로 그런 축에는 섞이지 않았을 것이라고 단정되었다. 이렇게 생각하고 나니 봉식이에 대한 불안은 적어지나 저들의 말하는 것이 어쩐지 이 소금자루를 빼앗으려는 수단 같기도 하고 저 말을 그치고 나면 우리를 죽이려는가 하는 의문이 자꾸 들었다.

어둠 속에서 연설이 끝난 후에 원로에 잘 다녀가라는 인사까지 받았다. 그들은 얼결에 또다시 걸었다. 그러면서도 저들이 우리를 돌려보내는 것처럼 하고 뒤로 따라오며 총질이나 하지 않으려나 하여 발길이 허둥거렸다. 그러나 그들이 산을 넘어 밭머리로 들어설 때 비로소 안심하고 ……(원문 탈락)…… 한숨 끝에 탄식하였다.

봉염의 어머니는 조급한 맘을 진정할수록 저들이 의심할 수 없는 공산당들이었구나! 하였다. 그리고 아까 그들의 앞에서 꼼짝하지 못하고 섰던 자신을 비웃으며 세상에 제일 못난 것은 자기라 하였다. 남편을 죽이고 자기를 이와 같은 구렁에 빠뜨린 저들 원수를 마주서고도 말 한마디 못 하고 떨고 섰던 자신! 보다도 평시에 저주하고 미워하던 그 맘조차도 그들 앞에서는 감히 생각도 못 한 자기. 아아! 이러한 자기는 지금 살겠노라고 소금자루를 지고 두 다리를 움직인다. 그는 기가 막혀서 웃음이 나올 지경이었다. 그리고 못난 바보일수록 살겠다는 욕망은 더 크다고 깨달았다. 동시에 한 가지 의문 되는 것은 저들이 어째서 우리들의 소금 짐을 빼앗지 않고 그냥 보내었을까가 의문이었다. 그렇게 사람 죽이기를 파리 죽이듯 하고 돈과 쌀을 잘 빼앗는 그놈들이…… 하며 그는 이제야 저주하기 시작하였다.

그들은 낮에는 산 속에서 혹은 풀숲에서 숨어 지내고 밤에만 걸어서 사흘 만에야 겨우 용정까지 왔다. 집까지 온 봉염의 어머니는 소금자루를 얻다가 감추어야 좋을지 몰라 한참이나 망설이다가 낡은 상자 안에 넣어서 방 한구석에 놓고야 되는 대로 주저앉았다. 방 안에는 찬바람이 실실 돌고 방바닥은 얼음덩이같이 차다. 그는 머리와 발가락을 어루만지며 목이 메어서 울었다. 집에 오니 또다시 봉염이며 봉희며 명수까지 선하게 보이는 듯하였던 것이다. 그들이 곁에 있으면 이렇게 쓰리고 아픈 것도 한결 나을 것 같다. 그는 한참이나 울고 난 뒤에 사흘 동안이나 지난 생각을 하며 무의식간에 몸서리를 쳤다. 그리고 이 눈물도 여유가 있어야 나온다는 것을 알았다. 그는 으흠 하고 신음을 하며 누울 때 소금 처치할 것이 문득 생각힌다. 남들은 벌써 다 팔았을 터인데 누가 소금 사러 오지 않는가 하여 문 편을 흘금 바라보다가 내가 소금 짐을 져왔는지 여왔는지 누가 알아야지 그만 내가 일어나서 앞집이며 뒷집을 깨워서 물어 볼까? 그러다가 참말 순사를 만나면 어떻게, 하며 그는 부시시 일어나려 하였다. 아! 소리를 지르도록 다리뼈마디가 맞찔리어 그는 한참이나 진정해 가지고야 상자 곁으로 왔다.

그는 잠깐 귀를 기울여 밖을 주의한 후에 가만히 손을 넣어 소금자루를 쓸어만졌다. 이것을 팔면 얼만가…… 팔 원하고 팔십 전! 그러면 밀린 집세나 마저 물고…… 한 달 살까? 이것을 밑천으로 무슨 장사라도 해야지. 무슨 장사……? 하며 그는 무심히 만져지는 소금덩이를 입에 넣으니 어느덧 입 안에는 군물이 시르르 돌며 밥이라도 한술 먹었으면 싶게 입맛이 버쩍 당긴다. 그는 입맛을 다시며 침을 두어 번 삼킬 때 소금이란 맛을 나게 한다. 아무리 좋은 음식이나 소금이 들지 않으면 맛이 없다. 그렇다! 하였다. 그때 그는 문득 남편과 아들딸이 생각히며 그들이 있으면 이 소금으로 장을 담가서 반찬해 먹으면 얼마나 맛이 있을까! 그러나 그들을 잃은 오늘에 와서 장을 담을 생각인들 할 수가 있으랴! 그저 죽지 못해 먹는 것이다. 그는 한숨을 푹 쉬었다. 생각하니 자신은 소금 들지 않은 음식과 같이 심심한 생활을 한다. 아니 괴로운 생활을 한다. 이렇게 괴로운…… 하며 그는 머리를 슬슬 어루만졌다. 머리는 얼마나 이그러지고 부어올랐는지 만질 수도 없이 아프고 쓰리었다. 그는 얼굴을 상자에 대며, 봉식아, 살았느냐 죽었느냐 이 어미를 찾으렴…… 난 더 살 수 없다!

어느 때인가 되어 무엇에 놀라 그는 벌떡 일어났다. 벌써 날은 환하게 밝았는데 어떤 양복쟁이 두 명이 소금자루를 내놓고 그를 노려보고 있다. 그는 그들이 순사라는 것을 번개같이 깨닫자 풀풀 떨었다.

"소금표 내놔!"

*관염(官鹽)은 꼭 표를 써주는 것이다. 그때 그는 숨이 콱 막히며 앞이 캄캄해 왔다. 그리고 얼른 두만강에서 소금자루를 빠뜨리지 않으려고 죽을힘을 다하였었던 그때와 흡사하게도 그의 신경이 날카로워지는 것을 느꼈다. 그때는 길잡이가 와서 그의 손을 잡아 살아났지만 아아! 지금에 단포와 칼을 찬 저들을 누가 감히 물리치고 자기를 구원할까?

"이년! 너 *사염(私鹽)을 팔러 다니는 년이구나. 당장 일어나라!"

순사는 그의 눈치를 채고 이것이 관염이 아닌 것을 곧 알았다. 그래서 그는 이렇게 소리치며 그의 손을 잡아 낚아챘다. 별안간 그의 몸은 화끈 달며 어젯밤 ……(이하 원문 탈락)……

『신가정』, 1934. 2~10.

관염
예전에, 관청에서 제조하고 판매하거나 관청의 허가를 얻어 제조하여 판매하던 소금.

사염
소금이 전매품이었을 때 개인이 허가 없이 파는 소금.

1906년_1세　4월 20일 황해도 송화 출생.

1909년_4세　아버지 사망.

1910년_5세　어머니가 후처로 들어가자 강경애도 어머니를 따라 장연으
로 이주.

1913년_8세　「춘향전」을 읽고 한글을 깨우침. 소설에 흥미를 갖기 시작함.

1915년_10세　장연 여자청년학교를 거쳐 장연 소학교 입학.

1921년_16세　평양 숭의여학교 입학.

1923년_18세　양주동과 동거, 동덕여학교 3학년 편입.

1924년_19세　양주동이 주재한 ≪금성≫에 「책 한 권」이라는 시 발표.
양주동과 헤어짐.

1925년_20세　무산 아동을 위한 '흥풍야학교' 개설, 직접 가르침.

1929년_24세　중국에서 2년간 방랑.

1930년_25세　≪조선일보≫에 시론 「조선 여성의 밟을 길」 투고.

1931년_26세　장편소설 「어머니와 딸」(≪혜성≫) 연재. 장하일과 결혼 후
간도 이주.

1932년_27세　≪삼천리≫에 단편 「그 여자」 발표.

1934년_29세 중편 「소금」(≪신가정≫) 연재, 장편 『인간문제』(≪동아일보≫) 연재.

1935년_30세 단편 「모자」, 「원고료 이백 원」, 「해고」, 「번뇌」 등 발표.

1936년_31세 용정에서 안수길, 박영준 등과 함께 ≪북향≫ 동인으로 참가.
「지하촌」(≪조선일보≫), 「이 땅의 봄」(≪조선농민≫), 「파경」(≪신가정≫), 「산남」
(≪신동아≫) 발표.

1939년_34세 조선일보 간도지국장. 지병으로 남편과 함께 고향 장연으로 귀향.

1943년_38세 4월 26일 사망.

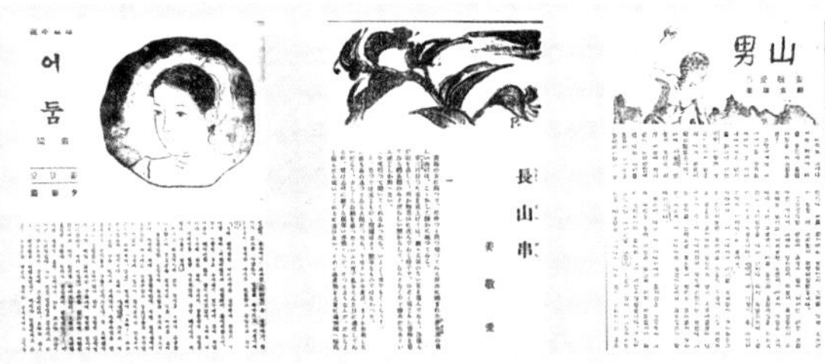

식민지 근대의 리얼리즘,
강경애의 「인간문제」와 「소금」에 대하여

차 혜 영 (한양대학교)

1. 작가 강경애에 대하여

강경애의 「인간문제」는 1934년 8월 1일부터 12월 22일까지 동아일보에 모두 120회 연재된, 식민지 시대 대표적 리얼리즘 소설 중의 하나이다. 이 작품은 이기영의 「고향」과 함께 지주와 소작인 간의 갈등을 사실적으로 형상화한 소설로서, 한설야의 「황혼」과 더불어 노동자들의 연대를 그린 소설로서, 그리고 여주인공 선비에게 주목해 여성이기에 겪는 성적 착취와 고난을 다룬 여성문학의 대표작품으로 높이 평가되어 왔다. 이 때문에 오래 전부터 북한과 연변에서 서술된 문학사에서 리얼리즘의 걸작으로 높이 평가받았고, 해금 이후 1980년대부터 한국에서도 주목을 받아왔다.

강경애는 1906년 4월 20일 황해도 송화에서 가난한 농민의 딸로 태어나 4세 되던 해

아버지를 잃고, 5세 때 개가한 어머니를 따라 황해도 장연으로 가서 성장했다. 개가 후 어머니의 삶은 집안에서 하녀나 다름없는 것이었고 강경애 역시 의붓형제들의 구박 속에서 고되고 외로운 삶을 보내, 어린 시절 가족에 대한 기억은 그리 좋지 않았다고 한다. 그녀의 작품 대부분이 식민지 시기 아버지의 부재에서 비롯되는 가난과 그 속에서 겪는 가족의 고통에 뿌리를 두고 있는 것도 이런 전기적 사실에서 기인하는 바 클 것이다. 15세 때 의붓아버지마저 죽자 의붓형부의 도움으로 평양 숭의여학교에 들어가 서양문학을 공부하고, 1923년 기독교적 보수주의 교육체제의 통제와 간섭에 반발해 동맹휴학에 앞장섰다가 퇴학당했다. 이때의 경험은 그가 불합리한 사회현실에 대한 비판적 인식과 일제하 자본주의 근대화의 모순을 깨닫고 저항하도록 이끌었다고 할 수 있다. 퇴학 후 고향으로 돌아가 흥풍야학교를 세워 가난한 농촌의 아이들을 위한 계몽운동에 전념하기도 하고, 여성운동단체인 '근우회'에서 활발하게 활동하는 등, 식민지 현실의 모순과 여성에 대한 억압에 맞서 진취적 활동을 폈다. 이 시기 잠시 고향 선배인 양주동과 교유하면서 문학수련을 쌓기도 했지만, 이후 1931년 장연군청에 근무하던 장하일과 결혼한 뒤, 만주로 건너가 남편은 동흥중학교 교사로 일했고 그녀는 소설을 썼다. 생활이 궁핍해지자 같은 해 고향으로 돌아왔다가, 1933년 다시 간도 용정으로 가서 소설창작에 전념했다. 만주에 있는 문학동인으로 이루어진 《북향》(北鄕)에 참여했고, 〈조선일보〉 간도지국장을 맡기도 했다. 1939~42년에 건강이 악화되어 귀국한 후, 창작 활동을 중단한 채 지내다가 38세의 나이로 죽었다.

2. 간도체험과 「소금」

강경애의 소설은 당시 최하층에서 천대받고 멸시받았던 봉건적 여성과 농민, 노동자들을 주인공으로 삼아 이들이 지배권력의 위선과 횡포에 비극적으로 무너지는 과정을 형상화했다. 특히 이러한 식민지의 최하층 계급 여성이 겪는 고통을 주로 간도 지역 생활을 중심으로 서사화함으로써 식민지의 민족적 모순과 계급적 모순을 더욱 응축적으로 풀어내고 있다.

우리 근대 문학에서 간도체험의 의미는, 식민지 조선에서 행해지는 억압으로부터의 탈출구이자 중국과 일본의 세력다툼 및 그에 맞선 항일운동이 참예하게 벌어진 현장이라는 지역적 특성과 함께 고려될 필요가 있다. 중국북동부에 위치한 간도는 당시 사회주의 운동이 격렬하게 전개되고 항일 독립운동의 기지가 된 곳이다. 구한말부터 식민지 시대 내내 식민지 농촌의 수탈과 궁핍에 못 견딘 조선 농민의 상당수가 농사지을 땅을 찾아 간도로 이주해갔다. 이후 식민지 시대 말기에 이르러서는 일본이 펼친 대동아전쟁 하의 '오족협화'의 미명하에 새로운 제국의 환타지까지 겹쳐지면서 간도, 만주 이주 붐을 만들어냈다. 이 때문에 실제로 간도에서는 지주의 반 이상이 중국인이면서도 농민의 3분의 2이상이 조선인이었다. 따라서 당시 간도의 현실은 민족 간의 갈등이 첨예하게 드러나고, 동시에 조선, 중국 일본 등 여러 민족들 사이의 계급적 불평등이 교차함으로써 계급모순과 민족모순이 교직되는 특징을 보여준다.

바로 이 대목에서 대부분의 소설이 간도를 배경으로 하는 강경애의 문학은, 우리 문학사의 체험공간과 리얼리티의 차원에서 특별한 중요성을 부여받는다. 강경애는 결혼 전에도 잠시 간도로 건너가 용정 일대에서 교원으로 일하면서 그곳에서의 우리민족의 삶을 구체적으로 경험하고 돌아왔다. 이후 장하일과 결혼 후 1931년부터 신병으로 고향으로 돌아온 1940년까지 줄곧 간도에서 생활하며 작품활동을 벌여왔다. 그는 만주 체류기간 동안 21편의 소설, 2편의 연작소설, 24편의 수필, 7편의 시, 3편의 평문을 남겼는데, 이는 사실 작가적 생애의 거의 전부, 거의 전체에 해당되는 작품이라고 할만하다. 당시 간도 이주민들의 비참한 생활상은 「소금」, 「모자」, 「지하촌」 등에 잘 드러나 있다. 그는 간도라는 지역을 배경으로 더욱 첨예하게 드러나는 식민지의 민족모순(언어가 통하지 않는 중국인 지주, 디아스포라 즉 나라 잃은 민족으로서 겪는 가난과 천대), 계급모순(지주와 소작농민, 부자와 가난한 자), 여기에 여성으로 겪는 이중삼중의 질곡을 가장 리얼하게 표현했다고 할 수 있다.

「소금」(1934년 2월, 『신가정』)은 일제하의 식민지 정책으로 삶의 터전에서 쫓겨나 간도 및 만주지역으로 이주한 조선 민중이 중국인 지주 밑에서 비참한 생활을 겪는 수난의 역사를 반영한다. 주인공 봉염이네 가족은 조선에서 빚에 쫓겨 만주로 와서 팡둥(중국인 지주)의 땅을 소작하면서 살아간다. 그러나 봉염의 아버지가 팡둥과 함께 자×단의 비위를 맞추다가 공산당에게 살해당하고 그의 아들 봉식이 마저 집을 나가버리자 봉염 어머니는 남겨진 딸 봉염이와 함께 호구지책으로 남편의 원수나 마찬가지인 중국인 팡둥의 집에서 일하며 목숨을 연명한다. 그러나 봉염 어머니는 팡둥에게 겁탈당하고 원치 않는 임신까지 하게 되고, 이에 팡둥은 그의 아들 봉식이가 공산당이어서 사형당했다는 사실을 핑계로 이들 모녀를 거리로 내쫓아, 결국 남의 집 헛간에서 아이를 낳는다. 출산 이후 봉염 어머니는 생존을 위해 부잣집 유모로 들어가고, 결국 남의 집 아이를 먹이느라 오히려 자신의 아이는 죽게되어 다시 거리로 쫓겨나와 생존을 위해 소금짐을 지게 된다.

여기서 봉염 어머니의 육체는 중국인 지주에게 성적으로 유린당하고 노동력을 착취당하는 등 피식민지 여성에게 가해지는 대표적 억압의 형태를 보여준다. 그러나 아이러니한 것은 원수의 아들을 임신하고 쫓겨나 남의 집 헛간에서 아이를 낳는 고통을 당하면서까지도 "극도의 배고픔"과 "전신을 통하여 짜르르 흐르는 모성애"를 동시에 느낀다는 것이다.

> 어머니는 봉염이를 밀치며 "응응" 하고 힘을 썼다─한참 후에 "으악!" 하는 애기 울음 소리가 들렸다. 봉염이는 어머니 곁으로 다가붙으며,
>
> "애기?"
>
> 하고 부르짖었다.
>
> 어머니는 얼른 아기를 더듬어 그의 목을 꼭 쥐려 하였다.
>
> 그 순간 두 눈이 전신을 통하여 짜르르 흐르는 모성애! 그는 자신의 숨이 턱 막히며 쥐려는 손끝에 맥이 탁 풀리는 것을 느꼈다.
>
> 그는 땀을 낙수처럼 흘리며 비켜 누워 버렸다. 그리고,
>
> "아이고!" (「소금」, 384쪽)

그리고 미역국 생각이 또 일어나며 김이 어린 미역국이 눈앞에 자꾸 어른거려 보인다. 따라서 배는 점점 더 고파 왔다. 이제 몇 시간만 더 이 모양으로 굶었다가는 그가 아무리 살고 싶어도 살 수가 없을 것 같았다. 그는 이러한 생각에 겁이 펄쩍 났다. 무엇을 좀 먹어야 할 터인데 그는 눈을 뜨고 사면을 휘돌아보았다. 아직도 헛간은 컴컴하다. 컴컴한 저편 구석으로 약간씩 보이는 파뿌리! ……(중략)…… 마침내 그는 파를 입 속에 넣었다. 그리고 우쩍 씹었다. 그때 이가 시끔하며 딱 맞찔린다. 그래서 그는 얼굴을 찡그리며 입을 쩍 벌린 채 한참이나 벌리고 있었다. (「소금」, 387쪽)

이처럼 겁탈로 인해 생겨진 이이를 낳았고 그 아이를 원수의 아이기에 죽이려 하다가도 짜르르 모성애가 느껴지는 모순적인 상태를 보여준다. 또한 출상 후 배고픔, 파를 씹어먹는 장면에서 몸이 반응하는 본능과 고통을 섬세히 보여준다. 이때 봉염 어머니의 몸은 중국인 지주가 식민지 조선의 여성에게 가하는 폭력이 관철되는 수탈의 명백한 상징이면서, 동시에 스스로 살아서 모성성, 굶주림이 생생하게 체험되는, 계급이나 억압의 이분법만으로 해명되지 않는 생생한 주체로서의 몸을 보여준다. 즉 봉염 어머니의 몸은 봉염, 봉희, 주인집 아이 모두를 길러내는 모성의 장소이고, 그것은 어떻게 보면 중국, 조선, 일본, 가난과 억압 등 근대적 폭력과 구획 너머에 있는 또 다른 주체로서의 몸이기도 하다. 이는 「인간문제」의 선비가 고향 용연마을에서 정덕호네 몸종으로 있으면서도 닭이 알을 품고 있는 모습에 한없이 매료되는 모습을 묘사하는 등 다양한 국면을 통해 모성의 지평을 그리는 데에서도 드러난다. 이처럼 강경애의 소설에서는 '어머니의 몸'이라는 것이 무엇인가에 대한 깊은 고민을 보여줌으로써, 근대 남성작가들이 만들어낸 소설들과는 다른 근대적 지평에 대한 다양한 해석의 가능성을 보여주고 있다.

그러나 이 작품은 이런 모성성, 여성성의 의미로만 국한되지는 않는다. 이는 제목이 「소금」인 이유와 관련된다. 소설의 초반에는 간도 지역과 조선의 소금 가격 차이 때문에 소금이 귀해 가뜩이나 없는 반찬에 맛없는 밥으로 때우는 장면이 나온다. 그리고 후반부 자식도 잃고 거리에 쫓겨난 봉염 어머니는 간도와 조선을 오가는 밀무역 대열에 낄 수밖에 없는 상황이 드러난다. 추운 겨울 맨 몸에 소금 자루를 이고 간도와 조선 사이 강을 건너야하고, 감시 순사, 마적단, 공산당이 항시 출몰하는 위험한 밀무역인 것이다.

봉염의 어머니는 정신이 흐릿해졌다가 이렇게 걷는 사이에 정신이 조금 들었다. 그러나 몸을 건사하기 어렵게 어지러우며 입 안에서 군물이 실실 돌아 헛구역질이 자꾸 나온다. 그러면서도 머리에는 아직도 소금자루가 있거니 하고 마음대로 머리를 움직이지 못하였다. 그들이 강가까지 왔을 때 ……(중략)……

"누구냐? 손 들고 꼼짝 말고 서라. 그렇지 않으면 쏠 터이다!"

이러한 고함소리와 함께 눈이 부시게 파란 불빛이 쏵 하고 그들의 얼굴에 비친다. 그들은 이 불빛이 마치 어떤 예리한 칼날 같고 또 그들을 향하여 날아오는 총알 같아서 무의식간에 두 손을 번쩍 들었다. 그리고 이젠 소금을 빼앗겼구나! 하고 그들은 저만큼 속으로 생각하였다. ……(중략)…… 그때 어둠 속에서는,

"여러분! 당신네들이 왜 이 밤중에 단잠을 못 자고 이 소금짐을 지게 되었는지 알으

십니까!"

쇳소리 같은 웅장한 음성이 바람결을 타고 높았다 떨어진다. 그들은 옳다! 공산당이구나! 소금은 빼앗기지 않겠구나. 저들에게 뭐라구 사정하면 될까 하고 두루 생각하였다.

……(중략)……

어둠 속에서 연설이 끝난 후에 원로에 잘 다녀가라는 인사까지 받았다. 그들은 얼결에 또다시 걸었다. ……(중략)……

봉염의 어머니는 조급한 맘을 진정할수록 저들이 의심할 수 없는 공산당들이었구나! 하였다. (「소금」, 410~412쪽)

소설의 전반부에서 봉염 어머니는 자신의 모든 불행의 원인을 남편의 부재 탓으로 여겼었다. 팡둥이 자신을 강간한 것도 남편이 없는 자신을 무시했기 때문이라고 여기고, 또 남편과 장남 봉식을 잃은 것도 공산당 때문이라고 단정하고 공산당이라면 치를 떨고 미워했다. 그러나 위의 인용문과 같이 소금 밀무역 과정에서 만난 항일유격대(공산당)의 연설을 통해 풍문으로 듣던 것과 달리 공산당의 행동은 실생활에서 신뢰를 주는 존재임을 인식하는 계기가 된다. 이처럼 서사의 진행을 통해 순차적으로 항일유격대의 정당성을 드러내면서, 소설 결말에 사염을 단속하는 순사에게 잡혀가는 장면을 통해 정말 적이 누구인가를 분명히 보여준다. 결국 지금까지 자신의 삶이—남편과 아들을 잃고 가난에 시달리며 고생해온—공산당 때문이라는 왜곡된 의식 속에 갇혀있던 식민지 여성의식의 한계를, 항일 유격대에 대한 기대와 전망으로 변모시키고 있는 것이다. 이점에서 「소금」은 간도문학이 식민지 조선 사회의 실제 모순과 비판적 전망을 조감하는 새롭고 의미있는 시점을 제공해주는 작품이라고 할 수있다. 여기서의 사회주의에 대한 뚜렷한 지향은 국내가 무대가 된 그의 장편소설 「인간문제」에서 더 풍부하게 드러난다.

3. 「인간문제」-식민지 내부의 모순을 아우르는 공간의 이동

「인간문제」의 여주인공 선비의 아버지는 용연 마을의 지주인 정덕호의 일꾼으로, 정덕호의 지시로 빚을 받으러 갔다가 빚을 받아내기는 커녕 어렵게 사는 소작인을 도와주고는 지주 정덕호에게 맞아죽는다. 이를 모르는 선비는 어머니마저 죽자 정덕호의 집 몸종으로 지내고 결국은 덕호의 꾀임에 빠져 순결을 잃는다. 선비는 덕호의 집을 도망쳐 나와 자기처럼 덕호에게 유린당하고 서울로 간 친구 간난이를 찾아간다. 한편 선비를 좋아하는 남자로 고향청년 첫째와 서울의 대학생 신철이 등장한다. 첫째는 지주인 덕호에게 반항하다가 소작하던 땅을 떼인 후 고향을 등지고 도시로 갔고, 신철은 덕호의 딸 옥점에게 놀러왔다가 선비의 모습에 반한 경성제대 학생이다. 신철은 옥점과의 결혼을 강권하는 부모에 반항하며 가출해서, 인천의 부두노동자 생활을 하며 노동자 첫째를 의식화시키고 지도하는 노동운동에 투신한다. 한편 선비는 정덕호의 집을 나와 노동자 생활을 하다 간난이를 만나 인천의 방적공장에 취직해 새생활을 시작한다. 방적공장은 수많은 여공들을 기숙사에 수용하여 대규모의 노동착취가 이루어지던 곳이었고, 이미 노동운동에 뿌리를 내리고 있는 간난이는 자본가의 횡포와 노동자의 고통스런 현실을 근본적으로 극복하기 위해 공장 내 여공들을 의식화시키는 작업을 진행한다. 간난이가 이 비밀 작업을 선비에게 맡기고 공장을 탈출한 후, 선비는 공장감독의 유혹을 뿌리치며 비밀 작업을 수행하다가 폐결핵이 악화되어 죽고 만다. 첫째는 신철의 이론적 지도를 통해 자신 및 피지배 계급이 처한 현실을 철저히 인식하고 공장내의 노동운동을 돕다가 부두노동자의 파업을 성취시키면서 노동자로 성장해간다. 그러나 이 과정에서 정작 자신을 지도하던 신철이 전향하고, 선비가 비참하게 죽은 것을 알게되면서, 결국 '인간문제'는 신철과 같은 지식인에게서 구할 것이 아니라 노동자 스스로 해결해야한다는 것을 뼈저리게 절감한다.

이상과 같은 내용을 통해서, 선비, 간난이, 첫째와 같은 식민지 농촌의 피지배 계급이 도시의 노동자로 전락하게 되는 식민지 산업화의 과정과, 정덕호를 중심으로 이루어진 용연마을 및 공장감독하의 인천 대동방적 공장의 내부묘사에서 드러나듯 지주 및 중간 관리층에 의한 착취 등을 통해 식민지 현실의 모순을 잘 보여주고 있다. 또한 첫째와 간난이, 선비 등의 하층계급의 의식의 각성과 성장 과정에 조력자로 등장하는 신철과 같은 부르주아 지식인의 관념성과 실천에서의 한계를 명백하게 보여주기도 한다. 이 과정에서 선비라는 순결하고 아름다운 피지배계급 여성이 지배계급에게 희생당하는 측면을 비극적으로 그려냄으로써 결국 미래사회를 이끌어갈 주체로 첫째라는 농촌출신 남성 노동자를 분명하게 형상화하고 있다.

앞서의 작품 「소금」이 간도라는 지역을 통해 식민지 치하 조선인의 다양한 모순을 보여주었다면, 이 소설 「인간문제」는 가상의 용연마을이라는 농촌에서 공장도시 인천으로의 지리적 이동을 통해 식민지 현실을 보다 총체적이고 다채롭게 보여주고 있다. 즉 간도가 외부에서 식민지를 조감해주는 시점과 좌표를 보여주는 것이라면, 『인간문제』의 '인천으로의 동선(動線)'은 식민지 내부의 변모와 모순을 핵심적으로 다루는 기능을 한다는 것이다. 실제로 소설의 서사 역시 선비와 첫째를 중심으로 다음과 같이 농촌과 도시(서울, 인천)로의 공간이동을 따라 진행된다.

〈용연마을〉

1) 소작인이었던 아버지 김민수가 지주 정덕호에게 맞아 죽은 줄 모르는 선비는 어머니가 죽자 덕호의 집에 들어가 산다. 아들을 원하는 덕호는 첩으로 삼았던 선비의 친구 간난이를 내쫓고 선비를 겁탈한다.

2) 서울에서 여학교에 다니는 덕호의 딸 옥점이 방학을 맞아, 경성제대 학생 신철과 집에 왔고 신철은 선비를 보자 한눈에 반하고 호감과 함께 연정을 품는다.

3) 어려서 아버지를 여의고 매음으로 살아가는 어머니에게 반항하며 살아온 첫째는 선비를 좋아한다. 입도차입을 일삼고 장리빚 이자를 현물로 받아가는 덕호에게 저항하다 소작을 떼인 첫째는 용연마을을 떠나 도시로 간다.

〈도시—서울과 인천〉

1. 서울로 돌아온 신철은, 옥점과의 혼인을 권하는 아버지의 강요에 반해 집을 나오

고, 사회주의자 동지의 소개로 인천으로 가 노동운동에 뛰어든다, 여기서 첫째를 만나 지도하지만, 부두노동자들의 파업으로 검거된 후 고문과 회유를 못이겨 전향한다.

2. 선비 역시, 덕호 집안의 학대를 못이겨 친구 간난을 찾아 서울로 온다. 한편 간난은 먼저 동지 태수를 통해 계급의식에 눈뜨고, 선비는 간난이의 지도로 인천 대동방적 공장에 취직한다. 점차 공장 감독자와 자본가들이 무산계급의 노동력을 착취하는 구조를 깨달아 가던 중 폐병으로 죽는다.

3. 용연을 떠나 인천 부두노동자가 된 첫째는 신철의 지도로 계급의식을 갖게 된다. 대동방적 공장에 격문을 돌리는 업무를 맡고 부두노동자 파업에 참여한다. 파업 후 신철이 전향 소식과 선비의 죽음을 마주하면서 노동계급만이 인간문제를 풀어갈 수 있다는 것을 자각한다.

이처럼 식민지 근대화의 모순을 드러내는 데, 용연이라는 가상의 농촌마을이 중요한 이유는, 용연의 이야기에서 정덕호의 기능 때문이다. 첫째, 선비, 간난이가 용연을 떠나 인천으로 삶의 터전을 옮기는데 결정적 역할을 하는 이가 바로 정덕호이다. 그런데 이 정덕호는 육욕에 눈이 어두운 탐욕스러운 지주라는 악인형 인물일뿐만 아니라, 그가 행하는 지주로서의 횡포에 지배계급인 식민 본국 일본의 권력이 겹쳐져있다. 예컨대 친일적 성향을 통해 면장이 되고, 지주로서의 횡포에 집달리와 순사를 항시적으로 동원하며, 군수의 힘도 빌릴 수 있는 봉건적 지주와 일본제국주의의 폭력을 결합하고 있는 것이다. 실제로 첫째가 쫓겨나는 것도, 입도차입을 일삼고 장리빚 이자를 현물로 받아가는 덕호에게 저항하고 이 때문에 주재소에 끌려가 혹독한 고문을 받았기 때문이다. 이를 통해 이 소설은 식민지에서의 지배세력이 어떻게 형성되었는가를 명징하게 보여주고 있는 것이다. 이는 인천에서의 공장노동의 장면 묘사에서도 해당된다.

> 감독은 장한 듯이 상반신을 뒤로 젖히고 배를 내밀며 장내를 한 번 돌아본다.
> "여러분이 늘 쓰는 화장품이나 양말이나 기타 일용품을 시가에 나가 산다고 합시다. 값이 비쌀 뿐 아니라 속기도 쉽습니다. 그러니 여러분이 필요한 경우에는 이 공장에서 원가대로 배급해 주는 시설이 있습니다. 이 시설은 전혀 여러분을 위함이니 공장 측에서는 도리어 손해를 봅니다." (「인간문제」, 286쪽)

위의 인용문처럼 일상용품에 대한 배급, 이외에도 풍기단속을 핑계로 한 외출 및 일상생활의 규제와 감시, 월급을 대신 저금해준다는 핑계로 거듭되는 착취 등 상세한 공장 내 착취구조와 노동 장면에 대한 묘사를 통해 당시 노동계급의 실상을 리얼하게 드러낸다. 이처럼 이 소설은 식민지 근대 사회를 지배하는 노동과 자본의 대립이라는 모순과 함께, 동시에 그 노·자간 대립이 사실은 일본 제국주의의 지배와 겹쳐져 있는 사실임을 다음과 같이 드러내기도 한다.

> "여보게, 저거 보게나. 오늘이 무슨 날이기에 학생들이 통 떨어났는가?"
> 첫째는 얼른 돌아보았다. 수백 명의 여학생들이 행렬을 지어 이리로 왔다. 그때 첫

째의 머리에는 어제 대동방적공장에서 나온 보고서를 신철이가 보고 그에게 이야기해
주던 생각이 떠올랐다. 그들이 아닌가? 신궁에 참배인가를 하러 가느라 구두까지 새로
들 지어 신었다지…… (「인간문제」, 294쪽)

　　인용문은 부두에서 노동하던 첫째의 눈에 신궁에 참배하러가는 여학생의 행렬을 목격
하는 장면이다. 신사참배는 물론 잘 알려진 대로 일제가 조선인을 황민화하기위한 식민
주의 정책 중의 하나이다. 이처럼 노동계급의 비참한 현실의 한 중간에 목격되는 신궁참
배의 장면이라든지, 일본인 공장감독이 어설픈 조선말로 "어서 빠리빠리 하라"고 노동과
정을 감독 독촉하는 장면, 그리고 여공들이 식사시간에 "식은 밥 쪄놓은 것같이 밥에 풀
기가 없고 석유내 같은 것이 후끈후끈 끼치는 안남미"를 억지로 먹는 장면—조선의 쌀은
일본으로 수탈되어갔고 대신 값싼 안남미(베트남 쌀)로 대체되었다—에서 노동과 자본
의 모순과 함께 그것과 교직되어있는 식민지의 민족적 모순을 잘 드러내고 있는 것이다.
이점에서 이 소설은 자본주의적 모순과 식민주의의 문제를 함께 고민함으로써, 카프계
소설이 보여준 노동문제 중심의 계급모순에 편향된 시각과는 다른 지점을 보여준다고 할
수 있다.
　　이 소설은 이처럼 민족모순과 계급모순을 통해 식민지 조선사회를 조망하면서, 여기서
의 주체와 미래적 전망을 보여주는 방식에서는 첫째의 삶에서 드러나는 계급의 문제와
선비의 일생에 드러나는 여성의 문제가 씨줄과 날줄로 얽혀있다.
　　선비에게 일어나는 정덕호에 의한 성적 착취, 공장에서의 가혹한 노동 착취는 모두 인

간이 인간답게 살아가기 위해서는 반드시 해결해야할 '인간문제'이다. 이 인간문제의 간절함이 선비를 통해 구현되는 방식은 지극히 수동적이고 비참하게 희생당하는 '희생자'의 모습을 통해서이다. 실제 가혹한 착취 속에서 주인공 선비는 첫째나 간난이처럼 반항을 하는 것도 의식의 성장을 이루는 것도 아니다. 스스로의 의사표현도 못하고 왜 당하는지 모르면서 끝없이 착취당하고, 종국에는 추모되는(첫째에 의해) 시체로 남겨진다. 이점에서 지주 정덕호도, 서울의 대학생 신철도, 고향 동네의 첫째도, 인천의 공장에서 공장감독도 모두 그녀를 탐내는 주체들이며, 역으로 선비는 그들에게 탐욕되는 대상일 뿐이다. 정덕호와 공장감독에 의해서는 성적으로, 동시에 노동으로 착취당하는 대상이며, 도시의 삶에서는 지식인이나 윗선의 운동권 지도부에 의해 계몽되는 대상이고, 종국에는 시체가 되어 첫째에게 미래적 전망을 향해가야 할 당위의 징표로 추모되는 대상인 것이다. 이 과정에서 그녀는 첫째처럼 반항하거나, 스스로 주체적인 의식으로 성장하거나 실천을 보이지 않는다. 선비는 소설의 서사를 이끌어가는 중요한 축이지만, 그 축으로서의 선비는, 계급적 식민지적 모순과 질곡이 관철되는 일종의 '장소'이고 그래서 억압의 가혹함의 더욱 가시화하는 일종의 '가시적 희생양물'인 것이다. 이에 대해 선비의 비주체성과 수동성을 비판함으로써 여성문학으로서의 한계를 지적할 수 있을 것이다. 그러나 작가 강경애가 식민지 사회를 보는 가장 핵심적 모순이 여성문제라기 보다는 계급문제임을 명시한 것이고, 이 때문에 이전의 작품들에 비해 여성성이 약화를 초래한 것이라고 할 수 있다.

한편 이런 인간문제(식민지 사회의 모순)이 선비의 죽음을 마주한 첫째에게 주어지는 것은, 첫째라는 하층계급출신 노동자를 이를 해결해갈 미래의 주인공으로 설정하고 있음을 보여준다. 결국 계급해방 우선성 아래에 여성해방의 길과 앞서 언급한 민족해방의 길을 부차적으로 교직했다고 할 수 있을 것이다.

이처럼 미래적 전망의 주체로 제시된 첫째는 이기영의 소설 「서화」의 주인공과 유사하게 농민의 성격적 전형을 보여준다. 첫째는 선비에게 마음을 보여주는 것도 서툴고, 매음을 하는 어머니에게 거칠게 대드는 울뚝불뚝한 성품, 그러나 마음은 여리고 순수한 시골청년이다. 또한 용연마을에서 지주 정덕호가 행하는 악행에 대해서는 거칠게 반항하고, 대학생 신철의 지도를 받고 계급적 각성을 이루었지만 정작 신철이 고문과 회유에 못 이겨 전향한 것과 달리 파업을 성공적으로 이루고 성장해가는 노동자이다. 이를 통해 본다면 첫째는, 소설의 서사가 용연에서 인천으로의 공간이동을 통해 식민지의 모순의 핵심에 도달함에 따라, 무식하고 단순한 시골청년에서 실천력과 이론을 겸비한 주체적 노동자로 성장한다. 이는 선비가 소설의 중심 축이면서도 성격변화 없이 희생양으로 귀결되는 것과 상반된다. 결국 선비로 상징되는 인간문제(계급, 민족, 성적 착취의 문제)를 해결해갈 주체로서의 첫째는, 무산계급의 노동력을 착취하고, 돈과 권력을 가진 남성이 하층여성을 성적으로 유린하고, 지식을 가진 중간계급은 회의를 거듭하다 결국 지배권력으로 변절하는 과정 속에서 유일한 미래의 가능성의 모습으로 제시되는 것이다.

이점이 간도의 전망을 갖고 식민지 모순을 해석한 강경애 작가의식의 핵심이라고 할 수 있다. 이처럼 이 작품은 소작농과 지주, 노동자와 자본가, 하층계급 여성과 상층계급 남성간의 대립을 축으로 1930년대 식민지 근대 사회의 실상을 총체적으로 보여주고 있다는 점에서 우리 소설사에서 빼놓을 수 없는 수작이라고 할 수 있다.